Zu diesem Buch

Der Professor der Begierde ist der Literaturwissenschaftler David Kepesh, Kenner von Tschechow und Kafka, der vom Suchen des Menschen nach Lust und zugleich nach Würde berichtet, von der Jagd nach dem erotischen Glück – und dessen Verlust. David kommt mit seiner Begierde – und auch mit der der Frauen, die ihm begegnen – nicht zurecht. Sein Leben ist eine Kette peinigender und grotesker Erfahrungen, bis er seinen Sinn schließlich mit Claire, dem »ungewöhnlichsten gewöhnlichen Menschen, dem ich je begegnet bin«, in einer Art elegischer Heiterkeit zu begreifen beginnt. Mit der burlesken Seite des Romans korrespondiert eine phantastische. Zu seinem Höhepunkt gehört – auf einer Reise mit Claire nach Europa und nach einem Besuch an Kafkas Grab in Prag – Davids Traum von seiner Begegnung mit »Kafkas Hure«.

»Roth verliert nie den Sinn für seine ganz spezifische Komik, die so schnell nicht ihresgleichen finden wird.« (»Mannheimer Morgen«)

Philip Roth, geboren am 19. März 1933 in Newark / New Jersey, studierte an der Bucknell University in Lewisburg / Pennsylvania und graduierte 1955 an der Universität Chicago zum Master of Arts für englische Literatur. Er erhielt mehrere literarische Auszeichnungen, zuletzt den Pulitzer-Preis für seinen Roman »Amerikanisches Idyll«. Für den vorliegenden Roman wurde Philip Roth der renommierte National Book Award verliehen. Eine Liste der im Rowohlt Taschenbuch Verlag lieferbaren Titel von Philip Roth findet sich im Anhang dieses Buches.

Philip Roth

Professor der BEGIERDE

Roman

Deutsch von
Werner Peterich

Rowohlt

10.–12. Tausend April 2000

Veröffentlicht im Rowohlt Taschenbuch Verlag GmbH,
Reinbek bei Hamburg, Februar 1998
Copyright der deutschen Ausgabe © 1978 by
Carl Hanser Verlag München Wien
Die Originalausgabe »The Professor of Desire«
erschien 1977 bei Farrar, Straus & Giroux, New York
© 1977 by Philip Roth
Umschlaggestaltung Büro Hamburg
(Foto: G + J Photonica / Edward Holub)
Gesamtherstellung Clausen & Bosse, Leck
Printed in Germany
ISBN 3 499 22285 x

Für Claire Bloom

Zuerst naht sich mir die Versuchung in der nicht zu übersehenden Gestalt von Herbie Bratasky, *Maître de plaisir,* Kapellmeister, Schnulzensänger, Stimmungsmacher und *Conférencier* in dem Ferienhotel meiner Eltern in den Bergen. Ist er nicht gerade eingezwängt in die stark modellierende Badehose eines Body-Building-Adepten, die er trägt, wenn er neben dem Swimming-pool Rumbastunden gibt, dann ist er todschick in Schale und trägt für gewöhnlich eine knallrot und cremefarben gemusterte Flauschjacke und die oben weit geschnittenen, kanariengelben Hosen, die nach unten zu immer enger werden, bis sie ihm oberhalb der weißen, mit Lochmuster versehenen Segelschuhe fest die Fesseln umschließen. Stets hat er einen Streifen *Black Jack*-Kaugummi in der Tasche, während er in dem, was meine Mutter als Herbies ›Klappe‹ bezeichnet, mit aufreizender Langsamkeit auf einem anderen Gummi herumkaut. Unterhalb des hocheleganten schmalen Alligatorgürtels sowie der tief herunterhängenden goldenen Schlüsselkette schlägt Herbies Knie im Hosenbein den Takt zum Klang von Trommeln, die nur er allein in jenem Kongo hört, als den man sein Gehirn bezeichnen kann. In dem Werbeprospekt (vom vierten Schuljahr an in Zusammenarbeit mit dem Hotelbesitzer von mir verfaßt) wird Herbie herausgestrichen als »unser jüdischer Xavier Cugat, unser jüdischer Gene Krupa – alles in einer Person!«, etwas später wird er als »ein zweiter Danny Kaye« beschrieben und am Schluß als »ein wiedererstandener Tony Martin«, damit auch der Dümmste kapiert, daß dieser hundertvierzig Pfund schwere, einundzwanzigjährige junge Mann nicht *irgendwer* ist und Kepeshs *Hungarian Royale* keine x-beliebige Absteige.

Unsere Gäste scheinen von Herbies schamlosem Exhibitionismus fast genauso fasziniert zu sein wie ich. Kaum hat ein Neuangekommener es sich auf der Veranda in dem glänzend gelackten Schaukelstuhl aus Weidengeflecht bequem gemacht, fängt einer der Gäste, die erst vorige Woche aus der drückend heißen Stadt zu uns gekommen sind, an, ihm reinen Wein über dieses Wunder aus dem Stamme Juda einzuschenken. »Und Sie sollten erst mal sehen, wie braungebrannt der Bursche ist. Er hat nun mal diese Haut – holt sich nie einen Sonnenbrand, wird nur braun. Und das vom ersten Tag in der Sonne an. Dieser Bursche hat eine Haut – wie aus biblischer Zeit.«

Eines beschädigten Trommelfells wegen ist unser Zugpferd – wie Herbie sich mit Vorliebe selbst nennt, zumal angesichts der Mißbilligung meiner Mutter – den ganzen Zweiten Weltkrieg über bei uns. Endloses Gerede aus den Schaukelstühlen und von den Kartentischen, ob es sich um eine angeborene Invalidität oder um Selbstverstümmelung handelt. Die Andeutung, daß etwas anderes als Mutter Natur Herbie untauglich gemacht habe, gegen Tojo, Mussolini und Hitler zu kämpfen – nun, ich bin außer mir darüber, die Vorstellung allein beleidigt mich. Und doch, wie schmerzlich-verlockend, sich vorzustellen, daß Herbie mit eigener Hand nach einer Hutnadel, einem Zahnstocher – oder gar einem Eispickel – greift und sich mit voller Absicht selbst verstümmelt, um der Einberufungsbehörde ein Schnippchen zu schlagen.

»Zutrauen tu' ich ihm das ohne weiteres«, sagt Gast A-owitz. »Ich trau' diesem Gannef alles zu! So ein Schlitzohr!« – »Aber ich bitte Sie, so was doch nicht! Der Junge liebt sein Vaterland genauso wie alle andern auch! Ich werd' Ihnen sagen, wieso es gekommen ist, daß er halb taub ist, und fragen Sie den Doktor hier, ob ich nicht recht hab': durch diese Trommelei!« erklärt B-owitz. »Ach, kann der Bursche trommeln!« sagt C-owitz. »Man könnte ihn ohne weiteres im *Roxy* auf die Bühne stellen – und der einzige Grund, warum er da nicht steht, ist, daß er ausgerechnet wegen diesen Trommeln nicht richtig hören kann.« – »Trotzdem«, sagt D-owitz, »man kriegt von ihm kein eindeutiges Ja oder Nein zu hören, ob er sich das mit irgend'nem Instrument oder was weiß ich beigebracht hat.« – »Aber das ist der Schauspieler in ihm, der will, daß man immer in Spannung bleibt. Sein ganzes Kapital besteht doch darin, so meschugge und zu allem fähig zu sein – das ist seine *Masche*.« – »Trotzdem, ich find's nicht richtig, daß er einen damit auf'n Arm nimmt. Wir Juden haben's doch auch so schon schwer genug.« – »Bitt' schön, ein Bursche, der sich so anzieht bis runter zu der Schlüsselkette, und mit'm Körper wie dem, an dem er Tag und Nacht arbeitet, und dann noch dieses Trommeln – glauben Sie etwa, der tut sich ernsthaft was zuleide, bloß um sich vorm Kriegsdienst zu drücken?« – »Ganz meine Meinung. Gin, übrigens.« – »Oh, Sie haben mich in einem unbewachten Augenblick erwischt, Sie Schlawiner. Wozu halt ich denn bloß diese Asse zurück, verdammt noch mal, kann mir das mal jemand sagen? Schaun Sie – wissen Sie, was einfach nicht in Ihren Schädel reinwill? Daß ein so gut aussehender junger Mann auch noch so umwerfend komisch sein kann. So gut auszusehen, so urkomisch zu sein und auch noch so hinreißend trommeln zu können – das hat's für meine Begriffe im Show-Business noch nie gegeben.« – »Und was ist mit seiner Schwimmerei? Und wie fabelhaft er sich auf'm Sprungbrett macht? Wenn Billy Rose mit eigenen Augen sehen könnte, wie der sich im Wasser tummelt, würd' er gleich morgen in 'ner Unterwassershow auftreten.« – »Und was sagen Sie zu der Stimme, die er hat?« – »Wenn er damit doch bloß nicht so leichtfertig umginge! Wenn er doch bloß *ernst* singen würde!« – »Wenn der Bursche ernst sänge, könnt' er in der *Met* auftreten!« – »Wenn der ernst sänge, könnte er Vorbeter in der Synagoge sein, Himmelherrgott noch mal, und hätt' 'n sorgenfreies Leben! Der könnt' einem geradezu das Herz brechen! Stelln Sie sich doch bloß mal vor, wie der bei der Sonnenbräune in einem weißen Taless aussehen würde!« Und jetzt endlich werde ich entdeckt, wie ich am anderen Ende der Verandabalustrade sitze und an einem *Spitfire*-Modell schnitze. »Hallo, kleiner Kepesh, komm mal her, du kleiner Lauscher. Wie möchtest du sein, wenn du mal groß bist? Hört euch das an – hören Sie doch mal für'n Moment auf mit den Karten zu rascheln. Wer ist dein Idol, *Kepaleh*?«

Da brauche ich nicht zweimal zu überlegen, nicht mal einmal. »Herbie«, erkläre ich zur großen Belustigung der Männer in der Runde. Nur die Mütter machen ein etwas betretenes Gesicht.

Und doch, meine Damen, wer sonst sollte es sein? Wer sonst ist so überreich begabt, daß er Cugies Sprechweise nachmachen kann, das Blasen des Schofar, und auf meine besondere Bitte hin ein Kampfflugzeug, das im Sturzflug auf Berchtesgaden niedergeht – *und* den Führer, der unten wahnsinnig wird? Herbies Begeisterungsfähigkeit und seine Virtuosität sind so enorm, daß mein Vater ihn bisweilen beschwichtigen muß, damit er gewisse besondere Glanzleistungen für sich behält, mögen sie noch so einzigartig sein. »Aber«, protestiert Herbie, »an meinem Furz ist nichts auszusetzen, er ist vollkommen.« – »Möglich, was weiß denn ich«, entgegnet der Boss. »Aber nicht in Gesellschaft von Damen.« – »Aber ich habe monatelang daran geübt. Verstehn Sie!« – »Oh, erspar' mir das, Bratasky, bitte! So was möchte ein anständiger und rechtschaffen müder Gast nach dem Abendessen im Salon eines Hotels einfach nicht hören. Dafür wirst du doch Verständnis haben, was? Oder etwa nicht? Manchmal weiß ich wirklich nicht, wo du deinen Grips gelassen hast. Kapierst du denn nicht, daß diese Leute hier koscher leben? Hast du denn kein Verständnis für Frauen und Kinder? Mein Freund, das ist doch ganz einfach – der Schofar ist fürs Neujahrsfest, und das andere fürs Klo. Punktum, Schluß, Herbie! Basta!«

So gibt er seine Imitationskünste vor mir zum besten, seinem vor Ehrfurcht zitternden Jünger, bringt mir die Tatüs und Tatas zu Gehör, die in der Öffentlichkeit zu blasen mein mosaischer Papa ihm verboten hat. Wie sich herausstellt, kann er nicht nur das volle Register von Tönen nachmachen, mit denen sich die Menschheit ihrer versetzten Winde entledigt – was vom kaum wahrnehmbaren Frühlingsseufzer bis zum Salut von einundzwanzig Schuß geht –, sondern er »kann auch Dünnpfiff«. Nicht etwa, wie er mir rasch zu verstehen gibt, das erbärmliche Gepladder und Gepruste eines sich unter Schmerzen Windenden – das hatte er bereits in der Oberschule gemeistert –, sondern die gesamte Wagnerskala fäkalen Sturm und Drangs. »Ich könnte in *Ripleys Comics* sein«, versichert er mir. »Du liest doch *Ripleys,* oder? Dann urteil' selbst!« Ich höre, wie ein Reißverschluß heruntergeratscht wird, und vernehme dann, wie es beneidenswert in einen Emailtopf hineinstrullt. Sodann das Rauschen der Wasserspülung, und gleich hinterher das Gegurgel und den Schluckauf eines Wasserhahns, der zögernd zu plätschern beginnt. Und all das aus Herbies Mund.

Ich könnte auf die Knie fallen und ihn anbeten.

»Und jetzt paß auf! Erkennst du das?« *Das* sind unverkennbar zwei Hände, die sich einseifen – doch offensichtlich in Herbies Mundhöhle. »Den ganzen Winter lang bin ich im

Automat immer wieder ins Klo geschlichen, hab' mich da hingehockt und zugehört.« – »Wirklich?« – »Was denkst denn du? Ich hör' mir sogar selbst zu, jedesmal, wenn ich aufs Klo geh'.« – »Ehrlich?« – »Aber dein Alter, der kennt sich da ja aus, und für den ist das alles nur eines: dreckig! ›Punktum!‹« fügt Herbie noch hinzu, und dabei klingt seine Stimme haargenauso wie die von meinem Alten.

Und er meint jedes Wort, das er sagt, ehrlich. Wieso, frage ich mich, weiß Herbie nur so viel und macht sich auch noch so leidenschaftlich viel aus Toilettengeräuschen? Und warum machen so unmusikalische Banausen wie mein Vater sich so wenig daraus?

So sieht es den Sommer hindurch aus, da ich ganz im Bann des besessenen Trommlers stehe. Doch dann kommt Yom Kippur, das Fest der Versöhnung, Bratasky geht, und was habe ich schon davon, wenn ich gelernt habe, was jemand wie er einem heranwachsenden Jungen beibringen kann? Unsere -witze, -bergs und -steins sind über Nacht in alle Winde verstreut und in Weltgegenden abgefahren, die für mich in genauso unendlicher Ferne liegen wie Babylon – Hängende Gärten mit Namen wie Pelham, Queens und Hackensack – und die ganze Gegend wird wieder von den Einheimischen beansprucht, die die Felder pflügen, die Kühe melken, hinterm Ladentisch stehen und sich das ganze Jahr lang für Gemeinde und Staat abrackern. Ich bin eines von zwei jüdischen Kindern in einer Klasse von fünfundzwanzig Schülern, und ein Gespür für die Regeln und Erwartungen der Gesellschaft (mir, wie es scheint, genauso angeboren wie die Empfänglichkeit für alles Fiebrige, alles gewollt Auffällige und Exzentrische) sagt mir unmißverständlich, daß ich mich – egal, wie groß die Versuchung sein mag, mein Feuerwerk abzubrennen und diesen Bauerntölpeln ein paar

Kostproben von Herbies Können zu geben – höchstens um Grade von meinen Schulkameraden unterscheide. Mich anders zu benehmen, so geht mir auf – und das, ohne daß mein Vater mir in der Beziehung auf die Sprünge zu helfen brauchte – bringt mich nicht weiter. Und weiterbringen soll ich es nun mal.

Folglich stapfe ich wie ein armer Junge in einer rührseligen Kalendergeschichte fast zwei Meilen durch hoch sich türmende Schneeverwehungen unsere Bergstraße hinunter zur Schule, in der ich meine Winter damit verbringe, Klassenerster zu sein, während weit im Süden, in jener größten aller Städte, in der alles möglich ist, Herbie (der tagsüber für einen Onkel Linoleum verkauft und am Wochenende mit einer südamerikanischen Combo-Band spielt) sich abmüht, den letzten seiner Toiletteneindrücke zu vervollkommnen. Von seinen Fortschritten berichtet er in einem Brief, den ich in der pattenbewehrten Gesäßtasche meiner Knickerbocker heimlich mit mir herumtrage und bei jeder sich bietenden Gelegenheit aufs neue lese; abgesehen von Geburtstagskarten und Umschlägen mit Sondermarken zum Abstempeln ist das die einzige Post, die ich jemals bekommen habe. Selbstverständlich habe ich eine Heidenangst, daß – sollte ich beim Schlittschuhlaufen ertrinken oder mir beim Rodeln den Hals brechen – dieser Umschlag mit dem Poststempel *Brooklyn, NY* von einem meiner Klassenkameraden gefunden wird und sie alle im Kreis um meine Leiche herum stehen und sich die Nase zuhalten. Welch entsetzliche Schande für meine Mutter und meinen Vater! Das *Hungarian Royale* wird seinen guten Ruf einbüßen und pleite gehen. Vermutlich wird man nicht einmal gestatten, daß ich innerhalb der Friedhofsmauern begraben werde wie die anderen Juden. Und all das nur, weil Herbie es wagt, ein Stück Papier mit seiner Schrift zu bedekken und dieses durch die Bundespost einem neunjährigen Jungen zustellen zu lassen, von dem seine Welt (und damit er selbst auch) annimmt, er sei rein. Begreift Bratasky wirklich nicht, was anständige Leute von solchen Sachen halten? Weiß er denn nicht, daß er wahrscheinlich allein durch das Abschicken eines solchen Briefes ein Gesetz bricht und mich zu seinem Komplizen macht? Aber wenn dem so ist – warum bestehe ich dann hartnäckig darauf, dieses verräterische Beweisstück den ganzen Tag mit mir herumzuschleppen? Es steckt sogar in meiner Tasche, während ich beim wöchentlichen Rechtschreibwettstreit aufgeregt aufspringe und versuche, meinen lockenköpfigen Glaubensbruder sowie die angehende Konzertpianistin, die brillante Madeline Levine, die gleichfalls beide in die Endrunde gekommen sind, auszustechen und erster zu werden; des Nachts steckt es in meiner Schlafanzugtasche, damit ich es bei Taschenlampenlicht unter der Bettdecke lesen kann und es hinterher an meinem Herzen ruht, während ich schlafe. »Jetzt bin ich dabei, die Wissenschaft zu meistern, wie es klingt, wenn Du Papier von der Rolle abreißt. Womit ich nun endlich die ganze Arie rauf und runter könnte, Kumpel. Herbert L. Bratasky *und sonst kein Mensch auf der Welt* kann das: schiffen, scheißen, Dünnpfiff haben – *und* Klopapier abreißen. Damit bleibt mir nur noch ein Berg zu bewältigen – abwischen!«

Als ich achtzehn bin und anfange, am *Syracuse College* zu studieren, kommt meine Neigung zur Mimikri der meines Mentors fast gleich, nur daß ich statt Imitationen à la Bratasky Bratasky selbst, die Gäste und die Hotelangestellten aufs Korn nehme. Ich mache unseren befrackten rumänischen Oberkellner nach, wie er im Speisesaal um die Gäste herumscharwenzelt – »Bitte, hier entlang, Monsieur Kornfeld ... Madame, noch etwas *Derma*?« – und hinterher im unflätigsten Jiddisch droht, den betrunkenen Küchenchef zu erwürgen. Ich mache unsere *Gojim* nach, unser einfältiges Faktotum George, der schüchtern zusieht, wie die Damen neben dem Swimming-pool Rumba tanzen lernen, und Big Bud, unseren alternden muskulösen Bademeister (und Aufseher über die Park- und Sportanlagen), der aalglatt der feriennmachenden Hausfrau um den Bart geht und hinterher, wenn er kann, sich an ihre im heiratsfähigen Alter stehende Tochter ranmacht, die gerade ihre frisch aus der Hand eines Schönheitschirurgen kommende Nase sonnt. Ich kann sogar einen langen (tragi-komischen, historisch-idyllischen) Dialog meiner erschöpften Eltern, wenn sie am Abend nach Saisonschluß sich zum Ins-Bett-Gehen ausziehen. Was mich etwas verwundert, ist die Feststellung, daß andere die allerbanalsten Ereignisse aus meinem früheren Leben *unterhaltsam* finden – genauso, wie es mich anfangs erstaunt, daß nicht jeder eine von so vielen quicklebendigen Typen bevölkerte Kindheit durchgemacht zu haben scheint wie ich. Auch war mir noch nicht aufgegangen, daß ich selbst vielleicht genauso lebhaft sein könnte.

In den ersten paar Semestern an der Universität überträgt man mir in Studentenaufführungen führende Rollen in Stükken von Giraudoux, Sophokles und Congreve. Ich trete in einem komischen Singspiel auf und singe und tanze darin auf meine Weise. Es scheint nichts zu geben, was ich auf der Bühne nicht fertigbrächte – offenbar gibt es aber auch nichts, was mich von der Bühne fernhalten könnte. Zu Beginn meines zweiten Studienjahres in Syracuse besuchen mich meine Eltern und sehen mich als Teiresias – den ich nach meiner Interpretation der Rolle älter darstelle als die beiden zusammen sind – und hinterher, auf der Premierenfeier, sehen sie voller Unbehagen zu, wie ich einer Bitte des Ensembles entspreche und sie mit einer Imitation jenes hoheitsvollen Rabbi mit vollendeter Sprechweise unterhalte, der jedes Jahr »bis von« Poughkeepsie heraufkommt, um am Versöhnungsfest in der Halle des Hotels den Gottesdienst abzuhalten. Am nächsten Morgen zeige ich ihnen den Campus. Auf dem Weg zur Bibliothek beglückwünschen mich mehrere Studenten zu meiner umwerfenden Darstellung des Greisenalters gestern abend. Beeindruckt – mich gleichwohl mit einem Hauch der ihr eigenen Ironie daran erinnernd, daß vor noch gar nicht langer Zeit sie die Windeln des großen Bühnenstars zu wechseln und zu waschen hatte – sagt meine Mutter: »Alle Welt kennt dich, du bist berühmt«, wohingegen mein Vater, der immer noch mit der Enttäuschung zu kämpfen hat, zum x-ten Male fragt: »Mit Medizin ist also nichts?« Woraufhin ich ihm zum zehnten Mal sage – und ihm ausdrücklich zu verstehen gebe, daß es das zehnte Mal ist –: »Ich will Schauspieler werden«, und das auch selbst ernsthaft glaube, bis zu dem Tag, an dem die ganze Schauspielerei mir – auf meine Weise – unversehens als der sinnloseste, vergänglichste und armselig sich selbst beweihräucherndste aller Berufe vorkommt. Mich selbst zerfleischend mache ich mir die heftigsten Vorwürfe, daß ich aller Welt – jawohl! – erlaubt habe, mich bereits zu kennen und die Abgründe hirnloser Eitelkeit auszuloten, die sogar mir selbst gegenüber einzugestehen mich bisher das Gefängnis meines Zuhauses und die Strenge des Rohrstocks gehindert hatten. Die Schamlosigkeit dessen, was ich vorgehabt hatte, demütigt mich dermaßen, daß ich daran denke, an eine andere Universität überzuwechseln, wo ich einen neuen Anfang machen kann und in den Augen der anderen nicht mit dem Makel behaftet bin, geradezu krankhaft selbstgefällig nach Rampenlicht und Beifall gegiert zu haben.

Es folgen Monate, in denen ich mir eine um die andere Woche reuig ein neues Ziel setze. Ich werde doch Medizin studieren – und Chirurg werden. Doch vielleicht kann ich als Psychiater mehr Gutes für die Menschheit tun. Ich werde Rechtsanwalt werden ... Diplomat ... warum eigentlich *nicht* Rabbi, jemand, der der Gelehrsamkeit ergeben ist, besinnlich, *tief* ... Ich lese *Ich und Du,* die Erzählungen der Chassidim und frage in den Ferien daheim meine Eltern über die Geschichte unserer Familie in der alten Welt aus. Da es jedoch über fünfzig Jahre her ist, daß meine Großeltern nach Amerika auswanderten, da sie tot sind und ihre Kinder im großen und ganzen höchstens noch ein gewisses sentimentales Interesse für unsere Herkunft aus Mitteleuropa aufbringen, gebe ich nach einiger Zeit diese Nachforschungen und mit ihnen auch die Träume vom Rabbinerdasein auf. Nicht jedoch mein Bemühen, im Wesentlichen zu wurzeln. Immer noch erinnere ich mich mit größtem Abscheu vor mir selbst an meine Hinfälligkeit in *Oedipus Rex* und an meinen schelmischen Charme in *Finian's Rainbow* – an die ganze aufgesetzte Schau*spielerei!* Genug der Leichtfertigkeit und der aberwitzigen Aufschneiderei! Mit zwanzig muß ich aufhören, andere zu spielen und *Ich Selbst Werden* oder zumindest anfangen, das Selbst zu verkörpern, das ich meiner Meinung nach jetzt sein sollte.

Er – mein nächstes Selbst – entpuppt sich als nüchterner, einsamer, recht feinsinniger junger Mann, der ganz in europäischer Literatur und europäischen Sprachen aufgeht. Meine Schauspielerkollegen amüsieren sich übrigens über die Art, wie ich von der Bühne abtrete, mich in ein Logierhaus zurückziehe und als Gefährten dorthin jene großen Schriftsteller mitnehme, die ich als junger Student »die Baumeister meines Geistes« zu nennen beliebe. – »Jawohl, David hat der

Welt entsagt«, soll mein Rivale in der Schauspielgruppe gesagt haben, »und will jetzt den geistlichen Stand ergreifen.« Nun, ich habe meine Allüren und offenbar auch das Zeug dazu, mich und das, was ich mir vorgenommen habe, in Szene zu setzen, vor allem aber bin ich nun mal Absolutist – und zwar ein *junger* Absolutist – und kenne keine andere Möglichkeit, eine alte Haut abzustreifen, als das Skalpell anzusetzen und mich von oben bis unten zu zerfetzen. Also schicke ich mich mit zwanzig an, Widersprüche aufzulösen und Ungewißheiten zu überspringen.

Während der mir noch verbleibenden Jahre auf der Universität lebe ich ähnlich wie während der Winter meiner Knabenzeit, wenn das Hotel geschlossen war und ich bei Hunderten von Schneestürmen Hunderte von Büchern aus der Bibliothek verschlang. Das Reparieren und Renovieren durchzieht während der arktischen Monate jeden Tag – ich höre das dumpfe Rasseln der Schneeketten, wenn die Autos über die geräumten Straßen vorwärtsschießen, höre, wie Bretter von Kleinlastern heruntergeworfen werden in den Schnee, und vernehme die schlichten Laute von Hammer und Säge, die eine Fülle von Bildern in mir entstehen lassen. Jenseits des dick mit Schnee bepackten Fenstersimses sehe ich George zusammen mit Big Bud hinunterfahren, um die Umkleidehütten neben dem jetzt abgedeckten Swimming-pool in Ordnung zu bringen. Ich winke, George hupt ... und für mich ist es, als ob die Kepeshes jetzt drei Tiere wären, die wohlig ihren Winterschlaf halten, Mama, Papa und Baby wohlbehütet unter Federwolken im Familien-Paradies.

Statt der lebhaften Gäste selbst haben wir im Winter ihre Briefe, die von meinem Vater laut und ohne daß Lebendigkeit oder Lautstärke nachlassen am Abendbrottisch vorgelesen werden. *Sich selbst hintanzustellen*, ist die Spezialität dieses Mannes, wie er sie begreift; desgleichen *den Leuten zu zeigen, wie man sich amüsiert* und – mögen sie noch so schlechte Manieren haben – *sie wie Menschen zu behandeln*. Außerhalb der Saison jedoch verschiebt sich das Gleichgewicht der Macht ein wenig und es sind die Gäste, die wehmütig der Kohlrouladen, des Sonnenscheins und des Lachens gedenken und ihr anmaßendes Gehabe ablegen – »Kaum haben sie ihre Unterschrift unter das Anmeldeformular gesetzt«, sagt meine Mutter, »bildet sich jeder *Ballagula* nebst dem *Schtunk* von seiner Frau plötzlich ein, sie sind der Herzog und die Herzogin von Windsor« – und anfangen, meinen Vater zu behandeln, als wäre er ein vollwertiges Mitglied der menschlichen Gesellschaft und nicht Zielscheibe ihres Unmuts und Stichwortlieferant für ihre lachhaft linkische Großtuerei. Ist der Schnee am tiefsten, kommen bisweilen bis zu vier oder fünf Briefe mit Neuigkeiten in der Woche – eine Verlobung in Jackson Heights, Übersiedelung nach Miami der Gesundheit wegen, die Eröffnung einer Filiale in White Plains ... Ach, wie er es genießt, das Schönste wie das Schlimmste zu hören, das ihnen in ihrem Leben widerfährt! Das beweist ihm ein wenig, was das *Hungarian Royale* den Leuten bedeutet – ja, es beweist überhaupt alles und nicht nur, was die Bedeutung dieses Hotels betrifft.

Nach der Lektüre der Briefe macht er am Ende des Tisches einen Platz frei und verfaßt neben einem Teller mit Mutters *Rugalech* in seiner gedehnten Handschrift seine Antworten. Ich verbessere seine Schreibfehler und setze Punkte und Kommata ein, wo er die Schrägstriche gezogen hat, die seinen aus einem einzigen Bandwurmsatz bestehenden Text in höchst unterschiedliche Brocken philosophischer, erinnerungsträchtiger, prophetischer und weiser Ergüsse, politischer Analysen sowie Beileidsbekundungen und Glückwünsche unterteilen. Hinterher tippt meine Mutter jeden Brief einzeln auf Hotel-Briefpapier vom *Hungarian Royale* – mit der Inschrift: *Europäische Gastlichkeit in herrlicher Gebirgsgegend. Speisevorschriften werden peinlich genau befolgt. Ihre Inhaber: Abe und Belle Kepesh* – und fügt noch das *PS* an, in dem Zimmerreservierungen für den kommenden Sommer bestätigt werden und eine kleine Anzahlung erbeten wird.

Ehe sie während eines Urlaubs in eben diesen Catskills-Bergen meinen Vater kennenlernte – der damals einundzwanzig und stellungslos war und den Sommer über hier und da als Aushilfskoch arbeitete – hatte sie in den ersten drei Jahren nach dem Schulabgang als Sekretärin bei einem Rechtsanwalt gearbeitet. Wie es hieß, war sie eine gewissenhafte, sehr zuverlässige und erstaunlich tüchtige junge Frau gewesen, die ganz darin aufging, ihren vornehmen Wall Street-Anwälten zu dienen, bei denen sie angestellt war, Männern, von deren – geistigen wie körperlichen – Qualitäten sie bis zu ihrem Tode nur voller Ehrfurcht sprechen wird. Ihr Mr. Clark, ein Enkel des Firmengründers, schickt ihr immer noch Geburtstagstelegramme, selbst nachdem er in den Ruhestand getreten ist und sich nach Arizona zurückgezogen hat; Jahr für Jahr, das Glückwunschtelegramm in der Hand, sagt sie verträumten Blicks zu meinem Vater mit seinem schütter werdenden Haar und zu meiner Wenigkeit: »Ach, er war ein so großer und stattlicher Herr. Und so würdevoll. Ich weiß noch, wie er sich an seinem Schreibtisch aufrichtete, als ich kam, um mich vorzustellen. Diese Haltung werde ich bestimmt nie vergessen.« Wie das Schicksal es wollte, war es hingegen ein stämmiger, stark behaarter Mann mit mächtigem Brustkorb, einem Bizeps wie Popeye und ohne irgendwelche Merkmale der Zugehörigkeit zu den höheren Klassen, der sie an ein Klavier gelehnt sah und sie, mit einer

Gruppe von Urlaubern aus der Stadt *Amapola* singen hörte und sich augenblicklich sagte: »Das Mädchen heirate ich!« Sie hatte so dunkles Haar und so dunkle Augen, und Beine wie Busen waren so gerundet und »wohl entwickelt«, daß er im ersten Augenblick dachte, sie müsse Spanierin sein. Und die alles beherrschende Leidenschaft für Makellosigkeit, welche den jüngeren Mr. Clark so sehr für sie eingenommen hatte, machte sie nur um so begehrenswerter in den Augen des energischen jungen Raffkes, der in seiner eigenen getriebenen sklavischen Seele nicht wenig von einem Sklaventreiber hatte.

Unglücklicherweise bringen sie, kaum daß sie geheiratet hat, gerade jene Eigenschaften, die sie zur Perle des nüchternen nichtjüdischen Boss' gemacht hatten, gegen Ende eines jeden Sommers an den Rand eines Nervenzusammenbruchs – denn selbst in einem kleinen Familienbetrieb, wie unser Hotel es ist, gibt es immer eine Beschwerde, der nachgegangen, einen Angestellten, auf den ein Auge gehabt, Bettwäsche, die gezählt, Essen, das abgeschmeckt, eine Buchhaltung, die auf dem laufenden gehalten werden muß ... und so weiter und so fort, und ach, sie bringt es einfach nicht fertig, etwas von jemand anderem machen zu lassen, zumindest dann nicht, wenn sie dahinterkommt, daß es doch nicht gemacht wird, WIE ES SICH GEHÖRT. Nur im Winter, wenn mein Vater und ich die nun wirklich nicht zu uns passenden Rollen von Clark *père* und *fils* übernehmen und sie in tadelloser Tipphaltung hinter der großen schwarzen *Remington Noiseless* sitzt und seine geschwätzigen Antworten säuberlichst auf weißes Papier überträgt, gelingt es mir, einen flüchtigen Blick auf die gesetzte und unglückliche kleine Señorita zu werfen, in die er sich auf den ersten Blick verliebt hat.

Bisweilen, nach dem Abendbrot, fordert sie mich, der ich noch in die Grundschule gehe, auf, so zu tun, als wäre ich ein großer Boss, und ich muß ihr einen Brief diktieren, damit sie mir die Zauberkunst ihrer Stenographie vorführen kann. »Du bist der Besitzer einer Reederei«, erklärt sie mir, wiewohl man mir in Wahrheit gerade erlaubt hat, mir mein erstes Taschenmesser zu kaufen, »und jetzt los!« In regelmäßigen Abständen erinnert sie mich an den Unterschied zwischen einer normalen Sekretärin und dem, was sie gewesen war, nämlich Sekretärin *in einem Anwaltsbüro*. Stolz bestätigt mein Vater, sie sei wirklich die untadeligste Anwaltssekretärin gewesen, die es je gegeben habe – das hatte Mr. Clark ihm immerhin in einem Brief bestätigt, mit dem er ihm anläßlich seiner Verlobung gratuliert hatte. Dann, eines Winters – offenbar bin ich inzwischen großjährig geworden – bringt sie mir das Tippen bei. Kein Mensch – weder vorher noch nachher – hat mir jemals etwas mit so viel Arglosigkeit und Überzeugung beigebracht.

Aber das ist der Winter, die heimliche Saison. Im Sommer schießen ihre schwarzen Augen, von dunklen Ringen umgeben, nervös hin und her, und sie bellt und knurrt wie ein Schäferhund, dessen Überleben davon abhängt, daß er die ungebärdige Herde seines Herrn zum Markt treibt. Ein einzelnes Lämmchen, das auch nur wenige Schritte vom Wege abirrt, und sie stürzt Hals über Kopf einen zerklüfteten Abhang hinunter – ein *Bäääää* von woandersher, und schon flitzt sie in die entgegengesetzte Richtung. Und das hört nicht auf, bis nicht das Yom Kippur-Fest vorüber ist, und selbst dann hat es noch kein Ende. Denn sobald der letzte Gast abgereist ist, muß Inventur gemacht werden – *muß*! Unverzüglich! Was zerbrochen, zerrissen, befleckt, angestoßen, zerschert, verbogen, gesprungen oder geklaut ist, was repariert, ersetzt, neu gestrichen und ganz weggeworfen werden muß, ist alles »ein Totalverlust«. Ausgerechnet dieser schlichten und ordentlichen Frau, die in der Welt nichts mehr liebt als den Anblick eines sauberen, keinerlei Flecken aufweisenden Durchschlags, fällt die Aufgabe zu, von Zimmer zu Zimmer zu gehen und in ihrer Liste einzutragen, wie groß der Schaden ist, den die Vandalenhorden in unserer Bergfeste angerichtet haben, von denen mein Vater – trotz ihrer lautstarken Proteste – behauptet, es seien auch nur Menschen.

Genauso, wie die strengen Winter in den Catskills jeden von uns zurückverwandeln in einen liebenswürdigeren, vernünftigeren, unschuldigeren und gefühlvolleren Kepesh, wirkt in meinem Zimmer in Syracuse die Einsamkeit auf mich ein, und nach und nach spüre ich, wie Gott sei Dank das Leichtgewichtige und Angeberische von mir abfällt. Nicht, daß ich trotz all meiner Leserei und Unterstreicherei und trotz meines Notizen-Machens nun *restlos* selbstlos würde. Ein Satz, der keinem geringeren Egoisten zugeschrieben wird als Lord Byron, beeindruckt mich durch seine eingängige Weisheit und löst in nur sechs Wörtern auf, was anfing, mir vorzukommen wie ein Dilemma von unüberwindlichen moralischen Dimensionen. Mit einer gewissen strategischen Waghalsigkeit fange ich an, es laut den Kommilitoninnen zu zitieren, welche sich mir dadurch widersetzen, daß sie ins Feld führen, für derlei Dinge sei ich doch wohl zu gescheit. »Lerneifrig bei Tage«, informiere ich sie, »ausschweifend bei Nacht.« Bald finde ich jedoch, es sei besser, »ausschweifend« durch »begierig« zu ersetzen – schließlich lebe ich nicht in einem Palazzo in Venedig, sondern im Norden des Staates New York auf einem College-Campus, und ich kann es mir nicht leisten, diese Mädchen noch mehr zu verunsichern, als ich es offenbar durch mein »Vokabular« und meinen wachsenden Ruf als »Einzelgänger« ohnehin schon tue. Als ich für die Englisch-Übung 203 Macaulay lese, stoße ich auf seine

Beschreibung von Addisons Kollegen Steele und rufe laut »*Heureka*! – Ich hab-s!«, denn wieder einmal bekomme ich aus hochangesehener Quelle eine Rechtfertigung für meine hohen Zensuren und meine niedrigen Begierden. »Ein Wüstling unter den Gelehrten, ein Gelehrter unter den Wüstlingen.« Das paßt genau! Ich hefte es mit Reißzwecken an mein Schwarzes Brett, zusammen mit dem Vers von Byron und den Namen der Mädchen, die ich mir vorgenommen habe zu *verführen,* ein Wort, dessen tiefster Widerhall weder aus pornographischer Literatur noch aus billigen Illustrierten zu mir dringt, sondern aus meiner qualvollen Lektüre von Kierkegaards *Entweder – Oder*.

Ich habe nur einen Freund, mit dem ich regelmäßig zusammen bin, einen nervösen, linkischen und unansehnlichen Studenten höheren Semesters, der im Hauptfach Philosophie studiert, Louis Jelinek heißt und mir Kierkegaard nahebringt. Wie ich, so hat sich auch Louis lieber ein Zimmer in einem Privathaus in der Stadt gemietet, statt im Studentenwohnheim mit Studenten zusammenzuleben, für deren kumpelhafte Rituale auch er nur Hohngelächter hat. Sein Studium verdient er sich (statt von seinen Eltern in Scarsdale, die er verachtet, Geld anzunehmen) in einer Imbißstube, deren Geruch ihn überallhin begleitet. Wenn ich ihn berühre, entweder zufällig oder einfach aus Überschwang oder weil ich das gleiche empfinde wie er, macht er einen Satz fort von mir, als fürchte er, daß ich ihm seine stinkenden Lumpen besudeln könnte. »Hände weg!« knurrt er dann. »Was ist mit dir, Kepesh? Immer noch dabei, dich Liebkind zu machen, um irgendein Scheißamt zu ergattern, daß du körperliche Nähe mit dem Wähler suchst?« Tu ich das? Das war mir gar nicht aufgegangen. Welches Amt denn?

Merkwürdig, alles was Louis über mich sagt, selbst wenn

er wütend auf mich ist, oder was er im Laufe einer Beschimpfung auf mich losläßt, scheint bedeutsam für das hochernste Unternehmen, das ich »mich selbst verstehen lernen« nenne. Da er, soweit ich sehen kann, keinen Wert darauf legt, irgend jemand zu gefallen – weder seiner Familie, noch den Professoren, weder seiner Zimmerwirtin, noch dem Besitzer der Imbißstube und am allerwenigsten ›diesen spießigen Barbaren‹, unseren Kommilitonen – bilde ich mir ein, daß er eine tiefergehende Beziehung zur ›Wirklichkeit‹ hat als ich. Ich bin einer von diesen in die Höhe geschossenen Jünglingen mit lockigem Haar und Grübchen am Kinn und habe an der *High School* ein gewisses sieghaftes Wesen angenommen, das ich offenbar nicht mehr abstreifen kann, so sehr ich mich auch bemühe. Besonders neben Louis komme ich mir bedauernswert banal vor: ich bin so adrett, so sauber, so *charmant,* wenn es sein muß, und trotz Beteuerung des Gegenteils immer noch nicht gleichgültig meinem Aussehen und meinem Ruf gegenüber. Warum kann ich nicht wie ein Jelinek sein, nach gebratenen Zwiebeln stinken und auf die ganze Welt herabblicken? Man sehe sich bloß das Loch an, in dem er haust! Brotkrusten und Apfelbutzen, Schalen von allem möglichen und Einwickelpapier – ein heilloses Durcheinander! Man sehe bloß einmal das zusammengeknüllte Kleenex neben seinem verwühlten Bett, Kleenex, das an seinen ausgelatschten Hauspantinen *klebt.* Schon Sekunden nach dem Orgasmus und selbst in der Ungestörtheit meines abgeschlossenen Zimmers werfe ich den verräterischen Beweis meiner Selbstbefleckung automatisch in den Abfalleimer, wohingegen Jelinek – der exzentrische, die Welt verachtende, bindungslose und unangreifbare Jelinek – sich offenbar nicht im geringsten darum schert, was die Welt über seine häufigen Ejakulationen weiß oder denkt.

Ich bin wie vor den Kopf gestoßen, kann es nicht fassen und will es noch wochenlang hinterher nicht glauben, als ein Kommilitone, der gleichfalls Philosophie studiert, eines Tages im Vorübergehen sagt, »selbstverständlich« sei mein Freund »ein praktizierender Homosexueller«. *Mein* Freund? Das kann nicht sein. Kleine ›Schwulies‹ waren mir selbstverständlich nichts Unbekanntes. Von denen hatten wir jeden Sommer ein paar Prachtexemplare im Hotel, kleine jüdische Paschas in den Ferien, auf die zuerst Herbie B. mich aufmerksam gemacht hatte. Gebannt pflegte ich zu beobachten, wie sie aus dem Sonnenlicht heraus in den Schatten getragen wurden, ja, wie sie gedankenlos mit zwei Strohhalmen an ihrem Kakao nuckelten und ihnen Stirn und Wangen von Galeerensklaven mit Taschentüchern abgetupft und gesäubert wurden, die da Oma, Mama und Tantchen hießen.

Und dann waren die paar Unglücklichen in der Schule, Jungen, die offenbar mit Armen auf die Welt gekommen waren, die ihnen angeschraubt waren als wären sie Mädchen, und die es nie schafften, einen Ball richtig zu werfen, egal, wie viele Nachhilfestunden man ihnen auch gab. Einen praktizierenden Homosexuellen hingegen? Niemals, nie in allen meinen neunzehn Jahren. Bis natürlich auf das eine Mal gleich nach meiner Bar-mizvah, als ich mit dem Bus zur Briefmarkenausstellung nach Albany gefahren war und im Abort des Omnibusbahnhofs der *Greyhound*-Gesellschaft ein Mann mittlerer Jahre, gekleidet wie ein Geschäftsmann, an mich herantrat und mir über die Schulter zuflüsterte: »Na, Junge, wie steht's – möchtest du, daß ich dir einen blase?« – »Nein, nein, vielen Dank«, erwiderte ich und machte (ohne indes beleidigend zu wirken, wie ich hoffte) so schnell ich konnte, daß ich aus der Herrentoilette, ja, aus dem Bahnhof herauskam und in ein nahe gelegenes Warenhaus verschwand, wo man mich in der Menge der heterosexuellen Käufer hätte suchen müssen. In den Jahren seither hat mich jedoch kein Homosexueller jemals wieder angesprochen, jedenfalls nicht, daß ich wüßte.

Bis Louis.

O Gott, ist das etwa der Grund, warum ich ein ›Hände weg!‹ zu hören bekomme, sobald unsere Hemdsärmel einander auch nur streifen? Liegt das daran, daß, von einem Jungen angefaßt zu werden, ihm so unendlich viel bedeutet? Aber würde nicht ein Mensch, der so geradeheraus und unkonventionell ist wie Jelinek, einfach sagen, was los ist. Oder könnte es sein, daß zwar mein schmachvolles Geheimnis mit Louis gerade darin besteht, daß ich trotz allem ganz normal und anständig bin, ein etwas weltfremder Durchschnittsstudent, sein Geheimnis mit mir hingegen darin, daß er schwul ist? Gleichsam als wollte ich ihm beweisen, wie stinknormal und anständig ich bin, frage ich ihn nie. Statt dessen warte ich bang auf den Tag, an dem Jelinek etwas tut oder sagt, was ihn decouvriert und die Wahrheit an den Tag bringt. Oder habe ich seine Wahrheit schon von Anfang an gekannt? Selbstverständlich! Diese kleinen Kleenex-Klumpen, die gleich Blumensträußchen in seinem Zimmer verstreut sind ... sollen die mir nicht alles verraten? sind sie nicht wie eine *Aufforderung* an mich? ... ist es denn gar so unwahrscheinlich, daß dieser kopflastige, hakennasige Geselle, der grundsätzlich gegen den Gebrauch von Deodorants unterm Arm ist und dessen Haar bereits schütter wird, jetzt auf seine täppische Art hinter dem Schreibtisch hervorschießt, von dem aus er mir gerade einen Vortrag über Dostojewski hält, und versucht, mich in die Arme zu schließen? Ob er mir dann wohl erklärt, er liebe mich, und mir seine Zunge in den Mund steckt? Und was werde ich dazu sagen?

Genau das gleiche, was unschuldige Mädchen, die mich in Versuchung führen, zu mir sagen, nämlich: »Nein, nein, bitte nicht! Ach, Louis, dazu bist du doch wohl zu gescheit! Warum können wir nicht einfach über Bücher reden?«

Aber gerade weil diese Vorstellung mir Angst einjagt – weil ich Angst habe, daß ich doch die ›Unschuld vom Lande‹ und der ›Hinterwäldler‹ bin, den er mich schimpft, wenn wir über die tiefe Bedeutung irgendeines Meisterwerks verschiedener Meinung sind – besuche ich ihn weiterhin in seiner übelriechenden Bude, sitze ihm in dem ganzen Durcheinander gegenüber, diskutiere stundenlang laut über die abstrusesten und umstrittendsten Ideen mit ihm und bete darum, daß er mir keine Avancen macht.

Ehe er von sich aus gehen kann, wird Louis von der Universität relegiert, zunächst einmal, weil er sich das ganze Semester hindurch nicht bei einer einzigen Vorlesung hat blicken lassen, und dann auch, weil er es nicht einmal für wert befand, auf die Anfragen seines Studienberaters zu antworten, der ihn aufforderte, zu ihm zu kommen und sein Problem mit ihm durchzusprechen. Louis erklärt bissig, sardonisch und voller Abscheu: »*Was für ein* Problem?«, schießt in die Höhe und verrenkt sich den Hals, als ob das ›Problem‹ irgendwo in der Luft über uns liegen könnte. Wiewohl alle darin übereinstimmen, daß Louis ein ganz ungewöhnlicher Kopf ist, wird ihm die Einschreibung für das zweite Semester seines vorletzten Studienjahres verweigert. Von einem Tag auf den anderen verschwindet er aus Syracuse (keinerlei Lebewohl, was wohl kaum betont zu werden braucht) und bekommt fast unmittelbar darauf seinen Gestellungsbefehl. Davon erfahre ich, als ein F.B.I.-Agent mit unerbittlichem Blick kommt, um mich auszuquetschen, nachdem Louis von der Grundausbildung desertiert ist und sich (wie ich mir denke) mit seinem Kierkegaard und seinen Kleenex irgendwo in einem Slum vor dem Korea-Krieg versteckt.

Agent McCormack fragt: »Und was ist mit seiner Homosexualität, Dave?« Errötend erwidere ich: »Davon weiß ich nichts.« McCormack sagt: »Aber man hat mir gesagt, Sie wären sein Busenfreund.« – »Man? Ich weiß nicht, wen Sie meinen.« – »Die Jungs hier auf dem ganzen Campus.« – »Das ist nur ein gemeines Gerücht, das über ihn grassiert – da ist nichts Wahres dran.« – »Daß Sie sein Busenfreund waren?« – »*No, Sir*«, sage ich, wobei mir wieder ungebeten das Blut in den Kopf schießt, »daß er ein Homosexueller ist. So was behaupten die bloß, weil es nicht leicht war, mit ihm auszukommen. Er war ein ungewöhnlicher Mensch, besonders für dies Kaff hier.« – »Aber Sie sind doch gut mit ihm ausgekommen, oder?« – »Ja, warum auch nicht?« – »Das hat niemand behauptet. Hören Sie, man hat mir erzählt, Sie sind ein richtiggehender Casanova.« – »Ach, wirklich?« – »*Yeah*. Daß Sie wirklich hinter den Mädchen her sind. Stimmt das?« – »Wird es wohl«, sage ich und weiche seinem durchdringenden Blick genauso aus wie der hinter seiner Bemerkung versteckten Frage, ob die Mädchen womöglich nur Fassade seien. »Das konnte man von Louis allerdings nicht behaupten«, erklärt der Agent zweideutig. »Was soll das heißen?« – »Dave, sagen Sie mir eins. Seien Sie mir gegenüber mal ehrlich. Wo, meinen Sie, ist er?« – »Keine Ahnung.« – »Aber Sie würden es mir doch bestimmt verraten, wenn Sie es wüßten, oder?« – »*Yes, Sir.*« – »Gut, hier ist meine Karte, für den Fall, daß Sie zufällig dahinterkommen.« – »*Yes, Sir; thank you, Sir.*« Und nachdem er fort ist, bin ich erschrocken darüber, wie ich mich verhalten habe: meine Angst vorm Gefängnis, meine Ziererei, mein instinktives Kollaborateur-Verhalten – und meine Scham wegen allem und jedem.

Die Mädchen, hinter denen ich her bin!

Für gewöhnlich suche ich sie (oder *wähle* ich sie zumindest) im Lesesaal der Bibliothek aus, einem Ort, der mit seinem Vermögen, meine Begierde zu wecken und auf jemand Bestimmtes zu lenken, Ähnlichkeit mit dem Laufsteg eines Tingeltangels aufweist. Was immer in diesen adrett gekleideten, wohlerzogenen amerikanischen höheren Töchtern nur unzulänglich unterdrückt ist, kommt in dieser alles durchdringenden Atmosphäre akademischer Wohlanständigkeit augenblicklich zum Vorschein (oder wird häufiger wohl noch von mir in sie hineininterpretiert). Verzückt beobachte ich jenes Mädchen, das mit den Strähnen ihrer Haare spielt, während sie dem Anschein nach in ihr Geschichtsbuch vertieft ist – und ich dem Anschein nach in das meine. Ein anderes Mädchen, das tags zuvor im Hörsaal noch nichtssagend auf seinem Platz gesessen hat, fängt unterm Lesesaaltisch plötzlich an, mit ihrem Bein zu wippen, während sie oben müßig eine Illustrierte durchblättert, und mein Verlangen kennt keine Grenzen. Ein drittes Mädchen lehnt sich über ihre Notizen vor, und innerlich aufstöhnend, gleichsam als würde ich gepfählt, bemerke ich, wie ihre Brüste unter ihrer Bluse sich weich der Form ihrer gekreuzten Arme anpassen. Wie ich wünschte, diese Arme zu sein! Jawohl, es bedarf praktisch eines Nichts, um mich zu veranlassen, einer Wildfremden nachzustellen, nichts weiter als, sagen wir, daß sie den Zeigefinger ihrer Linken – während sie mit der Rechten etwas aus einem Lexikon abschreibt – nicht davon abhalten kann, kleine Kreise auf ihrer Lippe zu zeichnen. Aus einer Unfähigkeit heraus, die ich zum Prinzip erhebe, weigere ich mich, Dingen zu widerstehen, die ich unwiderstehlich finde, ganz egal, wie schal und hergesucht oder kindlich und pervers die Quelle des Reizes einem anderen auch vorkommen mag. Selbstverständlich führt mich das dazu, mir Mädchen auszusuchen, die ich sonst vielleicht alltäglich oder dämlich oder fade fände, aber ich bin nun mal überzeugt, daß Fadheit nicht alles ist und es keinen Grund gibt, meine Begierde, nur weil sie *Begierde ist*, herabzusetzen oder verächtlich zu machen.

»Bitte«, versuchen sie mich zu erweichen, »warum unterhältst du dich nicht einfach mit uns und bist nett? Du kannst so nett sein, wenn du willst.« – »Ja, hat man mir schon mal gesagt.« – »Aber verstehst du denn nicht, das hier ist doch bloß mein Körper. Ich möchte nicht auf dieser Ebene mit dir kommunizieren.« – »Dann hast du Pech gehabt. Daran ist nun mal nichts zu ändern. Dein Körper ist 'ne Wucht!« – »Oh, fang jetzt nicht wieder davon an!« – »Dein Hintern ist 'ne Wucht!« – »Werd jetzt bitte nicht gewöhnlich! So redest du doch im Seminar sonst auch nicht! Ich höre dich so gern reden, aber nicht, wenn du mich beleidigst wie eben!« – »Dich beleidigen? Das ist der Gipfel des Lobes! Dein Hintern ist wunderbar! Er ist vollkommen! Du solltest entzückt sein darüber, einen solchen Hintern zu haben!« – »Aber er ist doch nichts weiter als das, worauf ich sitze, David!« – »So ein Unsinn! Frag doch mal ein Mädchen, das nicht ein so wohlgeformtes Hinterteil hat wie du, ob sie nicht gern mit dir tauschen möchte. Das würde dich mal zur Vernunft bringen.« – »Bitte, hör auf, dich über mich lustig zu machen und sarkastisch zu sein. *Bitte*!« – »Ich mach' mich nicht über dich lustig. Ich nehme dich ernst, wie noch kein Mensch dich in deinem Leben ernstgenommen hat. Dein Hintern ist ein Meisterwerk.«

Kein Wunder, daß ich mir im letzten Studienjahr bei den Mädchen in den Studentenverbindungen, deren Mitglieder ich mit meiner Art von aggressiver Offenheit zu verführen versuche, einen ›schlimmen‹ Ruf erwerbe. Diesem Ruf nach zu urteilen, sollte man annehmen, daß ich schon Hunderte von Kommilitoninnen zur Hurerei gebracht hätte, wohingegen es mir in Wahrheit im Laufe von vier Jahren nur zweimal gelungen ist, ihn wirklich ganz in ein Mädchen hineinzustecken und ich bei zwei weiteren Gelegenheiten einen Zustand erreichte, der dem etwa nahekam. Meistens ist es so, daß, wo physisches Ungestüm herrschen sollte, logisch (und unlogisch) disputiert wird: Ich erkläre notfalls, daß ich niemals versucht habe, eine Partnerin über meine Begierde oder ihr begehrenswertes Äußeres im unklaren gelassen zu haben, daß ich, weit davon entfernt, andere ›auszunutzen‹, vielmehr einer von den wenigen ehrlichen Menschen bin, die es gibt. In einem Ausbruch wohlberechneter Aufrichtigkeit – oder vielmehr falsch berechneter Aufrichtigkeit, wie es sich herausstellt – gestehe ich einem dieser Mädchen, der Anblick ihrer Brüste, wie sie sich gegen ihre Arme drückten, habe den Wunsch in mir geweckt, diese Arme zu sein. Und ob das denn so verschieden sei von dem, versuche ich mein Glück weiter, was Romeo unter Julias Balkon geflüstert habe: »Oh, wie sie auf die Hand die Wange lehnt! / Wär' ich der Handschuh doch auf dieser Hand / und küßte diese Wange.« Offensichtlich besteht da jedoch ein grundlegender Unterschied. Während meines letzten Studienjahres kommt es vor, daß am anderen Ende der Leitung einfach aufgelegt wird, wenn ich sage, wer anruft, und die wenigen netten Mädchen, die immer noch bereit sind, es zu wagen, allein mit mir auszugehen, gelten, wie mir (von den netten Mädchen selbst) gesagt wird, als selbstmörderisch.

Außerdem fahre ich fort, mir die amüsierte Verachtung meiner hochgesinnten Freunde vom Studententheater zuzuziehen. Jetzt heißt es unter den Satirikern von ihnen, ich hätte die heiligen Gelübde gebrochen und machte mich an jene Mädchen heran, die auf dem Sportplatz mit revuereifem Bein- und Hüftschwung die Zuschauer anfeuern; und das sei doch nun wahrhaftig etwas anderes als die Darstellung der Sexualangst von Strindberg und O'Neill. Nun ja, das glauben sie.

In Wahrheit gibt es nur eine solche Tambourmajorin in meinem Leben, die mich die unverfälschten Qualen erhabener Frustration durchmachen läßt und meine Wüstlingsträume der Lächerlichkeit preisgibt, eine gewisse Marcella *Silky* – »Die Seidene« – Walsh aus Plattsburg, New York. Mein von vornherein zum Verkümmern verurteiltes Begehren beginnt, als ich eines Abends zu einem Basketball-Spiel gehe, um ihr bei ihrer Vorführung zuzusehen, nachdem ich sie beim Anstehen in der Mensa nachmittags kennengelernt und einen Blick auf jenes schwellende Füllhorn, den unwiderstehlichsten aller Leckerbissen habe werfen dürfen, den ihre Unterlippe darstellt. Es gibt bei der Vorführung der Mädchen einen Punkt, wo jede, die eine Hand in die Hüfte stützt, mit der anderen rhythmisch in die Luft stößt und sich dabei aus der Taille heraus weiter und immer weiter zurückbeugt. Für die sieben anderen Mädchen in kurzem weißen Faltenrock und wohlgefülltem weißen Pullover scheint die Abfolge dieser Bewegungen nichts weiter zu sein als eine gewisse schwungvolle Gymnastik, bei der man seine Kräfte nicht schont und die an Ausgelassenheit grenzt. Nur dem langsam sich wieder hochwindenden Bauch von Marcella Walsh wohnt jene schwelende Andeutung inne (die ich einfach nicht übersehen kann), ein Anerbieten und eine Aufforderung, eine Bereitschaft zur Lust, die unbewußt ist und (in meinen Augen) nur darauf wartet, befriedigt zu werden. Jawohl, nur sie allein scheint (für mich, für mich) zu spüren, daß der zahme und gebändigte Schwung dieser lauen Stimmungsmache nichts weiter ist als eine sehr, sehr fadenscheinige Verkleidung für den urtümlichen Sang, der von ihren Lippen kommen müßte, während ein Penis ihren sich hebenden Schoß ankurbelt und kreisend in Ekstase versetzt. O Gott, wie kann mein Verlangen nach diesem Schoß, der da so aufreizend auf den Mund des heulenden Mobs zuzuckt, wie kann mein Verlangen nach diesen harten winzigen Fäusten, die von den wonnigsten aller Kämpfe zu mir sprechen, wie kann mein Verlangen nach diesen langen und knabenhaft kräftigen Beinen, die beim Brückemachen kaum merklich zittern, während ihr seidiges Haar (dem sie ihren Spitznamen verdankt) von hinten über den Boden der Turnhalle fegt – wie kann mein Verlangen, das auch noch auf die leisesten Pulsschläge ihres Seins gerichtet ist, ›bedeutungslos‹ oder ›trivial‹, ›unter‹ meiner *oder* ihrer Würde sein, hingegen das Hochpeitschen der Stimmung für Syracuse, damit unsere Mannschaft Basketball-Meister im Nationalen Studentischen Leichtathletikverband wird, sinnvoll?

In diese Richtung gehen auch meine Argumente gegenüber Silky persönlich, und mit ihrer Hilfe hoffe ich mit der Zeit (ach, der Zeit! diese stundenlangen Streitgespräche, die man hätte nutzen können, sich gegenseitig zu einem ozeanischen Orgasmus hinaufzusteigern!) den Weg freizumachen für jene durchdringenden erotischen Freuden, die ich immer noch nicht kennengelernt habe. Statt dessen muß ich Logik, Witz, Aufrichtigkeit und – jawohl – auch literarisches Wissen, muß ich jeden vernünftigen Überredungsversuch wie letzten Endes auch alle Würde hintanstellen, muß ich zuletzt erbärmlich und verzagt wie ein streunender Köter bei einer Hungersnot vor Silky winseln, bis diese, die vermutlich noch nie zuvor jemand so unglücklich gesehen hat wie mich, mir gestattet, Küsse auf ihr nacktes Zwerchfell herabregnen zu lassen. Da sie wirklich ein ausnehmend liebenswürdiges und verständnisvolles Mädchen ist, kaum grausam und kalt genug, selbst einen mit einer schmutzigen Phantasie begabten Romeo, einen universitätsaktenkundigen Blaubart, einen heranwachsenden Don Juan und Johannes den Verführer zu kriecherischer Bettelei absinken zu lassen, darf ich zwar ihren Bauch küssen, von dem ich so ›besessen‹ gesprochen, doch nicht mehr. »Weder höher rauf noch tiefer runter«, flüstert sie, die ich über einem Ausguß in einem pechschwarzen Wäscheraum im Keller ihres Studentinnenwohnheims dazu gebracht habe, sich nach hinten zu biegen. »David, nicht weiter runter, habe ich gesagt. Wie kannst du so etwas nur *tun* wollen?«

So richtet meine Welt zwischen dem Begehren und den Myriaden Gegenständen der Begierde Streit und Hindernisse auf. Mein Vater versteht mich nicht, das F.B.I. versteht mich nicht, Silky Walsh versteht mich nicht, weder die Studentinnen der Studentenverbindungen noch die bohemienhaften Kommilitoninnen verstehen mich – nicht einmal Louis Jelinek hat mich jemals verstanden, und, so unwahrscheinlich es klingt, dieser mutmaßliche (von der Polizei gesuchte) Homosexuelle ist mein bester Freund gewesen. Nein, kein Mensch versteht mich, nicht einmal ich selbst.

Ich komme in London an, um – nach einer sechs Tage langen Schiffsreise, der Eisenbahnfahrt von Southampton herauf und einer langen Fahrt mit der Untergrundbahn bis hinaus nach einem Tooting Bec genannten Bezirk – mein Jahresstipendium für das Studium der Literaturwissenschaft anzutreten. Hier, in einer endlosen Straße, die aus einer Häuserzeile im Pseudo-Tudor-Stil besteht, und nicht, wie ich gebeten hatte, in Bloomsbury, hat das Unterbringungs-Büro des *King's College* in einem Privathaus ein Zimmer für mich reserviert. Nachdem mir von einem Army-Captain im Ruhestand und seiner Frau, denen dieses aufgeräumte, luftlose Haus gehört – und mit denen ich übrigens, wie ich erfahre, meine Abendmahlzeit einnehmen werde – mein kleines dunkles Dachzimmer gezeigt worden ist, werfe ich einen Blick auf das eiserne Bettgestell, in dem ich um die dreihundert Nächte verbringen soll, und gehe im Handumdrehen jener Hochstimmung verlustig, mit der ich den Atlantik überquert hatte, jener reinen Freude, mit der ich all den einengenden Ritualen des Studentendaseins jüngerer Semester ebenso entflohen war wie der ermüdenden Fürsorge von Mutter und Vater, die, wie mir scheint, nun aufgehört haben mich zu nähren. Doch Tooting Bec? Dieses winzige Zimmer? Die Mahlzeiten gegenüber dem bleistiftdünnen Lippenbart des Captain einnehmen? und wozu – um Arthur-Legenden und isländische Sagas zu studieren? Wozu diese ganze Strafe, bloß weil man nicht auf den Kopf gefallen ist?

Mein Elend ist schmerzhaft und kolossal. In meiner Brieftasche habe ich die Telefonnummer eines Dozenten für Paläographie am *King's College,* die mir ein Freund von ihm, einer meiner Professoren in Syracuse, gegeben hat. Doch wie soll ich diesen bedeutenden Gelehrten anrufen und ihm eine Stunde nach meiner Ankunft sagen, daß ich mein Fulbright-Stipendium zurückgeben und nach Hause zurückkehren möchte? »Sie haben den falschen Bewerber ausgewählt – es ist mir nicht ernst genug, um jetzt dermaßen zu leiden!« Mit Hilfe der pummeligen und freundlichen Captainsgattin – die mein Teint überzeugt hat, daß ich Armenier bin, denn sie brabbelt die ganze Zeit über etwas von neuen Teppichen fürs

Wohnzimmer – finde ich im Flur das Telefon und wähle. Nur Zentimeter trennen mich von den Tränen (ja, ich bin auch nur Zentimeter davon entfernt, ein R-Gespräch für die Catskills anzumelden). Doch wie verängstigt ich bin und wie elend ich mich fühle, es stellt sich heraus, daß ich noch mehr Angst davor habe zuzugeben, daß ich Angst habe und mir hundeelend ist, denn als der Professor sich meldet, lege ich auf.

Vier oder fünf Stunden später – nachdem die Nacht sich über Westeuropa herniedergesenkt hat und ich meine erste englische, aus Spaghetti aus der Büchse und Toast bestehende Mahlzeit mehr oder weniger verdaut habe – begebe ich mich auf die Suche nach einem Londoner Strich, von dem ich auf der Überfahrt gehört habe. Er ist auf dem Shepherd Market und verhilft mir zu einer Erfahrung, die meine Einstellung zu der Tatsache, ein Fulbright-Stipendiat zu sein, beträchtlich verändert. Jawohl, noch ehe ich meine ersten Vorlesungen über Epos und Ritterroman besuche, geht mir allmählich auf, daß es für einen unbekannten Burschen wie mich vielleicht doch kein Fehler gewesen ist, in ein unbekanntes Land gereist zu sein. Selbstverständlich schlottere ich vor Angst zu sterben wie Maupassant; trotzdem habe ich, kaum daß ich schüchtern einen ersten Blick in die berüchtigte Gasse hineingeworfen habe, eine Prostituierte – die erste Hure meines Lebens und, was weit wichtiger ist als das, die bislang erste meiner drei Sex-Partnerinnen, die außerhalb des nordamerikanischen Kontinents (genauer gesagt: außerhalb des Staates New York) und in einem Jahr geboren sind, das vor meiner eigenen Geburt liegt. Wahrhaftig, als sie rittlings auf mir hockt und die Schwerkraft plötzlich nach besonderem Belieben mit ihr verfährt, erkenne ich merkwürdig fasziniert und abgestoßen zugleich, daß diese Frau, deren Brüste über meinem Kopf wie Kessel gegeneinanderstoßen – und die ich unter ihren Mitbewerberinnen gerade wegen dieser gewaltigen Brüste und ihres nicht weniger ausladenden Hinterteils ausgewählt habe – vermutlich schon vor Ausbruch des Ersten Weltkrieges geboren worden ist. Ich stelle mir das vor: also vor der Veröffentlichung des *Ulysses,* vor ... doch noch während ich versuche, sie in diesem Jahrhundert unterzubringen, merke ich, daß ich – gleichsam als ob einer von uns loslegte, als ob es gälte, einen Zug zu erwischen – unter unerbetener Mithilfe einer erfahrenen, behenden und unsentimentalen Hand wesentlich rascher, als ich vorgehabt hatte, meinem großen Finale entgegengetrieben werde.

Am nächsten Abend entdecke ich auf eigene Faust Soho. Außerdem entdecke ich in der *Columbia Encyclopedia,* die ich zusammen mit Baughs *Literary History of England* und den drei Paperbackbänden Trevelyan über den Atlantik geschleppt habe, daß Maupassant die letzten Stadien *seiner* Geschlechtskrankheit im Alter von dreiundvierzig Jahren dahingerafft haben. Trotzdem fällt mir kein Ort ein, an dem ich – nach dem Abendessen mit dem Captain und der Captainsgattin – lieber wäre als in einem Zimmer mit einer Hure, die tut, was immer ich will – nein, jedenfalls nicht, nachdem ich, seit ich zwölf war, immer wieder davon geträumt hatte, für dieses Vorrecht zu bezahlen und mein Taschengeld von einem Dollar die Woche für das sparen konnte, wonach mein Herz begehrte. Selbstverständlich würden meine Aussichten, an einer Geschlechtskrankheit statt an Altersschwäche zu sterben, sich begrüßenswert verringern, wenn ich mir Huren aussuchte, die weniger hurenhaft aussehen. Doch was soll ich mit einer Hure, die nicht aussieht, redet und sich benimmt wie eine? Schließlich bin ich nicht auf der Suche nach einer Freundin, jedenfalls noch nicht. Denn als ich für eine solche bereit bin, begebe ich mich nicht nach Soho, sondern zu einem aus einem Hering bestehenden Mittagsmahl in einem Restaurant namens *Midnight Sun* in der Nähe von *Harrods*.

Die Mythen, die sich um schwedische Mädchen und ihre sexuelle Freizügigkeit ranken, erstrahlen in diesen Jahren in ihrem ersten Glanz, und trotz der natürlichen Skepsis, die Erzählungen von unersättlichem Appetit und absonderlichen Neigungen in mir erregen, welche ich in Studentenkreisen höre, schwänze ich frohgemut meine Vorlesungen über Altnorwegisch, um auf eigene Faust herauszufinden, was Wahres an diesen prickelnden Schuljungenspekulationen dran ist. Auf also ins *Midnight Sun*, dessen Bedienung sexbesessene junge skandinavische Göttinnen sein sollen, die dort nordische Spezialitäten servieren und dazu farbenprächtige Trachten und bemalte Holzschuhe tragen, welche ihre goldenen Beine höchst vorteilhaft zur Geltung bringen, und dazu bäuerliche Mieder, die vorn verschnürt sind und die verführerischen Schwellungen ihrer Brüste hochdrücken und sichtbar machen.

Dort lerne ich Elisabeth Elverskog kennen – und die arme Elisabeth mich. Elisabeth hat sich für ein Jahr von der Universität Lund beurlauben lassen, um ihr Englisch zu vervollkommnen, und wohnt mit einer anderen Schwedin zusammen, der Tochter von Freunden der Familie, einem Mädchen, das vor zwei Jahren von der Universität Uppsala abgegangen ist, um *ihr* Englisch zu verbessern, und es bis jetzt noch nicht geschafft hat, wieder zurückzukehren. Birgitta, die als Studentin nach England gekommen ist und vorgeblich Kurse an der *London University* besucht, arbeitet im Green Park, wo sie die Mietgebühr für Liegestühle kassiert und, ohne daß Elisabeths Familie davon wüßte, jedes Abenteuer mitnimmt, das ihr über den Weg läuft. Die Kellerwohnung, die Elisabeth und Birgitta teilen, liegt in einem Mietshaus in der Nähe der Earl's Court Road, das vornehmlich von Studenten bewohnt wird, deren Hautfarbe um etliche Grade dunkler ist als die der Mädchen. Elisabeth gesteht mir, daß sie von dem Haus nicht gerade hingerissen ist – die Inder, denen gegenüber sie keine rassischen Vorurteile hat, bringen sie dadurch zur Verzweiflung, daß sie die ganze Nacht hindurch auf ihren Zimmern Curry-Gerichte kochen, und die Afrikaner, denen gegenüber sie gleichfalls keine rassischen Vorurteile hat, strecken bisweilen die Hand aus und berühren ihr Haar, wenn sie im Korridor an ihr vorübergehen, und wiewohl sie versteht, warum, und durchaus weiß, daß sie ihr nichts antun wollen, bringt es sie doch jedesmal ein bißchen zum Zittern, wenn das passiert. Doch da sie keine Spielverderberin ist, hat Elisabeth in ihrer Gutmütigkeit beschlossen, sich mit den kleineren Korridor-Demütigungen und der allgemeinen Schmuddeligkeit ihrer Umgebung abzufinden und sie als Teil des Abenteuers anzusehen, das es ist, bis Juni im Ausland zu sein; denn dann wird sie nach Hause zurückkehren und den Sommer gemeinsam mit ihrer Familie im Ferienhaus der Eltern auf einer Insel in den Stockholmer Schären verbringen.

Ich beschreibe Elisabeth meine eigene mönchische Unterbringung und belustige sie höchlichst mit einer Imitation des Captains und seiner Gattin, die mir erklären, sie duldeten keinerlei Geschlechtsverkehr in ihrer Wohnung, nicht einmal ihren eigenen. Und als ich noch mit einer Imitation ihres eigenen Sing-sang-Englisch aufwarte, will sie sich vor Lachen ausschütten.

Die ersten paar Wochen hindurch tut die zierliche, dunkelhaarige und (für meine Begriffe) mit reizvoll vorstehenden

Zähnen ausgestattete Birgitta immer, als ob sie schliefe, wenn Elisabeth und ich in ihrem gemeinsamen Souterrainzimmer ankommen und so tun, als ob wir *nicht* miteinander schliefen. Ich glaube nicht, daß die Erregung, die mich packt, als wir alle drei plötzlich jede Verstellung aufgeben, größer ist als die, welche mich gepackt hielt, als wir alle die Luft anhielten und so taten, als ob nichts Ungewöhnliches los sei. Ich bin so sehr erleichtert über diese plötzliche Veränderung, die sich in meinem Leben vollzogen hat, seit ich auszog, im *Midnight Sun* zu essen – ja, eigentlich schon, seit ich alle Ängste über Bord warf und den Shepherd Market betrat, um mir dort die verhurteste aller Huren auszusuchen –, daß mir ganz schwindlig ist, und ich gerade in eine dermaßen egozentrische und beseligte Raserei über das, was mir nicht nur mit einem, sondern mit zwei schwedischen (oder, wenn man so will, *europäischen*) Mädchen widerfährt, daß ich gar nicht merke, wie Elisabeth langsam zugrundegeht an der Anstrengung, die es sie kostet, eine vollbeteiligte Sünderin in unserer interkontinentalen *ménage* zu sein, von der die eine Hälfte nicht anders als mein Harem genannt werden kann.

Vielleicht merke ich es auch deshalb nicht, weil sie selbst in einer Art Raserei ist – der Raserei des Ertrinkens, des Um-sich-Schlagens, um nicht unterzugehen – und infolgedessen häufig den Eindruck erweckt, als *genieße* sie es ausgesprochen; das heißt, ich halte ihre Erregung für genußvolle Erregung, auf jeden Fall bestimmt dann, als wir drei uns mit Picknick-Lunch und Tennisball zu einem Ausflug aufmachen und einen Sonntag auf der Hampstead Heath verleben. Ich bringe den Mädchen bei, wie man beim Baseballspiel loswetzt – und könnte Elisabeth irgend etwas mehr in Entzücken versetzen als mitten in einem Wettlauf unter Gekreisch und Gelächter zwischen Birgitta und mir vom Ball getroffen zu werden? – wohingegen sie mir *brännvoll* beibringen, ein Mittelding zwischen Fangball und Prellball, das sie als Schulmädchen in Stockholm gespielt haben und das Elemente aus beiden Spielen enthält. Wenn es regnet, spielen wir Karten – Gin oder Canasta. Der alte König, Gustav V., sei ein leidenschaftlicher Gin-Rummy-Spieler, erzählt man mir, und die gleiche Leidenschaft hätten auch Birgittas Vater und Mutter, ihr Bruder und ihre Schwester. Elisabeth, deren Schulfreundinnen offenbar Hunderte von Nachmittagen mit Canasta-Spielen vertrödelt haben, lernt binnen einer halben Stunde Gin-Rummy, nachdem sie bei ein paar Spielen zwischen Birgitta und mir zugeguckt hat. Was sie völlig aus dem Häuschen bringt, ist die Suada, die ich beim Spiel von Stapel lasse und die sie mir sogleich nachzumachen versucht – genauso, wie ich mit acht oder neun, damals, als ich all das zu Füßen von Klotzer, dem Sodawasser-König lernte (von dem meine Mutter behauptete, er sei der beleibteste Gast in der Geschichte des *Hungarian Royale* – wenn Mr. Klotzer sein Hinterteil auf einen unserer Rohrstühle hinabsenkte, mußte sie manchmal die Hände vor die Augen schlagen – ein Marathon-Quengeler und Dauer-Quassler am Kartentisch). Wenn Elisabeth, während sie traurig die von Birgitta ausgeteilten Karten zum Fächer steckt und umsteckt, sagt: »Ich hab' eine Hand wie einen Fuß«, und wenn sie triumphierend die richtige Kombination aufdeckt, dann bereitet es ihr ein unendliches Vergnügen – genauso wie es das *mir* bereitet – ihre Gegenspielerin fragen zu hören: »Wie geht's, wie steht's, Kumpel?« Ach, und wenn sie die wilden Karten beim Canasta ›Yoker‹ nennt – nun, das haut mich einfach um! Wieso um alles in der Welt soll sie zugrunde gehen? Ich tu's doch schließlich auch nicht! Und was ist mit unseren ernsten und einen zum Wahnsinn treibenden Streitgesprächen über den

Zweiten Weltkrieg, in deren Verlauf ich zu erklären versuche
– und das auch nicht immer besonders leise – diesen beiden
selbstgerechten Neutralen zu erklären versuche, was sich in
Europa abspielte, während wir heranwuchsen? Ist es nicht
Elisabeth, die eigentlich ungestümer (und von einem unschuldig schlichten Gemüt) ist als Birgitta, die selbst dann
noch, wenn ich praktisch drohe, ihr so etwas wie Vernunft
einzubläuen, darauf beharrt, der Krieg sei »die Schuld aller«
gewesen? Woher soll ich denn wissen, daß sie nicht nur zugrunde geht, sondern von morgens bis abends darüber
nachsinnt, wie sie sich umbringen kann?

Nach dem »Unfall« – so bezeichnen wir in dem Telegramm an ihre Eltern den gebrochenen Arm und die leichte
Gehirnerschütterung, die Elisabeth davon zurückbehält, daß
sie siebzehn Tage, nachdem ich von Tooting Bec ins Souterrain der Mädchen übergesiedelt bin, vor einen Lastwagen
läuft – hänge ich weiterhin meine Tweed-Jacke in ihren
Schrank und schlafe in ihrem Bett oder versuche jedenfalls zu
schlafen. Ich glaube sogar, daß ich deshalb weiterhin dort
wohnen bleibe, weil ich in dem Zustand des Schocks, in dem
ich mich befinde, einfach noch *unfähig* bin auszuziehen.
Abend für Abend schreibe ich vor Birgittas Nase Briefe nach
Stockholm, in denen ich versuche, mich Elisabeth verständlich zu machen; oder vielmehr setze ich mich an meine
Schreibmaschine, um endlich jene Seminararbeit über den
Niedergang der Skaldendichtung durch übermäßige Kenning-Verwendung zu schreiben, die ich für die Übung ›Die
isländische Saga‹ abzuliefern habe, und ende doch jedesmal
damit, daß ich Elisabeth erkläre, ich hätte nicht erkannt, daß
sie versucht habe, *mir* Vergnügen zu bereiten, sondern in
aller Unschuld – »völlig unverzeihlicherweise« – geglaubt,
gleich Birgitta und mir habe auch sie in allererster Linie ihr

eigenes Vergnügen gesucht. Immer und immer wieder – in der U-Bahn, in der Kneipe, während einer Vorlesung – hole ich ihren ersten Brief hervor, den sie am Tag ihrer Heimkehr in ihrem Schlafzimmer geschrieben hat, glätte ihn und führe mir nochmals jene Klippschulsätze zu Gemüte, die nie verfehlen, den Sacco-und-Vanzetti-Effekt auf mich auszuüben – was für ein Hornochse bin ich doch nur gewesen, wie gefühllos und blind! »Älskade David!« beginnt sie, um dann in ihrem Englisch zu erklären, sie habe sich in mich verliebt, nicht jedoch in Gittan, und sei nur deshalb mit uns beiden ins Bett gegangen, weil ich es von ihr verlangt hätte und sie alles getan haben würde, was ich von ihr verlangte ... und, fügt sie in winzigster Schrift hinzu, sie fürchte, sie werde es wieder tun, sollte sie nach London zurückkehren ...

Ich bin kein so starkes Mädchen wie Gittan, ich bin nur eine schwache Bettan, und da kann man nichts machen. Es war wie in der Hölle. Ich liebte, doch was ich tat, hatte mit Liebe nichts zu tun. Es war, als wäre ich kein Mensch mehr. Ich bin so dumm, und mein Englisch ist so komisch, wenn ich schreibe, tut mir leid. Aber ich weiß, ich darf nie wieder tun, was wir drei getan haben, solange ich lebe. Also hat das dumme Mädchen doch etwas gelernt.

Din Bettan

Und darunter, Bettans Verzeihung versprechendes, nachträgliches: *Tusen pussar och kramar* – tausend Küsse und Umarmungen.

In meinen eigenen Briefen gestehe ich immer wieder, daß ich für die wahre Natur ihrer Gefühle mir gegenüber blind gewesen sei – blind auch für die Tiefe der Gefühle, die ich *ihr* entgegenbrachte. Auch das nenne ich unverzeihlich,

»traurig« und »sonderbar«, und als das Nachdenken über diese meine Einfältigkeit mir fast die Tränen in die Augen treibt, nenne ich sie »erschreckend« – und meine das ganz ernst. Das wiederum bringt mich darauf zu versuchen, uns beiden etwas Hoffnung zu geben, und so teile ich ihr mit, ich hätte ein eigenes Zimmer in einem Studentenwohnheim gefunden (in ein paar Tagen, das nehme ich mir vor, will ich mich wirklich nach einem erkundigen) und von jetzt an solle sie mir dorthin schreiben – falls sie überhaupt den Wunsch habe, mir jemals wieder zu schreiben – statt an die alte Adresse c/o Birgitta ... Und mitten beim Abfassen dieser ernsten Entschuldigungen und Bitten um Verzeihung übermannen mich die ungebärdigsten und widersprüchlichsten Gefühle – das der Wertlosigkeit und Verachtung, das aufrichtiger Scham und Reue, gleichzeitig jedoch das mächtige Gefühl, an überhaupt nichts schuld zu sein, daß es, genausosehr wie meine die Schuld dieser Inder sei, die morgens um zwei Curryreis kochen, daß die einfältige, unbeschützte Elisabeth diesem Lastwagen vor den Kühler lief. Und was ist überhaupt mit Birgitta, die schließlich Elisabeths Beschützerin hatte sein sollen und die jetzt auf der anderen Seite des Zimmers nur auf dem Bett rumliegt und ihre englische Grammatik studiert, vollkommen ungerührt – zumindest tut sie so – von dem Drama an Selbstekel, das mich beutelt? Als ob sie, da es schließlich nur ein Arm und nicht der Hals war, den Elisabeth sich gebrochen hat, nun völlig aus allem heraus wäre! Als ob Elisabeths Verhalten uns gegenüber nur etwas ist, womit Elisabeths Gewissen fertig werden muß ... nicht ihres ... und meines auch nicht. Doch ganz, ganz ohne jeden Zweifel ist Birgitta nicht weniger schuld daran als ich, daß Elisabeths willfähriges Wesen mißbraucht wurde. Oder etwa nicht? War es nicht Birgitta und nicht ich, an die Elisabeth sich instinktiv wandte, wenn sie am meisten Zuwendung brauchte? Wenn wir ausgepumpt zusammen auf dem fadenscheinigen Teppich lagen – denn es war der Boden, nicht das Bett, das wir meist zu unserem Opferaltar machten – wenn wir also mit matten Gliedern inmitten der Unterwäsche dalagen, abgekämpft, übersättigt und ganz durcheinander, war es unweigerlich Birgitta, die Elisabeths Kopf hielt, ihr sanft übers Gesicht strich und ihr wie eine sehr liebevolle Mutter Worte wie aus Wiegenliedern zuflüsterte. Damals schienen meine Arme, meine Hände und meine Worte niemandes Nutzen zu sein. Wie die Dinge jetzt standen, hatten meine Arme, Hände und Worte alles bedeutet – bis ich kam, woraufhin die beiden Mädchen sich aneinanderdrängten wie Spielkameradinnen in einer Baumhöhle oder in einem Zelt, in dem für einen anderen einfach kein Platz mehr ist . . .

Meinen Brief halb geschrieben zurücklassend, stapfe ich auf die Straße hinaus und durchquere zu Fuß halb London (für gewöhnlich in Richtung Soho), um mich wieder unter Kontrolle zu kriegen. Bei diesen Raskolnikowschen Spritztouren (zugegebenermaßen ein Raskolnikow, den Pudd'nhead Wilson spielt), versuche ich, »die Dinge zu durchdenken«. Das heißt, ich würde, wenn ich könnte, mit dieser unerwarteten Wendung, die die Dinge nehmen, gern fertig werden wie Birgitta. Und da ich diese Art von Ausgeglichenheit offenbar nicht spontan erreiche – und auch nicht die Kraft dazu aufbringe, falls es Kraft ist – wie wär's, wenn ich versuchte, mich qua *Vernunft* in sie hineinzuversetzen? Jawohl, den Grips des Fulbright-Stipendiaten anwenden – schließlich muß er hier drüben doch zu irgend etwas nütze sein! Denk es durch, verflucht noch mal! So schwer kann es doch gar nicht sein! Du hast dich schließlich nicht auf diesen beiden Mädchen gewälzt, um in den Geruch der Heiligkeit zu kommen! Weit gefehlt! Entweder, du kehrst jetzt zurück und spielst Backe-backe-Kuchen mit Silky Walsh, oder du bleibst, wo du bist, und willst, was du willst! Birgitta ist auch ein Mensch, kapiert? Stark sein und klar denken können ist auch menschlich (sofern es darum geht, stark zu sein und klar zu denken), und Rumheulen geziemt sich nicht, wenn man aus den Kinderschuhen heraus ist! Auch die Masche von wegen unartiger Junge zieht nicht mehr! Elisabeth hat völlig recht: Gittan ist Gittan, Bettan ist Bettan, und es wird jetzt wirklich Zeit, daß du du bist!

Nun, wenn ich »die Dinge« auf diese Weise »durchdenke«, dauert es nie lange, und ich lande bei der Erinnerung an jene Nacht, da Birgitta und ich Elisabeth immer und immer wieder zusetzten und sie nach dem fragten, wonach wir beide uns schon gegenseitig ausgefragt haben: was sie sich insgeheim am allermeisten wünsche, was sie nur allein zu denken wage und nie, nie im Leben wagen würde zu tun oder mit sich tun zu lassen? »Was ist es, was du nie einem Menschen gegenüber hast eingestehen können, nicht einmal dir selbst gegenüber?« Sich mit zehn Fingern an die Decke klammernd, die wir vom Bett heruntergezogen hatten, um uns damit zuzudecken, fing Elisabeth leise an zu weinen und gestand in ihrem bezaubernden, musikalischen Englisch, sie wolle von hinten genommen werden, während sie sich über einen Stuhl beuge.

Ich fand ihre Antwort nicht befriedigend. Erst nachdem ich ihr weiter zugesetzt, und erst nachdem ich zu wissen verlangt hatte: »Aber was sonst – was weiter? Das ist doch nichts!« – erst danach brach jeder Widerstand zusammen und sie »beichtete«, sie wolle, daß ich sie auf diese Weise nähme, während sie mit Händen und Füßen an die Stuhlbeine gefesselt sei. Und vielleicht wollte sie das wirklich, vielleicht aber auch nicht . . .

Während ich durch Piccadilly gehe, entwerfe ich im Geist noch einen weiteren Absatz mit hochfliegenden Gedanken für den nächsten Brief, den ich schreiben will, um mein unschuldiges Opfer – und mich zu erbauen. In Wahrheit versuche ich mit der mir zu Gebote stehenden Einsicht – nebst Prosakünsten und literarischen Vorbildern – zu verstehen, ob ich wirklich das gewesen bin, was die Christen böse nennen und was ich unmenschlich nennen würde. »Selbst wenn Du wirklich gewollt hättest, was Du uns erzählt hast, daß Du es wolltest – wo gibt es ein Gesetz, das da vorschreibt, jedes heimliche Verlangen, das in uns nach Befriedigung verlangt, müsse auch auf der Stelle befriedigt werden . . .?« Wir hatten den Gürtel meiner Hose sowie einen Riemen von Birgittas Rucksack genommen, um Elisabeth an einen Stuhl mit gerader Lehne festzubinden. Abermals liefen ihr die Tränen übers Gesicht, was Birgitta veranlaßte, ihr die Wangen zu streicheln und sie zu fragen: »Bettan, sollen wir auch lieber aufhören?« Doch Elisabeths lange Ringellocken, dieser bernsteinfarbene Kinderschopf fegte über ihren nackten Rücken, so heftig schüttelte sie im Trotz den Kopf. Trotz wem gegenüber, frage ich mich, oder was gegenüber? Ach, ich weiß wirklich nicht, wo ich bei ihr daran bin! »Nein!« flüsterte Elisabeth, das einzige Wort, das sie die ganze Zeit über von sich gab. »Nicht aufhören?« frage ich. »Oder nicht weitermachen? Elisabeth, verstehst du mich . . .? Frag sie auf schwedisch, frag sie . . .« Aber mehr als »nein« ist nicht aus ihr herauszuholen, immer wieder nur »nein« und abermals »nein«. Und so kam es, daß ich weitermachte mit dem, zu dem ich, wie ich glaubte, irgendwie hindirigiert wurde. Elisabeth weint. Birgitta sieht zu, und plötzlich bin ich von alledem dermaßen erregt – von dem Gekeuche, dem hundeähnlichen Gehechel, das wir drei von uns geben, von dem, was wir drei *tun* –, daß die letzte Zurückhaltung von mir abfällt, ich weiß, daß ich zu *allem* imstande bin, und daß ich es möchte, und daß ich es tun werde! Warum nicht vier Mädchen, warum nicht fünf... »... wer außer den Bösen würde meinen, daß jedes Verlangen, das in uns nach Befriedigung verlangt, auch auf der Stelle befriedigt werden muß? Und doch, liebstes Mädchen, süßestes Mädchen, teuerstes Mädchen, war nicht gerade das das Gesetz, nach dem wir drei beschlossen hatten – ja, über*ein*gekommen waren – zu leben?« Inzwischen habe ich einen Torweg in der Greek Street betreten, wo ich endlich aufhöre darüber nachzudenken, was ich Elisabeth sonst noch zu dem unergründlichen Thema meiner Verruchtheit schreiben könnte, aber auch aufhöre über diese unergründliche Birgitta nachzudenken – besitzt sie *wirklich* kein Schamgefühl? keine Reue? kennt sie keine Treue? keine Grenzen? – die inzwischen den halbgeschriebenen Brief gelesen haben muß, den ich noch in meiner Olivetti stecken hatte (und der ihr ganz gewiß die Augen darüber aufgehen läßt, was für ein abgrundtief verschlagener Sultan ich bin).

In einem kleinen, über einer chinesischen Wäscherei gelegenen Zimmer versuche ich mein Glück bei einer Dreißig-Schilling-Hure, einer welkenden, in der Wolle gefärbten Londoner Milchmaid, die *Terry the Tart* – Terry die Nutte – genannt wird, und die findet, ich sei ein »sexiger *Baaaastard*« und deren frivoles Lästermaul in früheren Zeiten einmal eine höchst verblüffende Wirkung auf die Detonation meines Samens gehabt hatte. Jetzt nützt Terrys Können gar nichts. Sie drückt mir ihre außerordentliche Sammlung von pornographischen Bildchen in die Hand, damit ich sie betrachte; beschreibt dann mit einer Phantasie, die der von Elizabeth Browning um nichts nachsteht, die Arten, in denen sie mich lieben will; ja, sie lobt über den grünen Klee Umfang und Länge meines Gliedes und die Tiefe, bis zu der es eindringen konnte, als sie es das letztemal in Erektion erlebte, doch bleiben die fünfzehn Minuten Schwerarbeit, welche sie dem hingegossen liegenden Häufchen angedeihen läßt, ohne erwähnenswertes Resultat. Ich ziehe aus der zartfühlenden Weise, wie Terry es ausdrückt – »Sorry, Yank, er scheint heut abend reichlich müde zu sein« – soviel Trost, wie es mir eben möglich ist, kehre quer durch London heim in unser Souterrain und schließe dabei dieses Tages Erforschung jenes Bösen ab, das ich angerichtet habe oder vielleicht auch nicht angerichtet habe.

Wie es sich herausstellt, hätte ich besser daran getan, all diese Gedankenkraft auf den übermäßigen Gebrauch der Kenning im Island der zweiten Hälfte des zwölften Jahrhunderts zu wenden. Das ist immerhin etwas, was ich mit der Zeit einigermaßen begriffen hätte. Statt dessen scheine ich in den weitschweifigen Briefen, die ich regelmäßig nach Stockholm schicke, der Wahrheit oder so etwas Ähnlichem wie der Wahrheit nicht auf den Grund zu kommen, wohingegen die Seminararbeit, die ich den anderen Teilnehmern der Übung vortrage, den Tutor dazu veranlaßt, mich hinterher in sein Zimmer zu bitten, mich aufzufordern, dort auf einem Stuhl Platz zu nehmen und mich mit einem Hauch, aber auch nur ein Hauch von Sarkasmus zu fragen: »Sagen Sie, Mr. Kepesh, ist es Ihnen mit der isländischen Dichtung wirklich ernst?«

Ein Lehrer, der mir die Leviten liest! Genauso unvorstellbar das, wie meine sechzehn Tage in einem Zimmer mit zwei Mädchen! Wie Elisabeth Elverskogs Selbstmordversuch! Ich fühle mich so vor den Kopf geschlagen und gedemütigt durch diese Zurechtweisung (zumal sie auch noch im Fahrwasser jener Anschuldigungen kommt, die ich in meiner Eigenschaft als Elisabeths Familienanwalt gegen mich selbst gerichtet habe), daß ich nicht den Mut aufbringe, diese Übung jemals wieder zu besuchen; wie Louis Jelinek reagiere ich nicht einmal auf die wiederholten schriftlichen Aufforderungen meines Tutors, zu ihm zu kommen und über mein Fernbleiben mit ihm zu reden. Ist das möglich? Bin ich jetzt auf bestem Weg, mir mein Studium zu vermasseln? *Wohin, in Gottes Namen, soll das führen?*

Hierhin.

Eines Abends erzählt Birgitta mir, während ich Trübsal blasend auf Elisabeths Bett liege und den »gefallenen Priester« spiele, sie habe etwas getan, was »ein bißchen pervers« sei. Tatsächlich gehe das zurück auf die Zeit vor zwei Jahren, da sie frisch in London eingetroffen und wegen eines Verdauungsproblems einen Arzt aufgesucht habe. Um eine Diagnose zu stellen, so hatte der Arzt ihr gesagt, brauche er einen Vaginalabstrich. Er bat sie, sich zu entkleiden und sich auf den Untersuchungstisch zu legen, und habe dann entweder mit der Hand oder einem Instrument – sie war damals so erschrocken gewesen, daß sie sich darüber immer noch nicht klar sei – angefangen, sie zwischen den Beinen zu massieren. »Bitte, was tun Sie da?« hatte sie ihn gefragt. Laut Birgitta habe er die Stirn gehabt, darauf zu erwidern: »Hören Sie, meinen Sie, mir macht das Spaß? Ich hab' einen schlimmen Rücken, meine Liebe, und diese Haltung tut mir durchaus nicht gut. Aber ich brauche nun mal eine Probe, und dies ist die einzige Möglichkeit, zu einer zu kommen.« – »Hast du ihn gelassen?« – »Ich wußte nicht, was ich sonst hätte tun sollen. Wie sollte ich ihm sagen, daß er aufhören soll? Ich war ja erst vor drei Tagen hier angekommen. Ich hatte ein bißchen Angst, verstehst du, und ich war mir auch nicht ganz sicher, ob ich sein Englisch richtig verstand. Und wie ein Arzt aussehen tat er auch. Groß, nett und freundlich. Und sehr gut angezogen. Und ich dachte, vielleicht machen die das hier so. Er fragte immer wieder: ›Verkrampft es sich immer noch nicht, meine Liebe?‹ Zuerst wußte ich nicht, was er meinte – dann zog ich meine Kleider an und ging. Es waren Leute im Wartezimmer, da war eine Schwester ... Er hat eine Rechnung über zwei Guineas geschickt.« – »Wirklich?« frage ich und schwanke zwischen Ungläubigkeit und Erregung. »Vorigen Monat«, sagt Birgitta, und ihr Englisch kommt womöglich noch gewollter heraus als sonst, »bin ich wieder zu ihm gegangen. Ich mußte immer wieder daran denken. Und ich denke auch daran, wenn du all diese Briefe an Bettan schreibst.« Ob das stimmt? frage ich mich – ob überhaupt etwas Wahres an alledem ist? »Und?« frage ich. – »Jetzt gehe ich jede Woche einmal in seine Praxis. Während meiner Mittagspause.« – »Und er masturbiert dich? Du läßt ihn gewähren, wenn er dich masturbiert?« – »Ja.« – »Ist das die Wahrheit, Gittan?« – »Ich mach' die Augen zu, und er macht es mir mit der Hand.« – »Und – dann?« – »Dann zieh' ich mich wieder an und geh' zurück in meinen Park.« Alles in mir sehnt sich nach mehr – nach womöglich noch Gespenstischerem – doch da ist nichts. Er macht es ihr mit der Hand und läßt sie dann gehen. Kann das wahr sein? Gibt es so etwas überhaupt? »Wie heißt er? Und wo hat er seine Praxis?« Zu meiner Überraschung zögert Birgitta nicht einen Moment und sagt es mir.

Ein paar Stunden später, nachdem ich nicht einen einzigen Absatz in Arthurian Tradition and Chrétien de Troyes kapiert habe (eine unschätzbare Quelle, hat man mir gesagt, für die

Seminararbeit in meiner anderen Übung), stürze ich hinaus und hinein in die Telefonzelle am Ende unserer Straße und suche im Telefonbuch nach dem Namen des Arztes – und finde ihn samt der Adresse: Brompton Road! Gleich morgen früh als erstes werde ich ihn anrufen – und ihm (vielleicht sogar mit schwedischem Akzent) sagen: »Dr. Leigh, sehn Sie sich vor! Lassen Sie die Finger von jungen Ausländerinnen, sonst können Sie sich auf was gefaßt machen!« Doch anscheinend liegt mir weniger daran, diesen lasziven Arzt wieder auf den rechten Weg zu bringen, als vielmehr (soweit mir das möglich ist) herauszufinden, ob Birgittas Geschichte der Wahrheit entspricht. Wobei ich noch nicht einmal genau weiß, ob ich möchte, daß sie wahr ist oder nicht. Wäre mir nicht wohler, wenn sie es nicht wäre?

Als ich in die Wohnung zurückkehre, entkleide ich sie. Und sie läßt mich gewähren. Mit welcher Fassung gewähren läßt – sie und Gewährenlassen, das ist ein und dasselbe! Wir atmen beide schwer und sind äußerst erregt. Ich bin angezogen, und sie ist nackt. Ich schimpfe sie eine kleine Hure. Sie fleht mich an, sie an den Haaren zu ziehen. Wie stark ich sie daran ziehen soll, weiß ich nicht recht – so was hat bis jetzt noch keine von mir verlangt. Mein Gott, wie weit habe ich es gebracht – erst letztes Frühjahr habe ich im Wäscheraum des Mädchenwohnheims Silkys Bauchnabel geküßt! »Ich will wissen, wirklich wissen, daß du da bist«, ruft sie, »richtig reißen!« – »So?« – »Ja.« – »So wie jetzt, meine Hure? meine dreckige kleine verhurte Birgitta?« – »O ja, o ja, ja!«

Eine Stunde zuvor hatte ich noch Angst gehabt, es könnte Jahrzehnte dauern, bis ich wieder potent würde, ja, daß meine Bestrafung, wenn es denn eine war, *ewig* andauern würde. Und jetzt verbringe ich eine Nacht, übermannt von einer Leidenschaft, deren ungezügelte Energien kennenzulernen ich mir noch nie zuvor gestattet habe; aber vielleicht ist es auch so, daß ich zuvor noch nie ein Mädchen etwa meinen Alters gekannt habe, in dessen Augen ein solches Ungestüm etwas Geringeres als eine Greueltat gewesen wäre. Ich war dermaßen durchdrungen davon, mir meine Lust durch Schmeicheln, Beschwatzen und Erbetteln zu verschaffen, daß ich gar nicht gewußt hatte, tatsächlich zu einer solchen *Bestürmung* eines anderen fähig zu sein oder den Wunsch zu haben, meinerseits bestürmt und attackiert zu werden. Ich halte ihren Kopf zwischen den gespreizten Beinen und zwinge ihr mein Glied in den Mund, als ob es zugleich der Rettungsanker wäre, der sie vorm Ersticken bewahrt, und das Instrument, mit dem sie sich erdrosselt. Und als wäre ich ihr Sattel, pflanzt sie sich auf mein Gesicht und reitet und reitet und reitet! »Erzähl mir was!« ruft Birgitta. »Ich mag's, wenn man mir was erzählt! Erzähl mir alles mögliche!« Und am Morgen keine Reue über irgend etwas, was getan oder gesagt worden wäre – weit gefehlt! »Wir scheinen aus demselben Holz geschnitzt«, sage ich. Sie lacht und sagt: »Das weiß ich schon lange.« – »Deshalb bin ich ja auch geblieben, weißt du.« – »Ja«, erklärt sie, »das weiß ich.«

Trotzdem schreibe ich weiterhin an Elisabeth (allerdings nicht mehr in Birgittas Beisein). An die Adresse eines Studentenwohnheims – in dem ein amerikanischer Freund dafür gesorgt hat, daß die Briefe in sein Fach gelegt werden; er leitet sie dann an mich weiter – schickt Elisabeth mir ein Foto, auf dem ich sehen kann, daß sie den Arm nicht mehr in Gips trägt. Hintendrauf hat sie mit Blockbuchstaben geschrieben: *ICH*. Ich schreibe ihr postwendend, um ihr für das Foto zu danken, das sie wieder gesund und munter zeigt. Außerdem berichte ich ihr, daß ich Fortschritte in der Schwedischen Grammatik machte, daß ich jede Woche am Zeitungskiosk des Charing Cross-Bahnhofs ein *Svenska Dagbladet* kaufte und versuchte, mit Hilfe des englisch-schwedischen Taschenwörterbuchs, das sie mir geschenkt hat, die Artikel auf der ersten Seite zu lesen. Und wenn es auch Birgittas Zeitung ist, an die ich mich mache, um das eine oder andere zu übersetzen – und zwar in der Zeit, die ursprünglich dazu hatte dienen sollen, über meinen Eddas zu schwitzen – glaube ich, während ich an Elisabeth schreibe, ich täte es für sie oder für unsere Zukunft, damit ich sie heiraten und mich in ihrer Heimat niederlassen kann, um dort irgendwann einmal in amerikanischer Literatur zu unterrichten. Ja, ich glaube, ich könnte mich immer noch in dieses Mädchen verlieben, das ein Medaillon mit dem Bild ihres Vaters um den Hals trägt ... ja, daß ich es längst hätte tun sollen. Ihr Gesicht allein ist schon so liebenswert! Sieh's dir an, sage ich mir – schau hin, du Trottel! Zähne, wie sie weißer nicht sein könnten, die sanfte Rundung ihrer Wangen, übergroße blaue Augen und das rötlich-bernsteinfarbene Haar, von dem ich ihr einst gesagt habe – das war der Abend, an dem ich das kleine Wörterbuch von ihr bekam, in das sie hineingeschrieben hatte: ›Von mir für Dich.‹ – auf englisch beschreibe man es am treffendsten mit *tresses* – ›offenes, gelocktes Haar‹, einem poetischen Ausdruck aus der Märchensprache. *Common* – ›gewöhnlich‹ – sei, wie sie mir (nachdem sie es im Wörterbuch nachgeschlagen hat) sagt, das Wort, welches am treffendsten ihre Nase beschreibe. »Die Nase eines Mädels vom Lande«, sagt sie, »wie das Ding, das man im Garten pflanzt, um Kartoffeln wachsen zu lassen.« – »Nicht ganz.« – »Wie sagt man das?« – »Kartoffelknolle.« »Ja. Wenn ich vierzig bin, werd' ich wegen dieser Knolle bestimmt abscheulich aussehen.« Dabei hat sie einfach eine Nase wie Millionen andere auch, nur, daß sie bei Elisabeth wegen des völligen Fehlens jeden

Stolzes oder irgendwelcher Anmaßung sogar etwas Rührendes hat. Ach, welch ein bezauberndes Gesicht, so erfüllt vom Glück ihrer Kindheit! Dieses perlende Lachen! Dies unschuldige Herz! Dieses Mädchen, das mich einfach umgehauen hat mit ihrem: »Ich hab' eine Hand wie'n Fuß!« Ach, wie herzbewegend das ist – die Unschuld eines Menschen! Wie er mich jedesmal im unbewachtesten Augenblick erwischt, dieser arglose, vertrauensvolle Blick!

Doch mag ich mich an ihrem Foto noch so sehr erregen, es ist die schlanke kleine Birgitta, ein weit weniger unschuldiges und verletzliches Mädchen – ein Mädchen, das der Welt mit schmalem Fuchsgesicht gegenübertritt, einer wunderhübsch spitz zulaufenden Nase und einer ganz, ganz wenig vorstehenden Oberlippe, einem Mund, der, wenn nötig, genausosehr bereit ist, einem Angriff zu begegnen wie eine Herausforderung vorzubringen – mit der ich den Rest meines Jahres als Student der erotischen Tollkühnheit verbringe.

Da sie im Green Park herumhängt und dort Liegestühle an Vorübergehende vermietet, erhält Birgitta selbstverständlich fast täglich Anträge von Männern, die als Touristen nach London kommen, Männern, die während ihrer Mittagspause auf Jagd gehen oder Männern, die am Ende des Tages auf dem Heimweg zu ihren Frauen und Kindern sind. Dieser Gelegenheiten wegen, sich bei derlei Treffen Vergnügen und Erregung zu verschaffen, hatte sie ursprünglich beschlossen, nach dem Jahr, das sie sich hatte beurlauben lassen, nicht an die Universität Uppsala zurückzukehren und auch ihre Kurse an der Londoner Universität aufzugeben. »Ich glaube, auf diese Weise verschaffe ich mir eine viel bessere englische Erziehung«, sagt Birgitta.

An einem Nachmittag im März, als über dem trübseligen London unversehens die Sonne scheint, fahre ich mit der

U-Bahn bis zum Park und beobachte sie, wie sie ein paar hundert Schritt von mir entfernt sich mit einem Herrn unterhält, der fast dreimal so alt ist wie ich und sich auf einem der Liegestühle ausgestreckt hat. Es dauert fast eine Stunde, ehe die Unterhaltung endet, der Herr sich erhebt, sich förmlich vor ihr verneigt und sich entfernt. Ob das wohl jemand ist, den sie kennt? Jemand aus Schweden? Oder etwa Dr. Leigh aus der Brompton Road? Ohne ihr ein Wort davon zu verraten, fahre ich fast eine ganze Woche lang jeden Nachmittag zu diesem Park, halte mich im Schatten der Bäume und bespitzele sie bei ihrer Arbeit. Zuerst verwundert es mich, daß es mich jedesmal dermaßen aufregt zu sehen, wie Birgitta neben einem Liegestuhl steht und über einem darauf sitzenden Mann aufragt. Selbstverständlich reden sie immer nur miteinander. Etwas anderes bekomme ich niemals zu sehen. Kein einziges Mal erlebe ich es, daß entweder ein Mann Birgitta berührte oder Birgitta einen Mann. Und ich bin auch fast sicher, daß sie keine Verabredung trifft, nach der Arbeit einen von ihnen wiederzusehen. Was mich so sehr erregt, ist, daß sie es vielleicht doch tut, daß sie es könnte . . . daß sie es, schlüge ich ihr so etwas vor, wahrscheinlich tun würde. »Was für ein Tag«, sagt sie eines Abends beim Essen. »Die ganze portugiesische Kriegsmarine ist hier! Phhhh! Was für Männer!« Sollte ich jedoch sagen . . .

Ein paar Wochen darauf überrascht sie mich eines Abends damit, daß sie sagt: »Weißt du, wer heute zu mir gekommen ist? Mr. Elverskog.« – »Wer?« – »Bettans Vater.« Ich denke: sie haben meine Briefe gefunden! Ach, warum habe ich nur das mit dem ihre-Hände-an-den-Stuhl-Fesseln schreiben müssen! Ich bin's, hinter dem sie her sind, *beide* Familien! »Ist er hierhergekommen, um dich zu besuchen?« – »Nein, er weiß, wo ich arbeite«, sagt Birgitta, »und da ist er dorthin gekommen.« Flunkert Birgitta mich jetzt an, tut sie wieder mal etwas, was »ein bißchen pervers« ist? Woher soll sie aber wissen, daß ich die ganze Zeit über eine Heidenangst davor habe, Elisabeth könnte alles ausplaudern und uns verhaften lassen, oder daß ihr Vater mit einem Detektiv von Scotland Yard hinter mir her ist oder mich mit seiner Peitsche verfolgt . . . »Was macht er denn in London, Gittan?« – »Ach, der ist geschäftlich hier . . . ich weiß nicht. Er ist nur in den Park gekommen, um mir mal guten Tag zu sagen.« *Und bist du daraufhin mit ihm abgezogen und in sein Hotelzimmer gegangen, Gittan? Möchtest du gern mit Elisabeths Vater schlafen? War er nicht jener großgewachsene, vornehm aussehende Herr, der sich an dem sonnigen Märztag zum Abschied vor dir verneigte? Ist es nicht der alte Mann, dem du, wie ich wohl gesehen habe, vor einigen Monaten so überaus aufmerksam zugehört hast? Oder war das der Arzt, der in seiner Praxis so gern Doktorspiele mit dir spielt? Was hat er zu dir gesagt, dieser Mann, was hat er dir vorgeschlagen, daß du so aufmerksam zugehört hast?*

Ich weiß nicht, was ich denken soll, und ich denke alles.

Später, im Bett, als sie von mir erregt werden möchte, indem sie sich »alles mögliche« von mir anhört, hätte ich sie ums Haar gefragt: »Würdest du es mit Mr. Elverskog tun? Würdest du es mit einem Matrosen treiben, wenn ich es von dir verlangte? Würdest du es für Geld mit ihm machen?« Wenn ich es trotzdem nicht tue, dann nicht einfach aus Angst davor, daß sie ja sagen könnte (was bei ihr möglich ist, und sei es auch nur um des Kitzels willen, der darin liegt, es auszusprechen), sondern weil ich vielleicht sagen könnte: »Dann tu's, meine kleine Hure.«

Am Ende des Semesters trampen Birgitta und ich per Anhalter durch Europa, sehen uns tagsüber Museen und Kathedralen an und vergnügen uns nach Einbruch der Dunkelheit damit, in Cafés, *caves* und Tavernen Mädchen zu begutachten. Birgitta wieder dazu zu bringen, kostet mich nicht so viele Skrupel, wie ich sie in London hatte, als es darum ging, sie in Versuchung zu bringen, Mr. Elverskog in seinem Hotel aufzusuchen. »Noch ein Mädchen«, ist eines von den »Dingen«, mit denen wir uns in den Monaten seit Elisabeths Abreise ständig hochgebracht haben. Andere Mädchen zu finden, ist überhaupt einer der Gründe für diese Urlaubsreise. Und wir sind nicht schlecht darin, durchaus nicht! Gewiß, allein bringen weder Birgitta noch ich die Findigkeit und den Mumm auf, den man dazu braucht, aber gemeinsam, so scheint es, unterstützen wir einer des anderen abwegige Gelüste und entwickeln, je mehr Nächte vergehen, zunehmend unsere Fähigkeit, Wildfremde zu becircen. Doch wie geschickt, ja, wie *profihaft* wir auch als Team arbeiten, mir wird immer noch ein bißchen schwach und es schwimmt mir jedesmal der Kopf, wenn es sich herausstellt, daß es uns wirklich gelungen ist, eine willfährige Dritte zu finden und wir uns wie ein Mann erheben, um einen ruhigeren Ort zum Reden zu finden. Birgitta berichtet von sich selbst ähnliche Symptome – wiewohl ihr auf der Straße meine ganze Bewunderung gehört, wenn sie es über sich bringt, die Hand auszustrecken und der zu allem bereiten jungen Studentin, die nur darauf brennt zu erfahren, wie es weitergehen wird, das Haar aus dem Gesicht zu streichen. Jawohl, wenn ich meine Partnerin so beherzt und zuversichtlich sehe, gewinne ich meine Fähigkeiten – und mein Gleichgewicht – zurück, reiche jedem der Mädchen einen Arm und sage ohne auch nur das leiseste Zittern in der Stimme und mit meiner weltgewandten Mischung aus Ironie und Gutmütigkeit: »Denn mal los, Mädchen – kommt mit!« Und dabei denke ich die ganze Zeit über, was ich jetzt schon seit Monaten denke: *Ge-*

schieht das wirklich? Auch dies noch? Denn in meiner Brieftasche trage ich neben dem Bild Elisabeths auch noch ein Foto vom Ferienhaus der Familie an der See mit mir herum, das ich bekam, kurz bevor ich meine beklagenswerten Zeugnisse erhielt und mit Birgitta den Zug bestieg, der uns auf die Fähre bringen sollte. Ich bin eingeladen, sie auf dem winzigen Trongholmen zu besuchen und solange auf der Insel zu bleiben, wie ich Lust habe. Warum eigentlich nicht? Und warum sie dort nicht heiraten? Ihr Vater ahnt nichts und wird es nie erfahren. Die Peitsche, der Detektiv, die Szenen mörderisch-rächender Wut, die heimliche Verschwörung, mich für das bezahlen zu lassen, was ich seiner Tochter angetan habe – all das existiert nur in meiner außer Rand und Band geratenen Phantasie. Warum dieser Phantasie nicht eine andere Richtung geben? Warum sich nicht ausmalen, wie Elisabeth und ich die ganze Insel hinunter an der felsigen, mit hohen Kiefern bestandenen Küste entlangrudern bis zu der Stelle, wo jeden Tag die Waxholm-Fähre anlegt? Warum sich nicht vorstellen, wie ihre Familie strahlt und uns zuwinkt, wenn wir mit Milch und Post beladen wiederkommen? Warum nicht träumen, wie die süße Elisabeth auf der Veranda des hübschen, ochsenblutrot gestrichenen Ferienhauses mit dem ersten unserer schwedisch-jüdischen Kinder schwanger geht? Jawohl, da ist Elisabeths unergründliche und wunderbare Liebe, und da ist Birgittas unergründliche und wunderbare Waghalsigkeit, *und welche von beiden ich möchte, ich kann sie bekommen.* Nun, ist *das* etwa nicht unergründlich? Entweder den Feuerofen oder den häuslichen Herd! Ach, das muß es sein, was gemeint ist, wenn von den Möglichkeiten der Jugend gesprochen wird!

Weitere jugendliche Möglichkeiten! In Paris, in einer Bar nicht weit von der Bastille, in welcher der verruchte Marquis sich für seine schändlichen und tollkühnen Verbrechen bestrafen ließ, sitzt eine Prostituierte zusammen mit uns in einer Ecke, und während sie mich auf französisch mit meinem Bürstenschnitt aufzieht, streichelt sie Birgitta eifrig unterm Tisch. Als die Erregung am schönsten ist – denn auch ich habe eine Hand, die sich unterm Tisch hin und her bewegt – richtet sich plötzlich drohend ein Mann neben uns auf und beschimpft mich ob der entwürdigenden Dinge, die ich meiner jungen Frau zumute! Klopfenden Herzens erhebe ich mich, um zu erklären, wir seien gar nicht Mann und Frau, sondern Studenten, und was wir täten, sei unsere Sache; doch trotz vorzüglichster Aussprache und der grammatikalisch einwandfreien Konstruktionen meinerseits zieht er einen Hammer aus dem Overall und reckt ihn in die Höhe. »*Salaud!*« schreit er. »*Espèce de con!*« Hand in Hand mit Birgitta und überhaupt zum erstenmal laufe ich um mein Leben.

Darüber, was geschehen soll, wenn der Monat vorüber ist, reden wir nicht. Vielmehr denkt jeder von uns: Was kann nach dem, was gewesen ist, schon anderes sein? Worunter, wie ich annehme, zu verstehen ist, daß ich allein nach Amerika zurückkehre, um mein Studium dort fortzusetzen, *ernsthaft* diesmal, wohingegen Birgitta bestimmt meint, wenn ich gehe, werde sie ihren Rucksack packen und mit mir kommen. Birgittas Eltern sind bereits davon unterrichtet, daß sie daran denkt, als nächstes ein Jahr in Amerika zu studieren, wogegen sie offensichtlich nichts haben. Doch selbst wenn sie etwas dagegen hätten, würde Birgitta vermutlich doch tun, was sie will.

Wenn ich die schwierige Aussprache probe, zu der es früher oder später zwischen uns kommen muß, hört sich das wirklich sehr lendenlahm und quengelig an. Nichts von dem, was ich vorbringen könnte, kommt richtig heraus, und nichts von dem, was sie vorbringt, klingt falsch – und doch bin selbstverständlich ich es, der diesen Dialog erfindet. »Ich werde nach Stanford gehen. Ich will zurück und Examen machen.« – »So?« – »Ich habe Alpträume, wenn ich an die Uni denke, Gittan. So was ist mir überhaupt noch nicht passiert. Mein Fulbright-Stipendium habe ich einfach verplempert.« – »Ja?« – »Und was uns beide betrifft . . .« – »Ja?« – »Hm, ich kann irgendwie keine Zukunft für uns sehen. Oder *du*? Ich meine, wir würden es nie fertigbringen, zu normalem Sex zurückzukehren. Das würde bei uns einfach nicht klappen – dafür haben wir zu hoch gepokert. Wir sind zu weit gegangen, als daß wir jetzt noch zurück könnten.« – »Sind wir das?« – »Ich glaube schon.« – »Aber es war schließlich nicht allein meine Idee, oder?« – »Das habe ich ja auch nicht behauptet.« – »Dann hören wir eben auf, die Dinge zu weit zu treiben.« – »Aber das schaffen wir nicht! Ach, nun komm schon, das weißt du doch selbst.« – »Aber ich tue alles, was du verlangst.« – »Das ist jetzt nicht mehr möglich. Oder willst du behaupten, ich hätte dich die ganze Zeit über in meiner Gewalt gehabt und du wärest eine zweite Elisabeth, die ich verdorben hätte?« Sie setzt ihr gewinnendes Lächeln auf, mit dem sie ihre vorstehenden Zähne entblößt. »Wer soll denn eine zweite Elisabeth sein?« fragt sie. »*Du*? Aber nein, ist doch Unsinn. Das sagst du doch selbst. Du bist von Natur aus ein Kuppler, bist von Natur aus polygam veranlagt, ja, du hast sogar was von einem Vergewaltiger an dir . . .« – »Hm, vielleicht hab' ich mir das alles anders überlegt; vielleicht war es töricht von mir, all diese Dinge zu sagen.« – »Aber wie kannst du es dir anders überlegen, wo es doch deine Natur ist?« fragt sie.

In Wahrheit ist es, um heimzufahren und mein Studium ernsthaft wiederaufzunehmen, kaum nötig, sich ein wenig hilflos und auch ein wenig dämlich durch dieses Unterholz von schmeichelnden Einwänden hindurchzukämpfen. Nein, es bedarf keiner aufreizenden Debatte über meine ›Natur‹, um mich von ihr und unserem phantastischen Leben erregender Freuden zu befreien – zumindest nicht hier und nicht jetzt. Wir sind dabei, uns auszuziehen, um ins Bett zu gehen – und zwar in einem Zimmer, das wir in einer Stadt im Seine-Tal rund dreißig Kilometer von Rouen entfernt, wo ich am nächsten Tag Flauberts Geburtshaus besuchen möchte, für diese Nacht gemietet haben, da fängt Birgitta an, sich über die dummen Träume zu ergehen, die der Name Kalifornien in ihr auszulösen pflegte, als sie noch ein Teenager gewesen war: Kabrioletts, Millionäre, James Dean – ich unterbreche sie: »Ich gehe allein nach Kalifornien. Ich gehe allein – ganz für mich, solo.«

Minuten später ist sie angezogen und ihr Rucksack bereit zum Weggehen. Mein Gott, sie hat sogar noch mehr Mumm, als ich mir habe träumen lassen! Wie viele Mädchen von diesem Kaliber kann es auf der Welt geben? Sie wagt einfach alles, und trotzdem ist sie genausowenig verrückt wie ich. Sie ist stinknormal, alles andere als auf den Kopf gefallen, mutig, gelassen – und wahnsinnig lasziv! Genau das, was ich mir immer gewünscht habe! Warum also weglaufen? Wieso um alles auf der Welt eigentlich!? Wegen irgendwelcher weiteren Sagen aus dem Arthuskreis und isländischer Sagas? Nun, wenn ich meine Taschen ausleere und Elisabeths Briefe und Elisabeths Fotos hinauswerfe – und mich in meiner Vorstellung von Elisabeths Vater befreie – wenn ich mich mit Haut und Haar dem ausliefere, was ich habe, diesem Mädchen, mit dem ich wirklich zusammen bin, dem, was möglicherweise *wirklich* meine Natur ist . . . »Sei nicht lächerlich«, sage ich, »wo willst du um diese Zeit noch ein Zimmer finden? Ach, verdammt noch mal, Gittan, ich *muß* allein nach Kalifornien! Ich muß doch wieder studieren!«

Als Antwort darauf keine Tränen, keine Wut, keine Verachtung, die der Rede wert gewesen wären. Freilich auch nicht allzu große Bewunderung für mich als schamlose fleischliche Kraft. Unter der Tür sagt sie: »Warum habe ich dich nur so sehr gemocht? Du bist noch ein solcher Junge«, und das ist alles, was es über meinen Charakter zu sagen gibt, jedenfalls offensichtlich alles, was zu sagen ihre Würde erfordert oder gestattet. Nichts da von wegen despotischer Gebieter über Geliebte und Huren, kein Wort vom frühreifen Bühnenschriftsteller der satirischen oder lüsternen Observanz, und einem der sich mausert zum Gewalttäter gegen Frauen – nein, nichts weiter als »ein Junge«. Und dann macht sie behutsam, ach so behutsam (denn obgleich sie eine Frau ist, die stöhnt, wenn man sie an den Haaren zieht, und nach mehr schreit, wenn man ihrem Fleisch ein paar brennende Schläge versetzt, trotz ihrer amazonenhaften Zuversicht, mit der sie in die dunkelsten Tiefen hinabtaucht, und trotz ihrer eisernen Nerven, die sie in der Zufallswelt des Reisens per Anhalter beweist, nicht zu reden von ihrem überwältigenden Sinn für das unveräußerliche Recht, mit dem sie alles tut, was ihr gefällt, ihrer absoluten Unempfänglichkeit für Reue oder Zweifel an sich selbst, die mich so in ihren Bann schlägt, ist sie auch die höfliche, respektvolle und freundliche, wohlerzogene Tochter eines Stockholmer Arztes und seiner Frau) die Tür hinter sich zu, um ja nicht die Familie aufzuwecken, von der wir das Zimmer gemietet haben.

Jawohl, so leicht trennen die junge Birgitta Svanström und der junge David Kepesh sich voneinander. Sich von dem zu trennen, was er *von Natur aus* ist, könnte sich als wesentlich schwieriger erweisen, da sich der junge Kepesh noch nicht so ganz darüber im klaren zu sein scheint, was denn seine Natur nun eigentlich ist. Er liegt die ganze Nacht über wach und überlegt, was er wohl tut, wenn Birgitta sich vor Morgengrauen wieder ins Zimmer stehlen sollte; er überlegt, ob er nicht aufstehen und die Tür zuschließen soll. Doch als es hell wird und dann Mittag und sie nirgends zu finden ist, weder im Städtchen Les Andelys noch in Rouen – weder bei der *Grosse Horloge,* noch bei der Kathedrale, noch im Geburtshaus von Flaubert, noch an der Stelle, wo Jeanne d'Arc den Flammen überantwortet wurde – da fragt er sich, ob er jemand wie sie und Abenteuer wie die ihren jemals wieder erleben wird.

Helen Baird taucht ein paar Jahre später auf, als ich kurz vorm Abschlußexamen in vergleichender Literaturwissenschaft stehe und ob der Entschlossenheit frohlocke, die ich aufgebracht habe, um das Studium zu Ende zu bringen. Aus Langeweile, Ruhelosigkeit und Ungeduld sowie zunehmender Verlegenheit, die mir bohrend zu verstehen gibt, ich sei zu alt, um immer noch die Schulbank zu drücken und mir abfragen zu lassen, was ich weiß, bin ich fast jedes Semester nahe daran gewesen, das ganze Studium hinzuschmeißen. Doch jetzt, wo das Ende in Sicht ist, posaune ich beim Duschen vorm Insbettgehen mein eigenes Lob hinaus und steigere mich durch simple Feststellungen wie »Ich hab's geschafft« und »Ich hab's durchgestanden« in Begeisterung, feuere mich an, als ob es das Matterhorn wäre, das ich hinaufklettern müßte, um mich auf das mündliche Examen vorzubereiten. Nach dem Jahr mit Birgitta ist mir aufgegangen, daß, um etwas Bleibendes zu schaffen, ich eine Seite von mir unterdrücken müßte, die außerordentlich empfänglich ist für die erschreckendsten und geisttötendsten Versuchungen – Versuchungen, die ich bereits in jener Nacht vor den Toren von Rouen als meinen allgemeinen Interessen zuwiderlaufend erkannt habe. Denn so weit ich mit Birgitta auch gegangen war, ich wußte, wie einfach es für mich gewesen wäre, noch weiter zu gehen; mehr als einmal erinnere ich mich an die Erregung, die es mir verschafft hatte, mir auszumalen, wie sie mit anderen Männern zusammen wäre und mir vorzustellen, wie sie Geld in ihrer Tasche mit nach Hause brachte. Aber wäre es mir *wirklich* so leicht gefallen, auch noch diesen Schritt zu tun? Und tatsächlich Birgittas Zuhälter zu werden? Nun, welche Talente mir auch für diesen Beruf mitgegeben worden sein mögen, das Studium hat nicht gerade dazu beigetragen, sie zu entwickeln... jetzt, wo die Schlacht gewonnen zu sein scheint, bin ich aufrichtig erleichtert über meine Fähigkeit, mich um eines ernsten Berufs willen am Riemen zu reißen und Vernunft walten zu lassen – und außerdem gar nicht mal so wenig gerührt wegen meiner Tugendhaftigkeit. Doch dann taucht Helen auf, um mir durch Wort und Tat zu beweisen, daß ich mir bedauerlicherweise etwas vormache und mich täusche. Heirate ich sie, um diesen Vorwurf niemals zu vergessen?

Sie nun zeichnet eine ganz andere Art von Heroismus aus als der, welchen ich – zu der Zeit – für den meinen halte – ja, er will mir geradezu als eine Antithese erscheinen. Mit achtzehn, ein Jahr auf dem College der University of California, war sie mit einem Journalisten, der doppelt so alt war wie sie, nach Hongkong durchgebrannt, wo dieser bereits mit einer Frau und drei Kindern lebte. Mit einem verblüffend guten Aussehen, einer stattlichen Vorderfront und einem ausgesprochen romantischen Temperament begabt, hatte sie ihre Hausaufgaben und ihren Freund sowie den wöchentlichen Scheck ihrer Eltern in den Wind geschlagen und sich ohne ein Wort der Entschuldigung oder Erklärung für ihre wie vor den Kopf geschlagene und tief gekränkte Familie (die eine Woche lang glaubte, sie sei gekidnappt oder umgebracht worden) aufgemacht, einem Schicksal zu folgen, das ihr anregender vorkam als noch ein zweites Jahr im Studentinnenwohnheim. Ein Schicksal, das sie gefunden – und dem sie erst vor kurzem Lebewohl gesagt hatte.

Erst vor einem halben Jahr, so erfahre ich, hat sie alles und jedes aufgegeben, das zu suchen sie sich vor acht Jahren aufgemacht hatte – all die Freuden und die Aufregung, die es mit sich bringt, zwischen den Ruinen einer untergegangenen Kultur umherzuwandern und die Exotik von verführerisch unbekannten Orten einzusaugen – um nach Kalifornien zurückzukehren und das Leben neu zu beginnen. »Hoffentlich muß ich nie im Leben noch einmal ein Jahr durchmachen wie das vergangene«, ist so ziemlich das erste, was sie mir an dem Abend sagt, als wir uns auf einer Party kennenlernen, die von den reichen jungen Geldgebern einer neuen San Franciscoer Zeitschrift ›für die Künste‹ gegeben wird. Helen erweist sich als bereit, mir ihre Geschichte ohne die geringste Verlegenheit zu erzählen; freilich war ich selbst auch nicht gerade schüchtern gewesen, nachdem wir einander vorgestellt worden waren und ich mich auf Umwegen von dem Mädchen abgesetzt hatte, mit dem ich ursprünglich hergekommen war, um sie unter den Hunderten von Menschen, die in dem Stadthaus herumquirlten, aufzuspüren. »Warum?« frage ich sie – das erste von den Warums und Wanns und Wiesos, die sie mir wird beantworten müssen – »Wie ist denn dieses Jahr für Sie gewesen? Was ist schiefgelaufen?« – »Nun, zunächst einmal bin ich seit meiner Studentenzeit nirgends sechs Monate hintereinander gewesen.« – »Warum sind Sie dann zurückgekommen?« – »Männer. Liebe. All das ist schiefgegangen.« Sofort schreibe ich ihre ›Aufrichtigkeit‹ einer Illustrierten-Mentalität zu – sowie schlicht und einfach einer Vorliebe für die Promiskuität. O Gott, denke ich, so schön und so jibberig. Nach den Geschichten, die sie mir erzählt, hat sie bereits fünfzig leidenschaftliche Liebesgeschichten hinter sich – ist sie schon an Bord von fünfzig Schonern gewesen und hat das Chinesische Meer mit Männern durchpflügt, die sie mit antikem Schmuck ködern und die mit einer anderen verheiratet sind. »Hören Sie mal«, sagt sie, nachdem sie abgeschätzt hat, wie ich eine solche Existenz wohl eingestuft habe, »was haben Sie überhaupt gegen die Leidenschaft? Warum diese gewollte Gleichgültigkeit, Mr. Kepesh? Sie wollen wissen, wer ich bin – schön, jetzt hab' ich's Ihnen gesagt.« – »Das ist ja eine ganz schöne Saga«, erkläre ich, worauf sie mit einem Lächeln fragt: »Und warum nicht? Besser eine ›Saga‹ als ein Haufen anderer Dinge, die mir so einfallen. Aber nun kommen Sie – was haben Sie gegen die Leidenschaft? Wieso hat sie Ihnen jemals geschadet? Oder sollte ich fragen, was Gutes gebracht?« – »Im Augenblick geht es um die Frage, was sie Ihnen gebracht oder nicht gebracht hat.« – »Schönes. Wunderbares. Weiß Gott, jedenfalls nichts, dessen ich mich schämen müßte.« – »Warum sind Sie dann hier und nicht dort, wo doch die Leidenschaft in Ihnen lodert?« – »Weil«, entgegnet Helen, und das ohne jeden Schutzmechanismus der Ironie – was vielleicht mich meinerseits dazu bringt, ein paar von diesen Schutzmechanismen aufzugeben und zu erkennen, daß sie nicht nur hinreißend aussieht, sondern es auch wirklich ist und bei mir ist und vielleicht sogar mein sein könnte, wenn ich nur wollte – »weil«, erklärt sie mir, »ich vernünftiger werde.«

Vernünftig werden – und das mit sechsundzwanzig. Wo

die vierundzwanzigjährige Doktorandin, mit der ich vorhin gekommen war – und die die Party schließlich wütend verläßt – ohne mich – auf der Herfahrt gerade gesagt hat, beim Ordnen ihrer Registerkarten heute nachmittag in der Bibliothek habe sie sich gefragt, ob und wann ihr Leben wohl endlich in Gang kommen werde.

Ich frage Helen, wie es war, heimzukommen. Mittlerweile haben wir die Party verlassen und sitzen einander in einer nahe gelegenen Bar gegenüber. Weniger passiv als ich, hat sie dem Gefährten, mit dem sie zur Party gekommen ist, den Laufpaß gegeben. Wenn ich sie also will . . . aber will ich? *Sollte ich?* Erst mal hören, wie es war, wieder heimzukommen, nachdem man durchgebrannt war. Für mich war das Heimkommen selbstverständlich viel mehr eine Erleichterung als eine Enttäuschung gewesen, aber ich hatte schließlich nur ein Jahr herumgegammelt. »Ach, mit meiner alten Mutter habe ich einen Waffenstillstand geschlossen, und meine jüngeren Schwestern sind mir nicht von den Fersen gewichen, als wär' ich ein Filmstar. Der Rest der Familie hat nur den Mund aufgesperrt und dumm gegafft. Anständige republikanische Mädchen tun nun mal so was nicht, was ich getan hatte. Nur, daß ich überall auf genau die gleichen gestoßen bin, wohin ich auch kam, von Nepal bis Singapur. Draußen gibt es eine ganze kleine Armee von uns, wissen Sie. Ich würde sagen, die Hälfte der Mädchen, die Rangun mit der Klapperkiste verlassen, die nach Mandalay fliegt, stammt gewöhnlich aus Shaker Heights.« – »Und was machen Sie jetzt so?« – »Na ja, erst mal muß ich sehen, daß ich eine Möglichkeit finde, mit der Heulerei aufzuhören. Die ersten paar Monate habe ich jeden Tag geweint. Damit scheint es jetzt zwar vorbei, aber offen gestanden, nach dem, wie ich mich fühle, wenn ich morgens aufwache, könnte ich durchaus in Tränen gebadet sein. Es war alles so schön. In all dieser Schönheit zu leben – es war einfach überwältigend. Die Faszination hat für mich nie aufgehört, Jahr für Jahr bin ich im Frühjahr nach Angkor gefahren, und wenn wir in Thailand waren, sind wir von Bangkok aus mit einem Fürsten, dem Elefanten gehörten, immer nach Chiengmai hinaufgeflogen. Ein nußbraunes altes Männchen, das sich wie eine Spinne in einer Herde von diesen riesengroßen Tieren bewegte. In eines von ihren Ohren hätte man ihn zweimal reinwickeln können. Da standen sie und trompeteten sich gegenseitig an, doch er ging unerschrocken unter ihnen herum. Vermutlich meinen Sie, man sieht so was, und damit hat sich's, nicht wahr? Nun, das fand ich durchaus nicht. Ich dachte: ›Das ist das Wahre.‹ Da bin ich immer mit dem Segelboot hingefahren – also das war in Hongkong – um meinen Freund am Ende des Tages von der Arbeit abzuholen. Zusammen mit dem Bootsjungen segelte er morgens zur Arbeit, und abends segelten wir dann zusammen heim – mitten hindurch durch die Dschunken und US-Zerstörer.« – »Das gute Leben in den Kolonien! Kein Wunder, daß es ihnen wider den Strich geht, ihre Imperien dort aufzugeben. Trotzdem habe ich immer noch nicht genau begriffen, warum Sie das Ihre aufgegeben haben.«

Und in den Wochen, die jetzt kommen, fällt es mir – trotz der winzigen Buddha-Statuetten aus Elfenbein, der Jadeschnitzereien und der Reihe von Opiumgewichten in Form von Hühnern auf der Stange, die neben ihrem Nachttisch aufgebaut sind – weiterhin schwer, zu glauben, daß sie jemals ein solches Leben geführt hat. Chiengmai, Rangun, Singapur, Mandalay ... warum nicht Jupiter oder Mars? Selbstverständlich weiß ich, daß es diese Städte auch außerhalb des *Rand McNally*-Atlas' gibt, in dem ich den Spuren ihrer Abenteuer folge (genauso wie ich ein Abenteuer von Birgitta einst im Londoner Telefonbuch nachvollzogen habe), und nicht nur in den Romanen von Conrad, in denen ich diesen Namen zum erstenmal begegnet bin – und deshalb weiß ich selbstverständlich auch, daß es ›sonderbare Käuze‹ aus Fleisch und Blut gibt, die beschlossen haben, ihr Glück in den ausgefalleneren Städten dieser Erde zu machen . . . Was eigentlich hindert mich daran zu glauben, daß diese Helen, die schließlich auch aus Fleisch und Blut besteht, eine von ihnen ist? Ist nun die Helen mit ihren diamantenbesetzten Ohrringen der sonderbare Kauz, oder ist es der pflichtbewußte Assistent und Doktorand in seinem blau-weiß gestreiften *wash'n wear*-Leinenanzug?

Ich werde sogar ihrer strahlenden weiblichen Schönheit gegenüber etwas argwöhnisch und kritisch, oder vielmehr gegenüber der respektvollen Beachtung, die sie ihren Augen, ihrer Nase, ihrer Kehle, ihren Brüsten und ihren Beinen zu schenken scheint – immerhin findet sie selbst an ihren Füßen bezaubernde kleine Einzelheiten, die gebührend herausgestellt werden müssen. Wie kommt sie überhaupt zu dieser königlichen Haltung, diesem aristokratischen Gefühl ihrer eigenen Person gegenüber, diesem Selbstgefühl, das sie fast ausschließlich aus der Glätte ihrer Haut, der Länge ihrer Gliedmaßen, der Breite ihres Mundes und dem Schnitt ihrer Augen sowie aus der Kräuselung der Spitze dessen zu ziehen scheint, was sie, ohne mit der (durch einen Hauch von grünem Lidschatten besonders betonten) Wimper zu zucken, ihre »flämische Nase« nennt? Ich bin keineswegs gewöhnt, daß jemand seine Schönheit so wirkungsvoll und mit einem solchen Selbstbewußtsein zur Schau trägt. Meine Erfahrung – die von jungen Studentinnen in Syracuse, die »auf dieser Ebene« nicht mit mir »kommunizieren« wollten, bis zu Birgitta Svanström reicht, für die der menschliche Körper etwas war, was bis zum allerletzten Kitzel ausgeforscht werden mußte – beschränkte sich bisher auf junge Frauen, die von ihrem Aussehen nicht sonderlich viel Aufhebens machen oder zumindest glauben, es schicke sich nicht, zu zeigen, daß man es tue. Es stimmt schon, Birgitta wußte sehr wohl, daß ihr kurz- und nicht sonderlich sorgfältig geschnittener Schopf ihre bezaubernden Heimlichkeiten noch unterstrich, doch sonst schien sie der Frage, wie sie ihr ungeschminktes Gesicht einrahmte, von einem Morgen bis zum nächsten nicht viel Nachdenken zu widmen. Und Elisabeth mit ihrer nicht weniger preiswerten Haarfülle als Helens bürstete das Haar einfach nach hinten und ließ es dort herunterhängen, wie sie es getan hatte, seit sie sechs gewesen war. Für Helen scheint ihr wunderschönes volles Haar – das im Ton einem Irish Setter noch am nächsten kommt – so etwas wie eine Krone oder ein Turm oder ein Heiligenschein zu sein, etwas, das nicht nur da ist, um zu verschönern, sondern um etwas auszudrücken, etwas zu symbolisieren. Vielleicht läßt sich daran ermessen, wie eng und klösterlich einsam mein Leben geworden ist, aber wenn sie ihr Haar am Hinterkopf zu einem Knoten hochnimmt und – über Augen, die an sich auch nicht größer und blauer sind als die Elisabeths – einen schwarzen Lidstrich zieht, wenn sie ein Dutzend Armreife überstreift und einen fransenbesetzten Schal um die Hüften schlingt wie Carmen, um hinauszugehen und ein paar Orangen fürs Frühstück zu kaufen, dann verfehlt das nie seine Wirkung auf mich. Im Gegenteil! Die Schönheit des weiblichen Körpers hat es mir von jeher angetan, doch Helen fesselt und erregt mich nicht nur, nein, sie schreckt mich auch und verunsichert mich zutiefst – ich bin hilflos der Majestät ausgeliefert, mit der sie ihre Schönheit behauptet und unterstreicht und zu etwas Einzigartigem erklärt, gleichzeitig jedoch im höchsten Maße mißtrauisch dem Vorrang gegenüber, dem *Platz*, den sie sich auf diese Weise in ihrer eigenen Vorstellungswelt zuweist. Ihre Auffassung von Ich und Erfahrung kommt mir manchmal unendlich banalisiert und doch gleichzeitig fesselnd und faszinierend vor. *Was weiß ich – vielleicht hat sie recht!*

»Wieso«, frage ich sie – frage ich sie immer noch, offenbar in der Hoffnung, einmal freizulegen, was denn Dichtung sei an dieser sagenhaften Frau, wie sie sich selbst nennt, und an dieser asiatischen Liebesgeschichte, die ihrer Behauptung nach ihre Vergangenheit darstellt – »wieso hast *du* denn dieses koloniale Herrenleben aufgegeben, Helen?« – »Ich mußte.« – »Weil das geerbte Geld dich unabhängig gemacht hatte?« – »Es sind doch nur sechstausend lumpige Dollar im Jahr, David. Nun hör aber mal – soviel ich weiß, verdienen sogar asketisch lebende Collegelehrer soviel!« – »Ich habe nur gemeint, du könntest zu dem Schluß gekommen sein, Jugend und Schönheit würden dir nicht bis in alle Ewigkeit weiterhelfen.« – »Hör mal, ich war ein Kind, die Schule bedeutete mir nichts, und meine Eltern waren genauso wie alle anderen: lieb und langweilig und wohlanständig und lebten all die Jahre hindurch unter einer Eiskruste in der *Fern Hill Manor Road* Nummer achtzehn. Die einzige Aufregung gab's zur Essenszeit. Jeden Abend, wenn wir zum Nachtisch kamen, fragte mein Vater: ›Ist das alles?‹, woraufhin meine Mutter in Tränen ausbrach. Und da lerne ich im Alter von achtzehn Jahren einen gestandenen Mann kennen, der noch dazu phantastisch aussah, reden konnte, von dem ich so viel lernen konnte und der wußte, was mit mir los war, was sonst niemand zu wissen schien, und der fabelhafte elegante Umgangsformen hatte und als Tyrann eigentlich gar nicht so brutal war; und ich verliebte mich in ihn – jawohl, innerhalb von zwei Wochen; so was passiert, und nicht nur Schulmädchen – und er sagte: ›Warum kommst du nicht zurück mit mir?‹ und ich sagte ja – und fuhr mit.« – »In einer ›Klapperkiste‹!?« – Nein, bei *dem* Flug nicht. Trüffelpastete überm Pazifik, und kleine Fellatio im Klo Erster Klasse. Laß dir gesagt sein, die ersten sechs Monate waren kein Honigschlekken. Nicht, daß ich deswegen groß trauerte. Aber verstehst du, ich war nun mal ein wohlerzogenes junges Mädchen aus Pasadena, weiter nichts, wirklich, in Schottenrock und Tennisschuhen – die *Kinder* von meinem Freund waren fast so alt wie ich. Oh, hinreißend neurotisch, aber praktisch in meinem Alter. Ich schaffte es nicht mal, mit Eßstäbchen zu essen, solche Angst hatte ich. Ich erinnere mich an einen Abend, an meine erste große Opium-Party; irgendwie bin ich in einem Auto mit vier atemberaubenden Schwuchteln gelandet – vier Engländern in Fummel und goldenen Pantöffelchen. Ich konnte und konnte nicht aufhören zu lachen. ›Es ist so *surreal*‹, rief ich immer wieder, ›so surreal‹, bis der pummeligste von ihnen durch sein Lorgnon auf mich herniederstierte und sagte: ›Selbstverständlich ist es surreal, meine Liebe, du bist schließlich erst neunzehn.‹« – »Aber du bist zurückgekommen. Warum?« – »Darüber möchte ich mich nicht auslassen.« – »Wer war der Mann?« – »Ach, David, du mauserst dich geradezu zum Musterstudenten des wirklichen Lebens!« – »Falsch. Hab' ich alles zu Füßen Tolstois gelernt.«

Ich gebe ihr *Anna Karenina* zu lesen. »Nicht schlecht – nur, daß es Gott sei Dank kein Wronsky war. Wronskys gibt's zwölf aufs Dutzend, mein Freund, und die langweilen einen zu Tränen. Meiner, das war ein Mann – eigentlich ein richtiger Karenin. Nur nicht ganz so rührend, wie ich rasch hinzufügen muß.« *Das* allerdings läßt mich einen Augenblick verdutzt innehalten: was für eine originelle Betrachtungsweise der berühmten Dreiecksgeschichte! »Auch ein verheirateter Mann«, sage ich. – »Das ist nur die eine Hälfte.« – »Hört sich geheimnisvoll an; klingt nach einem furchtbaren Drama. Vielleicht solltest du's mal alles niederschreiben.« – »Und vielleicht solltest du mal aufhören alles zu lesen, was so niedergeschrieben worden ist.« – »Und was soll ich sonst in meiner Freizeit tun?« – »Dich mit einem Fuß selbst aufs volle Menschenleben einlassen.« – »Darüber gibt's auch ein Buch, weißt du? Die *Gesandten* von Henry James!« Ich denke: Es gibt sogar ein Buch über dich. Hemingways *Fiesta*. Die Frau darin heißt Brett und ist ziemlich genauso oberflächlich wie du. Wie übrigens alle ihre Busenfreunde – deine scheinen nicht anders gewesen zu sein. »Ich wette, da gibt's ein Buch drüber«, sagt Helen und schnappt froh und zuversichtlich lächelnd nach dem Köder. »Ich wette, es gibt tausend Bücher darüber. Früher hab' ich sie alphabetisch geordnet in der Bibliothek auf dem Regal gesehen. Hör mal, damit es keine Verwirrung gibt, laß mich mal gelinde übertreiben: ich hasse Bibliotheken, ich hasse Bücher und ich hasse Universitäten. Wenn ich mich recht erinnere, neigen sie dazu, alles im Leben ein ganz klein wenig in etwas anderes zu verdrehen als es ist – das heißt, ›ein ganz klein wenig‹, wenn man Glück hat. Diese armen ahnungslosen Theoretiker und theoriebesessenen Bücherwürmer, die sich vorn hinstellen und losdozieren, sind es, die alles zu etwas noch Schlimmerem verdrehen. Zu etwas Schauderhaftem, wenn man es recht bedenkt.« – »Was siehst du dann in mir?« – »Ach, im Grunde haßt du sie doch auch ein bißchen. Und zwar um dessentwillen, was sie dir angetan haben.« – »Und das wäre?« – »Die dich zu etwas gemacht haben, was . . .« – ». . . schauderhaft ist?« sage ich lachend (denn dieses kleine

Duell fechten wir unter einer Decke in dem Bett neben den kleinen bronzenen Opiumgewichten aus). »Nein, nicht ganz. Zu etwas ein ganz klein wenig anderem, ein ganz klein wenig . . . Falschem. Alles an dir ist eben ein ganz klein bißchen eine Lüge – bis auf deine Augen. Die sind immer noch du selbst. Ich kann nicht mal sehr lange in sie reinsehen. Das ist, als wollte man die Hand in ein Becken mit kochendem Wasser stecken, um einen Stöpsel rauszuziehen.« – »Du drückst alles sehr lebendig aus. Du bist überhaupt eine höchst lebendige Person. Mir sind deine Augen auch aufgefallen.« – »Du vergewaltigst dich selbst, David. Du bist hoffnungslos darauf versessen, etwas zu sein, was du gar nicht bist. Ich hab' das Gefühl, daß es noch mal ein schlimmes Ende mit dir nimmt. Dein erster Fehler war, diese hitzige Schwedin mit dem Rucksack aufzugeben. Nach dem, was du erzählt hast, scheint sie eine kleine Nutte gewesen zu sein – und nach dem Schnappschuß – das muß ich leider sagen – hat sie um den Mund etwas Frettchenhaftes gehabt, aber zumindest muß es Spaß gemacht haben, mit ihr zusammenzusein. Doch das ist selbstverständlich wieder eins von den Wörtern, die du haßt, oder? Wie ›Klapperkiste‹ für ein zerbeultes Flugzeug. Jedesmal, wenn ich ›Spaß machen‹ sage, sehe ich, wie du dich innerlich vor Schmerzen windest. Mein Gott, was haben sie bloß aus dir gemacht! Was bist du bloß blasiert, und doch glaube ich, weißt du insgeheim, daß du all deinen Mumm verloren hast.« – »Oh, tu mich jetzt bloß nicht sträflich vereinfachen! Und auch nicht meinen ›Mumm‹ romantisieren, okay? Ab und zu verschaff' ich mir nun mal gern Vergnügen. Mit dir zu schlafen, ist zum Beispiel ein Vergnügen für mich.« – »Oh, es ist für dich mehr als nur ein Vergnügen, mit mir zu schlafen. Es ist ein größeres Vergnügen, mit mir zu schlafen, als es jemals mit irgendwem für dich gewesen ist. Und, lieber Freund«, fügt sie hinzu, »hüte dich deinerseits davor, mich zu vereinfachen!«

»Ach Gott«, sagt Helen und streckt sich wollüstig, als der Morgen anbricht, »Bumsen ist doch etwas zu Gutes!«

Gewiß, gewiß, gewiß, gewiß! Die Leidenschaft ist hochgepeitscht, kennt kein Erlahmen und erneuert sich meiner Erfahrung nach auf wunderbare Weise immer wieder. Denke ich zurück an Birgitta und blicke ich von meinem heutigen Standpunkt aus zurück, so finde ich, daß wir im Alter von zweiundzwanzig Jahren uns unter anderem halfen, uns gegenseitig zu etwas ganz leicht Verdorbenem zu machen, zum Sklaven und zum Sklavenhalter des anderen, zum Brandstifter und zum Brand. Indem wir eine so unendliche sexuelle Gewalt über einander – und über Wildfremde – ausübten, schufen wir eine außerordentlich hypnotische Atmosphäre, freilich eine, die zuallererst den unerfahrenen *Geist* durchdrang: mich fesselte und belustigte die Vorstellung von dem, was wir taten, mindestens genausosehr wie die Gefühle, die ich hatte und die ich beobachtete. Das ist bei Helen ganz anders. Gewiß, zunächst einmal muß ich mich an das gewöhnen, was mir in meiner äußerst wachen Skepsis als nichts weiter denn theatralische Zurschaustellung vorkommt; doch bald, in dem Maße, wie das Verständnis wächst, wie das Vertrautsein mit dem anderen zunimmt und damit auch die menschliche Wärme, fange ich endlich an, etwas von meinem Mißtrauen aufzugeben, mich mit meinen Fragen etwas zurückzuhalten und diese leidenschaftlichen Darbietungen als etwas zu betrachten, was sich aus jener Furchtlosigkeit selbst ergibt, die mich so zu ihr hinzieht, aus jener entschlossenen Rückhaltlosigkeit, mit der sie sich allem hingibt, was sie machtvoll lockt, egal wie wahrscheinlich es ist, daß man sich damit am Schluß genausoviel Schmerzen einhandelt wie Vergnügen. Ich habe vollkommen unrecht gehabt, sage ich mir. Es war unrecht, ihr Gemüt als spießig und banalisiert abzutun wie aus billigen Fernsehschnulzen – es ist vielmehr so, daß sie *keine* Phantasie besitzt, daß kein *Raum* da ist für Phantasie, so total ist ihre Konzentration und die Wachheit, mit der sie ihre Begierde auslotet. Jetzt, während der Orgasmus in mir ausklingt, erlebe ich mich schwach vor Dankbarkeit und überschwemmt von den tiefsten Gefühlen der Selbstaufgabe. Ich bin der am wenigsten mißtrauische, wenn nicht der einfachste Organismus auf Erden. Ich weiß nicht einmal, was ich in solchen Augenblicken sagen soll. Helen hingegen weiß das sehr wohl. Ach, diese Frau weiß, wie sich immer wieder herausstellt, einfach alles. »Ich liebe dich«, sagt sie zu mir. Nun, wenn schon etwas gesagt werden muß – was wäre wohl passender? Folglich sagen wir einander, daß wir ein Liebespaar sind, daß wir uns lieben, wiewohl meine Überzeugung, daß wir uns auf gänzlich verschiedenen Pfaden bewegen, von einer Unterhaltung zur nächsten immer wieder aufs neue erwacht. Wenn ich auch noch so gern überzeugt wäre, daß eine seltene und köstliche Gleichgestimmtheit die Grundlage unserer leidenschaftlichen Beziehung bildet, kann ich dennoch nicht jenes erhabene Unbehagen fortwünschen, das Helen nach wie vor in mir erweckt. Warum sonst können wir – kann *ich* – nicht mit dem Sticheln und Parieren aufhören?

Zuletzt erklärt sie sich einverstanden, mir zu erzählen, warum sie all das, was sie im Fernen Osten hatte, aufgegeben hat: erzählt es mir entweder, um sich direkt an meinen Argwohn zu wenden, oder aber um jenes vom Geheimnis Umwittertsein zu verstärken, dem ich offenbar nicht widerstehen kann.

Ihr Liebhaber, der letzte ihrer Karenins, hatte angefangen

davon zu sprechen, er wolle dafür sorgen, daß seine Frau in einem ›Unfall‹ ums Leben komme. »Wer war er?« – »Ein wohl- und weitbekannter, bedeutender Mann« – mehr zu sagen ist sie nicht bereit. Ich schlucke, so gut ich kann, und frage: »Und wo ist er jetzt?« – »Er ist auf eine Woche hergekommen.« – »Und hast du mit ihm geschlafen?« – »Selbstverständlich habe ich mit ihm geschlafen. Wie sollte ich dem widerstehen können? Aber zuletzt habe ich ihn doch zurückgeschickt. Das hat mich fast umgebracht. Es war entsetzlich, ihn für immer abreisen zu sehen.« – »Na ja, vielleicht überlegt er sich's doch noch und läßt seine Frau abmurksen – als zusätzliche Verlockung.« – »Warum mußt du dich über ihn lustig machen? Ist es dir denn so unmöglich zu kapieren, daß er genausosehr ein Mensch ist wie du?« – »Helen, es gibt immer Möglichkeiten, einen lästigen Partner loszuwerden, es braucht nicht immer gleich Mord zu sein. Man kann zum Beispiel einfach abhauen.« – »So, ›einfach‹? Macht man das so in der Abteilung für Vergleichende Literatur? Ich möchte mal wissen, wie es dir ergeht«, sagt sie, »wenn du mal nicht kriegen kannst, was du willst.« – »Ob ich dann jemand das Gehirn aus dem Kopf puste, um es zu bekommen? Oder jemand den Aufzugsschacht hinunterstoße? Was meinst du?« – »Jetzt hör mir mal gut zu – *ich* bin diejenige, die alles aufgegeben hat und fast daran kaputtgegangen ist – weil ich es nicht einmal ertragen konnte, daß auch nur davon *gesprochen* wurde. Was mich entsetzte, war die Vorstellung, daß er überhaupt einen solchen Gedanken fassen konnte. Vielleicht war das Ganze aber auch so qualvoll verlockend, daß ich deshalb abgehauen bin. Weil ich einfach nur ja zu sagen brauchte; nur darauf hatte er gewartet. Er war verzweifelt, David, und es war ihm todernst. Und weißt du, wie leicht es gewesen wäre zu sagen, was er doch nur hören wollte? Es war doch nur ein einziges Wort und hätte mich doch nur den Bruchteil einer Sekunde gekostet zu sagen: *Ja.*« – »Vielleicht hat er aber auch nur deshalb gefragt, weil er sicher war, daß du nein sagen würdest.« – »Er konnte aber nicht sicher sein. Ich war es ja selbst nicht.« – »Aber ein wohl- und weitbekannter und bedeutender Mann hätte doch von sich aus alles in die Wege leiten und es erledigen lassen können, oder? Und zwar, ohne daß du wußtest, daß er dahinterstand? Ein so bekannter und bedeutender Mann findet doch wohl Mittel und Wege, um sich so was Jämmerliches wie eine Ehefrau vom Hals zu schaffen: da gibt es Autos, die zusammenstoßen, Boote, die versinken, Flugzeuge, die mitten in der Luft explodieren. Hätte er das gleich von Anfang an allein arrangiert, du würdest an all diese Dinge nicht mal gedacht haben. Wenn er dich also nach deiner Meinung fragte, dann tat er es vielleicht, um dieses Nein zu hören.« – »Ach, das ist interessant. Weiter! Ich sag' also nein, und was hat er davon?« – »Alles, was er bereits hat: seine Frau *und* dich. Damit darf er alles behalten, und obendrein steht er auch noch als toller Mann da. Daß du abgehauen bist, daß die ganze Geschichte in deinen Augen etwas Wirkliches bekam, hatte für dich moralische Konsequenzen – nun, einen solchen Höhenflug hatte er sich von einer schönen, abenteuerlustigen amerikanischen Ausreißerin wohl nicht erwartet.« – »Sehr klug, muß ich schon sagen. Eins plus, vor allem das mit den ›moralischen Konsequenzen‹. Nur, daß du einfach keine Ahnung hast, was zwischen uns eigentlich war. Du denkst, bloß weil er ein Mann von Macht und Einfluß ist, kennt er keine Gefühle. Aber weißt du, es gibt Männer, für die schließt eines das andere nicht aus. Zwei Jahre hindurch sind wir jede Woche zweimal zusammengekommen. Manchmal auch öfter – aber niemals weniger oft. Und ändern tat sich nie etwas. Es war jedesmal vollkommen. Du glaubst nicht, daß es so was gibt, nicht wahr? Oder wenn es so was doch gibt, willst du nicht glauben, daß es Bedeutung hat. Aber das Ganze ist passiert, und mir wie ihm bedeutete es mehr als alles andere auf der Welt.« – »Aber genauso ist es passiert, daß du zurückgekehrt bist, genauso kam es, daß sich dir vor Entsetzen die Haare sträubten und du dich abgestoßen fühltest. Es geht doch gar nicht um das, was dieser Mann getan hat. Für dich, Helen, war doch nur wichtig, daß deine Grenze erreicht war.« – »Vielleicht habe ich mich geirrt, vielleicht war alles nur Gefühlsduselei und es ging mir nur um meine eigene Person. Oder es war irgendeine kindische Hoffnung. Vielleicht hätte ich bleiben sollen – über meinen Schatten springen. Vielleicht hätte ich dann festgestellt, daß es durchaus nicht über meine Möglichkeiten hinausging.« – »Das konntest du nicht«, sage ich, »und du hast es nicht getan.«

Und wer, ach, wer, ergeht sich jetzt in Gefühlsduselei?

Es stellt sich also heraus, daß ihre Fähigkeit zu schmerzlichem Verzicht zusammen mit ihrer Gabe rückhaltloser Sinnlichkeit es mir unmöglich macht, mich ihrem Reiz zu entziehen. Daß wir nie vollkommen miteinander auskommen, daß ich mir nie ganz *sicher* bin, daß es ihr irgendwie an Tiefgang fehlt, daß ihre Eitelkeit so enorm ist – nun, all das zählt nicht – oder? – verglichen mit der Achtung, die ich dieser bildschönen und aufregenden jungen Göttin nun mal entgegenbringe, die bereits soviel aufs Spiel gesetzt, gewonnen und verloren hat und sich mutig dem Gelüst stellt. Und dann ist da die Schönheit selbst. Ist sie nicht das einzige, im höchsten Maße begehrenswerte Geschöpf, das ich je kennengelernt habe? Mit einer körperlich so bestrickenden Frau, einer Frau, von der ich die Augen nicht lassen kann, selbst wenn sie nur ihren Kaffee trinkt oder am Telefon eine Nummer wählt, bei einer Frau, deren unscheinbarste Bewegung eine so mächtige sinnliche Wirkung auf mich ausübt, brauche ich mir doch ganz gewiß nie wieder Sorgen zu machen, irgendwelche Gaukelbilder meiner Phantasie könnten mich dazu bringen, mich zu Abenteuern in den Gefilden des Niedrigen hinreißen zu lassen, daß mir vor Entsetzen die Haare zu Berge stehen. Ist Helen nicht jene Hexenmeisterin, nach der zu suchen ich mich bereits im College aufgemacht habe, als Silky Walshs Unterlippe mich dazu bewegte, ihr von der Mensa bis zur Turnhalle und von dort bis in den Wäscheraum des Studentinnenwohnheims zu folgen – jenes Geschöpf, in meinen Augen so unendlich schön, daß ich all meine Sehnsucht, all meine Bewunderung, all meine Neugier und all meine Lust nur auf sie und auf sie allein richten kann? Wenn nicht Helen, wer dann? Wer sonst könnte mich jemals noch verlocken und verführen? Und – ach! – ich habe es immer noch so nötig, daß man mich verlockt und verführt!

Nur wenn wir heiraten ... nun, die strittige Seite der Affäre wird einfach von selbst schwinden, oder? Eine immer größer werdende Vertrautheit, die Versicherung, daß alles von Dauer ist, wird jeden Impuls auflösen, der auf beiden Seiten noch bleiben könnte, sich in Selbstgefälligkeit zu sonnen, beziehungsweise in Selbstverteidigung zu verharren? Selbstverständlich würde es nicht ganz so sehr ein Vabanquespiel sein, wäre Helen nur ein bißchen mehr dies und ein kleines bißchen weniger jenes; aber, wie ich mir rasch wieder bewußt mache – und mir dabei einbilde, daß ich damit den *reifen* Standpunkt einnehme – so wird man einander in der Welt der Wirklichkeit nun mal nicht geschenkt. Außerdem ist das, was ich ihre Eitelkeit und ihren Mangel an Tiefgang nenne, gerade dasjenige, was sie so interessant macht! Und so kann ich nur hoffen, daß läppische *Meinungs*unterschiede (die aufzuzeigen und hochzuspielen ich, wie ich – sofern das hilft – gern zugebe, häufig der erste bin) sich als völlig belanglos erweisen neben der leidenschaftlichen Bindung, die bis jetzt trotz unserer verletzenden und nach allen Regeln der Kunst ausgetragenen Wortgefechte nicht im geringsten gelitten hat. Ich kann nur hoffen, daß ich mich noch einmal irre, wie ich mich bereits in bezug auf ihre Motive geirrt habe, und sich herausstellt, daß ich abermals unrecht habe, wenn ich argwöhne, daß sie sich von einer Heirat insgeheim das Ende ihrer Liebesgeschichte mit dem alles andere als rührseligen Karenin in Hongkong erhofft. Ich kann nur hoffen, daß wirklich ich es bin, den sie heiraten möchte, und nicht jener Schutzwall gegen die Vergangenheit, die sie beinahe umgebracht hat, und der ich in ihren Augen sein könnte. Ich kann nur hoffen (denn wissen werde ich es nie), daß ich es bin, mit dem sie ins Bett geht, und nicht die Erinnerungen an den Mund, die Hände und das Glied des vollkommensten aller Liebhaber, dessen, der bereit war, seine Frau umzubringen, um sich seine Geliebte ganz zu eigen zu machen.

Zweifelnd und hoffend, voller Sehnsucht und voller Befürchtungen (eben noch in Erwartung der angenehmsten und lebensvollsten, gleich darauf jedoch der allerschlimmsten Zukunft) heirate ich Helen Baird – das heißt, tue es nach fast drei Jahren hingebungsvollen Zweifelns-und-Hoffens, Ersehnens-und-Befürchtens. Es gibt Männer wie etwa meinen eigenen Vater, die eine Frau bloß neben einem Klavier stehen zu sehen und *Amapola* singen zu hören brauchen, um sich blitzhaft darüber klarzuwerden: »Da – das da ist meine Frau«, und es gibt andere, die sich erst nach endlosem und qualvollem Schwanken, welches sie zu dem unvermeidlichen Schluß geführt hat, eigentlich sollten sie diese Frau niemals wiedersehen, zu einem geseufzten »Ja, das ist sie« durchringen. Ich heirate Helen in dem Augenblick, wo das Gewicht der Erfahrung, das man braucht, um sich zu einer so monumentalen Entscheidung durchzuringen, sie aufzugeben, sich als dermaßen gewaltig und an die Nieren gehend erweist, daß ich mir ein Leben ohne sie einfach nicht mehr vorstellen kann. Erst als ich mit Gewißheit weiß, *daß dies jetzt ein Ende haben muß,* entdecke ich, wie sehr ich durch meine tausend Tage der Unentschlossenheit bereits an sie gebunden bin, durch all die gründliche Erwägung von Möglichkeiten, die dafür sorgen, daß eine drei Jahre andauernde Affäre genauso angefüllt ist mit dem, was sich zwischen Menschen abspielt, wie eine Ehe, die bereits ein halbes Jahrhundert dauert. Ich heirate Helen – und sie heiratet mich – heirate sie also in einem Augenblick der Ausweglosigkeit und des Ausgepumptseins, wie ihn alle erreichen müssen, die viele, viele Jahre in diesen klar abgegrenzten und irrgartenähnlichen Verhältnissen gelebt haben, zu denen getrennte Wohnungen und gemeinsame Urlaube genauso gehören wie die selbstverständliche Überzeugung, daß man einander liebt, daß man bestimmte Nächte allein verbringt, nach fünf oder sechs Monaten mit Erleichterung aufgegebenen Affären, die man für zweiundsiebzig Stunden glücklich vergißt, um sie dann wieder aufzunehmen und fortzusetzen, und zwar oft mit köstlichem, wenn auch rasch verpuffendem sexuellem Schwung, der sich an ein halb-zufälliges Zusammentreffen im örtlichen Supermarkt anschließt; oder fortgesetzt wird nach einem abendlichen Anruf, der eigentlich nur dazu dienen sollte, den Partner, dem man den Laufpaß gegeben hat, auf einen bemerkenswerten Dokumentarfilm aufmerksam zu machen, der heute abend um zehn im Fernsehen wiederholt wird; oder im Anschluß an eine Dinner-Party, zu der zu kommen das Paar vor langer Zeit versprochen hatte, und die abzusagen unpassend gewesen wäre, so daß man also diese letzte gesellschaftliche Verpflichtung gemeinsam auf sich nimmt. Gewiß, der eine oder andere wäre der Verpflichtung vielleicht dadurch nachgekommen, daß er oder sie allein hingegangen wäre, doch dann hätte eben der Komplize auf der anderen Seite des Tisches gefehlt, dem man signalisieren könnte, daß man sich langweilt oder amüsiert, und außerdem hätte man dann hinterher auf der Heimfahrt niemand Gleichgesinnten gehabt, mit dem man Vorzüge und Mängel der anderen Gäste hätte durchhecheln können; außerdem hätte beim Ausziehen zum Ins-Bett-Gehen nicht eine bereitwillig lächelnde Freundin unbekleidet auf der Bettdecke gelegen, der gegenüber man eingestehen könnte, daß die einzige wirklich liebreizende Person bei Tisch zufälligerweise doch die eigene, zuvor unterbewertete und verkannte Partnerin gewesen sei.

Wir heiraten, und wie ich hätte wissen sollen und doch nicht habe wissen können und vermutlich immer gewußt habe: die gegenseitige Kritik und Mißbilligung vergällen uns auch weiterhin das Leben, was nicht nur ein Beweis für den Unterschied ist, der zwischen unseren Temperamenten klafft und von Anfang an zwischen uns geklafft hat, sondern auch von der weiterhin bei mir vorhandenen Ahnung, daß ihre tiefsten Gefühle immer noch einem anderen Mann gehören und daß, mag sie noch so sehr versuchen, diese traurige Tatsache zu verbergen und sich mir und unserem Leben zu widmen, sie genausogut wie ich weiß, daß sie nur deshalb meine Frau ist, weil es für sie keine andere Möglichkeit als Mord gab (zumindest behaupten sie das), um die Frau dieses bedeutenden und weitbekannten Liebhabers von ihr zu werden. Bestenfalls – und mutigstenfalls sowie vernünftigsten-

und liebevollstenfalls – geben wir uns größte Mühe, das zu hassen, was uns trennt, statt uns gegenseitig zu hassen. Wäre nur ihre Vergangenheit nicht so lebendig, so grandios, so aufgedonnert – wenn nur einer von uns oder wir beide sie vergessen könnten! Könnte ich doch bloß diesen Abgrund überspringen, diese absurde Vertrauenslücke, die zwischen uns klafft, schließen! Oder über sie hinwegsehen! *Jenseits* von ihr leben! Doch bestenfalls nehmen wir uns ernstlich etwas vor, entschuldigen wir uns, bügeln wir Fehler aus und gehen miteinander ins Bett. Doch schlimmstenfalls . . . nun, schlimmstenfalls ist es bei uns ebenso schlimm wie bei allen anderen auch, würde ich meinen.

Worüber streiten wir denn am meisten? Zu Anfang – wie jedermann erraten haben wird, der sich nach drei Jahren des Zögerns mit Haut und Haar, aber nur halb überzeugt den Flammen der Ehe überantwortet hat – zu Anfang streiten wir über den Toast. Warum, frage ich, kann das Brot nicht in den Toaster getan werden, während die Eier kochen, statt schon vorher? Dann könnten wir unseren Toast warm statt kalt essen. »Ich glaube nicht, daß ich darüber diskutieren möchte«, sagt Helen. »Das Leben ist schließlich kein Toast«, schreit sie mich zuletzt an. »*Doch* ist es das!« höre ich mich behaupten. »Wenn man sich hinsetzt, um Toast zu essen, ist das Leben Toast, und wenn du den Müll runterträgst, ist das Leben Müll. Du kannst den Müll nicht auf halbem Weg auf der Treppe stehenlassen, Helen. Der Müll gehört nämlich in die Mülltonne unten im Hof. Und zwar mit runtergeklapptem Deckel.« – »Das hab' ich vergessen.« – »Wie kannst du den Müll vergessen, wo du ihn doch schon in der Hand gehabt hast?« – »Vielleicht gerade deswegen, mein Lieber, weil es Müll ist – aber was macht das schon für einen Unterschied!« Sie vergißt, die Schecks zu unterschreiben, die sie ausstellt, und die Briefe zu frankieren, die sie abschickt, wohingegen die Briefe, die ich ihr zum Einstecken mitgebe, mit schöner Regelmäßigkeit Monate, nachdem sie das Haus verlassen hat, um sie in den Briefkasten zu werfen, in den Taschen von Regenmänteln und Hosen auftauchen. »Woran denkst du denn eigentlich zwischen hier und dort? Wie kommt es, daß du so vergeßlich bist, Helen? Liegt es an der Sehnsucht nach dem alten Mandalay? An den Erinnerungen an die ›Klapperkiste‹, die Lagunen und die Elefanten, an die Morgendämmerung, die heraufzieht wie ein Donner . . .« – »Ich kann doch nicht den ganzen Weg lang nur an deine Briefe denken, verdammt noch mal!« – »Aber warum glaubst du, bist du überhaupt mit den Briefen in der Hand rausgegangen?« – »Um ein bißchen Luft zu schnappen, deshalb. Um mal ein Stück Himmel zu sehen. Um zu atmen.«

Statt ihr also ihre Fehler und Versäumnisse unter die Nase zu reiben, oder ihre Schritte nachzuvollziehen, die Bruchstücke zusammenzufügen oder mich zurückzuhalten (und dann zu verschwinden, um sie hinter der geschlossenen Badezimmertür mit Verwünschungen zu überhäufen) bereite daher bald ich den Toast, koche ich die Eier, bringe ich den Müll runter, bezahle ich die Rechnungen und trage ich die Briefe zum Briefkasten. Selbst wenn sie sich dazu herabläßt (und in dem Versuch, die schreckliche Lücke *ihrerseits* zu schließen) liebenswürdig zu sagen: »Ich gehe einkaufen – möchtest du, daß ich diese einstecke?«, bringt mich die Erfahrung, wo nicht gar Weisheit dazu, zu sagen: »Nein – nein, vielen Dank.« Von dem Tag an, da sie kurz nach Abheben einer Summe vom Sparbuch ihr Portemonnaie verliert, übernehme alle Dinge, die mit der Bank zu tun haben, ich. Von dem Tag an, da sie die Fische unterm Fahrersitz liegen läßt und sie anfangen zu stinken, nachdem sie am Vormittag weggefahren ist, um Lachsschnitzel zum Abendessen zu kaufen, übernehme ich auch das Einkaufen. Von dem Tag an, da sie mein Strickhemd, das nur chemisch gereinigt werden darf, aus Versehen mit in die Kochwäsche gibt, übernehme ich auch den Gang zur chemischen Reinigung. Was zur Folge hat, daß ich nach Ablauf eines Jahres rund sechzehn Stunden am Tag damit beschäftigt bin zu unterrichten und meine Dissertation über die romantische Desillusionierung in den Geschichten von Anton Tschechow (ein Thema, das ich gewählt habe, ehe ich meine Frau kennenlernte) zu einem Buch umzuarbeiten – und noch froh darüber bin – während Helen immer mehr dem Alkohol und den Drogen zuspricht.

Ihre Tage beginnen in der nach Jasmin duftenden Badewanne. Das Haar mit Olivenöl eingerieben, damit es nach dem Bad schön glänzt, und das Gesicht mit Vitamin-Cremes eingefettet, streckt sie sich jeden Vormittag zwanzig Minuten lang in der Wanne aus, schließt die Augen und bettet das kostbare Haupt auf ein kleines aufblasbares Kissen; bewegen tut diese Frau sich nur, um mit einem Bimsstein sanft über die Hornhaut an den Füßen hinzufahren. Dreimal wöchentlich folgt diesem Bad noch eine Gesichtssauna: in ihrem mitternachtsblauen Seidenkimono, der mit rosarotem Klatschmohn und gelben Vögeln bestickt ist, die weder an Land noch auf See je ein Mensch gesehen hat, sitzt sie an der Frühstücksbar unserer winzigen Kochnische, den beturbanten Kopf über einen Kessel mit dampfendem Wasser gereckt, in das sie Rosmarin, Kamille und Holunderblüten gestreut hat. Sodann, dem Dampfbad entstiegen, angemalt und wohlfrisiert, ist sie soweit, sich zum Gymnastikunterricht anzukleiden oder wo immer sie sonst hingeht, während ich unterrichte: ein eng sitzendes chinesisches Kleid aus marineblauer Seide, hochgeschlossen bis unters Kinn, dafür mit einem Seitenschlitz im Rock; diamantenbesetzte Ohrringe; Armreife aus Jade und Gold; ihren Jadering; ihre Sandalen; ihre Strohtasche.

Kehrt sie später am Tag heim – nach der Yogastunde hat sie beschlossen, nach San Francisco reinzufahren, um sich »ein bißchen umzusehen«; sie redet (sie tut das schon seit Jahren) von Plänen, dort einen Laden für fernöstliche Antiquitäten aufzumachen – ist sie bereits ein wenig angedudelt und als es Zeit wird zum Abendessen, lächelt sie nur noch: beschwipst, leicht benebelt, sternhagelvoll. »Das Leben ist ein Toast«, sagt sie und süffelt ein Glas mit vier Finger hoch Rum aus, während ich die Hammelkoteletts würze. »Das Leben ist Müll. Das Leben besteht aus Ledersohlen und aus Gummiabsätzen. Das Leben besteht darin, auf jeden Kontrollabschnitt die richtige Summe hinzuschreiben, die ausgezahlt werden soll. Und auch noch das richtige Datum, Tag, Monat und Jahr.« – »All das stimmt«, sage ich. »Ah«, sagt sie und sieht mir nach, als ich mich anschicke, den Tisch zu decken, »wenn seine Frau bloß nicht vergäße, was sie in den Grill steckt und alles anbrennen ließe; wenn seine Frau sich bloß daran erinnern könnte, daß seine Mutter, als er im Paradies seiner Kindheit weilte, die Gabel immer links vom Teller und den Löffel rechts davon hingelegt hat und niemals, wirklich niemals beide auf dieselbe Seite. Ach, wenn seine Frau die Kartoffeln doch bloß genauso grillen und buttern könnte, wie seine Mama es im Winter getan hat!«

Als wir die Dreißig hinter uns haben, haben wir unsere Antipathien dermaßen in Verbitterung umgewandelt, daß jeder von uns genau das verkörpert, was der andere zu Anfang so sehr geargwöhnt hatte; die philiströse ›Blasiertheit‹ und ›Pedanterie‹, um derentwillen Helen mich von ganzem Herzen verabscheut – »Du hast es tatsächlich geschafft, David – du bist schon in jungen Jahren ein ausgewachsener Pedant geworden« – kommen bei mir genauso deutlich zum Vorschein wie ihre ›absolute Vergeßlichkeit‹, ›idiotische Verschwendung‹, ›pubertäre Verträumtheit‹ usw. Dennoch kann weder ich sie jemals verlassen, noch sie mich, das heißt, jedenfalls solange nicht, bis eine regelrechte Katastrophe es einfach lächerlich erscheinen läßt, weiterhin auf eine wunderbare Bekehrung des anderen zu warten. Zu unserem eigenen Erstaunen nicht weniger als zu dem aller anderen bleiben wir fast genausolange verheiratet, wie wir ein Liebespaar gewesen sind, vielleicht wegen der Gelegenheit, welche diese Ehe jedem von uns bietet, erbittert das zu attackieren, was jeder für seinen Dämon hält (und was sich zu Anfang als die Rettung des anderen ausgenommen hatte). Die Monate vergehen, und wir bleiben zusammen, überlegen, ob ein Kind uns aus dieser vielleicht tödlichen Pattsituation herausholen könnte ... oder etwa ein Antiquitätenladen für Helen ... oder ein Schmuckgeschäft ... oder eine psychotherapeutische Behandlung von uns beiden. Immer und immer wieder müssen wir von anderen hören, was für ein umwerfend ›attraktives‹ Paar wir sind: gut gekleidet, weitgereist, intelligent, freizügig (vor allem im Gegensatz zu dem, was sonst unter verheirateten jungen Akademikern üblich ist), zusammen ein Einkommen von zwölftausend Dollar im Jahr ... und das Leben ist einfach gräßlich.

Das bißchen an Schwung, das in den letzten Monaten unserer Ehe überhaupt noch in mir ist, zeigt sich nur bei den Vorlesungen und in den Seminaren; sonst bin ich dermaßen antriebslos und in mich zurückgezogen, daß unter den jüngeren Kollegen bereits getuschelt wird, ich sei mittels Tabletten ›ruhiggestellt‹. Seit meine Dissertation beifällig aufgenommen worden ist, mache ich neben meiner Vorlesung für Erstsemester, ›Einführung in den Roman‹, zwei Übungen für Studenten im zweiten Studienjahr über Literatur ›im Allgemeinen‹. In den Wochen vor Semesterschluß, als wir uns mit Tschechows Erzählungen beschäftigen, kommt es mir beim Vorlesen von bestimmten Passagen, auf die ich meine Studenten besonders aufmerksam machen möchte, vor, als enthielten sie samt und sonders und in jedem einzelnen Satz vor allem Anspielungen auf meine eigene Misere, gleichsam als ob inzwischen jede einzelne Silbe, die ich denke oder von mir gebe, zunächst einmal durch den Filter meiner eigenen Schwierigkeiten hindurchsickerte. Hinzu kommen noch meine Tagträume während der Übungen; sie stellen sich nachgerade in einer solchen Fülle ein, daß sie sich nicht unterdrücken lassen, und entzünden sich ganz offensichtlich an meiner Sehnsucht nach wunderbarer Rettung – Wiedereinstieg in längst abgestreifte Leben, Wiedergeburt als ein völlig anderes Wesen – so daß ich sogar ein wenig dankbar bin für meine Niedergeschlagenheit, dafür, daß ich über kein bißchen Willenskraft mehr verfüge und außerstande bin, auch nur die gelindeste Phantasie aufzubringen.

»Ich begriff, daß man, wenn man liebt, in seinen Überlegungen über diese Liebe von höheren, von bedeutenderen Gesichtspunkten als Glück oder Unglück, Sünde oder Tugend in ihrem landläufigen Sinne ausgehen müsse, oder daß man überhaupt nicht überlegen sollte.« Ich frage meine Studenten, was mit diesen Zeilen gemeint sei und bemerke, während sie es mir erklären, daß jenes ausgeglichene Mädchen mit der sanften Stimme, das zwar meine aufgeweckteste und hübscheste – aber auch meine gelangweilteste und überheblichste – Studentin ist, in der hintersten Ecke des Raums einen Riegel Schokolade und eine Cola verdrückt. »Ach, iß doch nicht dieses scheußliche Zeugs«, sage ich schweigend zu ihr und sehe uns beide auf der Terrasse des *Gritti,* wie wir mit verengten Augen durch den Glast, der über dem Canale Grande liegt, hinüberspähen zu der Ockerfassade jenes vollkommenen kleinen Palazzo, in dem wir ein mit Fensterläden versehenes Zimmer gemietet haben ... wir nehmen unser Mittagsmahl zu uns, leckere *Pasta* und hinterher zarte, mit Zitronensaft beträufelte Kalbssteaks ... und das an demselben Tisch, an dem eines Nachmittags Birgitta und ich als überhebliche und freche junge Leute, die nicht viel älter waren als diese Studenten hier vor mir, Platz nahmen und einen Großteil unseres Reichtums zusammenlegten, um unsere Ankunft in Byrons Italien zu feiern ...

Mittlerweile erklärt mein anderer intelligenter Student, was der Gutsbesitzer Aljochin meine, als er am Schluß von *Von der Liebe* von »höheren Gesichtspunkten ... als Glück oder Unglück, als Sünde oder Tugend in ihrem landläufigen Sinne« spricht. Der Student sagt: »Er bedauert, daß er seinen Gefühlen nicht nachgegeben hat und nicht mit der Frau davongelaufen ist, in die er sich verliebt hat. Jetzt, wo sie abfährt, ist ihm elend zumute, weil er seinem Gewissen und seinen Skrupeln und auch seiner eigenen Schüchternheit gestattet hat zu verhindern, ihr seine Liebe zu gestehen – und das bloß, weil sie schon verheiratet und Mutter ist.« Ich nicke, offensichtlich jedoch ohne zu begreifen, und der kluge Bursche schaut mich verzweifelt an. »Hab' ich unrecht?« fragt er und läuft dabei puterrot an. »Nein, *nein*«, erkläre ich, denke jedoch die ganze Zeit über: »Was machen Sie denn da, Miss Rodgers, stillen Sie Ihren Hunger an einem Riegel *Nuts*? Wir sollten Weißwein schlürfen ...« Und dann geht mir auf, daß Helen als junge Studentin an der University of Southern California wahrscheinlich ziemlich genauso ausgesehen hat wie meine gelangweilte Miss Rodgers, ehe jener ältere Mann – ein Mann ungefähr meines Alters! – sie aus dem Hörsaal herausholte und hineinverpflanzte in ein romantisches Abenteuerleben . . .

Später, als ich gerade aus *Die Dame mit dem Hündchen* vorlese, schaue ich auf und blicke geradewegs in die harmlosen und unverdorbenen Augen eines etwas pummeligen, ernsten, zartbesaiteten jüdischen Mädchens aus Beverly Hills, die schon das ganze Jahr über vorn in der ersten Reihe sitzt und alles mitschreibt, was ich sage. Ich lese den Studenten den letzten Absatz der Erzählung vor, in dem das ehebrecherische Paar, erschüttert über die Entdeckung, wie tief sie einander lieben, vergeblich versucht zu begreifen, »daß er verheiratet war und daß sie einen Mann hatte«. »Und es schien ihnen, daß es sich nur noch um eine kurze Zeitspanne handeln könne und die Lösung würde gefunden werden, und es müßte ein neues und schönes Leben anbrechen; und doch war ihnen beiden unendlich klar, daß es bis zum Ende noch weit sei und daß das Allerverwickeltste und Schwierigste jetzt eben erst begonnen hätte.« Ich höre mich selbst von der zu Herzen gehenden Transparenz dieses Schlusses reden – keine falschen Geheimnisse, nur die harten Tatsachen werden konstatiert. Ich spreche von der Masse menschlicher Geschichte, die Tschechow auf fünfzehn Seiten lebendig werden lassen kann, wie Spott und Ironie nach und nach schwinden und – selbst auf so kleinem Raum – auf so wenigen Seiten – statt dessen Sorge und Rührung zur Geltung kommen, spreche von seinem Gefühl für den Augenblick, in dem die Illusionen platzen, und für jene Vorgänge, in denen offenbar äußerst heftig auch noch die harmlosesten Illusionen sich an den Fakten stoßen und zerspringen, ganz zu schweigen von den großartigen Träumen von Erfüllung und Abenteuer. Ich spreche von seinem Pessimismus hinsichtlich dessen, was er

»diese Sache mit dem persönlichen Glücklichsein« nennt, möchte jedoch die ganze Zeit über das pausbäckige Mädchen vorn in der ersten Reihe, die alle meine Worte gleich in ihr Kollegheft einträgt, bitten, meine Tochter zu werden. Ich möchte mich um sie kümmern und dafür sorgen, daß sie keinen Schaden nimmt und glücklich ist. Ich möchte für ihre Kleider bezahlen und für ihre Arztrechnungen aufkommen, möchte, daß sie zu mir kommt, die Arme um mich schlingt, wenn sie sich einsam fühlt oder traurig ist. Wären doch nur Helen und ich es gewesen, die sie erzogen und folglich dafür gesorgt hätten, daß sie ein so liebes Mädchen ist! Aber wie sollten wir beide jemals einen anderen Menschen großziehen?

Und später an diesem Tag, als ich zufällig fast mit ihr zusammenstoße, wie sie auf dem Universitätsgelände auf mich zukommt, fühle ich mich abermals gezwungen, jemandem, der wahrscheinlich kaum mehr als zehn oder zwölf Jahre jünger ist als ich, zu sagen, daß ich sie adoptieren möchte, möchte, daß sie ihre eigenen Eltern vergißt, von denen ich überhaupt nichts weiß, und daß sie mir gestattet, ihr Vater zu sein und sie zu beschützen. »Hallo, Mr. Kepesh«, sagt sie und wedelt ein wenig mit der Hand, und diese liebevolle Geste schafft es dann, wie es scheint. Ich fühle, als ob ich leichter und immer leichter würde, spüre die Gefühlswogen auf mich zurollen, die mich emportragen und um und um wirbeln und irgendwo, ich weiß nicht wo, zurücklassen werden. Bekomme ich jetzt hier, mitten auf dem Gehsteig vor der Bibliothek, einen Nervenzusammenbruch? Ich nehme eine ihrer Hände in die meinen – ich sage mit einer Stimme, die verrät, daß ich vor lauter Gefühl einen Kloß im Hals habe: »Du bist ein gutes Mädchen, Kathie.« Sie weicht mit dem Kopf zur Seite, ihre Stirn rötet sich. »Nun«, sagt sie, »da bin ich aber froh, daß irgend jemand hier mich mag.« –

»Du bist ein gutes Mädchen«, wiederhole ich, gebe die weiche Patschhand frei, die ich halte, und gehe nach Hause, um zu sehen, ob die kinderlose Helen nüchtern genug ist, um ein Essen für zwei zustande zu bringen.

Etwa um diese Zeit bekommen wir Besuch von einem englischen Investmentbanker namens Donald Garland, dem ersten von Helens Freunden aus Hongkong, die jemals von uns zum Essen in unsere Wohnung eingeladen werden. Klar, daß sie sich für diese Gelegenheit ganz besonders auffallend schön hergerichtet hat, gleichsam als wolle sie nach San Francisco hinein, um mit dem einen oder anderen aus dem verlorenen Paradies zu Mittag zu essen; und noch niemals habe ich es erlebt, daß sie einem solchen Besuch so glücklich und gut gelaunt, ja geradezu mit kindlicher Ungeduld entgegengesehen hätte. Immerhin hat es in der Vergangenheit Zeiten gegeben, wo sie Stunden damit zubrachte, sich auf eine Essensverabredung vorzubereiten, um dann jedoch in ihren unansehnlichsten Bademantel gehüllt aus dem Badezimmer hervorzukommen und zu verkünden, sie sei außerstande, das Haus zu verlassen und sich mit irgendwem zu treffen. »Ich sehe schauderhaft aus.« – »Das tust du durchaus nicht.« – »Doch.« Sagt es und verschwindet für den Rest des Tages im Bett.

Donald Garland, so erzählt sie mir jetzt, sei »der gütigste Mann«, den sie je kennengelernt habe. »Er hat mich schon in der ersten Woche in Hongkong zum Essen in sein Haus eingeladen, und von da an waren wir die besten Freunde. Wir mochten uns schrecklich gern. Die Mitte des Tisches war mit Orchideen bestreut, die er eigenhändig in seinem Garten gepflückt hatte – mir zu Ehren, wie er sagte – und die Terrasse, auf der wir aßen, ging auf das Halbrund von Repulse Bay hinaus. Ich war achtzehn, und er muß wohl so um die fünfundfünfzig gewesen sein. Mein Gott! Wahrscheinlich ist Donald heute siebzig! Ich hätte niemals gedacht, daß er älter wäre als vierzig; er war immer so glücklich, so jugendlich, konnte sich über alles so sehr freuen! Er lebte mit einem unbekümmerten und gutmütigen jungen Amerikaner zusammen. Chips muß damals sechs- oder siebenundzwanzig gewesen sein. Donald hat mir heute nachmittag am Telefon etwas ganz Furchtbares erzählt – eines Morgens, vor zwei Monaten, ist Chips beim Frühstück an einem Herzversagen gestorben; einfach tot zusammengebrochen. Donald hat den Leichnam nach Wilmington in Delaware zurückgebracht und ihn dort bestattet, und dann brachte er es nicht fertig wegzufahren. Er hat immer wieder Plätze im Flugzeug gebucht und die Reservierung dann wieder rückgängig gemacht. Aber jetzt endlich ist er auf dem Weg zurück nach Hause.«

Chips, Donald, Edgar, Brian, Colin . . . Ich habe nichts dazu zu sagen, weder Fragen zu stellen, noch sie ins Kreuzverhör zu nehmen, empfinde nichts, was auch nur entfernt an Sympathie, Neugier oder Interesse erinnert hätte. Oder an Geduld. Ich hatte längst mehr gehört, als ich ertragen konnte – über das Treiben im Kreise der wohlhabenden englischen Homosexuellen in Hongkong, die sie ›angebetet‹ hatten. Ich bekunde nur so etwas wie eine an Überdruß gemahnende Verwunderung bei der Feststellung, daß ich bei diesem besonderen Wiedersehen zugegen sein soll. Fest schließt sie die Augen, als müsse sie mich momentan verdrängen, bloß um zu überleben. »Hör auf, so mit mir zu sprechen! Schluß jetzt mit diesem schrecklichen Ton! Er war mein bester Freund. Er hat mir hundertmal das Leben gerettet.« *Und warum hast du es hundertmal aufs Spiel gesetzt?* Doch die Anwürfe, die gleichzeitig bohrende Fragen sind, und den ›schrecklichen Ton‹, mit dem ich sie vorbringen würde, vermag ich zu unterdrücken, denn mittlerweile weiß ich, daß mich meine Wut über alles, was sie tut und tat weit mehr fertigmacht als alle ihre Eigenarten, über die mit Grazie hinwegzusehen oder die zu akzeptieren ich schon vor langer, langer Zeit hätte lernen sollen . . . Doch als der Abend fortschreitet und Garland immer lebhafter in seinen Erinnerungen schwelgt, frage ich mich, ob sie ihn wohl deshalb zu uns in die Wohnung eingeladen hat, damit ich aus erster Hand erfahre, von welch schwindelnder Höhe sie herabgestürzt ist, als sie den Wahnwitz besaß, ihr Schicksal mit dem eines Kleinlichkeitskrämers wie mich zu verbinden. Ob das nun ihre Absicht ist oder nicht, zumindest ist das etwa das Ergebnis. In ihrer Gesellschaft bin ich kein leichtlebiger gutmütiger Chips, sondern von oben bis unten nur der verstaubte und vertrocknete Schulmeister, dessen Herz sich nur dann rührt, wenn die Peitsche knallt oder der Rohrstock herniedersaust. In dem vergeblichen Versuch, diesem kindlichergebenen, sauertöpfischen und besserwisserischen Tugendbold in mir den Garaus zu machen, bemühe ich mich ernstlich zu glauben, daß Helen nichts weiter tut, als diesem Mann, der ihr soviel bedeutet hat und so nett zu ihr gewesen ist und seinerseits gerade einen furchtbaren Schlag erlitten hat, zu zeigen, daß in ihrem Leben alles zum besten steht, daß sie mit ihrem Mann sorglos und harmonisch zusammenlebt und ihr Beschützer sich keine Sorgen mehr um sie machen braucht. Ja, Helen spielt nur Theater, wie es jede liebevolle Tochter täte, die ihrem wohlmeinenden Vater irgendeine bittere Wahrheit ersparen möchte . . . Kurz: so einfach die Erklärung für Garlands Anwesenheit auch für jemand anderen gewesen sein mag, mir will sie überhaupt nicht einleuchten, als ob es mir jetzt, da ein Zusammenleben mit Helen nicht den geringsten Sinn mehr ergibt, unmöglich wäre, hinter die Wahrheit von irgendwas zu kommen.

Der fragile, zartknochige Garland besitzt mit siebzig noch einen gewissen jugendlichen Charme und hat gleichzeitig etwas Weltgewandtes und Jungenhaftes. Seine Stirn sieht so zerbrechlich aus, daß man das Gefühl hat, sie könnte zerspringen, wenn man auch nur mit einem Löffel daran klopfte, und seine Wangen sind die kleinen, runden glänzenden Bäckchen eines Alabaster-Kupidos. Zum offenen Hemd trägt er ein blasses Seidentuch, das fast vollständig jenen Hals verdeckt, dessen Falten der einzige Hinweis auf sein Alter sind. In diesem merkwürdig jugendlichen Gesicht verraten nur die sanften braunen und von Gefühl überschwemmten Augen so etwas wie Sorgen, wohingegen seine schnarrende britische Aussprache nicht den geringsten Kummer verrät.

»Der arme Derek ist umgebracht worden, weißt du.« Helen wußte es nicht. Sie schlägt die Hand vor den Mund. »Aber *wie* denn? Derek«, sagt sie und wendet sich mir zu, »war ein Teilhaber in Donalds Firma. Ein sehr alberner Mann, manchmal schrecklich verhuscht und so weiter, aber im Grunde herzensgut, wirklich . . .« Mein völlig ungerührter, maskenhaft starrer Gesichtsausdruck läßt sie sich rasch wieder Garland zuwenden. »Ja«, sagt er, »er war ein sehr gütiger Mensch, und ich habe sehr an ihm gehangen. Ach, er konnte stundenlang erzählen und nie ein Ende finden, aber dann brauchte man bloß zu ihm zu sagen: ›Derek, das reicht jetzt‹, und dann hörte er auf. Nun, zwei junge Chinesen meinten, er hätte ihnen nicht genug Geld gegeben, und da haben sie ihn mit Fußtritten traktiert und ihn eine Treppe hinuntergestoßen. Da hat Derek sich das Genick gebrochen.« – »Wie furchtbar! Wie entsetzlich! Armer, armer

Mann. Und was«, erkundigt Helen sich, »ist aus all seinen Tieren geworden?« – »Die Vögel sind alle eingegangen. Irgendein Virus, der sie befiel, eine Woche nachdem er umgebracht wurde. Aller anderen hat Madge sich angenommen. Das heißt, Madge hat sich ihrer angenommen, und Patricia versorgt sie. Sonst wollen die beiden nichts miteinander zu tun haben.« – »Schon wieder mal?« – »Aber ja, sie kann schon eine rechte Hexe sein, diese Madge, wenn sie will. Vor einem Jahr hat Chips ihr ganzes Haus renoviert. Mit ihrem Badezimmer im ersten Stock hat sie den armen Jungen fast verrückt gemacht.« Nochmals versucht Helen, mich in die Gesellschaft der Lebendigen zurückzuholen: sie erklärt mir, daß Madge und Patricia, denen Häuser unten an der Bucht nicht weit von Donalds Haus gehören, Stars des britischen Films der vierziger Jahre sind. Donald rattert die Titel der Filme herunter, die sie gedreht haben. Ich nicke und nicke, wie jemand, der nett sein will, aber das Lächeln, das ich mit bleckenden Zähnen aufsetze, kommt bei ihm nicht an. Der Blick, mit dem Helen mich bedenkt, verfehlt seine Wirkung freilich nicht. »Und wie sieht Madge aus?« fragt Helen ihn. »Ach, mit Make-up sieht sie immer noch wundervoll aus. Selbstverständlich sollte sie nie einen Bikini tragen.« Ich sage: »Warum nicht?«, doch das scheint niemand zu hören. Der Abend endet damit, daß der mittlerweile etwas angetrunkene Garland Helens Hand hält und mir von einem berühmten Kostümfest erzählt, das auf einer Lichtung im Dschungel einer kleinen Insel im Golf von Siam stattfand. Die Insel gehört einem Thai-Freund und liegt eine halbe Meile vor der Südspitze Thailands. Chips, von dem die Idee zu Helens Kostüm stammte, hatte sie ganz in Weiß gekleidet, gleich dem Fürsten Iwan im *Feuervogel*. »Hinreißend war sie. Ein Russenkittel aus Seide und pludrige Seidenhosen, die in weichen silberfarbenen Wildlederstiefeln steckten, und dazu ein silberner Turban mit Diamantenagraffe. Und um den Leib einen smaragdbesetzten Gürtel.« Smaragde? Von wem gekauft? Offenbar von Karenin. Wo mag der Gürtel wohl jetzt sein, überlege ich. Was hast du dafür gegeben, und bekommst du etwas zurück, was dir bleibt? Bleiben tun ganz gewiß die Erinnerungen, daran ist nicht zu zweifeln. »Eine kleine Thai-Prinzessin brach in Tränen aus, als sie sie sah. Die Ärmste. Sie hatte sich mit allem möglichen behängt, wenn auch nicht gerade mit dem Küchenherd, und erwartete, daß aller Welt bei ihrem Anblick die Sinne schwänden. Wer aber in dieser Nacht wirklich aussah wie von königlichem Geblüt, das war unsere Helen. Ach, nicht, daß es richtig Krach gegeben hätte. Hat Helen Ihnen nie die Fotos gezeigt? Hast du die Bilder nicht mehr, meine Liebe?« – »Nein«, sagt sie, »nicht mehr.« – »Ach, hätte ich doch bloß meine mitgebracht. Aber ich hätte ja nie daran gedacht, daß wir uns treffen – ich wußte ja nicht einmal selbst mehr, wer ich war, als ich von zu Hause abflog. Und weißt du noch, die kleinen Jungs?« sagt er nach einem langen Zug aus seinem Brandy-Glas. »Chips ließ all die kleinen Eingeborenenjungen als Nackedeis rumlaufen, nur mit einer kleinen Kokosnußschale vor ihrem Dingelchen und Lamettafäden, die ihnen vom Hals herunterhingen. War das ein Anblick, wenn der Wind wehte! Nun, das Boot landete, und da standen diese kleinen Burschen, um die Gäste zu empfangen und uns einen fackelerleuchteten Pfad hinanzugeleiten bis zu der Lichtung, auf der das Festmahl stattfand. Ach du meine Güte – Madge kam in dem Kleid, das Derek auf der Party zu seinem vierzigsten Geburtstag trug. Sie wollte ja nie Geld ausgeben, wenn es sich irgend vermeiden ließ. Ist immer wütend wegen irgendwas, doch meistens geht's um das Geld, das alle

Welt ihr stiehlt. Sie sagte: ›Man kann nicht einfach zu so was hingehen, man braucht was Besonderes zum Anziehen.‹ Daher sagte ich zu ihr, aber nur im Spaß, wohlverstanden; ›Warum ziehst du denn nicht Dereks Kleid an? Es ist aus weißem Chiffon, mit Straß besetzt und hat eine lange Schleppe. Und auf dem Rücken ist es tief ausgeschnitten. Du siehst bestimmt wunderbar darin aus, Darling.‹ Und Madge sagte: ›Wieso kann es denn auf dem Rücken tief ausgeschnitten sein, Donald? Wie um alles in der Welt will Derek es dann getragen haben? Bei der Rückenbehaarung und all diesem widerwärtigen Zeugs?‹ Und ich sagte: ›Aber, Darling, er rasiert sich doch nur alle drei Jahre.‹ Derek«, wandte Garland sich an mich, »war eher der Typ des alten Gardeoffiziers – gertenschlank, elegant, mit rosiger Hautfarbe, wirklich eine ganz außergewöhnlich unbehaarte Person! Ach, da gibt es ein Foto von Helen, das müssen Sie unbedingt sehen, David. Das muß ich euch schicken: Helen, wie ihr von diesen bezaubernden kleinen Eingeborenenjungs mit dem Lametta um den Hals vom Boot heruntergeholfen wird. Mit ihren langen Beinen und all der Seide, die an ihr klebt – ach, sie war wirklich die Vollkommenheit selbst! Und ihr Gesicht – auf dem Foto ist ihr Gesicht geradezu klassisch. Ich muß es euch schicken; ihr müßt das unbedingt haben. Sie war wirklich umwerfend und hinreißend. Patricia sagte von Helen, kaum, daß sie sie das erstemal gesehen hatte – das war beim Lunch in meinem Haus, und das liebe Mädchen hatte noch ein ganz gewöhnliches Kleid an – aber Patricia sagte damals, sie habe das Zeug, ein Star zu werden, und sie könne ohne jeden Zweifel ein Filmstar werden. Und das hätte sie auch können. Sie hat noch immer das Zeug dazu. Und wird es immer haben.« – »Ich weiß«, entgegnet der Schulmeister und läßt lautlos den Rohrstock herniedersausen.

Nachdem er gegangen ist, sagt Helen: »Nun, du brauchst mir nicht erst zu sagen, was du von ihm hältst, oder?« – »Es ist so, wie du gesagt hast; er betet dich an.« – »Wirklich, kannst du mir mal sagen, was dich dazu ermächtigt, über anderer Leute Leidenschaften zu Gericht zu sitzen? Hast du es nicht gehört? Die Welt ist groß, sehr groß; es ist Raum da, für jeden zu tun, wie ihm beliebt. Selbst du hast früher mal getan, was dir beliebte, David. Zumindest nach dem, was man so hört.« – »Ich sitze über nichts zu Gericht. Worüber ich zu Gericht sitze, das würdest du doch nicht glauben.« – »Ach, über dich selbst. Am härtesten dir selbst gegenüber. Hätte ich's doch beinahe vergessen!« – »Ich habe dagesessen, Helen, und ich habe zugehört, und ich erinnere mich nicht, auch nur ein Sterbenswörtchen über Leidenschaften, Neigungen oder Geschlechtsteile von irgendwem zwischen hier und Nepal gesagt zu haben.« – »Donald Garland ist wahrscheinlich der gütigste aller Menschen auf Erden ...« – »Einverstanden.« – »Er war immer da, wenn ich jemand brauchte. Es gab Wochen, da habe ich praktisch in seinem Haus gelebt. Er beschützte mich vor ein paar schrecklichen Menschen.« *Warum hast du dich eigentlich nicht selbst beschützt, indem du dich einfach von ihnen fernhieltest?* »Gut«, sage ich. »Du hast Glück gehabt, und das war wunderbar.« – »Er liebt es, zu klatschen und Geschichten zu erzählen, und selbstverständlich ist er heute abend etwas rührselig gewesen – aber bedenk doch, was er in der letzten Zeit alles durchgemacht hat. Er weiß nun mal, was die Menschen sind, genau wieviel und wiewenig – und er hält zu seinen Freunden, auch zu denen, die einen Narren aus sich machen. Die Treue, die diese Leute beweisen, ist einfach wunderbar, und kein Mensch hat das Recht, sie in den Dreck zu ziehen. Und damit du dich nicht täuschst! Wenn er will, kann er hart sein wie

Eisen. Er kann unbewegt und großartig sein.« – »Ich bin überzeugt, er war dir ein großartiger Freund.« – »Das ist er immer noch.« – »Hör mal, was willst du mir eigentlich klarmachen? Ich schau in letzter Zeit nicht mehr ganz durch. Es geht das Gerücht, daß meine Studenten *mir* das Schlußexamen abnehmen wollen, um zu sehen, ob sie es geschafft haben, mir irgendwas einzutrichtern. Worüber reden wir im Augenblick?« – »Über die Tatsache, daß ich einer ganzen Reihe von Menschen durchaus noch etwas bedeute, selbst wenn du und deine gelehrten Professoren samt ihren kleinen Schlampen von Frauen nichts als Verachtung für mich übrig haben. Es stimmt, ich bin nicht klug genug, Bananenbrot und Möhrenbrot zu backen und meine eigenen Bohnensprossen zu ziehen, als ›Gasthörerin‹ Seminare zu besuchen und den Vorsitz von Komitees zu übernehmen, um den Krieg ein für allemal als ungesetzlich zu erklären, aber dafür drehen die Leute sich immer noch nach mir um, David, wohin ich auch gehe. Ich hätte einen von den Männern heiraten können, die das Sagen in der Welt haben! Und allzuweit hätte ich dazu nicht mal zu suchen brauchen. Es ist mir schrecklich, so etwas Gewöhnliches und Banales über mich zu sagen, aber etwas anderes bleibt einem ja gar nicht übrig, wenn man es mit jemand zu tun hat, der einen abstoßend findet.« – »Ich finde dich nicht abstoßend. Ich kann es immer noch nicht fassen, daß du mich auserkoren und dem Präsidenten von ITT vorgezogen hast. Wie kann jemand, der es nicht mal schafft, ein kleines Buch über Anton Tschechow zu schreiben, etwas anderes empfinden als Dankbarkeit dafür, daß er mit jemand zusammenleben darf, der gleich nach der Königin von Tibet kommt? Es gereicht mir zur Ehre, zu deinem härenen Gewand gewählt worden zu sein.« – »Das ist noch die Frage, wer hier wessen härenes Gewand ist. Ich widere dich an, Donald widert dich an ...« – »Helen, ich habe diesen Mann weder gemocht noch nicht gemocht. Ich hab' verdammt noch mal mein bestes getan. Hör mal, mein bester Freund seit meiner Studentenzeit war praktisch der einzige Schwule *dort*. 1950 hatte ich einen Schwulen zum Freund – bevor es sie überhaupt gab! Ich hatte keine Ahnung, was das war, aber ich hatte einen. Mir ist es scheißegal, wer wessen Kleid trägt ... ach, verdammt noch mal, vergiß doch das Ganze! Ich hau' jetzt ab!«

Dann, an einem Samstag morgen im späten Frühjahr, als ich mich gerade an den Schreibtisch setze, um Examensarbeiten durchzusehen, höre ich, wie unsere Haustür geöffnet und wieder zugemacht wird – und damit hat nun endlich die Auflösung dieser hoffnungslosen Mesalliance eingesetzt. Helen ist fort. Etliche Tage vergehen – entsetzliche Tage, in deren Verlauf ich unter anderem zweimal das Leichenschauhaus von San Francisco besucht habe – einmal zusammen mit Helens ernster, fassungsloser Mutter, die sich nicht davon abbringen läßt, von Pasadena heraufzufliegen und mich tapfer zu begleiten, einen Blick auf den zerschmetterten Körper einer ertrunkenen ›Kaukasierin‹, Alter zwischen dreißig und fünfunddreißig, zu werfen – ehe ich erfahre, wo sie steckt.

Der erste Anruf – der mich darüber informiert, daß mein Ehegespons in Hongkong im Gefängnis sitzt – erreicht mich vom Außenministerium. Der zweite von Garland, der gewisse gespenstische, aber erhellende Details hinzufügt: Vom Flugplatz Hongkong sei sie mit einem Taxi geradewegs zum Kowlooner Landhaus des weitbekannten Ex-Liebhabers gefahren. Der sei ein englischer Onassis, so berichtet man mir, Sohn und Erbe des Gründers der MacDonald-Metcalf-Reederei und König der Frachtrouten vom Kap der Guten Hoffnung nach Manila Bay. In Jimmy Metcalfs Haus hat man sie nicht einmal am Türsteher vorbeigelassen, jedenfalls nicht, nachdem Mrs. Metcalf ihr Name genannt worden war. Und als sie dann einige Stunden später ihr Hotel verlassen habe, um die Polizei über den Plan zu unterrichten, der vor einigen Jahren vom Präsidenten von MacDonald-Metcalf geschmiedet worden war, seine Gattin von einem Auto überfahren zu lassen, habe der diensthabende Offizier der betreffenden Polizeiwache einen Anruf getätigt, und später sei dann ein Päckchen Kokain in ihrer Handtasche gefunden worden.

»Und was geschieht jetzt?« frage ich ihn. »Mein Gott, Donald, was jetzt?«

»Ich hole sie raus«, sagt Garland.

»Läßt sich das machen?«

»Von mir schon.«

»Wie?«

»Was meinen Sie wohl?«

»Geld? Erpressung? Mädchen? Knaben? Ich weiß es nicht, und es ist mir auch egal. Ich frag' auch nicht wieder nach. *Hauptsache, es hilft! Tun Sie's!*«

»Die Frage ist«, sagt Garland, »was geschieht, wenn Helen wieder frei ist? Ich kann es ihr hier selbstverständlich ganz behaglich machen. Ich kann sie mit allem versorgen, was sie braucht, um wieder auf die Beine zu kommen und weiterzumachen. Ich möchte wissen, was Sie für das Beste halten. Sie kann es sich nicht leisten, zwischendurch wieder erwischt zu werden.«

»Was heißt zwischendurch? Donald, für mich ist das alles ein bißchen verwirrend. Ich habe offen gestanden keine Ahnung, was das Beste ist. Bitte, sagen Sie mir, warum ist sie nicht zu Ihnen gefahren, als sie dorthin kam?«

»Weil sie es sich in den Kopf gesetzt hatte, Jimmy zu sehen. Sie wußte doch – wäre sie erst zu mir gekommen, hätte ich sie nie auch nur in seine Nähe gelassen. Ich kenne den Mann – besser als sie.«

»Und Sie wußten, daß sie kommen wollte?«

»Ja, selbstverständlich.«

»Hat Sie Ihnen das an dem Abend gesagt, als Sie bei uns waren?«

»Aber nein, mein Lieber. Erst vor einer Woche. Allerdings hätte sie kabeln sollen. Dann wäre ich am Flugplatz gewesen, um sie abzuholen. Aber sie hat's nun mal auf Helens Art gemacht.«

»Das hätte sie nicht tun sollen«, sage ich wie benommen.

»Die Frage ist, kehrt sie zu Ihnen zurück, oder bleibt sie hier bei mir? Ich möchte gern, daß Sie mir sagen, was Sie für das Beste halten.«

»Sie sind also sicher, Sie kriegen sie aus dem Gefängnis raus, und Sie sind sicher, daß die Anklage fallengelassen wird...«

»Sonst hätte ich Sie doch nicht angerufen.«

»Was geschieht dann... tja, das ist Helens Sache, oder? Das heißt, ich würde mit ihr reden müssen.«

»Aber das geht nicht. Ich habe Glück gehabt. Wir können von Glück sagen, daß sie noch nicht in Eisen gelegt ist und auf halbem Weg nach Malaysia. Unser Polizeichef ist nicht der Barmherzigsten einer, es sei denn, es ginge um ihn selbst. Und Ihr Rivale ist auch nicht gerade ein Albert Schweitzer.«

»Sieht so aus.«

»Sie hat mir immer gesagt: ›Es ist so schwierig, mit Jimmy einkaufen zu gehen. Wenn ich etwas sehe, was mir gefällt, kauft er es mir zwölfmal.‹ Und sie pflegte zu ihm zu sagen: ›Aber Jimmy, ich kann doch immer nur eines zur Zeit tragen.‹ Doch das hat Jimmy nie kapiert, Mr. Kepesh. Er macht immer alles im Dutzend.«

»Okay. Ich glaub's.«

»Ich möchte nicht, daß für Helen noch mehr schiefgeht – jemals«, sagt Garland. »Ich möchte genau wissen, wo Helen steht, und ich möchte es jetzt wissen. Jahrelang hat sie jetzt die Hölle erlebt. Sie war ein wunderbares, ein hinreißendes Geschöpf, und das Leben hat ihr abscheulich mitgespielt. Ich werde nicht zulassen, daß einer von Ihnen sie jemals wieder quält.«

Aber ich kann ihm nicht sagen, wo sie steht – ich weiß ja nicht einmal, wo *ich* stehe. Erstmal, sage ich, muß ich mich mit Helens Eltern in Verbindung setzen und denen die Angst nehmen. Er werde wieder von mir hören.

Wird er das wirklich? Warum?

Als hätte ich ihr gerade berichtet, ihre Tochter sei bei einem Klub-Treffen nach der Schule aufgehalten worden, erkundigt Helens Mutter sich höflich: »Und wann ist sie wieder zu Hause?«

»Ich weiß es nicht.«

Doch das scheint die Mutter der Abenteurerin nicht weiter zu beunruhigen. »Ich hoffe, du hältst mich auf dem laufenden«, sagt sie strahlend.

»Mach' ich.«

»Dann vielen Dank, daß du angerufen hast, David.«

Was anderes kann die Mutter einer Abenteurerin tun als Leuten zu danken, die sie anrufen und sie auf dem laufenden halten?

Und was tut der Ehemann einer Abenteurerin, wenn seine Frau im Fernen Osten im Gefängnis sitzt? Nun, zum Abendessen mache ich mir ein Omelett, gebe mir dabei besonders viel Mühe, sorge genau für die richtige Hitze und bestreue das Ganze hinterher mit ein wenig Petersilie, genehmige mir dazu ein Glas Wein und eine Scheibe Toast mit Butter. Sodann dusche ich heiß und ausgiebig. Er will nicht, daß ich sie quäle; na schön, quäle ich sie also nicht – vor allem aber will ich mich nicht selber quälen. Nach dem Duschen beschließe ich, in meinen Pyjama zu steigen, die Abendlektüre ins Bett zu verlegen und völlig solo zu bleiben. Keine Mädchen, noch nicht. Das kommt schon, wenn es erst einmal soweit ist. Wie überhaupt alles. Wirklich? Ich stehe genau wieder dort, wo ich vor sechs Jahren schon einmal gestanden habe, an jenem Abend, da ich meine vernünftige Freundin versetzte und mit Hongkong-Helen von der Party nach Hause zog. Nur, daß ich jetzt meinen Job habe, mein Buch fertig schreiben muß und offenbar diese bezaubernd eingerichtete und geschmückte Wohnung ganz für mich allein habe. Wie heißt es doch noch bei Mauriac? »Den Freuden des ungeteilten Bettes frönen.«

Ein paar Stunden lang ist mein Glück vollkommen. Hat man jemals gehört oder davon gelesen, daß so was wie dies geschieht – daß jemand mitten aus seinem Elend *direkt* in die Glückseligkeit hineinkatapultiert wird? Allgemeinem Verständnis zufolge geht es genau anders herum. Nun, hier sitze ich und sage mir, daß es in ganz, ganz seltenen Fällen auch andersherum zu passieren scheint. Mein Gott, ist mir wohl in meiner Haut! Ich werde weder sie noch mich jemals wieder quälen. Durchaus einverstanden!

Zweihundertundvierzig Minuten davon, mehr oder weniger.

Mit einem Darlehen von Arthur Schonbrunn, einem Kollegen, der mein Doktorvater gewesen ist, erstehe ich ein Hin- und Rückflugticket und fliege am nächsten Tag nach Asien. (Auf der Bank entdecke ich, daß Helen vor einer Woche unsere gesamte Barschaft abgehoben hat, um sich eine Flugkarte – einfach – zu kaufen und um ihr neues Leben zu beginnen.) Im Flugzeug habe ich Zeit zum Nachdenken – und so denke ich und denke ich und denke ich. Es muß so sein, daß ich sie zurückhaben möchte, daß ich sie nicht aufgeben kann, daß ich sie immer noch liebe, ob ich es nun weiß oder nicht, daß sie mein Schicksal ist . . .

Kein Wort von alledem überzeugt mich. Die meisten dieser Worte sind Worte, gegen die ich was habe: Helens Art von Worten, Helens Art zu denken. Ich kann nicht ohne dies leben, ich kann nicht ohne das leben, meine Frau, mein Mann, mein Schicksal . . . Kinderkram! Kintopp! *Filmwoche!*

Wenn jedoch diese Frau nicht *meine Frau* ist, was mache ich dann hier? Wenn sie nicht *mein Schicksal* ist, warum habe ich dann von zwei bis fünf Uhr morgens am Telefon gehangen? Ist es denn einfach so, daß mein Stolz mir nicht erlaubt, zugunsten eines homosexuellen Beschützers abzutreten? Schließlich bin ich auch nicht das wandelnde Pflichtbewußtsein und handele weder aus Scham, noch aus Masochismus, noch aus Rachsucht heraus . . .

Bleibt also nur die Liebe. Liebe! So spät im Leben, Liebe! Nach allem, was geschehen ist, sie mir auszutreiben! Mehr Liebe unversehens, als die ganze Zeit über dagewesen ist!

Den Rest der Zeit im Flugzeug, solange ich noch wach bin, verbringe ich damit, mich an jedes einzelne bezaubernde, süße, einschmeichelnde Wort zu erinnern, das sie jemals gesprochen hat.

In Begleitung von Garland – jetzt finster und verbindlich, von Kopf bis Fuß makelloser Bankier und Geschäftsmann –, einem *Detective* von der Hongkonger Polizei, und dem adretten jungen Mann vom amerikanischen Konsulat, der gleichfalls zur Stelle ist, um mich auf dem Flugplatz in Empfang zu nehmen, werde ich ins Gefängnis gebracht, damit ich mit meiner Frau sprechen kann. Als wir vom Flughafengebäude zum Auto gehen, sage ich zu Garland: »Ich dachte, sie sollte inzwischen heraus sein?« – »Die Verhandlungen«, sagt er, »scheinen mehr Interessen zu berühren, als wir angenommen hatten.« – »Hongkong«, setzt mich der junge Konsularbeamte mit schiefem Mund ins Licht, »ist die Geburtsstätte kollektiven Schacherns.« Jeder im Wagen außer mir scheint zu wissen, worum es geht.

Ich werde gefilzt, und dann darf ich zusammen mit ihr in einem winzigen Raum Platz nehmen, der hinter uns dramatisch verschlossen wird. Das Klicken des einrastenden Schlosses bringt sie dazu, ungestüm nach meiner Hand zu greifen. Ihr Gesicht ist übersät mit blauen Flecken, ihre Lippen sind mit Pusteln bedeckt, ihre Augen . . . in ihre Augen kann ich nicht hineinschauen, ohne daß mir das Herz in die Hose sackt. Außerdem riecht Helen. Und trotz allem, was ich oben in der Luft für sie empfunden habe, nun, hier auf Erden kann ich es einfach nicht über mich bringen, sie so zu lieben. Ich habe sie ja zuvor auf der Erde nicht ganz so geliebt, und werde nicht ausgerechnet in einem Gefängnis damit anfangen. Ein solcher Idiot bin ich nun auch wieder nicht. Was mich vielleicht zu einer anderen Art von Idiot macht . . . doch sich darüber klarzuwerden, hat Zeit bis später.

»Sie haben mir Kokain untergeschoben.« – »Ich weiß.« – »Damit kommt er nicht durch«, sagt sie. – »Nein, das wird er nicht. Donald bringt dich hier raus.« – »*Das muß er aber auch!*« – »Das tut er, ja, bestimmt. Du brauchst dir also keine Sorgen zu machen. Du wirst jetzt sehr bald wieder auf freiem Fuß sein.« – »Ich muß dir etwas Entsetzliches sagen. Unser ganzes Geld ist weg. Die Polizisten haben's mir gestohlen. Er hat ihnen gesagt, was sie mit mir machen sollten – und sie haben's getan. Sie haben mich ausgelacht. Und sie haben mich angerührt.« – »Helen, jetzt sag mir mal die Wahrheit. Ich muß es wissen. Wir alle müssen es wissen. Wenn du hier rauskommst, möchtest du dann hier bei Donald in seinem Haus bleiben? Er sagt, er wird sich um dich kümmern, er . . .« – »Aber das kann ich nicht! Unmöglich! Oh, laß mich nicht hier, bitte! Jimmy bringt mich um!«

Auf dem Heimflug trinkt Helen, bis die Stewardess sagt, sie könne ihr nichts weiter geben. »Wetten, du bist mir sogar treu gewesen«, sagt sie, plötzlich merkwürdig gesprächig. »Ja, ich wette, das bist du gewesen«, sagt sie ein wenig wie benebelt, jetzt, wo der Whisky den Schrecken des Eingekerkertseins etwas verblassen läßt und sie dem Alpdruck von Jimmy Metcalfs Rache glücklich entronnen ist. Ich mache mir nicht die Mühe, so oder so darauf einzugehen. Über die beiden bedeutungslosen Seitensprünge im vergangenen Jahr ist kein Wort weiter zu verlieren: sie würde nur lachen, wenn ich ihr erzählte, wer ihre Rivalinnen gewesen sind. Auch könnte ich nicht auf viel Sympathie hoffen, wollte ich ihr erklären, wie unbefriedigend es gewesen sei, sie mit Frauen zu betrügen, die nicht einmal ein Hundertstel ihres Reizes für mich besäßen – die kein Hundertstel ihres Charakters hätten, von ihrer Schönheit ganz zu schweigen – und denen ich ins Gesicht hätte spucken können, als mir aufging, wieviel von *ihrer* Befriedigung auf die Genugtuung zurückzuführen war, Helen Kepesh ausgestochen zu haben. Schnell genug – *fast* schnell genug – hatte ich begriffen, daß es unmöglich war, eine Frau zu betrügen, die von anderen Frauen so abgelehnt wurde wie Helen, ohne sich dabei selbst zu demütigen. Ich besaß nicht Jimmy Metcalfs Gabe, kaltblütig auszuholen und meinem Gegner den herrlichen und tödlichen Schwinger zu versetzen; die Rache war sein Stil, meiner hingegen die streitsüchtige Schwermut . . . Helens Redeweise hat unter Alkohol und Erschöpfung gelitten und sie ist kaum noch zu verstehen, doch nachdem sie gebadet, gegessen, sich umgekleidet und Gelegenheit gehabt hat, ihr Gesicht herzurichten, möchte sie sich unterhalten – zum erstenmal seit vielen, vielen Tagen. Sie möchte ihren Platz in der Welt wieder einnehmen, und zwar nicht als Besiegte, sondern als sie selbst. »Nun«, sagt sie, »*so* brav hättest du nun auch wieder nicht zu sein brauchen, weißt du. – Warum nicht deine Affären haben, wenn dich das glücklicher gemacht hätte? Damit wäre ich schon fertig geworden.« – »Gut, das zu wissen«, sage ich. – »Du bist es, David, der das nicht ausgehalten hätte. Weißt du, ich bin dir treu gewesen, ob du's glaubst oder nicht. Der einzige Mann, dem ich je in meinem Leben treu geblieben bin.« Glaube ich das? Kann ich das glauben? Und wenn ich es glaubte? Wo bliebe ich da? Ich sage nichts. »Du weißt immer noch nicht, wohin ich manchmal nach meinen Übungsstunden gegangen bin.« – »Nein, das weiß ich nicht.« – »Du weißt auch nicht, warum ich vormittags ausging und dabei mein Lieblingskleid trug.« – »Ich habe mir so meine Gedanken gemacht.« – »Nun, die waren falsch – ich hatte keinen Liebhaber. Bei dir nie, nie. Weil es zu abscheulich gewesen wäre. Denn du wärst nicht damit fertiggeworden – und deshalb hab' ich's nicht getan. Du wärst zugrunde gegangen. Du hättest mir verziehen, wärst aber nie wieder du selbst gewesen. Du wärst für immer mit blutendem Herzen rumgelaufen.« – »Mit blutendem Herzen bin ich sowieso rumgelaufen. Das haben wir doch beide getan. Wo bist du denn so aufgeputzt hingegangen?« – »Ich bin zum Flughafen rausgefahren.« – »Und?« – »Dort habe ich im Warteraum der *Pan Am* gesessen. Meinen Paß hatte ich in der Handtasche bei mir. Und meinen Schmuck. Da saß ich und las Zeitung, bis mich jemand fragte, ob ich nicht ein Glas im Erster-

Klasse-Warteraum mit ihm trinken wolle.« – »Und ich wette, das hat auch jedesmal einer getan.« – »Ja, jedesmal – stimmt. Und so bin ich mitgegangen und habe ein Glas getrunken. Wir haben uns unterhalten... und dann fragten sie mich alle, ob ich nicht mit ihnen weggehen wolle. Nach Südamerika, nach Afrika, überallhin. Einer fragte mich, ob ich ihn nicht auf einer Geschäftsreise nach Hongkong begleiten wolle. Aber ich hab's nie getan. Nie. Nie. Statt dessen kam ich zurück nach Hause, wo du dann mit den Kontrollabschnitten der Schecks anfingst.« – »Und wie oft hast du das gemacht?« – »Oft genug«, erwidert sie. »Genug für was – um zu beweisen, daß du immer noch die Macht besitzt?« – »Nein, du Trottel, um zu sehen, ob *du* noch die Macht besitzt.« Sie fängt an zu schluchzen. »Würde es dich erschrekken«, fragt sie, »zu hören, daß wir das Baby doch hätten bekommen sollen?« – »Das hätte ich nie gewagt, jedenfalls nicht mit dir.« Meine Worte verschlagen ihr den Atem oder was noch an Atem in ihr gewesen ist. »Oh, du gemeiner Hund, das war nicht nötig. Es hätte weniger grausame Möglichkeiten gegeben...«, sagt sie. »Ach, warum hab' ich Jimmy sie nicht umbringen lassen, als er es wollte!« ruft sie laut. – »Ruhig, Helen, ruhig.« – »Du hättest sie jetzt sehen sollen – sie stand nämlich da, nur fünf Schritt von mir entfernt in der Halle, und von da aus hat sie mich angefunkelt. Du solltest sie mal sehen – sie sieht aus wie ein Walfisch!« – »Ruhig, hab' ich gesagt.« – »Er hat ihnen gesagt, sie sollen Kokain in meine Tasche schmuggeln – mir, dem Menschen, den er liebt! Er ließ mir von ihnen die Handtasche wegnehmen und mein Geld stehlen! Und wie ich diesen Mann geliebt habe! Ich habe ihn nur verlassen, um ihn nicht zum Mörder werden zu lassen. Und jetzt haßt er mich, weil ich zu anständig bin, und du haßt mich, weil ich unanständig bin, und die Wahrheit ist, daß ich besser und stärker und mutiger bin als ihr beide. Wenigstens war ich das – war es, damals, mit einundzwanzig! *Du* würdest es nicht wagen, ein *Baby* mit mir zu haben? Wie steht es denn mit jemand wie *dir*? Ist es dir jemals in den Sinn gekommen, daß es bei der Sache mit dem Baby genau umgekehrt hätte sein können? Nein? Ja? Antworte mir! Ach, ich seh' sie direkt vor mir, ich kann es gar nicht erwarten, den Kümmerling zu sehen, mit dem du das wagst! Wenn du es vor Jahren nur selbst in die Hand genommen hättest – zu Anfang! Du hättest auch gar nicht fragen dürfen!« – »Helen, du bist erschöpft und du bist betrunken. Du weißt nicht, was du redest. Was hättest du dir schon aus einem Baby gemacht!« – »Und ob ich mir was daraus gemacht hätte, du Trottel! Ach, warum habe ich bloß dieses Flugzeug mit dir bestiegen! Ich hätte bei Donald bleiben können! Er braucht genauso jemand wie ich. Ich hätte bei ihm in seinem Haus bleiben und *dir* sagen sollen, fahr nach Haus! Ach, warum hab' ich in diesem Gefängnis nur die Nerven verloren!« – »Deines Jimmys wegen hast du sie verloren. Du dachtest, wenn du rauskämst, würde er dich umbringen.« – »Aber das hätte er doch nie getan – das war verrückt! Was er getan hat, hat er doch bloß getan, weil er mich so sehr liebt, und ich liebte ihn! Ach, ich habe gewartet und gewartet und gewartet – ich habe sechs lange Jahre auf dich gewartet. Warum hast du mich nicht in deine Welt hineingenommen wie ein Mann!« – »Vielleicht meinst du, warum ich dich nicht aus deiner rausgeholt habe. Das konnte ich nicht. Die einzige Art, mit der man dich *raus*holen könnte, ist die Art, mit der man dich *rein*gelegt hat! Klar, ich weiß Bescheid über meinen schrecklichen Ton, und über die verächtlichen Blicke, die ich werfen kann, aber ich bin nie hingegangen und hab' wegen diesem Toast jemand mit'm Ballermann engagiert! Wenn du noch mal von einem Tyrannen befreit werden willst, such dir einen anderen Tyrannen, der das für dich erledigt. Ich geb' mich geschlagen!« – »Oh, Gott, oh, lieber, lieber Gott, warum müssen sie entweder Rohlinge oder Chorknaben sein? Stewardess«, sagt sie und packt das Mädchen, das gerade vorübergeht, am Arm, »ich möchte keinen Drink, ich hab' genug gehabt. Ich möcht' Sie bloß was fragen. Haben Sie keine Angst! Warum sind Männer bloß entweder Rohlinge oder Chorknaben, wissen Sie das?« – »Wer, Madame?« – »Stellen Sie das nicht auf Ihren Reisen von einem Kontinent zum anderen immer wieder fest? Die haben sogar Angst, wissen Sie, vor einem so lieben kleinen Ding wie Sie. Deshalb müssen sie ja immer mit diesem verdammten Grinsen im Gesicht rumlaufen. Man braucht diesen Kerlen bloß richtig in die Augen zu sehen, dann hat man sie entweder zu Füßen oder an der Gurgel.«

Als Helen endlich eingeschlafen ist – und ihr Gesicht an meiner Schulter vertraut hin und her rollt – hole ich die Examensarbeiten aus der Aktentasche und fange genau dort wieder an, wo ich vor hundert Stunden etwa habe aufhören müssen. Jawohl, ich habe meine Hausarbeiten mitgenommen – und das ist gar nicht so schlecht. Ich kann mir nicht vorstellen, wie ich ohne diese Examensarbeiten die letzten Millionen Stunden dieses Fluges durchstehen sollte. »Ohne dies . . .« und sehe, wie ich Helen mit einer Schlinge aus ihrem hüftlangen Haar erwürge. Wer erwürgt seine Geliebte mit ihrem eigenen Haar? Ist das nicht irgend jemand bei Browning? Ach, wen interessiert das schon!

»Nicht, weil sie Glücklichsein garantiert, sondern weil sie notwendig ist, ist die Suche nach menschlicher Nähe eines von Tschechows immer wiederkehrenden Themen.«

Die Arbeit, mit der ich den Anfang machen will – wieder

einen neuen Anfang – stammt von Kathie Steiner, jenem Mädchen, von dem ich träumte, ich wollte es adoptieren. »Gut«, schreibe ich an den Rand neben ihren ersten Satz; dann lese ich ihn nochmals durch, mache nach ›notwendig‹ ein Zeichen, daß hier etwas eingefügt werden soll, und schreibe daneben: ›zum Überleben‹. Und dabei denke ich die ganze Zeit über: »Und viele tausend Meter unter mir liegen die Strände Polynesiens! Ach, liebes, schillerndes Geschöpf, was haben wir davon? Hongkong! Die ganze verdammte Geschichte hätte genausogut in Cincinnati passieren können! Ein Hotelzimmer, ein Polizeirevier, ein Flugplatz. Ein rachsüchtiger Größenwahnsinniger und ein paar gaunerische Polizisten! Und eine Möchte-gern-Kleopatra! All unsere Ersparnisse futsch für diesen zweitklassigen Thriller! Ach, diese Reise ist die Ehe selbst – zweimal sechstausend Kilometer über den exotischen Erdball zurücklegen, und das nicht mal aus einem guten Grund!«

Ich ringe damit, meine Aufmerksamkeit wieder der vor mir liegenden Aufgabe zuzuwenden – und nicht der Frage, ob Helen und ich hätten ein Kind haben sollen, oder wer Schuld hat, daß wir keines haben; und indem ich mich weigere, mir nochmals wieder all das zum Vorwurf zu machen, was ich hätte tun können und nicht tat und tat, was ich nicht hätte tun sollen – wende ich mich wieder Kathie Steiners Examensarbeit zu. Jimmy Metcalf instruiert die Polizei: »Treten Sie ihr ein bißchen in den Hintern, Gentlemen, das tut der Hure nur gut!«; ich hingegen unterdrücke meine Emotionen, indem ich jede von Kathies Seiten sorgfältig durchlese, jeden kleinen Kommafehler korrigiere, sie wieder auf ihr Problem mit der in der Luft hängenden näheren Bestimmung aufmerksam mache und den Rand pflichtschuldigst mit meinen Kommentaren und Fragen fülle. Ich und meine ›Abschlußprüfungen‹; *mein* Rotstift und *meine* Büroklammern. Wie Kaiser Metcalf dieses Spektakel genießen würde – und Donald Garland nebst seinem nicht sonderlich barmherzigen Polizeichef desgleichen. Vielleicht sollte ich ein bißchen über mich lachen; da ich jedoch Literaturprofessor bin und nicht Polizeibeamter, da ich jemand bin, der schon vor langer Zeit auch noch den letzten Rest des Tyrannen abgelegt hat, der jemals in ihm war – nach dem zu urteilen, wie die Dinge stehen, vielleicht sogar ein wenig zu gründlich abgelegt hat – komme ich, statt all das lachend abzutun, zu Kathies Schlußsatz, und ich bin völlig am Boden zerstört. Dasjenige, womit ich mich seit Helens Verschwinden aufrecht gehalten habe, löst sich in nichts auf; ich muß das Gesicht abwenden und es gegen das dunkel gewordene Fenster des summenden Flugzeugs drücken, das uns zurückträgt nach Hause, damit wir ordentlich und dem Gesetz nach, wie es sich gehört die Entflechtung unserer beider verpfuschten Leben zu Ende bringen. Ich weine um meinetwillen, ich weine um Helens willen, und zuletzt kommt es mir vor, als weinte ich am heftigsten, als ich erkenne, daß irgendwie nichts Allerletztes zerstört worden ist, daß ich trotz meiner allesverzehrenden Besessenheit mit meinem ehelichen Unglück und meinem Traumwunsch, mich hilfesuchend an meine jungen Studenten zu wenden, daß ich eine liebe, pummelige, unverdorbene und bis jetzt noch nicht von Entsetzen gepackte Tochter Beverly Hills' soweit gebracht habe, ihr zweites Studienjahr damit zu enden, daß sie diese verbissene und wunderschöne Klage verfaßt, indem sie das zusammenfaßt, was sie »Anton Tschechows übergreifende Lebensphilosophie« nennt. Kann Professor Kepesh ihr all dies beigebracht haben? Wie? *Wie?* Ich fange auf diesem Flug erst an, es zu lernen! »Unschuldig werden wir geboren«, hat das Mädchen geschrieben, »wir machen furchtbare Enttäuschungen durch, ehe wir Wissen erwerben, und dann fürchten wir den Tod – was uns zugestanden wird, sind nur Bruchstücke des Glücks, uns damit den Schmerz vom Leib zu halten.«

Schließlich werde ich durch ein Job-Angebot von Arthur Schonbrunn, der die Stanford University verlassen hat, um Ordinarius für vergleichende Literaturwissenschaft an der State University of New York auf Long Island zu werden, aus dem Schutt meiner Scheidung herausgezogen. Ich habe mich bereits in San Francisco in die Behandlung eines Psychoanalytikers begeben – und zwar schon bald nachdem ich beim Rechtsanwalt gewesen war – und dieser rät mir, falls ich wieder in den Osten zurückkehrte, um zu unterrichten, die Therapie bei einem Dr. Frederick Klinger fortzusetzen, den er kennt und als jemand empfehlen kann, der keine Angst hat, mit seinen Patienten auch einmal Fraktur zu reden, »ein solider, vernünftiger Mann«, wie er mir beschrieben wird, »ein Spezialist«, sagt man mir, »auf dem Gebiet des gesunden Menschenverstands«. Aber sind Vernunft und gesunder Menschenverstand das, was ich brauche? Manche würden sagen, ich hätte durch ein Zuviel an Rücksichtnahme auf gerade diese Eigenschaften alles kaputtgemacht.

Frederick Klinger ist solide, kein Zweifel: ein kerngesunder, rundgesichtiger, lebenssprühender Bursche, der während unserer Sitzungen mit meinem Einverständnis unentwegt Zigarren raucht. Ich mag den Duft eigentlich gar nicht gern, gestatte es aber trotzdem, da das Rauchen den Scharfsinn, mit dem Klinger sich meiner Verzweiflung annimmt, noch zu steigern scheint. Kaum älter als ich und mit weniger grauen Haaren, als sich in letzter Zeit bei mir zeigen, strahlt er die Zufriedenheit und Zuversicht des erfolgreichen Mannes mittlerer Jahre aus. Den Anrufen, die er zu meinem Leidwesen während unserer Sitzungen beantwortet, entnehme ich, daß er in psychoanalytischen Kreisen bereits eine Schlüsselfigur ist, Mitglied maßgebender Körperschaften von Universitäten, Verlagen und Forschungsinstituten, ganz zu schweigen davon, daß er der letzte Strohhalm für zahllose äußerst gefährdete Seelen ist. Anfangs stößt mich die ausgesprochene Genüßlichkeit ab, mit der er seine Aufgaben wahrzunehmen scheint – ja, es stößt mich, wenn ich ehrlich sein soll, eigentlich alles an ihm ab: sein doppelreihiger, breitgestreifter Anzug und der schlaffe Querbinder, der ziemlich abgewetzte einreihige Mantel, der um seine dick werdende Taille herum schon recht straff sitzt, die *beiden* prallen Aktentaschen an der Garderobe, die Fotos der lächelnden gesunden Kinder auf dem mit Büchern überladenen Schreibtisch, der Tennisschläger im Schirmständer – ja, es stößt mich sogar die Sporttasche ab, die hinter den großen, durchgesessenen Ohrensessel gestopft ist, von dem aus er, die Zigarre in der Hand, sich meiner Verwirrung zuwendet. Kann dieser dufte und energiegeladene Eroberer überhaupt begreifen, daß es Vormittage gibt, an denen ich auf dem Weg vom Bett zur Zahnbürste damit kämpfen muß, mich nicht einfach fallen zu lassen und auf dem Wohnzimmerboden zusammenzurollen? Was dieses Sich-Fallen-Lassen letzten Endes bedeutet, begreife ich schließlich nicht einmal selbst. Nachdem ich es nicht geschafft habe, Helen ein richtiger Ehemann zu sein – es mir nicht gelungen ist dahinterzukommen, wie man aus Helen eine Ehefrau macht – sieht es so aus, als ob ich mein Leben viel lieber verschlafen würde, statt es wirklich zu leben.

Woher zum Beispiel kommt es, daß ich mit der Sinnlichkeit dermaßen auf Kriegsfuß stehe? »Sie«, erwidert er, »der Sie eine *femme fatale* geheiratet haben?« – »Aber doch nur, um sie im Laufe der Zeit weniger *fatale* zu machen, ihr gleichsam den Giftzahn auszubrechen. Wozu diese ganze Keiferei, auf Helen, meine ich, bloß wegen dem Müll und der Wäsche und dem Toast. Meine Mutter hätte das auch nicht besser gekonnt. Bis in die letzte Kleinigkeit hinein.« – »Über Kleinigkeiten erhaben – das war sie doch, oder? Hören Sie, Mr. Kepesh, sie ist kein unirdisches Wesen wie Helena, die Tochter der Leda und des Zeus. Sie ist vielmehr ein höchst irdisches Wesen, Mr. Kepesh – ein Mittelstandsmädchen aus Pasadena, Kalifornien, das hübsch genug war, sich jedes Jahr kostenlos einmal nach Angkor Wat mitnehmen zu lassen, aber damit haben sich ihre übernatürlichen Leistungen auch schon. Und kalter Toast ist nun mal kalter Toast, egal, wieviel kostbare Klunker die Zubereiterin im Laufe der Jahre von reichen Männern mit einer Vorliebe für junge Mädchen zusammengebracht hat.« – »Ich hatte Angst vor ihr.« – »Wie auch nicht?« Sein Telefon klingelt. Nein, er könne unmöglich vor eins im Krankenhaus sein. Ja, er habe den Gatten gesehen. Nein, der Herr scheine nicht bereit mitzumachen. Ja, das sei außerordentlich bedauernswert. Nun zurück zu diesem Herrn, der so wenig bereit scheint mitzumachen. »Selbstverständlich hatten Sie Angst«, sagt er, »schließlich konnten Sie ihr nicht voll vertrauen.« – »Ich *wollte* ihr nicht vertrauen. Und dabei *war* sie mir treu. Davon bin ich überzeugt.« – »Ach, papperlapapp. Da hat sie sich selbst irgendwas vorgemacht, weiter nichts. Was bedeutete das denn schon, wo es doch nicht zu leugnen ist, daß Sie beide niemals wirklich etwas miteinander verband? Nach allem, was Sie mir erzählt haben, war das einzige, was Sie beide getan haben und was völlig unvereinbar war mit Ihrer beider Charakter, einander zu heiraten.« – »Ich hatte aber auch vor Birgitta Angst.« – »Mein Gott!« ruft er aus. »Wer hätte die nicht gehabt?« – »Hören Sie, entweder ich mache mich nicht verständlich, oder Sie wollen mich einfach nicht verstehen. Ich habe gesagt, daß es sich bei diesen Frauen um etwas ganz Besonderes gehandelt hat – um Frauen voller Mut und Neugierde ... und Freiheitsdrang.« – »Oh, das habe ich sehr wohl verstanden.« – »Wirklich? Ich habe manchmal das Gefühl, Sie würden sie am liebsten in irgendeine Talmikategorie von Menschen einordnen. Was sie aber zu etwas so Besonderem machte, war, daß sie nichts Talmihaftes hatten, jedenfalls nicht für mich, keine von beiden. Sie waren etwas Außergewöhnliches.« – »Geschenkt.« Das Telefon klingelt. Ja, was gibt's? Jawohl, ich habe gerade einen Patienten. Nein, nein, sprechen Sie nur. Ja, ja. Selbstverständlich begreift er es. Das ist doch alles nur Theater, kümmern Sie sich nicht darum. Na schön, dann steigern Sie die Dosis auf vier pro Tag. Aber nicht mehr! Und rufen Sie mich an, wenn er weiter weint. Nein, rufen Sie mich auf jeden Fall an. Auf Wiedersehen. »Geschenkt«, sagt er, »aber was sollte denn Ihrer Meinung nach geschehen, nachdem Sie eines von diesen ›besonderen Geschöpfen‹ *geheiratet* hatten? Daß Sie nicht nur die Nächte, sondern auch noch die Tage damit zubringen würden, ihre vollkommenen Brüste zu streicheln? Zu ihr in ihre Opium-Höhle zu kriechen? Neulich haben Sie gesagt, das einzige, was Sie in den sechs Jahren, die Sie mit Helen zusammen waren, gelernt hätten, war, einen *Joint* zu drehen.« – »Ich glaube, als ich das gesagt habe, wollte ich, wie man das im allgemeinen nennt, um die Gunst des Analytikers buhlen. Ich habe eine ganze Menge gelernt.« – »Tatsache ist und bleibt aber doch, daß Sie zu arbeiten hatten.« – »Die Arbeit ist doch bloß eine Angewohnheit«, sage ich und verhehle meinen Ärger über seine verbissene ›Entmythologisierung‹ nicht. »Vielleicht«, werfe ich ihm versuchsweise einen Brokken hin, »ist Bücherlesen das Opium für die Gebildeten.« – »Wirklich? Spielen Sie mit dem Gedanken, ein Hippie zu werden?« sagt er und steckt sich eine neue Zigarre an. – »Einmal haben Helen und ich an einem Strand in Oregon nackt in der Sonne gelegen. Wir hatten Urlaub und waren auf der Fahrt nach Norden. Nach einer Weile entdeckten wir einen Kerl, der uns in irgendwelchem Gebüsch versteckt aus der Ferne beobachtete. Wir fingen an, uns anzuziehen, doch er kam trotzdem auf uns zu und fragte, ob wir FKK-Anhänger seien. Als ich das verneinte, drückte er uns eine FKK-Zeitschrift in die Hand, falls wir sie abonnieren wollten.« Klinger bricht in lautes Lachen aus. »Helen sagte zu mir, den Mann müsse der liebe Gott selbst geschickt haben, denn inzwischen wären volle anderthalb Stunden vergangen, ohne daß ich auch nur eine Zeile gelesen hätte.« Abermals lacht Klinger echt amüsiert. »Hören Sie«, sage ich zu ihm, »Sie haben eben keine Ahnung, wie es war, als ich sie kennenlernte. Das kann man nicht einfach so abtun. Sie wissen nicht, wie ich damals war, und Sie können sich mich in dem Zustand einfach nicht vorstellen – ich selbst übrigens auch nicht mehr. Dabei war ich Anfang zwanzig ein rechter Draufgänger und habe mehr als die meisten gewagt, zumal in jener nicht gerade besonders erfreulichen Periode der Geschichte der Lust. Ich habe wirklich getan, wovon die Wichsartisten sonst nur träumen. Damals, als ich meine ersten Schritte in Richtung Selbständigkeit machte, war ich, wenn ich das sagen darf, eine Art sexuelles Wunderkind.« – »Und das möchten Sie jetzt, mit Ende dreißig, wieder sein?« – Ich mache mir nicht einmal die Mühe zu antworten, so blödsinnig und engstirnig scheint mir der gesunde Menschenverstand, den er da beweist. »Warum erlauben Sie Helen«, fährt Klinger fort, »die sich in ihrem hektischen Bemühen, die Hohepriesterin des Eros zu sein, kaputtgemacht hat – und die beinahe auch Sie mit ihren Behauptungen und Andeutungen kaputtgemacht hat – warum erlauben Sie ausgerechnet Helen immer noch, mit ihrem Urteil Macht über Sie auszuüben? Wie lange wollen Sie ihr eigentlich noch gestatten, Sie dort zurückzuweisen, wo Sie sich am schwächsten fühlen? Wie lange wollen Sie sich wegen etwas so Törichtem immer noch weiter schwach fühlen? Was war denn ihr ›mutiges‹ Suchen . . .« Das Telefon. »Entschuldigen Sie«, sagt er. Ja, am Apparat. Ja, nur zu. Hallo... ja, ich kann Sie sehr gut verstehen. Wie ist Madrid? Was? Nun, selbstverständlich ist er mißtrauisch, was haben Sie denn erwartet? Sagen Sie ihm einfach, daß er sich töricht verhält, und dann vergessen Sie's. Nein, selbstverständlich wollen Sie keinen Streit vom Zaun brechen. Das verstehe ich. Sagen Sie's einfach, und dann versuchen Sie, allen Mut zusammenzunehmen. Sie können sich ihm widersetzen. Gehen Sie zurück auf ihr Zimmer und sagen Sie es ihm. Aber ich bitte Sie, Sie wissen doch genau, daß Sie das können. Schön. Viel Glück. Und amüsieren Sie sich gut. Ich habe gesagt, gehen Sie schick aus und amüsieren Sie sich gut. Wiedersehen. – »Was war denn Ihre Sucherei anderes«, sagt er, »als ein Ausweichen? Eine kindische Flucht vor dem, was man im Leben wirklich schaffen kann?« – »Andererseits«, sage ich, »sind diese Vorhaben, die man tatsächlich verwirklichen kann, so etwas wie eine Flucht vor der Suche.« – »Bitte, Sie lesen gern und schreiben gern über Bücher. Das verschafft Ihnen nach Ihren eigenen Aussagen enorme Befriedigung – oder hat es zumindest früher getan und wird es auch wieder tun, das versichere ich Ihnen. Im Augenblick haben Sie nur alles bis obenhin satt. Aber Sie unterrichten immer noch gern, stimmt's? Und wie ich annehme, tun Sie das mit großem Einfallsreichtum. Ich weiß immer noch nicht, an welche

Alternative Sie denken. Möchten Sie in die Südsee und die sarongbekleideten Mädchen der Universität von Tahiti große Literatur lehren? Oder möchten Sie's mal wieder mit einem Harem versuchen? Wieder das draufgängerische Wunderkind sein und mit Ihrem schwedischen Teufelsmädchen in Pariser Arbeiterkneipen rumhängen? Möchten Sie wieder einen Hammer über den Kopf bekommen – aber einen, der diesmal vielleicht wirklich trifft?« – »Ach, wissen Sie, wenn Sie mich mit dem, was ich Ihnen erzähle, durch den Kakao ziehen, hilft mir das auch nicht weiter. Ganz bestimmt träume ich nicht von einer Rückkehr zu Birgitta. Es geht ums Vorwärtsgehen. Und ich kann nicht vorwärtsgehen.« – »Vielleicht ist das Vorwärtsgehen – zumindest auf dieser Straße – ohnehin eine Illusion.« – »Dr. Klinger, ich versichere Ihnen, daß ich von der Tschechowschen Neigung, so etwas selbst zu vermuten, mittlerweile hinreichend selbst durchdrungen bin. Was es darüber zu wissen gibt, weiß ich aus *Das Duell* und anderen Erzählungen über Menschen, die libidinösen Trugschlüssen verfallen sind. Auch ich habe alles, was über dieses Thema an Wichtigem im Abendland geschrieben wurde, gelesen und studiert. Ich habe sogar Vorlesungen darüber gehalten. Ich habe es praktiziert. Aber, wenn Sie gestatten, Tschechow besaß auch genug gesunden Menschenverstand, um zu schreiben: ›Gott bewahre uns vor Verallgemeinerung‹, wo es um Psychologie geht.« – »Vielen Dank für die Nachhilfestunde in Literatur. Sagen Sie mir eines, Mr. Kepesh: sind Sie wirklich wegen dem, was ihr zugestoßen ist, so niedergeschlagen – oder wegen dem, von dem Sie zu meinen scheinen, Sie hätten es ihr ›angetan‹ – oder wollen Sie uns nur beweisen, daß Sie ein Mann von Gefühl sind und ein Gewissen haben? Falls dem so ist, übertreiben Sie's nicht! Denn diese Helen mußte früher oder später einmal für eine Nacht im Gefängnis landen. Das war ihr bestimmt, längst ehe Sie sie überhaupt kennenlernten. Wenn ich mir das alles so anhöre, hat sie sich genau deswegen auf Sie gestürzt – in der Hoffnung, dem Kittchen und anderen unausweichlichen Demütigungen zu entgehen. Und das wissen Sie genausogut wie ich.«

Aber was er auch sagt, wie sehr er mich auch einschüchtert, sich über mich lustig macht oder sogar versucht, so etwas wie Charme spielen zu lassen, um mir zu helfen, über meine Ehe und meine Scheidung hinwegzukommen – ob er es glaubt oder nicht, ich bin nie ganz gefeit gegen Selbstvorwürfe, sobald mich Geschichten von Leiden erreichen, welche die einstige westliche Gebieterin über den Fernen Osten in ein verbittertes altes Weib verwandeln. Ich erfahre von einem schlimmen Schnupfen, der sie sehr mitnimmt und dem mit Medikamenten nicht beizukommen ist, höre, daß sie gezwungen ist, ständig mit einem Gazepfropfen zu leben, der auch noch ihre Schleimhaut reizt – in ihren gekräuselten Nasenlöchern, die sich, wenn sie ihren Höhepunkt erreicht, blähen, als schnupperte sie. Ich erfahre durch Hörensagen von ausgedehnten Ekzemen ausgerechnet an ihren geschickten Fingern (»magst du das? ... das? ... ach, und *ob* es dir gefällt, mein Liebling!«) und auf ihren bezaubernden breiten Lippen. (»Was fällt dir als erstes in einem Gesicht auf? Die Augen oder der Mund? Ich freu' mich, daß dir bei mir zuerst mein Mund aufgefallen ist.«) Aber schließlich ist Helen nicht die einzige, bei der das Fleisch sich langsam rächt oder sühnt, oder sich nicht mehr traut, oder sich dem Verschleiß entzieht. Da ich kaum noch esse, bin ich seit der Scheidung zu einer Vogelscheuche abgemagert und zum zweitenmal in meinem Leben meiner Potenz selbst für ein so harmloses Vergnügen wie die Selbst-Liebe verlustig gegangen. »Ich hätte niemals aus Europa zurückkommen sollen«, sage ich zu Klinger, der mir auf meine Bitte hin ein Psychopharmakon verschrieben hat, das mich morgens zwar aus dem Bett treibt, mich für den Rest des Tages jedoch mit einem unbestimmten und unwirklichen Gefühl des Abgekapseltseins zurückläßt, dem Gefühl, daß zwischen mir und den Horden jener emsig Tätigen, denen es gut geht, weite Strecken liegen, die ich nicht zurücklegen kann. »Ich hätte noch den letzten Schritt tun sollen und Birgittas Zuhälter werden. Dann wäre ich heute ein glücklicheres und gesunderes Mitglied der menschlichen Gesellschaft. Vorlesungen über die großen Meisterwerke über Enttäuschung und Verzicht könnte auch jemand anders halten.« – »So? Sie wären also lieber Zuhälter als Außerordentlicher Professor?« – »So kann man's auch sagen.« – »Dann sagen Sie's doch auf Ihre Weise.« – »Dieses Etwas in mir, gegen das ich mich gewehrt habe«, sage ich in einem Anfall von Verzagtheit, »das habe ich in mir erstickt ... habe ich praktisch von einem Tag auf den anderen abgewürgt ... noch ehe ich es überhaupt begriffen und ihm erlaubt hatte, ein eigenes Leben zu führen. Warum? Warum um alles in der Welt bedurfte es dazu des *Mords*?«

In den folgenden Wochen versuche ich, zwischen Telefongesprächen, die Geschichte dieses Etwas', das ich mir in meinem Zustand der Hoffnungs- und Energielosigkeit weiterhin als ›ermordet‹ vorstelle, zu beschreiben und zeitlich in die richtige Reihenfolge zu bringen. Ich spreche jetzt ausführlich nicht nur über Helen, sondern auch über Birgitta. Ich greife bis auf Louis Jelinek, ja, sogar bis auf Herbie Bratasky zurück, erzähle, was jeder einzelne von ihnen für mich bedeutet hat, was jeder an Erregung und an Ängsten in mir auslöste und wie ich jedem auf meine Weise mitgespielt habe. »Ihre Galerie von Bösewichtern«, nennt Klinger sie eines

Tages in der zwanzigsten oder dreißigsten Woche unseres Gesprächs. »Moralisch schuldig zu werden«, bemerkt er, »übt einen gewissen Reiz auf Sie aus.« – »Nicht nur auf mich«, erkläre ich, »sondern auch auf die Verfasser von *Macbeth* und *Schuld und Sühne*. Tut mir leid, Doktor, daß ich die Titel von zwei Meisterwerken erwähne.« – »Das macht nichts. Ich bekomme hier alles mögliche zu hören. An so was bin ich gewöhnt.« – »Irgendwie bekomme ich zunehmend das Gefühl, daß es gegen die Hausordnung verstößt, wenn ich mich bei unseren Plänkeleien auf meine literarischen Reserven berufe. Dabei geht es mir doch um nichts anderes als darum, daß ganz ernsthafte Leute sich schon seit sehr langer Zeit mit dem Problem der ›moralischen Schuld‹ beschäftigen. Aber warum ›Schuldiger‹? Würde ›Freigeist‹ es nicht auch tun? Das trifft die Sache nicht weniger genau.« – »Ich wollte damit nur andeuten, daß es sich keineswegs um ganz harmlose Typen handelt.« – »Ganz harmlose Typen führen wahrscheinlich ein ziemlich eingeengtes Leben, meinen Sie nicht auch?« – »Auf der anderen Seite sollte man nicht den Schmerz, die Isolierung, die Unsicherheit und alle anderen unangenehmen Begleiterscheinungen unterschätzen, die mit einer solchen ›Unabhängigkeit‹ Hand in Hand gehen. Denken Sie doch nur an Helen.« – »Bitte, denken Sie mal an mich!« – »Das tu' ich ja. Ganz bestimmt. Ich vermute nur, daß sie noch schlechter dran ist als Sie. Sie haben jedenfalls nicht *alle* Ihre Eier in diesen Korb gelegt.« – »Ich kann keine Erektion aufrechterhalten, Dr. Klinger. Und übrigens auch kein Lächeln.« Woraufhin sein Telefon klingelt.

An nichts und an niemand gebunden, mich treiben lassen, immer wieder treiben lassen, und manchmal – erschreckend ist das – untergehen; und mich mit dem erbarmungslos klugen und auf den gesunden Menschenverstand geeichten Arzt streiten, zanken, diskutieren und zum x-ten Mal jenes Thema durchhecheln, das die Quelle von soviel ehelicher Bitternis gewesen ist – nur, wenn ich auf der Couch liege, bin für gewöhnlich ich es, der dabei landet, Helens Rolle zu übernehmen, während derjenige, der aufrecht sitzt, meine übernimmt.

Jeden Winter kommen meine Eltern nach New York City herunter, um drei oder vier Tage lang Verwandte, Freunde und bevorzugte Gäste zu besuchen. Früher pflegten wir dann an der West End Avenue bei dem jüngeren Bruder meines Vaters, Larry, einem erfolgreichen koscheren Feinkosthändler und seiner Frau Sylvia zu wohnen, einem Benvenuto Cellini des Strudelbackens und, in meinen Kindertagen, meiner Lieblingstante. Bis ich vierzehn war, steckte man mich dort zu meiner nicht gelinden Verwunderung und meinem Entzücken im selben Zimmer wie meine Cousine Lorraine ins Bett. Neben einem Bett mit einem richtigen lebendigen Mädchen darin zu schlafen – und noch dazu einem ›Mädchen in der Entwicklung‹ –, bei *Moskowitz und Lupowitz* zu essen (und zwar Gerichte, die von meinem Vater als *fast genausogut* wie die aus der Küche des *Hungarian Royale* bezeichnet wurden), in Temperaturen unter dem Gefrierpunkt darauf zu warten, bis die Türen der Radio-City-Music-Hall geöffnet werden, um die *Rockettes* zu sehen, Kakao zu schlürfen, zwischen dicken Portieren und mächtigen Möbeln von Kurz- und Kolonialwarenhändlern, die ich nur in ihren weiten Hemden mit Halbarm und schlaff herunterhängenden Badehosen kenne und die mein Vater Apfel-König, Herings-König und Pyjama-König nennt – alles an diesen Besuchen in New York übt einen heimlichen Reiz auf mich aus, und aufgrund dieser ›Übererregtheit‹ ziehe ich mir daher auf der Heimfahrt unweigerlich einen Rachenkatarrh zu und muß daheim in unserer Bergfeste mindestens zwei oder drei Tage das Bett hüten, um wieder gesund zu werden. »Wir haben Herbie nicht besucht«, sage ich wenige Sekunden vor unserer Heimreise bockig – worauf meine Mutter unweigerlich erwidert: »Reicht ein Sommer mit ihm vielleicht nicht? Müssen wir noch nach Brooklyn fahren, eine Extrareise unternehmen?« – »Belle, er nimmt dich doch nur auf den Arm«, sagt mein Vater, um mir insgeheim jedoch mit geballter Faust zu drohen, als ob die Erwähnung des Furz-Königs nichts Geringeres verdiente als einen Schlag auf den Kopf.

Jetzt, wo ich wieder zurück bin an der Ostküste und mein Onkel und meine Tante in Cedarhurst, Long Island, leben, beantworte ich telefonisch einen Brief meines Vaters und lade meine Eltern ein, in meiner Wohnung zu übernachten, statt in ein Hotel zu gehen, wenn sie zu ihrem jährlichen Winterbesuch herunterkommen. Die beiden Zimmer in der Siebenundfünfzigsten Straße West gehören mir nicht, sondern sind mir über eine Anzeige in der *Times* möbliert untervermietet worden, und zwar von einem jungen Schauspieler, der ausgezogen ist, sein Glück in Hollywood zu suchen. Die Schlafzimmerwände sind mit dunkelrotem Damast tapeziert, auf einem Regal im Badezimmer steht eine ganze Batterie von Parfums, und in Kartons, hinten im Wäscheschrank versteckt, entdecke ich ein halbes Dutzend Perücken. An dem Abend, da ich auf sie stoße, fröne ich meiner Neugier und setze versuchsweise ein paar auf. Ich sehe aus wie die Schwester meiner Mutter.

Gleich zu Anfang, als ich hier eingezogen war, klingelt eines Nachts das Telefon, und ein Mann fragt: »Wo ist Mark?« – »In Kalifornien. Er wird zwei Jahre dort bleiben.«

– »*Yeah, sure.* Hör mal, bestell ihm einfach, Wally ist wieder in New York.« – »Aber er ist nicht hier. Ich habe seine Adresse an der Westküste.« Ich fange an, sie runterzuleiern, doch eine mittlerweile ziemlich barsch und recht erregt klingende Stimme unterbricht mich: »Wer bist denn du?« – »Sein Untermieter.« – »Nennt man das jetzt so beim *Theeee-ater*? Wie siehst du aus, Schnucki? Hast du auch so große blaue Augen?« Als es immer wieder zu solchen Anrufen kommt, lasse ich mir eine andere Telefonnummer geben, doch findet dieser Schlagabtausch daraufhin durch die Gegensprechanlage, die meine Wohnung mit der Toreinfahrt des Ziegelsteinhauses verbindet, seine Fortsetzung. »Sag deinem kleinen Kumpel...« – »Mark ist in Kalifornien. Dort können Sie ihn erreichen.« – »Haha... kein schlechter Witz! Wie heißt du, Liebling? Komm doch mal runter in den Torweg, und wir werden sehen, ob ich nicht dich erreichen kann.« – »Nun hören Sie mal, Wally, lassen Sie mich in Ruhe! Er ist fort. Hauen Sie jetzt ab!« – »Ah, du hast auch die harte Tour gern?« – »Ich hab' Ihnen doch gesagt, er ist ausgezogen.« – »Was soll ich, Schnucki? Was möchtest du, daß ich ausziehe?« Und so geht der Flirt weiter.

Abends, wo ich mir besonders einsam vorkomme, in Nächten, da ich anfange, Selbstgespräche zu führen oder mit Leuten zu reden, die gar nicht da sind, muß ich manchmal den mächtigen Drang unterdrücken, durch die Gegensprechanlage einen Hilferuf loszulassen. Was mich letzten Endes davon abhält, ist nicht die Tatsache, daß es ja doch keinen Zweck hat, sondern vielmehr die Angst, daß einer meiner Nachbarn oder, noch schlimmer, Wally der Standhafte gerade in dem Augenblick unten im Torweg steht, wenn mein gellender Schrei dort ertönt: was ich fürchte, ist die Art von Hilfe, die mir zuteil werden könnte – wenn nicht die von meinem homosexuellen Freier, denn die vom Notdienst vom *Bellevue*. So begebe ich mich ins Badezimmer, schließe die Tür hinter mir und stelle mich vor den Spiegel, um mein eigenes sorgengezeichnetes Gesicht anzusehen und dann hinauszuschreien: »Ich will jemand! Ich will jemand! Ich will jemand!« Manchmal kann ich minutenlang so weitermachen in dem Versuch, einen Tränenausbruch zu erzwingen, nach dem ich ganz erschlafft zurückbleibe und – zumindest eine Zeitlang – kein Verlangen nach einem anderen mehr verspüre. Selbstverständlich bin ich keineswegs soweit hinüber, um mir einzubilden, daß auf mein Schreien in einem verschlossenen Raum hin der jemand, der mir fehlt, nun auftauchte. Außerdem – wer wäre das wohl? Wenn ich das wüßte, brauchte ich nicht den Spiegel anzubrüllen – dann könnte ich schreiben oder anrufen. *Ich will jemand!* schreie ich – und wer kommt, das sind meine Eltern.

Ich trage ihre Koffer nach oben, während mein Vater die Kühltasche schleppt, in der gut zwei Dutzend runde Plastikbehälter verstaut sind, die tiefgefroren und mit Etikett versehen Borscht, Matzekloß-Suppe, Kugel und Flanken enthalten. Kaum hat sie die Schwelle zu meiner Wohnung übertreten, entnimmt meine Mutter ihrer Brieftasche einen Umschlag. DAVID hat sie genau in die Mitte getippt und rot unterstrichen. Der Umschlag enthält mit Schreibmaschine auf Hotelpapier getippte Anweisungen für mich: die zum Auftauen und Erhitzen eines jeden Gerichts erforderliche Zeit, Einzelheiten, was das Würzen betrifft. »Lies das«, sagt sie, »und laß sehen, ob du noch Fragen hast.« Mein Vater sagt: »Wie wär's, wenn er es läse, nachdem du deinen Mantel ausgezogen und dich hingesetzt hast?« – »Mir fehlt nichts«, sagt sie. – »Du bist müde«, sagt er zu ihr. – »David, hast du auch genug Platz in deiner Tiefkühltruhe? Ich wußte nicht, eine wie große du hast.« – »Mama, Platz genug«, sage ich leichtfertig. Doch als ich den Kühlschrank aufmache, stöhnt sie, als hätte man ihr gerade die Gurgel durchgeschnitten. »Von diesem was und von dem was, und damit hätte sich's?« ruft sie. »Sieh dir diese Zitrone an, die sieht älter aus als ich. Wovon lebst du denn?« – »Meistens esse ich im Lokal.« – »Und dein Vater hat zu mir gesagt, ich übertreibe.« – »Du warst abgespannt«, sagt er zu ihr, »und du *hast* es übertrieben.« – »Ich hab' ja gewußt, daß er nicht auf sich acht gibt«, sagt sie. – »Du hast es viel nötiger, auf dich achtzugeben«, sagt er. – »Was ist denn?« frage ich. »Was ist denn los mit dir, Ma?« – »Ich hatte eine kleine Rippenfellentzündung, und dein Vater tut, als ob es sonst was wär'. Ich bekomme eben Schmerzen, wenn ich zu lange stricke. Das ist das einzige, was man von dem vielen Geld hat, das man für Ärzte und Untersuchungen zum Fenster rausgeworfen hat.«

Sie weiß nicht – genausowenig wie ich, bis mein Vater mich am nächsten Morgen begleitet, um die Zeitung und ein paar Dinge fürs Frühstück einzukaufen und mich dann mit ernster Miene dorthin zu begleiten, wo Larry und Sylvia uns auf der West End Avenue immer untergebracht haben –, daß sie an Krebs stirbt, der sich von der Bauchspeicheldrüse her ausgebreitet hat. Das erklärt auch seinen Brief, in dem er geschrieben hatte: »Wenn wir vielleicht dies eine Mal bei Dir übernachten könnten . . .« Erklärt es vielleicht auch ihre Bitten, Sehenswürdigkeiten zu besuchen, die sie seit Jahrzehnten nicht gesehen hat? Fast glaube ich, sie weiß, was los ist, und diese Bekundung von überschäumender Lebenskraft dient nur dazu, ihm zu ersparen, daß er erfährt, daß sie es weiß. Jeder will dem anderen eine schreckliche Wahrheit ersparen . . . meine Eltern wie zwei tapfere, aber hilflose Kinder . . . Und was kann ich daran ändern? »Aber sterben – *wann*?« frage ich ihn, als wir beide mit Tränen in den Augen zur Wohnung zurückgehen. Eine Zeitlang ist er außerstande, mir zu antworten. »Das ist das Allerschlimmste«, sagt er schließlich. »Fünf Wochen, fünf Monate, fünf Jahre – fünf *Minuten*. Jeder Arzt sagt einem was anderes.«

Und als wir wieder in der Wohnung sind, sagt sie zu mir: »Führst du uns aus, nach Greenwich Village? Und ins *Metropolitan Museum*? Als ich für Mr. Clark arbeitete, hat eines von den Mädchen immer die köstlichsten grünen Nudeln in einem italienischen Restaurant in Greenwich Village gegessen. Wenn ich mich doch bloß noch an den Namen erinnern könnte! Könnte es nicht *Toni's,* sein, Abe?« – »Ach, Herzlieb«, sagt mein Vater mit einer Stimme, die bereits etwas Gramgetöntes hat, »das kann doch nach so langer Zeit eigentlich nicht mehr da sein.« – »Wir könnten aber mal nachsehen – und wenn es es doch noch gäbe?« sagt sie und wendet sich voller Erregung an mich. »Ach, David, wie Mr. Clark das Kunstmuseum geliebt hat! Als seine Söhne heranwuchsen, ist er jeden Sonntag mit ihnen hingegangen, damit sie die Gemälde betrachten.«

Ich begleite sie überallhin; die berühmten Rembrandts im *Metropolitan* anzusehen, nach einem Restaurant namens *Toni's* zu suchen, in dem es grüne Nudeln gibt, ihre ältesten und liebsten Freunde zu besuchen, von denen ich einige fünfzehn Jahre lang nicht gesehen habe, die mich aber trotzdem abschmatzen und umarmen, als wäre ich immer noch ein Kind, und mir dann, da ich Professor bin, ernste Fragen über die Weltlage stellen; wie in alten Zeiten besuchen wir den Zoo und das Planetarium und begeben uns zuletzt auf die Pilgerfahrt nach dem Gebäude, in dem sie einst als Sekretärin in einem Anwaltsbüro gearbeitet hat. Nach dem Mittagessen in Chinatown stehen wir an einem frostigen Sonntagnachmittag an der Ecke Broadway und Wall Street, und wie immer ergeht sie sich in aller Unschuld in Erinnerungen an die Zeit, da sie im Büro gearbeitet hat. Wie anders sich das Leben für sie gestaltet hätte, wäre sie eine von den Schreibdamen ihres Mr. Clark geblieben, eine von den alten Jungfern, die ihren väterlichen Boß anbeten und in den Ferien die gute Tante für die Kinder ihres Chefs spielen. Ohne die nie endenden Anforderungen eines Familienunternehmens wie unser Ferienhotel hätte sie vielleicht sogar so etwas wie heitere Gelassenheit kennengelernt, hätte sie in Einklang mit ihrem schlichten Sinn für Ordnung und Sauberkeit leben können, statt ihnen ständig auf Gnade und Ungnade ausgeliefert zu sein. Andererseits hätte sie nie meinen Vater und mich kennengelernt – *uns* hätte es einfach nicht gegeben. Wenn nur, wenn nur . . . Wenn nur was? Sie hat Krebs!

Sie schlafen in dem Doppelbett im Schlafzimmer, während ich auf dem Sofa im Wohnzimmer unter einer Bettdecke wachliege. Meine Mutter steht also im Begriff zu verschwinden – darauf läuft es letzten Endes hinaus. Und ihre letzte Erinnerung an ihr einziges Kind wird die an sein mageres, wurzelloses Dasein sein – ihre letzte Erinnerung wird die an diese Zitrone sein, mit der ich lebe! Ach, mit welchem Abscheu und welcher Reue ich mich an die Reihe von Fehlern erinnere – nein, an den gewohnheitsmäßigen und immer wieder vorkommenden Fehler –, die dazu geführt haben, daß diese beiden Zimmer mein Zuhause sind. Warum haben Helen und ich, statt uns zu befehden und einer für den anderen den *idealen* Feind darzustellen, die damit verbundene Mühe nicht darauf richten können, für einander da zu sein, damit wir ein gleichmäßiges, von gegenseitiger Zuneigung erfülltes Leben führten? Wäre das denn für zwei Menschen mit einem so ausgeprägten Willen wirklich so schwer gewesen?

Hätte ich wirklich gleich zu Anfang sagen sollen: ›Hör zu, jetzt wollen wir aber ein Kind?‹ Während ich daliege, horche und darauf warte, daß meine Mutter ihren letzten Atemzug tut, versuche ich, mich zu einem neuen Entschluß durchzuringen: Ich muß Schluß machen mit diesem sinn- und zwecklosen Dasein ... und in meine Gedanken schleicht sich ausgerechnet Elisabeth ein, mit dem Medaillon um den Hals und dem wieder geheilten, gebrochenen Arm. Wie herzlich würde sie meinen verwitweten Vater willkommen heißen! Doch ohne Elisabeth – was kann ich da für ihn tun? Wie soll er ganz auf sich allein gestellt dort oben in den Bergen mit dem Leben zurechtkommen und es durchstehen? Ach, warum muß es entweder Helen oder Birgitta sein oder das Leben mit einer Zitrone?

Während die schlaflosen Minuten dahingehen – oder vielmehr überhaupt nicht vorübergehen wollen – scheinen alle Gedanken, die mir Kummer bereiten könnten, sich in einem nicht zu identifizierenden Unsinnswort zu verdichten, das mich einfach nicht in Ruhe lassen will. Um mich von dieser lauen Knechtschaft zu befreien, fange ich an, mich von einer Seite der Couch auf die andere zu wälzen. Mir ist, als wäre ich halb noch in einer Narkose oder erst halb aus einer heraus – ich fühle mich eingetaucht in die klaustrophobischen Qualen jenes Krankenzimmers, das ich zum letztenmal im Alter von zwölf Jahren erlebt habe, als ich mich von einer Blinddarmoperation erholte – bis das Wort selbst sich zuletzt in Nichts auflöst und zu nichts anderem wird als zu einer Zeile von Tasten, die von links nach rechts gelesen werden und auf welche meine Mutter mich die Fingerspitzen setzen lehrte, als ich auf der *Remington Noiseless* des Hotels Maschineschreiben lernte. Doch jetzt, wo ich den Ursprung dieses banalen Buchstabensalats kenne, ist es womöglich noch schlimmer als zuvor. Als ob es eben *doch* ein Wort wäre, und zwar dasjenige, das in seinen unaussprechlichen Silben allen Schmerz ihrer zugrundegehenden Energien und ihres gehetzten Lebens birgt. Und meinen eigenen Schmerz noch dazu. Plötzlich sehe ich mich mit meinem Vater über ihren Grabspruch streiten; wir beide schleudern uns gegenseitig gegen gewaltige Felsbrocken, während ich darauf bestehe, daß der Steinmetz unter ihren Namen auf dem Grabstein ASDEFHJKL eingräbt.

Ich kann nicht schlafen. Ich grüble, ob es möglich ist, daß ich überhaupt nie wieder einschlafe. Alle meine Gedanken sind entweder ganz einfach oder verrückt, und nach einer Weile kann ich nicht mehr unterscheiden, was nun was ist. Ich möchte ins Schlafzimmer hinüber und zu ihnen ins Bett krabbeln. In Gedanken probe ich, wie ich es anstelle, das zu tun. Um ihre anfängliche Verlegenheit zu überwinden, werde ich mich zunächst auf den Bettrand zu ihnen setzen und ganz einfach über das Schönste aus der Vergangenheit reden. Wenn ich dann auf ihre vertrauten Gesichter herabblicke, die nebeneinander auf den frischen Kopfkissenbezügen ruhen, auf ihre beiden Gesichter, die mich oberhalb der bis zum Kinn heraufgezogenen Bettdecke anschauen, werde ich davon sprechen, wie lange es her sei, daß wir uns unter einer einzigen Decke aneinandergekuschelt haben. War das nicht in einer Blockhütte für Touristen etwas außerhalb von Lake Placid? Erinnert ihr euch nicht an diese Streichholzschachtel von einem Raum? War das nicht 1940 oder '41? Und hab' ich nicht recht, hat das Dad nicht nur einen Dollar für die Nacht gekostet? Mutter fand, es sei gut für mich, während der Osterferien die Thousand Islands und die Niagarafälle zu sehen. Wir fuhren mit dem Dodge. Wißt ihr noch, daß du, Ma, uns erzählt hast, Mr. Clark sei mit seinen kleinen Söhnen jeden Sommer nach drüben gefahren, um ihnen Europa zu zeigen?; erinnerst du dich noch an all die vielen Dinge, von denen du mir erzähltest und von denen ich noch nie etwas gehört hatte?; Gott, denk doch nur; ich und ihr beide und der kleine Dodge, noch vor dem Krieg ... und dann, wenn sie lächeln, ziehe ich den Bademantel aus und krieche ins Bett zwischen sie. Und ehe sie stirbt, werden wir uns alle eine ganze letzte Nacht hindurch bis in den Morgen hinein im Arm halten. Wer, außer Klinger, wird jemals davon erfahren, und warum sollte es mir etwas ausmachen, was er oder sonst wer darüber denkt?

Gegen Mitternacht klingelt es an der Tür. Ich drücke auf die Taste der Gegensprechanlage in der Kitchenette und frage: »Wer ist da?«

»Der Klempner, Schnucki. Letztes Mal warst du nicht zu Haus. Wie steht's mit deinem Leck. Schon gestopft?«

Ich antworte nicht. Mein Vater ist im Bademantel ins Wohnzimmer gekommen. »Jemand, den du kennst? Um diese Zeit?«

»Ach, nur irgendein Spaßvogel«, sage ich, als die Klingel jetzt im Rhythmus von *A Shave and a Haircut* ertönt.

»Was ist denn?« ruft meine Mutter aus dem Schlafzimmer.

»Nichts, Ma. Schlaf weiter.«

Ich beschließe, ein letztes Mal in die Gegensprechanlage hineinzusprechen. »Mach jetzt Schluß, oder ich hol' die Bullen.«

»Ruf sie nur. Nichts von dem, was ich tu', ist strafwürdig, Kleiner. Warum läßt du mich nicht einfach rauf? Ich bin kein Schlimmer, ich bin ein *ganz* Schlimmer.«

Mein Vater, der jetzt dicht neben mir steht und lauscht, erbleicht.

»Dad«, sage ich, »geh wieder zu Bett. Das ist doch nur

eins von diesen Dingen, die einem in New York passieren. Es ist weiter nichts.«

»Er kennt dich?«

»Nein.«

»Wieso kommt er her? Warum redet er so?«

Eine Pause, und es klingelt wieder.

Da ich mittlerweile völlig durcheinander bin, sage ich: »Weil der Bursche, von dem ich diese Wohnung gemietet hab', ein Homosexueller ist – und der da unten, wenn mich nicht alles täuscht, ein Freund von ihm.«

»Ein jüdischer Junge?«

»Von dem ich die Wohnung hab'? Ja.«

»Himmel«, entfährt es meinem Vater. »Was zum Teufel ist denn bloß los mit so einem?«

»Ich glaub', ich muß mal runter.«

»Ganz allein?«

»Es passiert mir schon nichts.«

»Sei doch nicht verrückt – zwei ist besser als einer. Ich komme mit.«

»Dad, das ist nicht nötig.«

Aus dem Schlafzimmer ruft meine Mutter: »Nu, was?«

»Nichts«, sagt mein Vater. »Die Klingel klemmt. Wir gehn nach unten, um sie wieder in Ordnung zu bringen.«

»Um diese Zeit?« ruft sie.

»Wir sind gleich wieder da«, sagt mein Vater zu ihr. »Bleib im Bett.« Und mir flüstert er zu: »Hast du so was Ähnliches wie einen Knüppel – einen Schläger oder so was?«

»Nein, nein . . .«

»Und wenn er nun bewaffnet ist? Du hast doch wohl wenigstens einen Regenschirm?«

Inzwischen hat das Klingeln aufgehört. »Vielleicht ist er jetzt weg«, sage ich.

Mein Vater lauscht.

»Er ist weg«, sage ich. »Er ist abgehauen.«

Mein Vater macht jedoch jetzt keinerlei Anstalten mehr, ins Bett zu gehen. Er macht die Schlafzimmertür zu – »Schschsch«, macht er leise zu meiner Mutter, »alles in Ordnung. Schlaf jetzt!« –, kommt zu mir und nimmt gegenüber dem Sofa Platz. Ich kann hören, wie schwer er schnauft, als er sich anschickt zu sprechen. Ich selbst bin auch nicht sonderlich entspannt. Steif gegen das Kopfkissen aufgerichtet sitze ich da und warte darauf, daß die Klingelei wieder losgeht.

»Du bist doch nicht in irgendwas verwickelt« – er räuspert sich – »über das du mit mir reden möchtest . . .?«

»Sei doch nicht albern.«

»Denn, Davey, du warst siebzehn, als du von uns fortgingst, und seither haben wir uns nicht eingemischt in die Einflüsse, denen du ausgesetzt bist.«

»Dad, ich bin keinen ›Einflüssen‹ ausgesetzt.«

»Ich möchte dir eine Frage stellen. Ganz offen.«

»Nur zu.«

»Das hat nichts mit Helen zu tun. Ich habe dich nie danach gefragt, und ich will auch jetzt nicht damit anfangen. Ich habe sie immer wie eine Schwiegertochter behandelt. Oder etwa nicht? Oder hat deine Mutter sie nicht immer mit Achtung . . .«

»Jawohl, vollkommen.«

»Ich hab' den Mund gehalten. Wir wollten nicht, daß sie was gegen uns hat. Sie kann bis heute nichts gegen uns haben. Alles in allem, meine ich, haben wir unsere Sache hervorragend gemacht. Ich bin ein sehr verständnisvoller Mann, mein Sohn – und in der Politik bin ich sogar noch mehr als liberal eingestellt. Weißt du, daß ich 1924, als ich zum erstenmal in meinem Leben zur Wahl ging, meine Stimme Norman Thomas gegeben hab', damit der Bürgermeister von New York wird? Und '48 habe ich Henry Wallace gewählt – was vielleicht bedeutungslos und ein Fehler war, aber worum es geht, ist, daß ich vermutlich der einzige Hotelbesitzer im ganzen Land bin, der für jemand gestimmt hat, den alle Welt einen Kommunisten nannte. Was er gar nicht war – aber ich wollte nur sagen, daß ich nie engherzig war, niemals, nie. Du weißt – und falls du's nicht weißt, solltest du es wissen: es hat mich nie gestört, daß diese Frau eine Schickse war. Schicksen gehören nun mal zum Leben wie andere Tatsachen auch, und sie verschwinden nicht einfach deshalb, weil jüdische Eltern das lieber hätten. Und wozu auch? Ich bin dafür, daß alle Rassen und Religionen in Harmonie miteinander leben, und daß du eine Nichtjüdin geheiratet hast, hat deiner Mutter und mir nie was ausgemacht. Ich glaube, wir haben uns da vorbildlich verhalten. Aber das bedeutet noch lange nicht, daß ich mich mit allem anderen, was sie betrifft, und ihren Ansichten abfinden mußte. Wenn du's ganz genau wissen willst: ich habe in den drei Jahren, die du verheiratet warst, keine einzige Nacht wirklich gut geschlafen.«

»Na ja, ich auch nicht.«

»Ist das wahr? Warum bist du denn dann nicht gleich zu Anfang wieder ausgestiegen? Wieso bist du überhaupt in den ganzen Schlamassel reingerutscht?«

»Möchtest du wirklich, daß ich dir das alles auseinandersetze?«

»Nein, nein – du hast recht – zum Teufel damit! Was mich betrifft, kann sie mir von nun an wirklich gestohlen bleiben. Mir geht es nur um dich.«

»Was möchtest du denn fragen?«

»David, was ist *Tofranil*? Dies Zeugs, von dem du eine ganze große Flasche im Medizinschränkchen stehen hast? Wozu nimmst du diese Pillen?«

»*Tofranil*? Das ist ein Psychopharmakon.«

Er zischt. Ekel, Verkrampfung, Fassungslosigkeit, Verachtung. Es muß hundert Jahre her sein, daß ich diesen Laut das erstemal von ihm gehört habe, damals, als er gezwungen war, einen Kellner rauszuwerfen, der Bettnässer war und das Dachzimmer verpestete, in dem er schlief. »Und *warum* brauchst du das? Wer hat dir gesagt, du sollst so was nehmen und deinen Körper damit verseuchen?«

»Ein Psychiater.«

»Du gehst zu einem Psychiater?«

»Ja.«

»*Warum?*« Das schreit er heraus.

»Damit ich nicht untergehe. Um die Sachen zu durchschauen. Um jemand zu haben, mit dem ich reden kann ... vertraulich.«

»Warum denn keine *Frau,* um mit ihr zu reden? Dazu ist eine Frau doch da! Ich meine, diesmal eine *richtige* Frau, nicht eine, die schon allein für Schönheitssalons dein ganzes Gehalt ausgegeben haben muß. All das ist wirklich nicht richtig, mein Sohn. So kann man nicht leben! Ein Psychiater, und diese schweren Medikamente, und dann noch Leute, die zu jeder Tages- und Nachtzeit aufkreuzen – Menschen, die nicht mal Menschen ...«

»Es gibt nichts, worüber du dich aufregen müßtest.«

»Ich muß mich aber über *alles* aufregen.«

»Nein, nein«, sage ich und senke die Stimme. »Dad, es ist doch bloß Mutter ...«

Er legt die Hand vor die Augen und fängt leise an zu weinen. Die andere ballt er zur Faust, mit der er mir vor der

Nase herumfuchtelt. »Ich habe mein ganzes Leben *so* auskommen müssen. *Ohne* Psychiater, *ohne* Pillen, die glücklich machen sollen. Ich bin ein Mann, jemand, der nie aufgegeben hat, sich nie, nie hat unterkriegen lassen.«

Und wieder die Türglocke.

»Hör nicht hin! Laß es klingeln, Dad. Der geht auch wieder weg.«

»Um dann irgendwann wiederzukommen? Ich werd' ihm den Schädel einschlagen! Und glaub mir, dann bleibt er für immer weg!«

In diesem Augenblick geht die Schlafzimmertür auf, und meine Mutter erscheint in ihrem Nachthemd. »Wem willst du den Schädel einschlagen?«

»Irgendeinem widerlichen warmen Bruder, der ihn nicht in Ruhe lassen will.«

Abermals die Klingel: zweimal kurz, einmal lang; zweimal kurz, einmal lang. Wally ist betrunken.

Die Augen voller Tränen, sagt jetzt meine winzige Mutter: »Und wie oft passiert so was?«

»Nicht oft.«

»Aber . . . warum zeigst du ihn nicht an?«

»Weil er längst weg wär' bis die Polizei hier ist. Für so was holt man doch nicht gleich die Polizei!«

»Und du schwörst mir«, sagt mein Vater, »daß du diesen Mann nicht kennst?«

»Das schwöre ich dir.«

Meine Mutter kommt ins Wohnzimmer herein und setzt sich neben mich. Sie nimmt meine Hand und umfaßt sie fest mit ihren beiden Händen. Da sitzen wir drei und lauschen auf die Klingel – Mutter, Vater und Sohn.

»Weißt du, was diesem Schwein ein für allemal den Spaß verderben würde?« sagt mein Vater. »Kochendes Wasser.«

»*Abe!*« kreischt meine Mutter.

»Dann wüßte er jedenfalls, wo er *nicht* hingehört.«

»Dad, du mußt die Sache nicht so aufbauschen!«

»Und du mußt nicht alles verharmlosen! Warum gibst du dich überhaupt mit solchen Leuten ab?«

»Tu' ich doch gar nicht.«

»Warum wohnst du denn in einer Wohnung wie dieser, wo sie aufkreuzen und dir Schereien machen? Hast du denn nicht schon Schereien genug?«

»Nun beruhige dich doch«, sagt meine Mutter. »Er kann schließlich nichts dafür, daß irgendein Wahnsinniger an seiner Tür klingelt. Wir sind hier in New York. Das hat er dir doch auch gesagt. Und solche Sachen passieren hier eben.«

»Es bedeutet aber noch lange nicht, daß man sich dem schutzlos aussetzt, Belle!« Er springt vom Stuhl hoch, rast hinüber zur Gegensprechanlage. »Hallo! Sie da!« schreit er. »Hören Sie jetzt auf damit! Ich bin Davids Vater...«

Ich streichele meiner Mutter den – bereits zum Skelett abgemagerten – Arm und flüstere: »Ist doch alles in Ordnung, ist doch alles okay. Er bedient das Ding sowieso nicht richtig. Keine Angst, Ma, bitte... der unten kann ihn nicht mal hören.«

»... wenn Sie sich Verbrennungen dritten Grades holen wollen, die können Sie kriegen! Machen Sie das, was Sie wollen, in irgendeiner Gosse, aber wenn ich Ihnen einen Rat geben darf: kommen Sie meinem Sohn nicht zu nahe!«

Zwei Monate später, im Krankenhaus von Kingston, stirbt meine Mutter. Nachdem alle Trauergäste fort sind, nötigt mein Vater mir all die Gerichte auf, die sie vor einem Monat noch für mich eingefroren hat, die letzten von ihr eigenhändig gekochten Gerichte! Ich sage: »Und was willst *du* essen?« – »Ich hab' auch schon vor deiner Geburt von dem gelebt, was sich schnell machen läßt. Nimm mit, was sie für dich gekocht hat.« – »Dad, wie willst du hier ganz allein weiterleben? Wie willst du denn mit der Saison zurechtkommen? Warum hast du nicht alle weggescheucht? Tu doch nicht so, als ob du weiß Gott wie mutig wärst! Du kannst hier oben nicht allein bleiben.« – »Ich kann durchaus für mich selbst sorgen. Ihr Tod war schließlich keine Überraschung. Bitte, nimm's. Nimm es alles! Sie wollte, daß du es bekommst. Sie hat mir gesagt, immer, wenn sie sich an den Inhalt deines Eisschranks erinnert, habe sie rot gesehen. Sie hat es für dich gekocht«, sagt er, und seine Stimme zittert, »und dann ist sie davongegangen.« Er fängt an zu schluchzen. Ich lege den Arm um ihn. »Kein Mensch hat sie verstanden«, sagt er, »die Gäste – niemals, *nie*! Sie war ein guter Mensch, Davey. Als sie noch jung war, war sie von allem fasziniert, und wenn es noch so klein und unbedeutend gewesen ist. Mit den Nerven herunter war sie eigentlich nur, wenn der Sommer hektisch wurde und alles drunter und drüber ging. Und da haben sie sich über sie lustig gemacht. Aber erinnerst du dich noch an den Winter? Die Ruhe und den Frieden? Und wie lustig es dann bei uns war? Erinnerst du dich an die Briefe abends?« Diese Worte schaffen es: zum erstenmal seit ihrem Tod am Morgen zuvor breche ich vollkommen zusammen. »Selbstverständlich tu' ich das, klar.« – »Ach, *Sonny,* da war sie erst wirklich sie. Nur, wer hat das schon gewußt?« – »Wir«, sage ich zu ihm, doch er wiederholt ständig unter zornigem Schluchzen: »Und wer hat das gewußt?«

In einer Einkaufstüte trägt er die tiefgefrorenen Gerichte hinaus in mein Auto. »Hier, bitte, zur Erinnerung an sie.« Und so kehre ich mit einem halben Dutzend Behältern nach New York zurück, von denen ein jeder mit einem getippten

Etikett versehen ist: ›Zunge mit Großmutters berühmter Rosinensauce – 2 Portionen.‹

Es ist noch keine Woche vergangen, da fahre ich wieder hinaus aufs Land, diesmal zu meinem Onkel Larry, um meinen Vater nach Cedarhurst zu bringen, wo er zu seinem Bruder und seiner Schwägerin ziehen soll. Wenn auch nur vorübergehend, wie er sagt, als wir seinen Koffer in den Wagen packen; nur solange, bis er den Schock überwunden habe. In ein paar Tagen werde er bestimmt wieder sein wie immer. Das müsse er einfach, weiter gäbe es nichts darüber zu sagen. »Ich hab' gearbeitet, seit ich vierzehn Jahre alt war. Da gibt man wegen so was einfach nicht auf«, sagt er. »Man schnallt den Gürtel enger und macht weiter.« Außerdem sei es Winter, und so bestehe dort oben immer die Gefahr, daß ein Feuer ausbricht. Gewiß, ein alter Angestellter und seine Frau lebten auf dem Grundstück, aber das sei keine Garantie, daß nicht das Hotel während seiner Abwesenheit niederbrenne.

Es stimmt selbstverständlich, daß in leerstehenden Hotels und Pensionen Dutzende von mysteriösen Bränden ausgebrochen sind, seit die Gegend anfing, für Juden als Sommerfrische aus der Mode zu kommen, also etwa um die Zeit, da ich aufs College kam, doch da er und meine Mutter es fertiggebracht hatten, einen Restbestand von ihren alternden Stammgästen zu halten und es zu schaffen, daß das Hotel immer geöffnet blieb und das Grundstück stets ordentlich aussah, waren ihm die Brandstifter nie als ernsthafte Bedrohung erschienen. Doch jetzt, wo wir die Schnellstraße hinunterfahren, kann er an überhaupt nichts anderes denken. Für meines Onkels und meine Ohren zählt er die Namen aller Gangster der Gegend auf – »Männer, dreißig, vierzig Jahre alte Männer!« –, die er immer im Verdacht gehabt habe, die Feuer gelegt zu haben. »Nein, nein«, weist er meinen Onkel ab, der seine übliche Analyse vom Ursprung allen Übels vorgebracht hat, »nicht mal Antisemiten! Sogar dazu sind sie noch zu dumm! Nein, ganz einfach meschuggene Kerle, die zu nichts nütze sind und eigentlich in die Klapsmühle gehörten. Einfach Leute, die gern sehen, wenn's brennt! Und wenn alles zu Asche geworden ist, wißt ihr, wen sie dann beschuldigen werden? Ich hab's doch ein Dutzendmal erlebt! Mich! Daß ich's wegen der Versicherung getan hätte. Weil meine Frau gestorben ist und ich da raus möchte! Auf meinen guten Namen wird die Schande fallen! Und wißt ihr was? Manchmal denke ich, es ist die freiwillige Feuerwehr selbst, die das macht. Jawohl – damit sie mitten in der Nacht mit ihren Feuerwehrautos rumkajolen und in ihren Helmen und Stiefeln den Berg rauf- und runterfahren können!«

Selbst nachdem er behaglich in dem Zimmer untergebracht worden ist, das früher einmal Lorraine gehört hat, ist seine Angst um das Reich, das auf seinem Schweiß und seinem Blut aufgebaut worden ist, noch nicht beschwichtigt. Abend für Abend rufe ich ihn an, und er erzählt mir, er könne nicht schlafen, weil er Angst habe, es breche ein Feuer aus. Ja, jetzt hat er sogar noch andere Dinge, um die er sich Sorgen macht. »Der Schwule hat sich nie wieder blicken lassen, oder?« – »Nein«, sage ich und weiß schon, daß es das beste ist zu lügen. »Siehst du – es hat sich also gelohnt, ihm zu drohen. Leider ist das einzige, was die Menschen verstehen, die Faust«, sagt mein Vater, der nie in seinem Leben einem Menschen etwas zuleide getan hat. »Und wie geht es Onkel Larry und Tante Sylvia?« erkundige ich mich. »Wunderbar. Sie könnten nicht liebevoller sein. Sie sagen in einem fort: Bleib!« – »Nun, das klingt ja beruhigend«, sage ich.

Aber nein, noch zehn Tage, sagt er zu mir, und das Schlimmste daran, daß er jetzt ohne sie ist, wird vorüber sein. Muß es vorüber sein. Er muß zurück, solange das verdammte Hotel noch steht.

Und dann sind es noch weitere fünf Tage, und dann noch mal fünf, bis er sich, nach einer gefühlsseligen sonntäglichen Autofahrt ganz allein mit mir, einverstanden erklärt, das *Hungarian Royale* zum Verkauf anzubieten. Das Gesicht in den Händen, sagt er zu mir: »Aber ich hab' mich nie in meinem Leben unterkriegen lassen, hab' nie aufgegeben.« – »Das ist doch aber keine Schande, Dad. Die Dinge haben sich eben gewandelt!« – »Aber ich *gebe nicht auf*«, ruft er. – »Kein Mensch wird es so sehen«, sage ich und fahre ihn zurück zu seinem Bruder.

Und in all dieser Zeit vergeht kaum eine Nacht, in der ich nicht an jenes Mädchen denke, das ich damals, als ich ein zweiundzwanzigjähriges sexuelles Wunderkind war, gekannt habe, jenes Mädchen, das ein Medaillon mit einem Bild ihres Vaters um den Hals trug. Ich spiele sogar mit dem Gedanken, ihr zu schreiben und suche nach ihrer Stockholmer Adresse. Elisabeth ist jedoch inzwischen bestimmt verheiratet und mehrfache Mutter, und ganz bestimmt denkt sie nicht an mich. Keine Frau denkt an mich, jedenfalls nicht liebevoll.

Obgleich mein Ordinarius, Arthur Schonbrunn, ein gutaussehender, außerordentlich soignierter Mann mittlerer Jahre ist, der über einen nie versagenden Charme und eine stets gleichbleibende Gewissenhaftigkeit verfügt – das gewandteste und anmutigste Gesellschaftstier, das ich je erlebt habe – ist seine Frau Deborah jemand, für den ich mich nie recht habe begeistern können, nicht einmal, als ich Arthurs Lieblingsstudent war und sie häufig die sehr warmherzige und großzügige Gastgeberin spielte. In jenen ersten Jahren in Stanford verbrachte ich sogar einen bestimmten Teil meiner Zeit damit, mir vorzustellen, was einen Mann von so betonter Liebenswürdigkeit, der so unermüdlich und aus den hehrsten Prinzipien heraus gegen die sich häufenden politischen Angriffe auf den Lehrstoff der Universität Front machte – was nur einen so gewissenhaften Mann an eine Frau binden könne, deren Lieblingsbeschäftigung in der Öffentlichkeit es war, die Rolle einer etwas überkandidelten Dame zu spielen, deren bestrickender Charme in rücksichtsloser und frecher ›Offenheit‹ bestand. Gleich beim erstenmal, als Arthur mich einlud, zusammen mit ihm und seiner Frau zu Abend zu essen, so meine ich mich zu erinnern, habe ich am Ende der abendlichen Unterhaltung – die vornehmlich aus Deborahs kokettem, ›unverschämtem‹ Geplapper bestand – gedacht: »Das muß der einsamste Mann der Welt sein.« Wie weh es mir tat und wie desillusioniert ich mit dreiundzwanzig Jahren von diesem ersten Blick in das häusliche Leben meines väterlichen Professors war ... und dann schwärmte mir Arthur am nächsten Tag von ihrem »wunderbaren Scharfblick« und ihrer »Gabe, gleich bis zum Kern einer Sache vorzustoßen«. Was das betrifft, so erinnere ich mich noch an einen anderen Abend, Jahre später, da Arthur und ich noch spät im Seminar arbeiteten – das heißt, Arthur arbeitete, wohingegen ich unbeweglich und hoffnungslos am Schreibtisch saß und wie gewöhnlich über die Sackgasse der Lieblosigkeit nachdachte, in die Helen und ich geraten waren und aus der herauszukommen wir weder die Kraft noch den Mut hatten. Als Arthur sah, daß ich ein womöglich noch mutloseres Gesicht machte als gewöhnlich, kam er herein und tat bis drei Uhr morgens sein Bestes, mich von den wahnsinnigeren Lösungen abzuhalten, die einem kreuzunglücklichen Ehemann, der nicht die Kurve kriegt, nach Hause zu gehen, in den Sinn kommen können. Immer und immer wieder machte er mir klar, was für ein ausgezeichnetes Stück Arbeit meine Dissertation sei. Jetzt komme es darauf an, sie umzuschreiben und als Buch zu veröffentlichen. In der Tat hatte vieles von dem, was Arthur mir an diesem Abend sagte, Ähnlichkeit mit dem, was schließlich Dr. Klinger mir über meine Arbeit und Helen zu sagen hatte. Ich meinerseits schüttete ihm mein Herz aus, was soweit ging, daß ich an einem ganz bestimmten Punkt den Kopf auf die Schreibtischplatte senkte und weinte. »Ich hatte mir schon gedacht, daß es so schlimm sei«, sagte Arthur. »Wir haben das beide schon gefürchtet. Aber so sehr wir Sie mögen, wir fanden, wir hätten kein Recht, etwas dazu zu sagen. Wir haben inzwischen Erfahrungen genug gesammelt, um zu wissen, daß so etwas zwischen Freunden früher oder später vorkommt. Trotzdem hat es immer wieder Tage gegeben, wo ich Sie am liebsten beim Kragen genommen und durchgeschüttelt hätte, um Ihnen zu sagen, Sie sollten nicht so töricht sein. Sie haben ja keine Ahnung, wie oft ich schon mit Debbie darüber gesprochen habe, was man tun könnte, damit Sie aus Ihrem Unglücklichsein herauskämen. Nichts war für uns erschrekkender, als uns daran zu erinnern, wie Sie waren, als Sie hierherkamen, und dann zu sehen, was sie aus Ihnen gemacht hat. Aber ich konnte ja nichts tun, David, es sei denn, Sie wären zu mir gekommen – und so was tun Sie ja nun mal nicht von sich aus. Sie sind jemand, der mit Menschen bis zu einem gewissen Punkt geht, und dann nicht weiter; die Folge davon ist, daß Sie womöglich noch einsamer sind als die meisten Menschen. Ich selbst bin darin gar nicht soviel anders.«

Gegen Ende dieser Nachtwache – und überhaupt zum erstenmal – redete Arthur von sich und seinem Leben fast so, als wären wir gleichaltrig und überhaupt gleichgestellt. Als er, zwanzigjährig, Dozent in Minnesota war, habe auch er ein Verhältnis mit einer »wild-neurotischen und zerstörerischen Frau« gehabt. Aufsehenerregende Streitereien in aller Öffentlichkeit, zwei quälende Abtreibungen, eine so abgrundtiefe Verzweiflung, daß er sogar gedacht habe, ob nicht Selbstmord die einzige Möglichkeit sei, sich von seiner Verstörung und seinem Schmerz zu befreien. Er zeigte mir eine kleine Narbe an seiner Hand: dort habe diese irrsinnige und auch wieder rührende kleine Bibliothekarin, die er weder ertragen noch lassen konnte, beim Frühstück mit einer Gabel auf ihn eingestochen ... Und während Arthur versuchte, mir wieder Mut zu machen (und mir einen Weg zu weisen), indem er sein eigenes frühes Leid – und die darauf folgende Genesung – mit dem verglich, was ich gerade durchmachte, wollte ich nichts anderes sagen als: »Aber wie können Sie das nur wagen? Als was bezeichnen Sie denn das, was Sie jetzt haben? Debbie ist doch so *gewöhnlich*; ihre Spontaneität ist doch nichts anderes als unaufrichtige Schauspielerei; ihre Offenherzigkeit nichts weiter als taktlose Angeberei; kapriziös-unterhaltsam für die Gesellschaft, teuflisch für Daddy – ach, Arthur, all das sieht weiß Gott wie mutig aus, obwohl doch nichts, aber überhaupt nichts auf dem Spiel steht. Wohingegen Helen – mein Gott, Helen ist doch hundertmal, Helen ist doch tausendmal ...« Doch selbstverständlich schwang ich mich nicht zu solchen Höhen tugendhafter Entrüstung auf, sprach keine derart törichten Worte über die Falschheit und Seichtheit seiner Frau im Gegensatz zu der Reinheit, Rechtschaffenheit und Klugheit, dem Charme, der Schönheit und dem Mut der meinen – denn schließlich war er es, der die Rolle des ergebenen Ehemannes spielte; das Unter-dem-Pantoffel-seiner-Frau-Stehen war mehr seine Sache, wohingegen ich, zumindest und auf jeden Fall in dieser Nacht, mehr daran dachte, die meine umzubringen.

Soll man Arthur nun um dieser Ritterlichkeit willen bemitleiden oder ihn darum beneiden? Ist mein ehemaliger Mentor und augenblicklicher Gönner ein bißchen ein Lügner, ein bißchen ein Masochist, oder liebt er ganz einfach seine Frau? Oder ist es so, daß Debbie mit ihrer aufreizenden Verspieltheit, ihrer Schlamperei und ihrem guten Aussehen, diesem Hauch von Verruchtheit, ein sonst erstickend ehrbares Leben erträglich macht?

»Völlig verjibbert«, lautet die Diagnose aus dem Mund unseres augenblicklichen Lehrstuhlinhabers für Poetik, des Dichters Ralph Baumgarten: »jibberig« oder »verjibbert« – wobei beide Adjektive sich von dem Substantiv »Jibber« herleiten, das Baumgarten mit Vorliebe in seinen Gedichten verwendet und das sich auf »Gebibber« und »Glibber« reimt, wobei »einen Jibber haben« für ihn selbstverständlich ausschließlich auf die Vulva abzielt. »Völlig verjibbert« oder »Jibber-besessen« – so sieht der unverheiratete Dichter Ehemänner vom Schlage Arthur Schonbrunns – sind diejenigen, die sich sklavisch den Normen der Wohlanständigkeit und der Konvention anpassen, die, wie Baumgarten es sieht, von Generationen von Frauen aufgestellt wurden, um die Männer zu entwaffnen, sie wehrlos zu machen und unter ihre Fuchtel zu kriegen. Wobei dieser Dichter selbst alles andere als gezähmt ist. Ich neige dazu, mit Baumgarten übereinzustimmen, daß es zum Teil an seiner entschieden verächtlichen Haltung dem anderen Geschlecht gegenüber – und an seinen sexuellen Vorlieben überhaupt – liegt, wenn dieser rauhbeinige literarische Springinsfeld nicht darauf hoffen kann, den Lehrstuhl auch noch ein zweites Jahr zu bekommen. Doch wenn er sich aufgrund seines Verhaltens die Verachtung gewisser Kollegen und ihrer Ehegesponse zugezogen hat, so kennt er deswegen doch keine Hemmungen, rundheraus zu sagen, was er mag und wie er es mag. Für ihn scheint eine gewisse Schamlosigkeit einen Großteil des Reizes überhaupt auszumachen. »Hab' da im *Modern Museum* ein Mädchen aufgegabelt, und als wir rausgehen, laufen wir ausgerechnet Ihren Freunden in die Arme, Kepesh. Debbie hat nichts Eiligeres zu tun, als das Mädchen aufs Damenklo zu schleppen und ihr brühwarm den neuesten Klatsch über mich zu erzählen, während Arthur in seiner gewohnten Höflichkeit sich danach erkundigt, wie lange Rita und ich uns schon kennen. Ich sagte ihm, so ungefähr anderthalb Stunden. Sagte ihm auch, wir stünden im Begriff zu gehen, weil das Museum offensichtlich keine einigermaßen gemütlichen Winkel biete, wo wir uns aufeinander stürzen könnten. Was aber, das interessiere mich, Arthur von ihrem fülligen kleinen Po halte? Nun, das wollte er mir nicht verraten. Hielt mir statt dessen eine Vorlesung über Mitleid.«

Wer wollte bestreiten, daß Baumgarten ein ziemlich großes Netz auswirft, um seine kleinen Schnepfen darin zu fangen. Wenn wir beide in Manhattan spazierengehen, läßt er kaum eine Frau unter fünfzig und kein Mädchen über fünfzehn vorübergehen, ohne zumindest eine Bestätigung aus ihr herauszuholen, daß es ihm gelungen ist, Signale zu übermitteln; das braucht er einfach für sein Überleben. »Donnerwetter, ist das ein hübscher Mantel!« sagt er und bedenkt eine junge Frau in einem recht schäbigen Pelzmantel, die einen Babywagen vor sich herschiebt, mit seinem anzüglichen Grinsen. – »Oh, vielen Dank.« – »Darf ich fragen, was das ist? Was für ein Tier ist das gewesen? So einen Mantel habe ich noch nie gesehen.« – »Das hier? Ach, das ist nur ein Webepelz.« – »Ach, *wirklich*?« Für Minuten kann er sich vor Erstaunen kaum noch fassen (und das ist keineswegs aufgesetzt!), als er erfährt, daß diese junge Frau in der Pelzmantelimitation bereits geschieden ist, drei kleine Kinder hat und an irgendeiner Universität zweitausend Meilen von New York entfernt ihr Studium abgebrochen hat. Mir, der ich verlegen danebenstehe, ruft er zu: »Hast du das gehört, Dave? Das hier ist Alice. Alice stammt aus Montana – und da geht sie und schiebt einen Kinderwagen durch New York.« Und nicht weniger als Baumgarten scheint auch die junge Mutter nunmehr kaum mehr recht zu wissen, wo ihr der Kopf steht angesichts der Tatsache, daß es sie in so jungen Jahren bereits so weit von daheim weggetrieben hat.

Erfolg bei Fremden, so klärt Baumgarten mich auf, beruht darauf, ihnen nie eine Frage zu stellen, die sie nicht wie im Schlaf beantworten könnten, und dann bei der Antwort die Aufmerksamkeit in Person zu sein, egal, wie hausbacken sie auch ausfällt. »Du kennst doch deinen James, Kepesh – denk an sein ›Dramatisieren, Dramatisieren‹! Gib diesen Menschen zu verstehen, wer sie sind und was sie sind und wo sie herstammen sei *wirklich* interessant. In der Redeweise – *gewichtig*. *Das* ist Mitleid. Und niemals ironisch werden, bitte! Sonst werden Sie sie mit Ihrem wunderbaren Gespür für die Komplexität der Dinge vergraulen. Nach meiner Erfahrung kann die normale Frau auf der Straße mit so etwas wie Ironie einfach nichts anfangen. Ironie verschreckt sie eher. Was sie will, ist Aufmerksamkeit. Sie möchte Bewunderung. Jedenfalls ist sie ganz bestimmt nicht scharf auf einen geistreichen Schlagabtausch mit Ihnen, mein Lieber. Ihre Geistesblitze sparen Sie sich besser für Ihre kritischen Artikel auf. Wenn Sie von hier rausgehen auf die Straße, dann *gehen Sie aus sich heraus!* Dazu sind Straßen nämlich *da!*«

Während der ersten Monate an der Universität stelle ich fest, daß jedesmal, wenn Professoren und ihre Frauen irgendwo zusammenkommen und sein Name fällt, immer jemand dabei ist, der ihn auf den Tod nicht ausstehen kann und nur darauf brennt zu sagen, warum. Debbie Schonbrunn meint, die ›abominatio laureata‹ würde komisch sein, wenn sie nicht so – und das ist ein Lieblingsausdruck von ihr und Arthur – ›destruktiv‹ wäre. Selbstverständlich brauche ich darauf nichts zu erwidern: einfach mein Glas austrinken und mich auf den Rückweg nach New York machen. »Ach, so schlimm ist er gar nicht«, sage ich zu ihr. »Ja«, füge ich noch hinzu, »ich mag ihn sogar recht gern.« – »Und was gibt es an ihm, was man ›gernhaben‹ müßte?« Geh jetzt nach Hause, Kepesh. Die leere Wohnung ist genau der Ort, wo du hingehörst; wenn du die Wahl hast zwischen dieser Unterhaltung, von der du schon im voraus weißt, wie sie verlaufen wird, und deiner Schwulenwohnung, ist es doch klar, wo du besser aufgehoben bist. »Was ist denn da nicht zu mögen?« lautet meine Erwiderung. »Wo soll ich da anfangen?« fragt Deborah. »Einmal seine Verachtung der Frauen. Er ist ein möderischer und gewissenloser Weiberheld. Er haßt die Frauen.« – »Für meine Begriffe ist es eher so, daß er besonders viel für sie übrig hat.« – »David, Sie geben mir aus Prinzip kontra und sind nicht ganz ehrlich; außerdem haben Sie irgendwo etwas gegen mich, und ich weiß wirklich nicht, warum. Ralph Baumgarten ist eine Schande und seine Gedichte auch. Ich hab' mein Lebtag noch nichts so Entmenschlichtes gelesen. Lesen Sie doch nur sein erstes Buch, und Sie werden selbst erkennen, wieviel er für die Frauen übrig hat.« – »Nun, ich hab' ihn noch nicht gelesen« – eine Lüge –, »aber wir haben ein paarmal zusammen zu Mittag gegessen, und soweit ich sehe, ist er gar nicht so verwerflich. Und, Deborah, außerdem ist es doch auch möglich, daß der Mann und seine Gedichte zwei verschiedene Dinge sind.« – »Aber nein, ganz im Gegenteil! *Beide* sind gemein und blasiert und arrogant und im übrigen auch noch ziemlich dumm. Und der *Mann*? Schon die Art, wie er geht, dieses schmierige *Gleiten*; diese ewigen Parkas, die er trägt; dieses Gesicht – na, eigentlich hat er ja gar kein Gesicht, oder? Nichts weiter als dreiste Knopfaugen und dies ewige überhebliche Grinsen! Unbegreiflich, daß es Mädchen gibt, die sich überhaupt mit ihm einlassen!« – »Nun, irgendwas muß er schon an sich haben!« – »Oder *ihnen* geht was ab. Wirklich, David, Sie haben eine so angeborene Eleganz, und er ist der reinste Aasgeier, bis runter zu den Klauen, und warum ausgerechnet Sie sich mit ihm abgeben wollen . . .« – »Ich komme gut mit ihm aus«, sage ich achselzuckend, trinke endlich den Rest meines Glases aus und gehe nach Hause.

Es dauert nicht lange, und mir wird hinterbracht, was Debbies Scharfsinn in unserer Unterhaltung aufgedeckt hat. Genau das, was ich hätte erwarten sollen, jedenfalls aber wohl das, was ich verdient habe. Das einzig Überraschende dabei ist im Grunde meine Überraschung – und meine Verletzlichkeit.

Offenbar hat die Gastgeberin bei einer Dinner-Party der Schonbrunns allen Anwesenden verkündet, Baumgarten sei David Kepeshs »alter ego« geworden, das die »gegen Frauen gerichtete Aggressionsphantasien auslebt«, die David infolge seiner Ehe und deren »erniedrigendem« Ende in seiner Brust hegt. Sodann wurde zur Erbauung aller Anwesenden das erniedrigende Ende in Hongkong – das Kokain, die Polizeibeamten, das ganze Drum und Dran – nebst den erniedrigenden Kleinigkeiten des Anfangs und des Mittelteils zum besten gegeben. All dies erfahre ich von jemand, der als Gast dabeigewesen ist, sonst nichts mit der Geschichte zu tun hat und nur meint, er täte mir damit einen Gefallen.

Es folgt eine Korrespondenz. Von mir begonnen und – ach! – leider auch von mir fortgesetzt.

Liebe Debbie:
wie ich erfahre, haben Sie bei einer Dinner-Party vergangene Woche reichlich freimütig über meine Privatangelegenheiten geredet – das heißt, über meine Ehe, meine »Erniedrigungen« und das, was Sie als meine »gegen Frauen gerichtete aggressiven Phantasien« bezeichnet haben sollen. Woher wollen Sie eigentlich meine Phantasien kennen, wenn ich das mal fragen darf? Und wieso werden Helen und ich zum Thema der Tischgespräche von Menschen, die ich zum größten Teil noch nie gesehen habe? Um meiner Freundschaft mit Arthur willen, die jetzt schon ziemlich alt ist und die wir erst vor kurzem wieder haben erneuern können, hoffe ich, daß Sie in Zukunft Abstand davon nehmen, mit Wildfremden meine aggressiven Phantasien und meine erniedrigende Geschichte durchzuhecheln. Sonst würde es mir schwerfallen, mich Arthur gegenüber weiterhin normal zu verhalten – und selbstverständlich auch Ihnen gegenüber.

Mit den besten Grüßen,
David.

Lieber David:
Entschuldigen Sie, daß ich mit Leuten, die Sie gar nicht kennen, über Sie getratscht habe; ich werde es nie wieder tun. Obgleich ich alles tun würde, wenn Sie mir den Namen jener hundsgemeinen Person verraten würden, die da aus der Schule geplaudert hat. Einfach damit der oder die Betreffende ihre Hauer nicht noch einmal in meine gute Hammelkeule schlagen.

Um Balsam auf Ihre Wunden zu gießen, möchte ich nur noch hinzufügen, daß erstens Ihr Name nur beiläufig erwähnt wurde – also keine Rede davon, daß etwa den ganzen Abend über Sie getrascht worden wäre –, und ich zweitens glaube, daß Sie jedes Recht haben, so bitterböse auf Helen zu sein, wie Sie es sind, und drittens, daß es eigentlich weder verwunderlich noch eine Schande ist, wenn sich Ihre Wut auf Helen jetzt darin äußert, daß Sie mit einem jungen Mann verkehren, der Frauen so straft, wie dieser Geier in Menschengestalt. Wenn Sie jedoch über Ihre Freundschaft mit ihm anderer Ansicht sind als ich, so ist das Ihr gutes Recht – wie es meiner Meinung nach mein gutes Recht ist, anderer Ansicht zu sein als Sie.

Zu guter Letzt noch folgendes: wenn ich meinen Dinnergästen gegenüber gedankenlos über Helen geredet habe, so vermutlich deshalb weil sie damals in Stanford, wie Sie sehr wohl wissen, immer eine sehr hohe Meinung von sich selbst hatte, was dazu führte, daß sie bei allen möglichen Leuten, Ihre Freunde eingeschlossen, ein besonders beliebtes Gesprächsthema war. Sie selbst übrigens haben sich keinerlei Zurückhaltung auferlegt, mit uns über sie zu reden, wann immer Arthur Sie nach Hause mitgebracht hat.

Aber, lieber David, ich finde, es reicht. Wie wär's, wenn Sie zum Dinner zu uns kämen – sagen wir, Freitag abend? Kommen Sie allein oder mit jemand (vielleicht nicht ausgerechnet mit Ihrem Barbaren), wenn Sie mögen. Falls Sie ein weibliches Wesen mitbringen, so verspreche ich, daß ich kein Sterbenswörtchen über Ihre Misogynie verlauten lasse, die Sie immer, wenn Sie hier sind, bekunden.

Herzlichst,
Debbie.

P.S. Ich würde alles darum geben, den Namen von diesem Stinktier zu erfahren, das mich da reingeritten hat.

Liebe Debbie:
ich könnte nicht sagen, daß Ihre Antwort mich zufriedengestellt hätte. Sie scheinen einfach nicht zu begreifen, wie indiskret Sie mit dem umgegangen sind, was Sie über mich wissen oder zu wissen glauben. Sicher, ich habe Arthur gewisse Dinge anvertraut, und er hat sie seinerseits wieder Ihnen anvertraut, doch das allein reicht nicht, meinen Zorn zu beschwichtigen. Und wissen Sie, warum nicht? Auch kann ich nicht verstehen, wieso Sie nicht begreifen, daß meine Ehe mir immer noch Schmerzen verursacht und diese Schmerzen nicht gerade gelindert werden, wenn ich erfahre, daß Leute, denen gegenüber ich mal mein Herz ausgeschüttet habe, leichtfertig mit anderen darüber tratschen.

Der Geist Ihres Briefes scheint mir die Situation eher noch verschlimmert zu haben, und ich sehe keine Möglichkeit, Ihre Einladung anzunehmen.

David.

Lieber David:
es tut mir leid, daß mein Brief Sie nicht zufriedengestellt hat. Tatsächlich habe ich ihn ja absichtlich in einem gewissen oberflächlichen Ton gehalten – das fand ich dem, was Sie mein Verbrechen nennen, eher angemessen.

Sehen Sie in mir wirklich eine alte Hexe, die darauf erpicht ist, Ihren makellosen Ruf zu besudeln oder sich durch heimtückische und verletzende Anzüglichkeiten in Ihr Intimleben einzumischen? Offensichtlich tun Sie das, und das finde ich natürlich ungeheuerlich; nur, weil Sie das meinen, ist es doch nicht so.

Ich bitte um Verzeihung dafür, daß ich Fremden gegenüber achtlos über Sie geredet habe, denn ich weiß, daß ich das bisweilen tue. Ich ging davon aus, daß das, was Ihnen hinterbracht wurde, genau das war: nämlich töricht und achtlos. Ich weiß, daß ich nie etwas so Schlimmes gesagt habe, daß es Ihnen wirklich weh tun könnte.

Wenn ich zurückdenke an das, was Sie selbst über sich und in bezug auf die Damenwelt gesagt haben – Geschichten aus Ihrer Studentenzeit, wissen Sie noch? – wäre ich nie im Traum darauf gekommen, daß Sie sich über jeden Tadel erhaben dünken. Gern gebe ich zu, daß ich Sie, was die Frauen betrifft, nie für einen Unschuldsengel gehalten habe; doch darin erschöpfte sich doch nicht mein Urteil über Ihre Person. Ich bin gern mit Ihnen zusammen, und ich schätze Sie als Freund.

Ich muß sagen, es würde mir sehr leid tun zu hören, Sie wären wie ein Berserker auf jeden Ihrer Freunde in Kalifornien losgegangen, bloß weil die so ›indiskret‹ waren, in der Unterhaltung Ihren Namen zu erwähnen. Und zwar nicht aus Unfreundlichkeit oder Bosheit oder Tücke, sondern nur deshalb, weil diese Freunde genau wissen, was Sie alles haben durchmachen müssen.

Ich fürchte, Ihr Brief hat mir mehr über Sie verraten, als ich wissen möchte.

Debbie.

Lieber David:
Debbie ist zwar dabei, Ihnen auf Ihren letzten Brief zu antworten, doch jetzt sehe ich mich gezwungen, mich meinerseits einzumischen.

Mir will scheinen, daß Debbie sich Mühe gegeben hat, sich nach Kräften bei Ihnen für etwas zu entschuldigen, was sie als eine berechtigte Beschwerde betrachtet – ohne freilich sich geradezu vor Ihnen zu erniedrigen und auf dem Bauch zu kriechen. Durch ihren scherzhaften Ton wollte sie gleichzeitig andeuten, daß das, was sie getan hat, nicht so schwerwiegend war, wie Sie anzunehmen scheinen. Nach allem, was ich weiß, bin ich mit ihr einer Meinung und finde, daß Ihr letzter Brief mit seinem aggressiven, gereizten und selbstgefälligen Ton eigentlich verletzender ist als alles, dessen Deborah sich schuldig gemacht haben soll. Ich habe übrigens keine Ahnung, was Deborah Ihrer Meinung nach über Sie gesagt hat (einige Belege wären da gewiß hilfreich gewesen), doch kann ich Ihnen versichern, daß es kaum mehr als Tischgeplauder war, das ein paar Minuten andauerte und Ihnen in gar keiner Weise abträglich war. Ich könnte mir denken, daß Sie in früheren flüchtigen Unterhaltungen (wenn auch wohl nicht in Gegenwart von Fremden) vieles gesagt haben, was weit schwerer wiegt. Ich finde, Freunde sollten mehr bereit sein, einander kleine Schwächen zu verzeihen.

Mit den besten Grüßen,
Arthur.

Lieber Arthur:
beides ist nicht möglich. Daß Debbie nämlich sich eines »scherzhaften Tons« bedient hat oder, wie sie es auszudrücken beliebte: »absichtlich in einem gewissen oberflächlichen Ton«, weil der am besten geeignet sei, ihre Haltung dem gegenüber auszudrücken, was mich quälte, und daß sie sich gleichzeitig bemühte, sich nach Kräften bei mir zu entschuldigen – ohne freilich sich geradezu vor mir zu erniedrigen und auf dem Bauch zu kriechen. Selbstverständlich war Debbies Indiskretion entschuldbar, das habe ich ja auch schon in meinem ersten Brief durchblicken lassen. Daß sie jedoch nicht nur fortfuhr, für die ganze Sache kein Verständnis aufzubringen, sondern sie auch noch flapsig zu behandeln, veranlaßt mich, ihren Lapsus als etwas anderes zu betrachten, denn als eine »kleine Schwäche«, wie sie bei einem Freund schon mal vorkommt.

David.

Lieber David:
Ich habe lange gezögert, auf Ihren letzten Brief einzugehen, denn er ließ mir ja kaum noch etwas zu sagen. Ich finde es unfaßlich, daß Sie sich überhaupt vorstellen können, Deborah könnte Ihnen etwas Böses antun wollen. Irgendwie will mir Ihre Weigerung einzu-

sehen, daß Sie durch das Aufbauschen der ganzen Geschichte nur allzusehr die Wahrheit dessen bestätigen, was Deborah die neuerdings aggressive Natur Ihrer Haltung Frauen gegenüber genannt hat, einfach nicht in den Kopf. Warum, statt immer weiter anzugreifen, hören Sie nicht einfach auf und überlegen einen Augenblick, warum Sie nicht die Entschuldigung angenommen haben, die sie Ihnen zu Anfang wegen ihrer Taktlosigkeit angeboten hat – warum haben Sie es statt dessen vorgezogen, unsere Freundschaft aufs Spiel zu setzen, nur um ihr wegen ihres vorgeblichen schlechten Betragens eins überzubraten?

Bis darauf, mich von Debbie scheiden zu lassen und sie in Lumpen gehüllt auf die Straße zu jagen, wüßte ich nicht, was ich tun könnte, das geeignet wäre, wieder freundliche Beziehungen zwischen euch herzustellen. Für etwaige Vorschläge wäre ich dankbar.

Mit den besten Grüßen,
Arthur.

Es ist Klinger, der schließlich die magische Formel findet, die alledem ein Ende setzt. Ich erkläre ihm, was ich in meinem nächsten Schreiben an Arthur sagen will – es ist in revidierter Fassung bereits halb getippt – und zwar über die Freudsche Schlinge, die er gern um meinen Hals zuziehen möchte. Außerdem bin ich immer noch erbost über sein im vorletzten Brief ausgedrücktes (und dort in Klammern verstautes) Verlangen nach »einigen Belegen«. Was, bildet er sich ein, das wir sind? Immer noch Schüler und Lehrer, immer noch Doktorand und Doktorvater? Diese Briefe habe ich ihm schließlich nicht geschrieben, damit er sie zensiert! Es ist mir schnurz, ob ich ihm dankbar sein soll oder nicht – ich will einfach nicht, daß sie von mir behaupten, ich wäre etwas, was ich nicht bin! Ich lasse mich einfach nicht durch ihren rücksichtslosen neurotischen Klatsch verleumden und heruntermachen! Außerdem werde ich nicht zulassen, daß Helen durchgehechelt wird! »Aggressive Phantasien?« Was bedeutet das anderes, als daß ich *sie* nicht ausstehen kann? Und warum, zum Teufel, jagt er sie nicht in Lumpen auf die Straße? Das ist ein großartiger Einfall! Dafür könnte ich ihm geradezu Hochachtung entgegenbringen! Sämtliche Kollegen würden das!

Nachdem meine Tirade ihren Verlauf genommen hat, sagt Klinger: »Sie klatscht also über Sie – und wen, zum Teufel, schert das?«

Elf Wörter, und von einem Augenblick auf den anderen bin ich wirklich gedemütigt, jawohl, und erkenne in mir den neurotischen Narren. Diese Sturheit! Diese sinnlose Existenz! Ohne klares Ziel, ohne Bedeutung – ohne einen einzigen Freund! Und mache mir alle Welt zu Feinden! Meine wütenden Ergüsse an das getreulich aneinanderhängende Paar bilden das Gesamt meiner kritischen Arbeiten, seit ich wieder im Osten bin, alles, wozu ich mich mit genügend Konzentration, Ausdauer und Klugheit habe aufraffen können, um es zu Papier zu bringen. Immerhin habe ich ganze Abende damit zugebracht, sie umzuschreiben, um möglichst knapp zu sein und genau den richtigen Ton zu treffen . . . während mein Buch über Tschechow liegengeblieben ist. Man stelle sich vor – Entwürfe um Entwürfe – und von was? Von nichts. Ach, irgendwie oder irgendwas kommt mir an der Wendung, die die Dinge genommen haben, nicht richtig vor, Doktor. Wally abwehren, mich mit Debbie rumstreiten, mich Ihnen an den Rockzipfel hängen, als gälte es das liebe Leben – ach, wo ist die Lebensweise, angesichts deren all diese Nichtigkeit wahrhaft zu nichts wird, statt alles zu sein, was ich habe und alles, was ich tue?

Merkwürdig, aber meine Auseinandersetzung mit den Schonbrunns trägt dazu bei, eine Freundschaft mit Baumgarten zu beleben, von der zuvor kaum groß die Rede sein konnte – oder vielleicht keineswegs so merkwürdig, wenn man all die vielen verschleierten Interessen bedenkt, die miteinander wetteifern, in meinem kaum begonnenen neuen Leben zu ihrem Recht zu kommen. Ich befolge also, wie ich mir einbilde, die Anweisungen des Arztes und breche die Korrespondenz mit den Schonbrunns ab – obgleich mir entrüstete Erwiderungen, ja, Entgegnungen, die sie ersticken würden, weiterhin jeden Morgen lebhaft Gesellschaft leisten, wenn ich die Schnellstraße zum Seminar hinunterfahre – und dann, an einem Spätnachmittag, einer, wie ich damals meine, Eingebung des Augenblicks nachgebend, schaue ich bei Baumgartens Büro vorbei und frage ihn, ob er nicht einen Kaffee mit mir trinken wolle. Und am folgenden Sonntag abend, nachdem ich von einem Besuch bei meinem Vater heimgekehrt bin und in meiner Wohnung feststelle, daß ich mich auf der Skala der Einsamkeit gefährlich den Hundert nähere und das schon seit geraumer Zeit – sogar dort oben bei meinem alten Vater – drehe ich die Flamme unter der Suppe in meinem kleinen Junggesellentopf klein und rufe Baumgarten an, um ihn einzuladen, herüberzukommen und das letzte von meiner Mutter gekochte und tiefgefrorene Gericht mit mir zu teilen.

Bald treffen wir uns einmal die Woche nicht weit von unser beider Wohnung entfernt in einem kleinen ungarischen Restaurant am oberen Broadway zum Abendessen. Genauso wie Wally ist auch Baumgarten nicht derjenige, nach dem ich während meiner ersten Trauermonate in New York vorm Badezimmerspiegel geschrien habe (jener Trauer, die der Trauer um die einzige von uns, die wirklich starb, vorausging). Aber wer weiß, mit allergrößter Wahrscheinlichkeit kommt dieser Jemand, nach dem ich mich verzehre, nie – denn *de facto* ist er ja schon gekommen: war hier, war mein, und ich habe ihn verloren, kaputt gemacht durch irgendeinen schrecklichen Mechanismus, der mich immer und immer wieder das herausfordern – und schließlich zu Tode reiten läßt –, von dem ich einst geglaubt habe, daß ich es mir am allerheißesten ersehnte! Jawohl, Helen fehlt mir! Plötzlich *sehne* ich mich nach Helen! Wie sinnlos, wie lächerlich mir plötzlich all unsere Streitereien vorkommen! Was für ein prachtvolles, lebensvolles und leidenschaftliches Geschöpf! Geistreich, komisch, geheimnisvoll – und verloren! Ach, warum um alles in der Welt habe ich das nur getan? Es hätte alles so anders sein sollen! Und wann, falls überhaupt jemals, wird es eine andere geben?

So habe ich jetzt also kaum mehr als ein Jahrzehnt meines Erwachsenendaseins hinter mich gebracht, und schon habe ich das Gefühl, alle meine Chancen vertan zu haben; und in der Tat, wenn ich über diesen rührenden kleinen Emailtopf über meine Vergangenheit nachsinne, kommt es mir unweigerlich vor, als hätte ich nicht nur einfach eine verkorkste Ehe hinter mir, sondern das gesamte weibliche Geschlecht, und daß ich nun mal nicht geschaffen bin, harmonisch mit jemandem zusammenzuleben.

Bei Gurkensalat und Kohlrouladen (nicht schlecht, aber, wie ich Baumgarten erkläre – wobei ich meinem Vater gar nicht so unähnlich klinge – nicht mit dem zu vergleichen, was man in seiner besten Zeit im *Hungarian Royale* vorgesetzt bekam) zeige ich ihm ein altes Bild von Helen, so lockend und verführerisch, wie nur je ein Paßbild, das durch irgendeinen Zoll gekommen ist. Ich habe es aus ihrem Internationalen Führerschein herausgelöst, der vor kurzem irgendwie aufgetaucht ist – jedem seine eigenen Zwistigkeiten und Ungereimtheiten – in einem Karton mit Papieren aus Stanford, unter meinen Notizen zu François Mauriac. Ich bringe Helens Foto zu diesem Abendessen mit, überlege dann die Hälfte der Zeit, ob ich es aus meiner Brieftasche herausholen soll, oder vielmehr frage mich, was mich eigentlich dazu treibt, es zu tun. Vor etwa zehn Tagen hatte ich das Bildchen bereits mit in die Praxis zu Klinger gebracht, nur, um ihm zu beweisen, daß ich, mag ich gewissen unangenehmen Konsequenzen gegenüber auch noch so blind gewesen sein, doch keinesfalls *allem* gegenüber blind gewesen bin.

»Eine ausgesprochene Schönheit«, sagt Baumgarten, als ich ihm – mit Ängsten ähnlich denen, die einen Student befallen, der eine abgeschriebene Seminararbeit einreicht – das Foto über den Tisch reiche. Und dann hänge ich an seinen Lippen, um kein Wort, das er sagt, zu verlieren. »Eine Bienenkönigin, kein Zweifel«, sagt er. »Jawohl, und die Drohnen folgen ihr, bis sie sterben.« Lange kostet er das aus. Zu lange. »Macht mich ganz eifersüchtig«, bedeutet er mir, und auch das nicht nur aus reiner Höflichkeit. Was er da ausdrückt, ist echtes Gefühl.

Nun, denke ich, er jedenfalls wird sie nicht verachten und mich auch nicht . . . und dennoch zögere ich, zu versuchen, in Baumgartens Gegenwart irgend etwas Persönlichem auf die Spur zu kommen, als ob alles, was er sagen könnte, um Klingers Ansicht – und der Bereitschaft, mit der ich ihr jetzt nachzugeben versuche – etwas entgegenzusetzen, mich kopfscheu machen und wieder zurückwerfen könnte, vielleicht sogar bis dorthin, wo ich den Tag auf den Knien zu beginnen pflegte. Selbstverständlich bereitet es mir nicht gerade Vergnügen, für derlei Verunsicherungen immer noch empfänglich zu sein, oder mich durch meine Therapie nur derart hauchdünn beschützt zu fühlen, oder festzustellen, daß in diesem Augenblick Debbie Schonbrunns Einschätzung Baumgartens für mich etwas Ansteckendes zu haben scheint. Es läßt sich nicht daran deuteln, daß ich mich auf den gemeinsamen Abend mit ihm wirklich freue, daß es mir Vergnügen macht, den Geschichten zu lauschen, die er erzählt, Geschichten, die – genauso wie bei Helen – von jemand stammen, der auf bestem Fuß mit den Quellen seiner Aufregung steht und zuversichtlich alles angeht – ja, sich sogar darüber amüsiert –, was sich dem entgegenstellt. Trotzdem ist es auch Tatsache, daß meine Anhänglichkeit an Baumgarten zunehmend von Unsicherheit gekennzeichnet wird, die sich gelegentlich zu Anfällen von Zweifeln steigern, je fester unsere Freundschaft wird.

Die Geschichte von Baumgartens Familie ist mehr oder weniger eine Geschichte von Schmerzen und kaum etwas anderem. Sein Vater, ein Bäcker, ist erst vor kurzem arm und allein im Fürsorgeheim für Kriegsteilnehmer gestorben – Frau und Kinder hatte er irgendwann während Baumgartens Jünglingszeit (»eigentlich erst ziemlich spät«) verlassen, und auch das erst nach Jahren schreckenverbreitender Depressionen, die das gesamte Familienleben gleichsam in ein Tränental verwandelt hatten. Baumgartens Mutter hatte dreißig Jahre hindurch in einem Hinterhof Handschuhe genäht, ständig in Angst vor dem Boss, dem Vertrauensmann der Arbeiter, dem Bahnsteig der U-Bahn und der dritten Schiene, und zu Hause dann vor der Kellertreppe, dem Gasofen, dem Sicherungskasten und sogar vor Nagel und Hammer. Als Ralph das College besuchte, hatte sie einen Schlaganfall, so daß sie fortan pflegebedürftig war, und seither in einem jüdischen Alters- und Krankenheim in Woodside eine Wand angestarrt. Jeden Sonntag morgen, wenn ihr Jüngster sie besucht – und dabei sein Was-kost'-die-Welt-Grinsen aufsetzt, sich die *Sunday News* unter den Arm geklemmt hat und in der Hand die kleine Papiertüte aus dem koscheren Feinkostgeschäft mit ihrem *Bagel* darin trägt – tritt die Schwester vor ihm in ihr Zimmer und meldet ihn auf eine kecke Art an, die der gebrechlichen kleinen Frau, die wie ein Sack auf ihrem Stuhl sitzt, auf dem sie endlich sicher ist vor den Angriffswaffen der ganzen Welt, ein bißchen Auftrieb geben soll: »Nun raten Sie mal, wer da mit den guten Sachen kommt, Mildred. Ihr Professor!«

Abgesehen von den Ausgaben für die Pflegekosten für die Mutter, die von der Regierung nicht übernommen werden und die Baumgarten von seinem Universitätsgehalt bezahlt, sind ihm auch noch die väterlichen Verpflichtungen seiner älteren Schwester gegenüber aufgebürdet worden, die in New Jersey mit drei Kindern und einem Mann lebt, der dort ohne sonderlichen Erfolg eine chemische Reinigung betreibt. Die drei Gören bezeichnet Onkel Baumgarten als »Dummerchen«, und seine Schwester als »verloren«, jemand, der von Kindesbeinen an vertraut war mit den Schrecken einer Mutter und der Mürrischkeit eines Vaters, und jetzt, etwa in meinem Alter, für buchstäblich nichts anderes Interesse aufbringt als für einen Wust von Aberglauben, der, wie Baumgarten sagt, geradewegs aus dem jüdischen *Schtetl* Osteuropas auf sie überkommen ist. Ihres Aussehens, ihrer Art, sich zu kleiden und der komischen Dinge wegen, die sie zu den Schulkameraden ihrer Kinder sagt, heißt sie in der Paramus-Wohnanlage, in der die Familie lebt, die »Zigeunerin«.

Wenn ich aus dem Mund eines unverwüstlich Überlebenden – »Unkraut vergeht nicht« – von diesem erbarmungslos niedergeknüppelten Klan höre, erstaunt es mich, daß Baumgarten meines Wissens nie auch nur eine Zeile darüber geschrieben hat, was diese unglückliche Familie von anderen unterscheidet, oder darüber, warum es ihm unmöglich ist, diesen gescheiterten Existenzen einfach den Rücken zu kehren – und das trotz des Abscheus, den Erinnerungen an seine Kindheit in diesem Totenhaus in ihm wachrufen. Nein, kein einziges Wort zu diesem Thema in seinen beiden Gedichtbänden, von denen der erste schamlos *Baumgartens Anatomie* heißt und der jüngst erschienene nach einer Zeile aus einem erotischen Gedicht von Donne *Vor und hinter, über, zwischen und unter*. Mir selbst – wenn auch nicht einem Schonbrunn gegenüber – muß ich eingestehen, daß mein langewährendes Interesse an Einrichtung und Ausstattung des anderen Geschlechts ziemlich gestillt zu sein scheint nach einer Woche Bettlektüre in Baumgartens Gedichten. Doch wenn ich das Thema auch noch so begrenzt finde – oder mir vielmehr seine Mittel und Wege, es zu erforschen, recht beschränkt vorkommen –, so meine ich doch, hinter dieser Verschmelzung von schamloser Erotomanie, Fetischismus auch noch dem kleinsten gegenüber und recht schillerndem herrischen Gebaren eine Persönlichkeit am Werk zu sehen, deren durch nichts zu beeinträchtigendes Gefühl für die eigenen Bedürfnisse meine Neugier erregt. Doch was das betrifft, so reizt es anfangs sogar meine Neugier, ihm beim Essen zuzusehen – bisweilen fällt es mir gleichermaßen schwer zuzusehen wie die Augen abzuwenden. Ist es wirklich das ungezähmte Raubtier in ihm, das diesen Fleischfresser dazu bringt, mit so gewaltiger Kraft der Kinnmuskeln an dem Fleisch zwischen seinen Zähnen zu reißen, oder kaut er sein Essen nur deshalb nicht ordentlich und gesittet, weil wir anderen alle übereingekommen sind, es zu tun? Wo hat er denn zum allererstenmal Fleisch gegessen – in Queens oder in einer Raubtierhöhle? Eines Abends veranlaßt mich der Anblick von

Baumgartens Schneidezähnen, wie sie das Fleisch vom Knochen eines panierten Hammelkoteletts trennen, zu Hause ans Bücherregal zu treten, einen Band von Kafkas Erzählungen zur Hand zu nehmen und den letzten Absatz von *Ein Hungerkünstler* wieder zu lesen, die Beschreibung des jungen Panthers, der in den abseitsstehenden Käfig gesteckt wird, damit er den von Berufs wegen Hungernden ersetze, nachdem dieser doch Hungers gestorben war. »Die Nahrung, die ihm schmeckte, brachten ihm ohne langes Nachdenken die Wächter; nicht einmal die Freiheit schien er zu vermissen; dieser edle, mit allem Nötigen bis knapp zum Zerreißen ausgestattete Körper schien auch die Freiheit mit sich herumzutragen; irgendwo im Gebiß schien sie zu stecken...«

Ja, und was scheint in *diesem* kräftigen Gebiß zu stecken? Auch die Freiheit? Oder vielleicht etwas, was mehr Ähnlichkeit aufweist mit der Gier dessen, der einst ums Haar lebendig begraben worden wäre? Sind das hier die Kiefer des edlen Panthers oder der halb verhungerten Katze?

Ich frage ihn: »Wie kommt es, daß du nie etwas über deine Familie geschrieben hast, Ralph?« – »Über die?« sagt er und bedenkt mich mit seinem nachsichtigen Blick. – »Ja, über sie«, sage ich, »und dich.« – »Wozu? Um es vor ausverkauftem Haus im CVJM vorzutragen? Ach, Kepesh« – wiewohl fünf Jahre jünger als ich, genießt er es, mit mir zu reden, als wäre ich der Jüngere und hätte dazu noch etwas vom unverbesserlichen Spießbürger – »hör mir doch auf mit dem Thema jüdische Familie nebst obligater Mühsal und Plage! Könntest du dich wirklich über noch einen Sohn und noch eine Tochter aus jüdischem Hause samt dazugehöriger Mutter und Vater, die sich gegenseitig verrückt machen, in Rage reden? Diese gegenseitige Liebe, dieser gegenseitige Haß und die vielen gemeinsamen Mahlzeiten! Nicht zu vergessen die tiefe Menschlichkeit! Und das von vornherein zum Scheitern verurteilte Bemühen um Würde! Ach, und die Herzensgüte! Es ist unmöglich, über all das zu schreiben und die Herzensgüte auszulassen. Wenn ich mich nicht irre, hat gerade jemand ein ganzes Buch über unsere jüdische Literatur der Herzensgüte veröffentlicht. Eigentlich warte ich nur darauf, daß irgendein irischer Kritiker endlich ein Buch über die Geselligkeit bei Joyce, Yeats und Synge schreibt. Oder irgendein Musterschüler der Vanderbilt-University einen Artikel über die Gastlichkeit im Südstaaten-Roman: ›Fühlen Sie sich ganz wie zu Hause: das Thema der Gastfreundschaft in Faulkners *Eine Rose für Emily*.‹«

»Ich habe nur überlegt, ob ich dir nicht Zugang zu anderen Gefühlen verschaffen könnte.«

Er lächelt. »Die anderen Gefühle überlasse mal getrost den anderen, *okay*? Die sind es gewohnt, sie zu haben. Ja, es *gefällt* ihnen, sie zu haben. Aber die Tugend ist nun mal nicht mein Bier. Viel zu *lang*-weilig.« Letzteres ein Lieblingswort von Baumgarten, hingesungen, als wären es wirklich zwei Wörter. »Hör zu«, sagt er, »ich kann nicht mal Tschechow besonders gut verknusen, diesen Heiligsten der Heiligen. Warum hat er eigentlich nie was mit der Scheiße zu tun? Du bist doch Tschechow-Kenner! Warum ist nie Anton der Schweinehund, sondern immer irgendein anderer?«

»Es ist etwas seltsam, an Tschechow heranzugehen und Céline zu erwarten, verstehst du? Oder Genet. Oder dich. Aber vielleicht ist ja der Schweinehund auch nicht immer unbedingt Baumgarten. Jedenfalls klingt das nicht so, wenn du mir von diesen Besuchen in der Wohnanlage Paramus oder im Altersheim erzählst. Das hört sich eigentlich mehr nach Tschechow an. Der getreue Leibeigene.«

»Da wäre ich mir gar nicht so sicher! Außerdem, außerdem, warum sich überhaupt die Mühe machen, solches Zeugs hinzuschreiben? Ist das nicht schon hundertmal gemacht worden? Muß denn auch ich noch meinen Namen an die Klagemauer kritzeln? Was für mich zählt sind die Bücher – meine eigenen nicht ausgeschlossen – in denen der Schriftsteller *sich selbst* anklagt. Warum sich sonst überhaupt die Mühe machen? Um den *anderen* anzuklagen? Das überlaß nur getrost denen, die dir überlegen sind, findest du nicht auch – und dem neunmalklugen jüdischen Theater, genannt Literaturkritik, das sie sich da geschaffen haben. Ach, diese hochherzig gesonnenen jüdischen Söhne mittlerer Jahre samt ihren Rebellions- und Sühneritualen! Hast du sie noch nie auf der Titelseite der Sonntagsausgabe der *Times* gelesen? Wo all die verklemmten Mösenjäger loslegen wie der alte Tolstoi? All dies Mitgefühl für die Demütigen der Erde, diese ganze Beschützerei der heiligen Flamme, was alles sie, nebenbei bemerkt, nicht *so*viel gekostet. Begreif doch, all diese tief leidenden jüdischen Kulturträger *brauchen* einfach ein armes gefallenes jüdisches Schwein, damit sie in aller Öffentlichkeit für ihre Sünden büßen können – warum also nicht mich? Das läßt ihre Frauen schön im dunkeln; liefert ihren Freundinnen jemanden, der für das Leiden empfänglich ist, an dem sie dann rumlutschen können; und ist etwas, womit man es beim *Brandeis-Kollege of Musical Knowledge* weit bringt. Jedes Jahr les' ich in der Zeitung von den augenblicklichen Machthabern dort, die ihnen Verdienstspangen für ihre Halstücher verleihen. Tugend, Tugend, wer besitzt Tugend? Das ist die größte jüdische Verbrecherorganisation seit Meyer Lansky in seiner Hochblüte.«

Jawohl, jetzt ist er auf Touren, und ohne Rücksicht auf seine eigene Lautstärke oder das Herumgefuchtel mit seinen Armen – und nicht ohne Lust an seinen galligen Breitseiten –

läßt er sich jetzt über die (wie Baumgarten behauptet, in ganz Manhattan wohlbekannte) Unanständigkeit des »hochgeschätzten Herrn Professors« aus, der seinen zweiten Gedichtband in einer Sammelbesprechung in der *Times* runtergemacht hat. »Keine ›Kultur‹, kein ›Herz‹ und, noch schlimmer, keine ›historische Perspektive‹, als ob der hochgeschätzte Professor historische Perspektive hatte, wenn er ihn irgend 'ner Assistentin reinschiebt! Nein, das haben sie nicht allzugern, wenn man da unten reingeht und weiterrammelt, nur um des bißchen geilen Gejibbers im Gesicht willen. Nein, nein, was ein echter Literat in der humanistischen Tradition ist, der hat beim Pimpern historische Perspektive!«

Erst als wir beim Nachtisch aus Tee und Strudel angekommen sind, bricht er (für heute abend) seine Untersuchung von Scheinheiligkeit und Heuchelei, Ehrfurcht und gähnender *Lang*-weiligkeit in der literarischen Welt und der humanistischen Tradition (vornehmlich so, wie sie von den Rezensenten seiner Bücher und von seinen Professorenkollegen verkörpert werden) ab und fängt mit neuem Schwung an, von der anderen selbstgewählten Arena der Selbstbestätigung zu reden. Wie so viele seiner Geschichten, die von angenehmen Überraschungen bei der Jagd handeln, rührt das, was er über den leergegessenen Nachtischtellern erzählt, an gewisse alte, aber noch sehr lebendige Erinnerungen meinerseits. Ja, es gibt Momente, da ich, wenn ich ihn mit solcher Schamlosigkeit von der außerordentlichen Vielfalt seiner Befriedigungsmöglichkeiten erzählen höre, das Gefühl habe, einer gewissen Parodie auf mich selbst beizuwohnen. Eine Parodie – eine Möglichkeit. Vielleicht empfindet Baumgarten in bezug auf mich ähnliches, und das wiederum würde die Neugier auf beiden Seiten erklären. Ich bin ein Baumgarten, der im Knast sitzt, im Hundezwinger eingesperrt ist, ein zum Kuschen geklingerter und geschonbrunnter Baumgarten – der wiederum ein Kepesh ist, ach, was für ein Kepesh!, einer, der mit Schaum vorm Mund und lang heraushängender Zunge sich hechelnd vom Halsband befreit hat und jetzt Amok läuft!

Warum bin ich hier mit ihm zusammen? Um die Zeit totzuschlagen, klar, klar – was aber wird dabei wirklich totgeschlagen? Im Beisein des die Begierde anheizenden Baumgarten versuche ich, unendlich sanft mich dem wirbelnden Wortschwall auszusetzen, um mich für immer immunisieren zu lassen? Oder hoffe ich halb, mich doch wieder anstecken zu lassen? Habe ich meine Heilung endlich selbst in die Hände genommen, oder ist es vielmehr so, daß die Rekonvaleszenz vorbei ist und ich fast wieder bereit bin, *gegen* den Arzt und seine *lang*-weiligen Ermahnungen zu konspirieren?

»Eines Abends vorigen Winters«, sagt er und tastet mit den Blicken das runde Hinterteil der recht ausladenden ungarischen Kellnerin ab, die in Filzpantinen in die Küche zurückwackelt, um uns neuen Tee aufzubrühen, »war ich bei *Marboro* schmökern...« Und ich sehe ihn richtig vor mir, wie er schmökert; das kenne ich, das habe ich mindestens schon ein dutzendmal erlebt. BAUMGARTEN: »Haben Sie was von Hardy?« – VERKÄUFERIN: »Hm...ja.« BAUMGARTEN: »Die *Tess d'Ubervilles?*, ist das der Titel, den Sie dahaben?« VERKÄUFERIN *(sieht auf dem Umschlag nach):* »Stimmt, es ist...« – »und fing an, mich mit diesem reizenden rotbäckigen Mädchen zu unterhalten, die mir erzählte, sie sei mit dem Zug gerade von einem Besuch bei ihren Eltern in Westchester zurückgekehrt. Ein paar Sitze vor ihr habe ein Kerl in Anzug, Schlips und Mantel gesessen, sich über die Schulter immer wieder nach ihr umgeguckt und sich unterm Mantel einen runtergeholt. Ich fragte sie, was sie daraufhin getan habe.

›Ja, was meinen Sie denn, was ich getan hab'?‹ sagte sie. ›Ich hab' ihm gerade in die Augen gesehn, und als wir in die *Grand Central Station* einliefen, bin ich hin zu ihm und hab' gesagt: ›Hey, ich find', wir sollt'n uns verabred'n, ich würd' dich gern kennenlernen.‹ Na, der nahm die Beine in die Hand und machte, daß er aus dem Bahnhof rauskam, doch das Mädchen immer hinterher und versucht ihm klarzumachen, daß sie es *ernst* meint – ihr hatte sein Aussehen gefallen, sie hatte seinen Mut bewundert und fühlte sich entsetzlich geschmeichelt durch das, was er getan hatte; doch der Bursche verschwand in einem Taxi, ehe sie ihn davon überzeugen konnte, daß ihn was Tolles erwartete. Aber wie dem auch sei, wir machten's kurz, wie man sagen könnte, und gingen zu ihr in ihre Wohnung. Die lag drüben am East River in einem von diesen neuen Hochhauskaffs. Als wir da waren, zeigte sie mir den Blick auf den Fluß und die Küche mit all den Kochbüchern, und dann wollte sie, daß ich sie auszog und aufs Bett fesselte. Nun hatte ich zwar seit meiner Boyscout-Zeit kein Knoten-Knüpfen mehr geübt, aber ich schaffte es. Und zwar mit Mullbinden, Kepesh, zehn Meter Mullbinde – Arme und Beine auf dem Bett ausgestreckt, genauso wie sie es haben wollte. Das Ganze hat mich 'ne dreiviertel Stunde gekostet. Und du hättest mal die Laute hören sollen, die das Mädchen dabei ausstieß! Und sehen, wie sie aussah, in diesem Zustand von Erregung! Höchst anregendes Tableau! Da begreifst du die Sado-Masos erst richtig! Aber egal – sie sagte mir, ich solle die Poppers aus dem Medizinschränkchen holen. Na ja; es waren aber keine da, waren alle futsch. Scheint so, als ob einer ihrer Freunde sie abgestaubt hätte. Da sagte ich ihr, ich hätte ein bißchen Koks zu Haus, und wenn sie wolle, würd' ich ihn holen. ›Geh und hol's, hol's‹, sagte sie. Also ging ich. Doch als ich von meiner

Wohnung wieder runter kam auf die Straße und in ein Taxi stieg, um zu ihr zurückzufahren, ging mir auf, daß ich nicht mal ihren Namen kannte – und ich konnt' mich auch ums Verrecken nicht mehr daran erinnern, in welchem von diesen Scheißhochhäusern sie wohnte. Kepesh, ich saß echt in der Klemme«, sagt er, greift mit der Hand über den Tisch und versucht, mit Daumen und Zeigefinger die letzten Strudelkrümel von meinem Teller zu picken und schafft es dabei, mit dem Ärmel seines Parkas mein Wasserglas umzuwerfen, so daß es mir auf den Schoß fällt. »Huch«, ruft er, als er das Glas umfallen sieht, aber selbstverständlich ist das nicht das erstemal; »Huch« ist vielleicht die häufigste fluchartige Interjektion, die von Baumgartens Lippen kommt – auf jeden Fall immer dann, wenn er den Tisch in einen Trog verwandelt. »Tut mir leid«, sagt er, »alles *okay* mit dir?« – »Das trocknet schon«, sage ich, »das tut es ja immer. Und was hast du gemacht?« – »Was sollte ich schon tun? Nichts! Ich ging von einem dieser Hochhäuser zum anderen und sah mir die Namensschildchen über den Klingeln durch. Jane hieß sie mit Vornamen, zumindest hatte sie das gesagt; folglich drückte ich jedesmal wie ein *Schmuck* auf die Klingel, sobald auf dem Schildchen ein J. stand. Finden tat ich sie zwar nicht, aber dafür wurde ich in ein paar vielversprechende Unterhaltungen verwickelt. Aber egal, ein Wachmann trat auf mich zu und fragte mich, was ich suchte. Ich sagte ihm, ich müsse im falschen Haus sein, doch als ich rausging, folgte er mir bis auf den Vorplatz, und so hing ich da ein, zwei Minuten rum und bewunderte den Mond. Und dann ging ich nach Haus. Hinterher kaufte ich wochenlang auf dem Weg zum College jeden Tag die *Daily News* und suchte nach einer Meldung, daß die Bullen auf der heruntergekommenen East Side ein mit Mullbinden ans Bett gefesseltes Skelett gefunden hätten. Schließlich gab ich's dann auf. Und dann, diesen Sommer, als ich unten an der Achten Straße aus einem Kino komme, steht dasselbe Mädchen nach Karten für die nächste Vorstellung an. Die schöne Jane. Und was meinst du, was sie zu mir sagt? Sie sieht mich, ihr Gesicht verzieht sich zu einem Lächeln, und sie sagt: ›War ganz große Klasse, Mann!‹«

Skeptisch, jedoch unter Lachen, sage ich: »Und das alles ist wirklich passiert, was?«

»Dave, du brauchst bloß durch die Straßen zu gehen und den Leuten guten Tag zu sagen. Es gibt nichts, was es nicht gibt!«

Und dann, nachdem Baumgarten die Kellnerin – die noch neu in unserem Restaurant ist und deren alternden, bäuerlichen Balkon er, wie er beschlossen hat, unbedingt besteigen muß – gefragt hat, ob sie ihm jemand empfehlen könne, bei dem er ungarisch lernen könne; nachdem er sich Namen und Telefonnummer aufgeschrieben hat – »Sie leben da ganz allein, nicht wahr, Eva?« – entschuldigt er sich und begibt sich in den rückwärtigen Teil des Restaurants, wo ein Münzfernsprecher an der Wand hängt. Um sich Evas Telefonnummer aufzuschreiben, hat er seine Manteltasche geleert und Papiere und Umschläge herausgenommen, auf denen, wie ich sehen kann, die Namen und Adressen jener anderen Geschlechtsgenossinnen von ihr notiert worden sind, die ihm heute bereits über den Weg gelaufen sind. Die Nummer von derjenigen, die er offenbar anrufen will, hat er zum Telefon mitgenommen, und so liegt der kleine Haufen persönlicher Papiere vor mir, um in aller Ruhe betrachtet zu werden – die Papiere und das Leben, das zu ihnen gehört.

Mit dem Fingernagel gelingt es mir, den letzten Absatz eines säuberlich auf dickes cremefarbenes Briefpapier getippten Briefes so hinzuschnippen, daß ich ihn lesen kann.

... Ich habe Ihre Fünfzehnjährige für Sie (achtzehn zwar in Wahrheit, aber was ihr Fleisch betrifft, so schwöre ich, so würden Sie den Unterschied nie merken, und außerdem bedeutet fünfzehn Gefängnis) – eine knackige Studentin, und zwar nicht nur jung, sondern außerdem auch noch eine ausgesprochene Schönheit, ein süßes Mädchen, dabei gleichzeitig sehr modern eingestellt, und alles in allem sehe ich eigentlich nicht, wie Sie noch an was Besseres kommen könnten. Ich habe sie eigens für Sie gesucht. Sie heißt Rona, und nächste Woche gehen wir gemeinsam essen. Wenn es Ihnen also ernst war (wobei ich voraussetze, daß Sie sich daran erinnern, diese Schnapsidee erwähnt zu haben), könnte ich dabei gleichzeitig die Verhandlungen eröffnen. Vom Erfolg bin ich ziemlich überzeugt. Seien Sie doch so nett und signalisieren Sie mir nächstes Mal, wenn Sie im Büro sind, Ihre Absichten: einmal Zwinkern ›ja‹, zweimal ›nein‹, ob ich also loslegen soll oder nicht. Damit wäre meine Hälfte der Abmachung abgeleistet – ich besorge Ihnen wie gewünscht Mädchen, wobei mein Herz ziemlich hoch in Mundnähe gerutscht ist – bitte, bringen Sie mich jetzt mit den Orgiasten in Verbindung. Die einzigen guten Gründe für ein Nein, die mir einfallen, wären (a), daß Sie selbst mit Ihnen zu tun haben – und in dem Fall würde ich einfach den Soireen fernbleiben, wenn Ihnen das lieber wäre – oder (b) Sie haben Angst, von jemand aus dem Herzen des Kreml kompromittiert zu werden – dann sagen Sie mir einfach den Namen, und ich würde behaupten, von jemand anders als Ihnen davon gehört zu haben. Ansonsten – warum Ihre (leicht verkümmerte) Fähigkeit zu menschlichem Mitempfinden nicht etwas strapazieren (ich hab' irgendwo gelesen, daß so etwas früher als wesentliche Eigenschaft für einen Dichter galt), solange es Sie nichts kostet, und einen kleinen Sonnenstrahl in das düstere Leben einer rasch verblühenden Jungfrau bringen.

*Ihr Kumpel
T.*

Und wer im ›Kreml‹ ist ›T‹? frage ich mich. Der Assistent des Rektors oder der Beauftragte für das Gesundheitswesen der Studenten? Und wer – auf einem anderen Stück Papier – ist ›L‹? In jeder Zeile hat sie Wörter ausgestrichen und andere darüber geschrieben; ihr Filzschreiber leidet an Blutarmut – was möchte *sie* von dem Dichter mit dem leicht verkümmerten Herzen? Gehört ›L‹ die inständig bittende Stimme, der Baumgarten in der Telefonzelle so geduldig lauscht? Oder gehört die ›M‹ oder ›N‹ oder ›O‹ oder ›P‹?

Ralph, ich kann nicht einsehen, daß mir das mit gestern abend leid tun soll, es sei denn, Du könntest mir glaubhaft klarmachen, mein Wunsch, Dich zu sehen, wäre verrückt oder gemein. Ich hatte geglaubt, wenn ich nur im selben Zimmer mit einem Mann sitzen könnte, der nicht versuchte, mich zu bedrängen oder zu überzeugen oder durcheinanderzubringen, mit jemand, den ich mag und achte, daß ich dann einer gewissen Sache in mir näherkommen könnte, die mir etwas bedeutet und die wirklich ist. Ich stand unter dem Eindruck, daß Du nicht in einer Traumwelt lebtest und habe mich seit dem Baby manchmal gefragt, ob vielleicht ich das tue. Ich wollte gar nicht mit Dir schlafen. Manchmal handelst Du wie jemand, der sich meisterhaft darauf versteht, Damen den Schlüpfer auszuziehen, aber damit hat sich's dann. Ganz gewiß werde ich Dir fürderhin nach zehn Uhr abends keine spontanen Besuche mehr abstatten. Ich brauchte nur ganz einfach jemand, mit dem ich reden konnte und mit dem ich nichts hatte; deshalb hab' ich Dich gewählt, obwohl ich, wie ich gern zugeben will, in gewisser Weise gern was mit Dir hätte, sich also ein Teil von mir danach sehnte, in Deinen Armen zu liegen, wohingegen der andere Teil von mir darauf besteht, daß dasjenige, was ich wirklich brauche, Deine Freundschaft ist, Dein Rat und – Distanz zwischen uns beiden. Vermutlich fällt es mir schwer zuzugeben, daß Du mich bewegst. Doch das bedeutet noch lange nicht, daß ich Dich nicht irgendwie verrückt fände . . .

Baumgarten – in der Telefonzelle – hängt den Hörer ein, und ich höre auf, in den Briefen seiner Fans zu lesen. Wir bezahlen bei Eva, Baumgarten nimmt seine Habseligkeiten wieder an sich, und gemeinsam – seine ›Freundin‹ am Telefon bleibt heute abend besser sich selbst überlassen, wie er mich informiert – gehen wir zum nächstgelegenen *Bookmaster*-Laden, wo wie gewöhnlich der eine oder andere von uns fünf Dollar für fünf verramschte Bücher hinblättert, die zu lesen er vermutlich doch nie kommen wird. »Mösen- und Lesetrunken«, wie mein heimlicher Teilhaber irgendwo in dem Gesang über sich selbst vor und hinter, über, zwischen und unter ausruft.

Es braucht zwei ganze Wochen, also sechs volle Sitzungen, ehe ich imstande bin, dem Psychoanalytiker, dem ich doch eigentlich alles sagen soll, zu erzählen, daß wir nur etwas später an diesem Abend eine Schülerin von einer High-School trafen, die für den Englischunterricht ein Taschenbuch kaufen wollte. (BAUMGARTEN: Emily oder Charlotte? MÄDCHEN: Charlotte. BAUMGARTEN: *Villette* oder *Jane Eyre*? MÄDCHEN: Von dem ersten hab' ich noch nie was gehört. *Jane Eyre*.) Flott, nicht unerfahren in dem, was sich auf der Straße so alles tut, und höchstens ein wenig verschüchtert, hatte sie uns zurückbegleitet zu Baumgartens Einzimmerwohnung, und dort, auf seinem mexikanischen Teppich und zwischen ein paar Stapeln seiner eigenen beiden Bände mit erotischen Gedichten hatte sie zur Probe Modell gestanden für das erotische Bildermagazin, das an der Westküste von unseren Bossen, den Schonbrunns, auf den Markt geworfen werden soll. Ein Magazin, das *Cunt* heißen soll. »Die Schonbrunns«, erklärt er, »kotzt es an und sie sind es leid, immer wieder die gleiche Masche abzuziehen. Einen Reinfall nach dem anderen zu erleben.«

Das schlaksige rotblonde Mädchen in Fransenlederjacke und Jeans hatte uns, noch während sie in der Buchhandlung ausgefragt wurde, klipp und klar gesagt, sie habe keineswegs was dagegen, sich vor einem Fotografen auszuziehen – deshalb wird ihr bei Baumgarten eines von seinen dänischen Pornoheftchen in die Hand gedrückt, sich die Bilder zu betrachten und sich inspirieren zu lassen.

»Bringst du das hier fertig, Wendy?« fragt er sie mit ernster Miene, während sie auf dem Sofa sitzt und mit der einen Hand die Magazine durchblättert, während sie in der anderen die *Baskin-Robbins* Eistüte hält, die Baumgarten (der Regisseur, der nicht die kleinste Kleinigkeit vergißt) auf dem Heimweg zu kaufen nicht hatte widerstehen können. (»Was ist deine Lieblingssorte, Wendy? Sag's schon, bitte, bestell dir eine Doppelportion, mit Schokoladenstreusel darüber, was du willst! Wie steht's mit dir, Dave? Auch Schichtschokolade?«) Sich räuspernd, schlägt sie das Magazin auf ihrem Schoß zu, beißt in den Rest der Eistüte hinein und sagt so beiläufig, wie sie es nur irgend fertigbringt: »Das geht ein bißchen zu weit für mich.« – »Ja, aber was ginge denn nicht zu weit?« fragt er sie. »Sag mir einfach, was!« – »Vielleicht etwas mehr in Richtung *Playboy*.«

Hand in Hand arbeitend, ähnlich wie zwei gut eingespielte Stürmer, die gegen eine starke Abwehr einen Ball über die Mittellinie treiben, oder wie zwei methodisch arbeitende Tagelöhner, die mit abwechselnden Schlägen eines Vorschlaghammers einen Pfahl in die Erde treiben – ähnlich auch wie Birgitta und ich, damals in Europa, damals, während des Zeitalters der Entdeckungen – schaffen wir es, dadurch, daß wir sie in immer weniger bekleidetem Zustand eine Reihe von aufreizenden Stellungen einnehmen lassen, daß sie in ihren bikinikleinen Unterhöschen und ihren Stiefeln rücklings auf dem Boden ausgestreckt daliegt. Und weiter, erklärt die siebzehnjährige Schülerin von der *Washington Irving-High School* – und zittert dabei ganz, ganz wenig und kaum merklich, während sie in unsere vier hinuntersterenden Augen hinaufstarrt – weiter geht sie nun auf keinen Fall mehr.

Was weiter? Daß ihr ›weiter nicht‹ tatsächlich ›weiter nicht‹ bedeutet, begreifen Baumgarten und ich, ohne uns darüber groß verständigen zu müssen. Das mache ich Klinger klar – weise ihn auch noch darauf hin, daß keinerlei Tränen vergossen wurden, keine Gewalt angewendet wurde, wir ihre Haut auch nicht einmal mit den Fingerspitzen berührt haben.

»Und das ist wann geschehen?« erkundigt Klinger sich.

»Vor vierzehn Tagen«, sage ich und stehe auf, um meinen Mantel zu nehmen.

Und gehe. Ich habe meine Beichte zwei ganze Wochen hinausgeschoben, und sogar jetzt noch bis zum Schluß unserer Sitzung. Folglich bin ich imstande, einfach die Tür von außen zuzumachen, ohne noch hinzuzufügen – was ich auch nie tun werde – daß dasjenige, was mich davon abgehalten hat, ihm schon früher von diesem Zwischenfall zu erzählen, nicht die Scham dessen war, der rückfällig geworden ist, sondern vielmehr der kleine Schnappschuß in Farbe von Klingers Tochter, einem Teenager in ausgebleichtem Baumwollrock und einem T-Shirt mit Schulwappen auf der Brust, der irgendwo an einem Strand aufgenommen wurde und in einem Dreierrahmen auf seinem Schreibtisch zwischen den Fotos von seinen beiden Söhnen steht.

Und dann, im Sommer, nachdem ich an die Ostküste zurückgekehrt bin, lerne ich eine junge Frau kennen, die so ganz anders ist als die kleine Schar von Trösterinnen, Ratgeberinnen, Versucherinnen und Herausforderinnen – die ›Einflüsse‹, wie mein Vater sie zu nennen beliebt – vor denen mein wie benommener und von jedem Sex entleerter lebender Leichnam torkelnd geflohen ist, seit ich ein frauen-, freud- und leidenschaftsloser, ganz für sich allein lebender Mann bin.

Ich werde für ein Wochenende nach Cape Cod eingeladen, von einem Kollegen und seiner Frau, die ich beide gerade erst kennengelernt habe, und dort werde ich mit Claire Ovington bekanntgemacht, einer jungen Nachbarin, die am Orleans-Strand inmitten eines nur mit wilden Rosen bewachsenen Geländes für sich allein und ihren Labrador einen winzigen, schindelgedeckten Bungalow gemietet hat. Etwa zehn Tage nach dem Vormittag, den wir plaudernd zusammen am Strand verbracht haben, packe ich – nachdem ich ihr aus New York einen schmerzlich-bezaubernden Brief geschrieben und mich ein paar zähflüssige Stunden mit Dr. Klinger beraten habe – den plötzlichen Einfall bei den Hörnern und kehre nach Orleans zurück, wo ich mich im Gasthaus einquartiere. Anfangs fühle ich mich angezogen von dem gleichen Anblick sanfter Üppigkeit, welche wider alle dem Anschein nach vernünftigen Vorbehalte soviel dazu beigetragen hat, daß ich mich zu Helen hingezogen fühlte, und der zum erstenmal seit über einem Jahr spontan eine heiße Welle des Gefühls in mir aufsteigen läßt. Nach dem kurzen Wochenendbesuch wieder zurück in New York, hatte ich nur über sie nachgedacht. Spüre ich so etwas wie eine Erneuerung von Begierde, von Zutrauen, von Kraft? Noch nicht ganz. Während meiner Woche in dem Gasthaus kann ich nicht aufhören, mich zu benehmen wie ein übereifriger Schüler in der Tanzstunde, der es nicht fertig bringt, ohne die gestelzteste Zurschaustellung von guten Manieren zur Tür zu gehen oder die Gabel zum Mund zu führen. Und hinterher diese *Selbst*darstellung im Brief, dies bravouröse Bekunden von Witz und Selbstsicherheit! Warum habe ich auf Klinger gehört? »Selbstverständlich, fahren Sie nur hin – was haben Sie schon zu verlieren?« Was aber hat *er* zu verlieren, wenn das Ganze für mich ein Schlag ins Wasser wird? Wo bleibt da seine tragische Lebensansicht, verdammt noch mal? Impotenz ist kein Pappenstiel – mit so was ist man geschlagen! Manche bringen sich deswegen um! Und nach noch einer allein im Gasthausbett und in Distanz zu Claire verbrachten Nacht kann ich verstehen, warum. Am Vormittag, kurz bevor ich wieder nach New York zurückfahren soll, begebe ich mich zu einem frühen Frühstück in ihren Bungalow, und als ich halb fertig bin mit den Pfannkuchen mit frischen Heidelbeeren, versuche ich, mich ein wenig ins Gleichgewicht zu bringen, indem ich meine Scham eingestehe. Ich weiß nicht, wie ich sonst mit einem halbwegs intakten Selbstwertgefühl aus dieser ganzen Sache herauskomme, obgleich – warum ich mir wieder etwas aus Selbstwertgefühl machen soll, ist mir völlig unerfindlich. »Nachdem ich die ganze Fahrt bis hierher gemacht habe – nachdem ich dir einen solchen Brief geschrieben habe und dann aus heiterem Himmel hier aufgekreuzt bin – nun ja, nach all diesen Fanfarenstößen scheine ich aufgetreten . . . und schon wieder abgetreten zu sein.« Und jetzt spüre ich – bis in die

Wurzeln meiner Haare hinein – etwas in mir aufsteigen, was sehr viel Ähnlichkeit mit der Scham aufweist, der ich glaubte aus dem Weg gehen zu können, indem ich einfach wieder abfuhr. »Ich muß dir schon komisch vorkommen. Im Augenblick komme ich mir ja sogar selbst komisch vor. Ja, ich bin mir schon eine ganze Weile komisch vorgekommen. Ich versuche aber nur zu erklären, daß es nichts ist, was mit dir zu tun hätte oder was du gesagt hättest, wenn ich mich so kalt benommen habe.« – »Aber«, sagt sie, ehe ich zu einer neuen Runde von Entschuldigungen über diesen »komischen Kauz« anheben kann, der ich bin, »es ist doch so schön gewesen. In gewisser Beziehung doch einfach bezaubernd.« – »Ist es das?« frage ich und habe Angst, auf eine unvorhergesehene Weise gedemütigt zu werden. »*Was* denn eigentlich?« – »Zur Abwechslung mal jemand zu erleben, der Hemmungen hat. Es tut gut zu wissen, daß es so was im ›Zeitalter absoluter Zügellosigkeit‹ noch gibt.«

Mein Gott, innerlich genauso zart wie außen! Dieser Takt! Diese Ausgeglichenheit! Diese *Weisheit*! Körperlich für mich genauso verlockend wie Helen – doch damit hat die Ähnlichkeit auch schon ein Ende. Haltung, Zutrauen und Entschlossenheit, all das bei Claire freilich im Dienst von etwas, das mehr ist als genußsüchtige Abenteuerlust. Mit einundzwanzig hat sie an der Cornell University ein Examen in Experimentalpsychologie abgelegt, an der Columbia University ihren *Master* in Pädagogik gemacht, und jetzt gehört sie zum Lehrkörper einer Privatschule in Manhattan, wo sie Elf- und Zwölfjährige unterrichtet und im nächsten Halbjahr den Vorsitz über das Lehrplankomitee übernehmen soll. Doch für jemand, der, wie ich noch erfahren soll, in seiner beruflichen Rolle eine merkliche Reserviertheit ausstrahlt und gelassen, mit kühlem Kopf dem Anschein nach unangreifbar seinen Mann steht, ist sie, was die Privatseite ihres Lebens betrifft, von einer überraschenden Unschuld und Arglosigkeit und bringt gegenüber ihren Freunden, ihren Pflanzen, ihrem Kräutergarten, ihrem Hund, ihrer Kocherei, ihrer Schwester Olivia, die den Sommer auf Martha's Vineyard verbringt, sowie gegenüber Olivias drei Kindern nicht mehr Zurückhaltung auf als ein gesundes zehnjähriges Mädchen. Alles in allem ist diese durchsichtige Mischung aus nüchternem sozialen Engagement, häuslicher Begeisterung und jugendlicher Empfänglichkeit einfach unwiderstehlich. Was ich meine, ist, daß *Widerstand nicht nötig ist.* Endlich eine Versucherin, der ich erliegen darf.

Jetzt ist es, als ertönte ein Gongschlag in meinem Magen, wenn ich mir ins Gedächtnis rufe – und das tue ich, jeden Tag –, daß ich Claire meinen kokett-klugen Brief geschrieben habe und mich dann ums Haar damit zufriedengegeben hätte, es dabei bewenden zu lassen. Daß ich selbst Klinger gegenüber erklärt habe, einer üppigen jungen Frau, mit der ich nur zwei Stunden am Strand beiläufig geplaudert habe, aus heiterem Himmel einen Brief zu schreiben, zeige deutlich, wie hoffnungslos meine Aussichten geworden seien. Beinahe hätte ich es mir sogar anders überlegt und sie am letzten Vormittag am Cape Cod versetzt, so große Angst hatte ich vor dem, was meinem wieder auf die Beine kommenden Begehren dort blühen mochte, sollte ich es – den Koffer in der Hand und das Flugbillett in der anderen – in allerletzter Minute noch auf einen verrückten Versuch ankommen lassen. Wie habe ich es bloß fertiggebracht, mich an meinem schändlichen Geheimnis vorbeizudrücken? Habe ich das einfach einem Glücksfall zu verdanken, dem überschwenglichen, optimistischen Klinger, oder verdanke ich all das, was ich jetzt habe, ihren Brüsten im Badeanzug? Ach, wenn das stimmt, dann sei jede Brust tausendmal gesegnet! Denn jetzt, jetzt bin ich ganz einfach überströmend, hingerissen, verwundert – dankbar für alles an ihr, für die Überlegenheit und die Tatkraft, mit der sie ihr Leben meistert, genauso wie für die Geduld, die sie für unser Liebesspiel aufbringt, jenes untrügliche Gefühl in ihr, das genau zu spüren scheint, welches Maß an reiner Fleischlichkeit und welches Maß an zärtlichem Herauslocken es bedarf, meine verbockte Ängstlichkeit zu beschwichtigen und mein Zutrauen zu einer Vereinigung und allem, was sich vielleicht daraus ergibt, zu erneuern. Ihr gesamtes pädagogisches Können, das bisher ihren Sechstkläßlern zugute gekommen ist, wird jetzt *nach der Schule mir* zuteil – eine so behutsame, taktvolle Lehrmeisterin kommt jetzt Tag für Tag in meine Wohnung, und freilich auch die hungrige Frau! Und diese Brüste, diese Brüste – groß und weich und verwundbar, jede einzelne so schwer wie ein Euter auf meinem Gesicht, so warm und so lastend in meiner Hand wie ein feistes, fest schlafendes kleines Tier. Ach, der Anblick dieser großen Frau über mir, wenn sie noch halb angezogen ist! Und ist, wohlgemerkt, auch noch jemand, der beharrlich alles Gewesene festhält! Jawohl, die Geschichte eines jeden Tages, den Gott hat werden lassen, in Tagebüchern mit Kalendereinteilung einträgt, die bis in ihre Collegezeit zurückreichen; die Geschichte ihres Lebens in Fotos, die sie von klein an aufgenommen hat, zuerst mit einer *Brownie* und später mit dem besten Apparat aus Japan. Und diese Listen! Diese wunderbaren, ordentlichen Listen! Auch ich notiere auf einem gelben Block immer, was ich mir für jeden Tag vorgenommen habe, doch wenn es Zeit ist, ins Bett zu gehen, scheine ich nie die beruhigenden kleinen Häkchen neben jedem Punkt gemacht zu haben, die mir bestätigen, das Betreffende sei erledigt, das Geld abgehoben, der Artikel fotokopiert, der Anruf getätigt. Trotz meiner eigenen Neigung zur Ordnung, die mittels meiner mütterlichen Chromosomen auf mich überkommen ist, gibt es immer noch Tage, an denen ich morgens nicht einmal die Liste finden kann, die ich abends zuvor aufgestellt habe, und für gewöhnlich bereitet es mir keine allzugroßen Gewissensbisse, dasjenige, wozu ich heute keine Lust gehabt habe, auf morgen zu verschieben. Nicht so Miss Ovington – jeder Aufgabe, die sich ihr stellt, und mag sie noch so schwierig oder unangenehm sein, widmet sie ihre ganze Aufmerksamkeit; einer nach der anderen nimmt sie sich an und führt sie entschlossen aus. Und zu meinem großen Glück erweist sich das Einrenken meines Lebens offensichtlich als eben eine solche Aufgabe. Es ist, als ob sie gleichsam oben auf jeden ihrer gelben Abreißzettel meinen Namen geschrieben hätte und darunter in ihrer offenen, schön gerundeten Schrift Verhaltensmaßregeln für sich selbst: ›DK versorgen mit 1. Liebevoller Freundlichkeit. 2. Leidenschaftlichen Umarmungen. 3. Gesunder Umgebung.‹ Dann, binnen Jahresfrist, ist die Aufgabe irgendwie geschafft, steht ein kräftiges Häkchen neben jedem lebensrettenden Punkt. Ich gebe die Psychopharmaka auf, und es tut sich kein Abgrund unter mir auf. Ich vermiete die Wohnung, die ich selbst nur in Untermiete bewohne, an einen Dritten weiter, und richte mir, ohne allzuviel unter Erinnerungen an die hübschen Teppiche und Tische, Tassen, Teller und Töpfe zu leiden, die einst Helen und mir gemeinsam gehört haben und die nunmehr ihr allein gehören, selber eine Wohnung ein. Ich nehme sogar die Einladung zu einem größeren Abendessen bei den Schonbrunns an und küsse am Ende des Abends Debbie höflich die Wange, während Arthur väterlich die von Claire küßt. Als ob überhaupt nichts dabei wäre. Völlig bedeutungslos. Während Arthur und Claire die Unterhaltung zu Ende führen, die sie bei Tisch angefangen hatten – es geht um den Lehrplan, den Claire für die Oberstufe aufstellen muß – haben Debbie und ich an der Tür noch einen Augenblick, um unter vier Augen miteinander zu reden. Aus irgendeinem Grunde – wohl weil wir dem Alkohol stark zugesprochen hatten, wie ich annehme – halten wir uns bei den Händen! »Wieder eine von deinen großen Blondinen«, sagt Debbie, »doch diese scheint ein bißchen sympathischer zu sein. Wir beide finden sie sehr lieb. Und ausgesprochen helle. Wo hast du sie kennengelernt?« – »In einem Puff in Marrakesch. Hör zu, Debbie, findest du nicht, es ist an der Zeit, mich in Ruhe zu lassen? Was soll das heißen, meine ›großen Blondinen‹?« – »Das ist doch eine Tatsache.« – »Nein, noch nicht mal das stimmt. Helen hatte hellbraunes Haar. Aber selbst angenommen, es wäre tatsächlich die gleiche Haarfarbe wie die von Claire – Tatsache ist, daß der Ausdruck ›Blondinen‹ in diesem Zusammenhang und in diesem Ton gesagt, wie du sehr wohl weißt, ein abfälliger Ausdruck ist, den Intellektuelle und andere ernsthafte Leute benutzen, um schönen Frauen eins auszuwischen. Außerdem glaube ich, daß er behaftet ist mit sehr häßlichen Nebenbedeutungen, wenn man ihn einem Mann meiner Herkunft und meiner Hautfarbe gegenüber anwendet. Ich erinnere mich noch sehr gut, wie gern du in Stanford anderen gegenüber darauf hingewiesen hast, welche Anomalie ein Literat wie ich darstellt, der aus typisch jüdischem Milieu stammt, der aus dem Borschtsch-Topf kommt! Auch das habe ich immer als ein wenig abwertend empfunden.« – »Ach, du nimmst dich zu ernst. Warum gibst du nicht einfach zu, daß du nun mal eine besondere Vorliebe für diese großen Blondinen hast, und läßt es dabei bewenden? Das ist doch nichts, weshalb man sich schämen müßte. Sie bieten ja auch ein bezauberndes Bild, wenn sie auf Wasserskiern stehen und ihr vieles Haar nach hinten strömt. Ich wette, sie bieten auch sonst ein bezauberndes Bild.« – »Debbie, laß uns ein Abkommen schließen. Ich gebe zu, daß ich nichts über dich weiß, wenn du zugibst, daß du nichts über mich weißt. Ich bin überzeugt, du hast ein ganz wunderbares Wesen und ein reiches Innenleben, von dem ich keine Ahnung habe.« – »Nein, nichts zu machen«, sagt sie. »Entweder alles, oder nichts. Friß, Vogel, oder stirb!« Beide brechen wir in Lachen aus. Ich sage: »Verrat mir doch bloß mal, was Arthur in dir sieht. Das ist für mich wirklich eines der großen Geheimnisse des Lebens. Was hast du nur an dir, wofür ich blind bin?« – »Alles«, erwidert sie. Draußen im Wagen liefere ich Claire eine Zusammenfassung unserer Unterhaltung. »Diese Frau ist einfach biestig«, sage ich. »Aber nein«, sagt Claire, »nur dumm, weiter nichts.« – »Sie hat dich eingewickelt, Clarissa. Die Dummheit ist doch nur Maske – darunter ist der Dolch verborgen.« – »Ach, Liebling«, sagt Claire, »*du* bist es, den sie eingewickelt hat.«

Soviel über meine Wiedereingliederung in die Gesellschaft. Was meinen Vater und seine furchtbare Einsamkeit betrifft, nun, so nimmt er jetzt jeden Monat einmal den Zug von Cedarhurst, um in Manhattan zu Abend zu essen; es häufiger zu tun, ist er durch nichts zu bewegen; doch um ehrlich zu sein, habe ich ihn, ehe die neue Wohnung da war und Claire mir bei der Konversation und beim Kochen half, nicht sonderlich in dieser Richtung bearbeitet; nein, sonst würden wir uns nämlich wie zwei Waisenkinder in Chinatown gegenübersitzen und ein jeder an seinem Kassler Rippenspeer herumnagen ... und ich ihn bei den getrockneten Litschipflaumen, die es zum Nachtisch gibt, jedesmal fragen hören: »Und dieser Kerl, der ist doch nicht wiedergekommen, um dich zu belästigen, oder?«

Und es versteht sich, daß ich meine Zehen auch von dem unersättlichen, Baumgarten genannten Abgrund ein wenig zurückziehe. Wir essen zwar noch ab und zu gemeinsam zu Mittag, doch sich an den lohnenderen Genüssen zu laben, überlasse ich ihm jetzt allein. Auch mache ich Claire nicht mit ihm bekannt. Ach du liebe Güte, wie leicht das Leben ist, wenn es leicht ist, und wie schwer, wenn es schwer ist!

Eines Abends, nach dem Essen in meiner Wohnung, während Claire sich am abgeräumten Eßtisch auf ihren Unterricht vorbereitet, finde ich endlich den Mumm, oder vielmehr bedarf es dazu gar keines ›Mumms‹ mehr, wieder durchzulesen, was von meinem Tschechow-Buch vorhanden ist und nunmehr über zwei Jahre in der Schublade gelegen hat. Inmitten der quälenden und erschlagenden Kompetenz dieser bruchstückhaften Kapitel, die das Thema romantische Enttäuschung erhellen sollen, stoße ich auf fünf Seiten, die sich recht gut lesen – Reflektionen, die aus Tschechows komischer kleiner Geschichte *Der Mensch im Futteral* erwachsen sind, der Geschichte eines tyrannischen Aufstiegs und bejubelten Falls – »Ich gestehe«, sagt der treuherzige Erzähler nach der Beerdigung des Tyrannen, »es ist ein großes Vergnügen, Menschen wie Belikow zu beerdigen« – Aufstiegs und Falls eines Studienrats aus der Provinz, dessen Liebe zu Verboten und dessen Haß auf jedes Abweichen von den Regeln es fertiggebracht haben, eine ganze Stadt von »rücksichtsvollen, anständigen Menschen« fünfzehn Jahre hindurch unter seinem Daumen gehalten zu haben. Zuerst einmal lese ich die Geschichte wieder, desgleichen *Stachelbeeren* und *Von der Liebe*, die hinterher entstanden sind und zusammen mit ihr eine Folge von anekdotenhaften Grübeleien über die verschiedenen Arten des Schmerzes darstellen, der durch geistiges Eingesperrtsein hervorgerufen wird – durch kleinliche Herrschsucht, durch ganz gewöhnliche menschliche Selbstgefälligkeit und zuletzt sogar durch die Hemmungen in bezug auf ein Gefühl, das nötig ist, um eines gewissenhaften Mannes Sinn für Anstand zu mobilisieren, damit er nicht in sich zusammenbricht. Den ganzen nächsten Monat hindurch beschäftige ich mich nächtens mit einem Notizbuch auf dem Schoß und ein paar vorläufigen Beobachtungen im Kopf wieder mit Tschechows Prosa, lausche dem gequälten Aufschrei der eingeschlossenen und elenden, von der Gesellschaft in ihre Normen gezwängten Wesen, den wohlerzogenen Gattinnen, die sich beim Abendessen mit Gästen fragen: »Warum lächle ich und lüge ich?«, und den Gatten, die dem Anschein nach wohletabliert und sicher, dennoch aber »voll sind von konventioneller Wahrheit und konventionellem Trug«. Gleichzeitig beobachte ich, wie Tschechow schlicht und deutlich, wenn auch nicht ganz so erbarmungslos wie Flaubert, die Demütigungen und das Versagen und, am schlimmsten, die Zerstörungswut jener freilegt, die einen Ausweg suchen aus diesem Korsett von Beschränkungen und Konventionen, die auszubrechen trachten aus der allesdurchdringenden Langeweile und der würgenden Verzweiflung, aus peinigenden ehelichen Situationen und der endemischen gesellschaftlichen Falschheit, und hinein wollen in das, was sie für das pulsierende und begehrenswerte Leben halten. Da ist die junge Ehefrau in *Unglück*, die Ausschau hält nach »ein bißchen Aufregung«, wiewohl das wider ihre eigene verletzte Wohlanständigkeit geht; da ist der liebeskranke Landbesitzer in *Ariadna,* der mit Herzogscher Hilflosigkeit ein fehlgeschlagenes romantisches Abenteuer beichtet, das ihm mit einem gewöhnlichen Frauenzimmer widerfahren ist, einer Tigerin, die ihn mehr und mehr in einen hoffnungslosen Weiberfeind verwandelt, der er jedoch vollkommen verfallen ist; da ist die junge Schauspielerin aus *Eine langweilige Geschichte,* deren helle und hoffnungsfreudige Begeisterung für das Leben auf der Bühne und ein Leben mit Männern sich mit ihren ersten Erfahrungen auf der Bühne und mit Männern in Verbitterung verwandelt und die an ihrer eigenen Talentlosigkeit verzweifelt – »Ich habe kein Talent, verstehst du, ich habe kein Talent ... und bin doch so überaus eitel.« Und dann ist da noch *Das Duell.* Eine ganze Woche hindurch lese ich abends (während Claire nur Schritte von mir entfernt ist) immer wieder Tschechows Meisterwerk über den lustigen, unordentlichen, intelligenten, literarisch interessierten, in seine Lügengewebe und in sein Selbstmitleid verstrickten Verführer Laewsky und seinen Gegenspieler, das erbarmungslose strafende Gewissen, das ihn ums Haar umbringt, den geschwätzigen Naturwissenschaftler von Koren. Zumindest sehe ich die Erzählung jetzt so: daß von Koren als der blindwütig rationale und erbarmungslose Verfolger aufgerufen ist, das Schamgefühl und das Gefühl für die Sündhaftigkeit herauszufordern, die alles sind, zu dem Laewsky inzwischen geworden ist und denen er, ach, nicht mehr entfliehen kann. Dieses rückhaltlose Eintauchen in *Das Duell* ist es, was mich schließlich wieder zum Schreiben bringt, und nach Ablauf von vier Monaten sind die fünf Seiten aus dem Neuaufguß meiner Dissertation über die romantische Enttäuschung auf vierhundertundfünfzig, fast fünfhundert Seiten angewachsen, die jetzt *Der Mann im Futteral* heißen, eine Abhandlung über Zügellosigkeit und Zucht in der Welt Tschechows – erfüllte Sehnsüchte, verweigerte Freuden und der Schmerz, den beide hervorgerufen; im Grunde eine Studie über Tschechows allesdurchdringenden Pessimismus in bezug auf die – kleinlichen, hassenswerten, edlen und zweifelhaften – Methoden, mit denen die Männer und Frauen seiner Zeit vergeblich versuchen, »jenes Gefühl der persönlichen Freiheit« zu erringen, an dem Tschechow so sehr viel gelegen ist. Mein erstes Buch! Mit einer Widmungsseite, auf der steht: »Für C. O.«

»Sie ist in bezug auf Beständigkeit«, sage ich Klinger (und zu Kepesh, der das nie, nie, nie vergessen soll), »was Helen in bezug auf Ungestüm und Impulsivität war. Sie ist in bezug auf den gesunden Menschenverstand, was Birgitta in bezug auf die Unbesonnenheit war. Nie habe ich eine derartige Hingabe an das gewöhnliche Tun, das tägliche Einerlei erlebt. Es ist erschreckend, wirklich, wie sie mit jedem Tag, der da kommt, umgeht, die Aufmerksamkeit, die sie ihm jede Minute widmet. Da wird nicht vor sich hingeträumt – da wird ganz einfach stetig und hingebungsvoll *gelebt*. Ich vertraue ihr, das ist es, was ich Ihnen begreiflich machen möchte. Das hat es geschafft«, verkünde ich triumphierend: »Vertrauen.«

Woraufhin Klinger ja und amen zu allem sagt, auf Wiedersehen und zuletzt viel Glück. An der Tür zu seiner Praxis an diesem Frühlingsnachmittag, da wir voneinander scheiden, muß ich mich fragen, ob es denn wirklich wahr sein kann, daß ich nicht mehr darauf angewiesen bin, daß man mich aufrichtet oder mir Dinge vom Leib hält, daß man mir auf den Grund geht, mich warnt, mir Mut zuspricht und mich tröstet, mir Beifall spendet und Kontra gibt – kurz, mir dreimal die Woche eine Stunde lang professionelle Dosen von Bemuttern und Bevatern und ganz einfach Freundschaft zukommen läßt. Ist es wirklich möglich, daß ich es geschafft habe? Einfach so? Bloß weil Claire da ist? Was, wenn ich morgen früh aufwache und wieder ein Mann mit einem gähnenden Loch bin statt mit einem Herzen, wieder ein Wesen ohne die Kraft und den Hunger eines Mannes, ohne seine Stärke und seine Urteilskraft, ohne die geringste Herrschaft über mein Fleisch oder meine Intelligenz oder meine Gefühle.

»Lassen Sie uns in Verbindung bleiben«, sagt Klinger und schüttelt mir die Hand. Genauso, wie ich ihm nicht offen in die Augen sehen konnte an dem Tag, an dem ich es versäumte zu erwähnen, was für eine Wirkung der Schnappschuß seiner Tochter auf mein Gewissen ausgeübt hat – als ob ich, wenn ich die Tatsache unterdrückte, mir dadurch seine unausgesprochene Verdammung oder meine eigene ersparen könnte –, so kann ich es nicht ertragen, daß seine Augen beim Lebewohl in die meinen blicken. Doch diesmal liegt es daran, daß ich es vorzöge, meinen Gefühlen der Erleichterung und der Dankbarkeit nicht in einem Tränenausbruch Ausdruck zu verleihen. Also schniefe ich sämtliches Sentiment zurück durch die Nase und sage – für den Augenblick mit fester Stimme und unter Herunterschlucken aller Zweifel –: »Hoffen wir, daß ich es nicht wieder nötig habe«, doch als ich endlich wieder allein auf der Straße stehe, wiederhole ich die unglaublichen Worte laut, diesmal freilich unter Zulassung der angemessenen Gefühle: »Ich bin durch!«

Im nächsten Juni, als das akademische Jahr für uns beide vorüber ist, fliegen Claire und ich hinüber nach Norditalien: für mich ist es das erstemal, daß ich wieder in Europa bin, seit ich es vor zehn Jahren mit Birgitta durchstreift habe. In Venedig verbringen wir fünf Tage in einer ruhigen *Pensione* in der Nähe der *Accademia*. Jeden Morgen nehmen wir unser Frühstück im duftenden Garten der Pension ein und laufen herum, über Brücken und durch Gassen, die zu den von

Claire auf dem Stadtplan angekreuzten Sehenswürdigkeiten führen, und die wir uns für diesen Tag vorgenommen haben. Immer, wenn sie diese Palazzos und Piazzas, Kirchen und Brunnen knipst, trete ich ein paar Schritte beiseite, um mich dann jedoch immer umzudrehen und meinerseits eine Aufnahme von ihrer schlichten Schönheit zu machen.

Jeden Abend nach dem Essen in der Laube im Garten leisten wir uns eine kleine Gondelfahrt. Wenn Claire so neben mir auf dem Armstuhl sitzt, den Thomas Mann als »den weichsten, üppigsten, den erschlaffendsten Sitz von der Welt« beschreibt, frage ich mich zum hundertsten Mal, ob es diese Heiterkeit und Abgeklärtheit wirklich gibt, ob diese Zufriedenheit, diese wunderbare Harmonie Wirklichkeit ist. Ist das Schlimmste tatsächlich vorüber? Muß ich nicht noch mehr furchtbare Fehler begehen? Und brauche ich für die hinter mir liegenden nicht weiter zu bezahlen? Sollte all das nichts anderes gewesen sein als ein In-Gang-Kommen, eine übertrieben in die Länge gezogene und irregeleitete Jugend, der ich nun endlich entwachsen bin? »Bist du sicher, daß wir nicht gestorben sind«, sage ich, »und jetzt auf dem Weg in den Himmel?« – »Woher soll ich das wissen«, erwidert sie. »Da mußt du schon den Gondoliere fragen.«

An unserem letzten Tag leisten wir uns ein fürstliches Mittagessen im Gritti. Auf der Terrasse schiebe ich dem Oberkellner eine ansehnliche Summe in die Hand und zeige auf eben jenen Tisch, an dem ich im Wachtraum mit der hübschen Studentin gesessen habe, die während meiner Übung einen Riegel *Nuts* zum Mittagessen zu verdrücken pflegte. Ich bestelle genau das, was ich damals an diesem besonderen Tag in Palo Alto gegessen habe, als wir Tschechows Erzählungen über die Liebe durchnahmen und ich das Gefühl hatte, am Rand eines Nervenzusammenbruchs zu stehen – nur freilich, daß ich mir diesmal das köstliche Mahl in Gesellschaft meiner frischen, unverdorbenen Gefährtin nicht einbilde, denn diesmal sind wir beide Wirklichkeit und ich fühle mich wohl. Ich sitze mit einem Glas kühlen Weins vor mir, Claire, die abstinente Tochter von Eltern, die zuviel getrunken haben, mit ihrem *acqua minerale*, ich lehne mich zurück, schaue hinweg über die schimmernde Wasserfläche dieser unbeschreiblich schönen Stadt und sage zu ihr: »Meinst du, Venedig geht wirklich unter? Ich hab' mehr oder weniger das Gefühl, als ob die Stadt fast genauso dasteht wie damals, als ich letztes Mal hier war.«

»Mit wem warst du denn hier? Mit deiner Frau?«

»Nein. Das war während meiner Fulbright-Zeit. Mit einem Mädchen.«

»Wem denn?«

Nun, wie gefährdet würde sie sich wohl fühlen oder wie beunruhigt würde sie sein, und was, falls überhaupt, riskiere ich zu wecken, wenn ich ihr einfach alles erzähle? Ach, wie dramatisch ausgedrückt! Was war in diesem ›alles‹ denn schon enthalten – was im Grunde mehr als das, was ein frischgebackener junger Matrose im ersten fremden Hafen zu finden hofft? Die Lust des Matrosen auf etwas leicht Anrüchiges, doch, wie sich herausstellt, weder der Mumm eines Matrosen, noch seine Kraft . . . Dennoch, jemandem, der so maßvoll und so ordentlich ist, einer Frau, die ihre gesamte, nicht unbeträchtliche Energie darauf verwandt hat, all das normal und selbstverständlich zu machen, was in ihrem Elternhaus herzzerreißend gegen die Norm verstieß, glaube ich, am besten zu antworten: »Ach, eigentlich niemand«, und lasse es dabei bewenden.

Woraufhin dieser Niemand, der nun zehn Jahre lang nicht mehr zu meinem Leben gehört hat, das einzige ist, was mir jetzt einfällt. In der Tschechow-Übung hatte der unglücklich Verheiratete sich an sonnigere Tage auf der Terrasse des Gritti erinnert, an einen noch nicht versehrten, draufgängerischen jungen Kepesh, der noch sorglos durch die alte Welt gondelte; und jetzt, wo ich mich auf die Terrasse des Gritti gesetzt habe, um den triumphierenden Neubeginn eines stabilen Lebens, die erstaunliche Erneuerung von Gesundheit und Glück zu feiern, erinnere ich mich ausgerechnet an die frühesten und gewagtesten Stunden meines Daseins als Haremsscheich, an jene Nacht in unserem Londoner Souterrain, wo es an mir war, Birgitta zu fragen, was *sie* sich am heißesten ersehne. Was ich mir am meisten wünsche, haben die beiden Mädchen mir gegeben; was Elisabeth sich insgeheim jedoch am inständigsten erhofft, schieben wir bis zuletzt auf – sie weiß es nicht... denn im tiefsten Herzensgrunde will sie es überhaupt nicht, wie wir entdecken sollten, als der Lastwagen sie anfährt. Doch Birgitta hat Sehnsüchte, über die zu sprechen sie keine Angst hat und die zu erfüllen wir uns anschicken. Jawohl, da sitze ich Claire gegenüber, die mir gesagt hat, sie habe das Gefühl zu ertrinken, wenn mein Samen ihr den Mund füllt, das tue sie nun lieber doch nicht, und erinnere mich an den Anblick Birgittas, wie sie vor mir kniet und mir das Gesicht entgegenreckt, um die Schlieren ausströmenden Samens zu empfangen, die auf ihr Haar, ihre Stirn und ihre Nase fallen. »*Här!*« ruft sie laut, »*här!*«, während Elisabeth in ihren wollenen rosa Morgenrock gehüllt sich auf dem Bett zurücklehnt und in erstarrter Faszination den nackten Onanisten und die halbbekleidete Flehende betrachtet.

Als ob so etwas eine Rolle spielte! Als ob Claire mir gegenüber mit etwas zurückhielte, *was zählt*! Aber so sehr ich mich auch des Gedächtnisverlustes, der Dummheit, der Undankbarkeit und mangelnder Sensibilität, eines irrsinnigen und geradezu selbstmörderischen Verlustes jeder Perspektive bezichtige, das Aufwallen von wollüstigen Gefühlen, das ich in mir spüre, gilt nicht dieser bezaubernden jungen Frau, mit der ich erst vor kurzem zu einem Leben erwacht bin, welches mir tiefste Erfüllung verspricht, sondern der kleinen Freundin mit den vorstehenden Zähnen, die ich das letztemal sah, als sie vor nunmehr zehn Jahren rund dreißig Kilometer vor Rouen um Mitternacht mein Zimmer verließ, ich habe Begierde nach der lüsternen Gefährtin meiner verlorenen Seele, die damals, ehe mein Gefühl für das, was erlaubt ist, in sich zusammenzubrechen begann, alles Ungewöhnliche in Tun und Denken genauso fieberhaft und zu allen Schandtaten bereit begrüßte wie ich. Ach, Birgitta, hau doch ab! Aber diesmal befinden wir uns in unserem Zimmer hier in Venedig, in einem an schmaler Gasse gelegenen Hotel hinter den *Zattere* und nicht weit von der Brücke entfernt, wo Claire vorhin eine Aufnahme von mir gemacht hat. Ich verbinde ihr mit einem Halstuch die Augen und achte sorgsam darauf, den Knoten hinten auch recht fest zu schlingen, stehe dann über dem Mädchen, das nichts sehen kann, und peitsche sie – ganz sachte anfangs – zwischen die gespreizten Beine. Ich beobachte, wie sie das Becken reckt, um den Schmerz eines jeden meiner Schläge auf die Falte ihres Geschlechts auch ja mitzubekommen. Ich verfolge das mit den Augen, wie ich nie zuvor etwas verfolgt habe. »Sag' alles«, flüstert Birgitta was ich dann auch mit einem leisen, kehligen Knurren, mit dem ich mich noch nie an irgendwen oder irgendwas gewandt habe, tue.

Birgitta also – dem, was ich jetzt viel lieber als eine »übertrieben in die Länge gezogene und fehlgeleitete Jugend« abtun möchte – gilt dies aufbrandende Gefühl wollüstiger Verwandtschaft . . . und Claire, dieser wahrhaft leidenschaftlichen und liebenden Erretterin meiner Person? Wut; Enttäuschung; Abscheu – Verachtung all dessen, worauf sie sich so wunderbar versteht, Groll nur wegen dieser kleinen Sache, zu der sie sich nicht hergeben will. Mir geht auf, wie leicht es dazu kommen könnte, daß ich keine Verwendung mehr für sie habe. Die Schnappschüsse. Die Listen. Der Mund, der nicht trinken will, wenn es mir kommt. Der Lehrplan-Ausschuß. Alles.

Die spontane Regung, vom Tisch hochzufahren und Dr. Klinger anzurufen, unterdrücke ich. Ich möchte nicht einer von seinen hysterischen Patienten am anderen Ende einer Überseeleitung sein. Nein, das nicht. Ich esse, nachdem aufgetragen worden ist, und in der Tat, als es soweit ist, den Nachtisch zu bestellen, ist das Verlangen nach der mich anflehenden Birgitta, der sich erniedrigenden Birgitta und der sich unter mir windenden Birgitta bereits am Abklingen, wie es nun mal mit diesen Sehnsüchten geschieht, wenn man sie einfach sich selbst überläßt. Genauso schwindet aber auch die Wut, und statt dessen stellt sich schamerfüllte Trauer ein. Falls Claire das Aufsteigen und Verebben dieser ganzen Bedrängnisse gespürt hat – und wie sollte sie nicht? wie sonst sollte sie mein schweigendes, eisiges Brüten deuten? – sie beschließt, einfach darüber hinwegzugehen, weiter über ihre Pläne für den Lehrplan-Ausschuß mit mir zu plaudern bis dasjenige, was uns auseinandergebracht haben mag, sich einfach gegeben hat.

Von Venedig aus fahren wir mit einem Leihwagen nach Padua, um uns die Giottos anzusehen. Claire macht noch mehr Aufnahmen. Daheim wird sie sie entwickeln lassen und sich dann mit untergeschlagenen Beinen auf den Boden hokken – in der Haltung der inneren Sammlung, der Konzentration, ja, in der Haltung eines besonders braven Mädchens – und sie in der richtigen Reihenfolge in das Album von diesem Jahr kleben. Fürderhin wird Norditalien also im Bücherregal am Fußende ihres Bettes stehen, wo alle ihre Fotoalben untergebracht sind, wird Norditalien ihr *gehören,* genauso wie Schenectady, wo sie geboren und aufgewachsen ist, wie Ithaca, wo sie das College besucht hat, und New York, wo sie lebt und arbeitet und wo sie sich vor kurzem verliebt hat. Und ich werde zusammen mit diesen Orten, ihrer Familie und ihren Freunden gleichfalls zu Füßen des Bettes sein.

Wiewohl so viele von ihren bis jetzt fünfundzwanzig Lebensjahren unter dem Streit zänkischer Eltern gelitten haben – Kratzbürstigkeiten, denen häufig noch durch allzu viele Gläser Whisky Vorschub geleistet wurde – betrachtet sie die Vergangenheit doch als etwas, das es wert ist, festgehalten zu werden, was man nicht vergessen sollte, und sei es auch nur, um sich stets daran zu erinnern, daß man den Schmerz und die Unordnung überstanden und sich selber ein anständiges Leben aufgebaut hat. Wie sie gern sagt, ist es die einzige Vergangenheit, die sie hat, um sich daran zu erinnern, so schwer es auch gewesen sein mag, als die Fetzen um sie herum flogen und sie ihr bestes tat, um unversehrt eine Erwachsene zu werden. Außerdem – wenn Mr. und Mrs. Ovington wesentlich mehr Energien darauf verwendeten, sich gegenseitig zu befehden als ihren Kindern ein Trost zu sein, so muß das nicht unbedingt bedeuten, daß ihre Tochter sich *selbst* die normalen Freuden versagt, die für normale Familien (falls es so etwas überhaupt gibt) etwas Selbstverständliches sind. An allen angenehmen Begleiterscheinungen des Familienlebens – dem Austausch von Fotos, dem Geschenkemachen, gemeinsamen Festtagen und regelmäßigen Anrufen

– hängt Claire genauso leidenschaftlich wie ihre ältere Schwester, als ob in Wahrheit sie und Olivia die an alles denkenden Eltern wären und ihre Eltern die unreifen Sprößlinge.

Von einem Hotel in einem Bergstädtchen aus, in dem wir ein Zimmer mit Terrasse und Bett und einer arkadischen Aussicht finden, unternehmen wir Tagesausflüge nach Verona und Vicenza. Fotos, Fotos und nochmals Fotos. Was ist das Gegenteil von Einen Nagel In Einen Sarg Treiben? Nun, das jedenfalls ist es, was ich empfinde, wenn ich Claires Fotoapparat klicken und immer wieder klicken höre. Abermals habe ich das Gefühl, in etwas Wunderbares eingesponnen zu werden. Eines Tages wandern wir mit einem Picknick-Korb Kuhpfade entlang und überqueren blühende Wiesen, ganze Heerscharen kleiner Kornblumen, lackglänzender kleiner Butterblumen und ganz unwirklichen Mohns. Stundenlang kann ich schweigend neben Claire einherwandern. Ich bin schon zufrieden, einfach auf dem Boden zu liegen, das Kinn in eine Hand zu stützen und ihr zuzusehen, wie sie Wiesenblumen pflückt, die sie mitnehmen will für unser Zimmer, um sie dort zu einem Strauß zu ordnen und in ein Wasserglas neben mein Kopfkissen zu stellen. Ich habe gar kein Bedürfnis nach mehr. Der Ausdruck ›mehr‹ ist bedeutungslos für mich. Wie auch Birgitta bedeutungslos ist – als ob Birgitta »und mehr« nichts anderes wären als verschiedene Möglichkeiten, dasselbe auszudrücken. Im Anschluß an das Auftauchen im *Gritti* ist sie nicht wieder auf so sensationelle Weise in Erscheinung getreten. Die nächsten paar Nächte kommt sie mich jedesmal besuchen, wenn Claire und ich uns lieben – und kniet, immer kniet sie, und fleht mich um das an, was ihr am meisten Erregung verschafft – doch dann ist sie verschwunden, und ich liege tatsächlich auf dem Körper, auf dem ich liege, was allein schon genügt, all des »Mehrs« teilhaftig zu werden, das ich mir jetzt wünschen könnte oder wünsche, daß ich es mir wünsche. Jawohl, ich halte ganz einfach an Claire fest, und die ungebetene Besucherin entschwindet schließlich und läßt mich aufs neue die schreckenerregende Tatsache genießen, was für ein gewaltiges Glück ich gehabt habe.

An unserem letzten Nachmittag tragen wir unseren Picknick-Korb hinauf bis zum Kamm eines Feldes, von dem aus man über die grünen Berge hinweg bis zu den prachtvollen weißen Gipfeln der Dolomiten sehen kann. Claire streckt sich neben der Stelle aus, an der ich sitze, und ihre füllige Brust hebt und senkt sich mit jedem Atemzug. Ich blicke unverwandt hinab auf diese große Frau mit den grünen Augen in ihrer dünnen Sommerkleidung, auf ihr blasses, eher kleinzügiges, ovales, unverdorbenes Gesicht, ihr geschrubbtes, überirdisch schönes Aussehen – auf die Schönheit, so geht mir unversehens auf, einer jungen Amish- oder Shaker-Frau – und sage mir: »Claire ist genug. Jawohl, ›Claire‹ und ›genug‹, auch das sind Ausdrücke für ein und dasselbe.«

Von Venedig fliegen wir über Wien – und das Haus von Sigmund Freud – nach Prag. Während des vergangenen akademischen Jahres habe ich zwar an der Universität ein Seminar über Kafka abgehalten – und der Vortrag, den ich in ein paar Tagen in Brügge halten soll, hat Kafkas Ringen mit der geistigen Aushungerung zum Thema –, doch habe ich bis jetzt seine Vaterstadt noch nicht selbst gesehen, sondern kenne sie nur aus Büchern und von Fotos her. Unmittelbar vor unserer Abreise hatte ich noch die Examensarbeiten meiner fünfzehn Teilnehmer an diesem Seminar durchgesehen und benotet. Sie hatten nicht nur sämtliche Romane und Erzählungen Kafkas gelesen, sondern auch noch Max Brods

Biographie und Kafkas Tagebücher sowie seine Briefe an Milena und an seinen Vater. Eine der Fragen, die ich beim Examen gestellt hatte, lautete:

In seinem Brief an den Vater schreibt Kafka: »Mein Schreiben handelte von Dir, ich klagte dort ja nur, was ich an Deiner Brust nicht klagen konnte. Es war ein absichtlich in die Länge gezogener Abschied von Dir, nur daß er zwar von Dir erzwungen war, aber in der von mir bestimmten Richtung verlief...« Was meint Kafka, wenn er zu seinem Vater sagt: »Mein Schreiben handelt von Dir« und noch hinzufügt: »... aber in der von mir bestimmten Richtung verlief«? Wenn Sie Lust haben, stellen Sie sich vor, Sie wären Max Brod, der in Ihren Worten einen Brief an Kafkas Vater schreibt und ihm auseinandersetzt, was Ihr Freund im Sinn hatte...

Es hatte mir große Freude bereitet, wie viele Studenten meinen Vorschlag aufgegriffen und beschlossen hatten, in die Rolle des Schriftsteller-Feundes und -Biographen zu schlüpfen – und die dadurch, daß sie einem ganz besonders konventionellen Vater auseinandersetzten, was in seinem höchst ungewöhnlichen Sohn vorging, viel Verständnis bewiesen hatten für Kafkas moralische Isolation, für das Besondere seiner Art, die Dinge zu betrachten, und das Eigentümliche seines Wesens, sowie für jene imaginativen Prozesse, mit denen ein Phantast, der so sehr im täglichen Dasein verhaftet war wie Kafka, diese seine Alltagskämpfe in Parabeln umsetzte. Kaum ein einziger ahnungsloser Student, der im Hauptfach Literatur studierte und sich in diesem Fall zu sinnreichen metaphysischen Exegesen verstiegen hätte! O ja, ich bin durchaus zufrieden, sowohl mit meinem Kafka-Seminar als auch mit dem, was ich dort geleistet habe. Freilich, was hätte sich in diesen ersten Monaten mit Claire nicht als Freudenquell für mich erwiesen?

Vor unserem Abflug daheim hat man mir Namen und Adresse eines Amerikaners gegeben, der für dieses Jahr einen Lehrauftrag in Prag übernommen hat, und glücklicherweise stellt sich heraus (doch bei was täte es das in dieser Zeit nicht?), daß er und ein tschechischer Freund von ihm, der gleichfalls Literaturprofessor ist, einen Nachmittag frei haben und uns die Prager Altstadt zeigen können. Von einer Bank auf dem Altstädter Ring schauen wir über den palastartigen Gymnasiumsbau hinweg, in dem Franz Kafka zur Schule gegangen ist. Rechts vom säulengetragenen Eingang liegt das Erdgeschoß von Hermann Kafkas Geschäft. »Nicht mal in der Schule konnte er ihm entkommen«, sage ich. »Um so schlimmer für ihn«, meint der tschechische Professor, »und um so besser für sein Werk.« In der eindrucksvollen gotischen Kirche ganz in der Nähe geht hoch oben an der Längswand des Schiffes ein kleines viereckiges Fenster auf eine nebenangelegene Wohnung hinaus, in der, wie man mir erklärt, einmal Kafkas Familie gelebt hat. Folglich hätte Kafka, sage ich, dort sitzen und verstohlen auf den Sünder im Beichtstuhl und auf die betenden Gläubigen herabblicken können ... und könnte das Innere dieser Kirche – wenn auch nicht bis in die letzte Einzelheit hinein – so doch zumindest atmosphärisch das Vorbild für die Kathedrale im *Prozeß* geliefert haben? Und diese steil ansteigenden, verschachtelten Gassen jenseits des Flusses, die auf Umwegen zu der breit hingelagerten Burg der Habsburger hinaufführen, müssen ihn gleichfalls inspiriert haben ... Möglich, sagt der tschechische Professor, doch im allgemeinen gilt ein kleines, um eine Burg herum gruppiertes Dorf in Nordböhmen, das Kafka von seinen Besuchen beim Großvater her kannte, als Hauptmodell für die Topographie im *Schloß*. Außerdem ist da noch das kleine, auf dem flachen Land gelegene Dorf, in dem seine Schwester ein Jahr lang einen Bauernhof bewirtschaftete, wo Kafka während einer Krankheit bei ihr war. Wenn wir Zeit genug hätten, sagt der tschechische Professor, könnten Claire und ich auch einen Ausflug aufs Land machen; das würde sich bestimmt für uns lohnen. »Besuchen Sie mal eine von diesen fremdenfeindlichen kleinen Städten mit den verräucherten Schränken und den vollbusigen Kellnerinnen, und Sie werden erkennen, was für ein gründlicher Realist Kafka war.«

Zum erstenmal spüre ich etwas anderes als Jovialität in diesem eher kleinen, bebrillten und adrett gekleideten Gelehrten – ich spüre all das, was diese Jovialität unterdrücken möchte.

In der Nähe der Burgmauer und an dem mit Kopfsteinen gepflasterten Goldmachergäßchen – es sieht genauso aus wie ein Häuschen aus einer Gutenachtgeschichte für Kinder, die passende Behausung für einen Zwerg oder eine Elfe – steht das winzige Haus, das seine jüngste Schwester einmal im Winter gemietet hatte, damit Kafka darin wohne – eine von ihren vielen Bemühungen, den unverheirateten Sohn von seinem Vater und seiner Familie zu trennen. Heute beherbergt das Häuschen einen Andenkenladen. Ansichtspostkarten und Erinnerungen an Prag werden an der Stelle feilgeboten, wo der übergenaue Kafka in seinen Tagebüchern denselben Absatz zehnmal umgeschrieben und wo er die sardonischen Strichmännchen von seiner eigenen Person gezeichnet hat, die ›privaten Ideogramme‹, die er zusammen mit fast allem anderen in einer Schublade weggeschlossen und verborgen hatte. Claire macht eine Aufnahme von drei Literaturprofessoren vor der Folterkammer eines Schriftstellers, der ein Perfektionist war. Bald wird sie ihren Platz in einem der Alben zu Füßen ihres Bettes finden.

Während Claire mit dem amerikanischen Professor und ihrem Fotoapparat loszieht, um die Burg zu besichtigen, sitze ich mit Professor Soska, unserem tschechischen Führer, bei einem Glas Tee zusammen. Als die Russen in die Tschechoslowakei einmarschierten und der Reformbewegung des Prager Frühlings ein Ende machten, flog Soska von der Universität und mußte mit neununddreißig Jahren und einer winzigen Rente in den ›Ruhestand‹ gehen. Seine Frau, die in der Forschung gearbeitet hatte, ging ihres Postens gleichfalls aus politischen Gründen verlustig und arbeitet seit nunmehr einem Jahr in einer Fleischkonservenfabrik, um die aus vier Personen bestehende Familie zu ernähren. Wie hat der Professor im Ruhestand es nur geschafft, nicht allen Mut zu verlieren, überlege ich? Er trägt einen untadeligen Anzug mit Weste, hat einen federnden Gang, er ist schlagfertig und sehr präzise in seiner Ausdrucksweise – wie macht er das nur? Was ist es, das ihn morgens aufstehen und abends einschlafen läßt? Womit schafft er es, jeden neuen Tag zu überstehen?

»Kafka selbstverständlich«, sagt er und bedenkt mich wieder mit seinem Lächeln. »Ja, so ist das; viele von uns überleben fast ausschließlich mit Kafka. Die Leute auf der Straße, die nie ein Wort von ihm gelesen haben, eingeschlossen. Wenn irgendwas passiert, blicken sie einander an und sagen: ›Das ist eben Kafka‹, was etwa heißen soll: ›So laufen die Dinge hier nun mal‹ – was soviel bedeutet wie: ›Was hast *du* denn erwartet?‹«

»Und die Wut? Ist die beschwichtigt, wenn man mit der Achsel zuckt und sagt: ›Das ist eben Kafka‹?«

»Die ersten sechs Monate, nachdem die Russen herkamen, um bei uns zu bleiben, befand ich mich selbst in einem Zustand ständiger Erregung. Nacht für Nacht habe ich mich heimlich mit meinen Freunden getroffen, und mindestens jeden zweiten Tag habe ich eine andere illegale Bittschrift in Umlauf gebracht. In der mir noch verbleibenden Zeit verfaßte ich so präzise und durchsichtig wie nur irgend möglich und in wunderschönen und gedankenschweren Sätzen eine umfassende Analyse der Situation, die dann als *Samisdat* unter meinen Kollegen von Hand zu Hand gingen. Dann brach ich eines Tages zusammen, und sie haben mich mit blutendem Magengeschwür ins Krankenhaus geschafft. Anfangs habe ich mir gesagt: na schön, liege ich also einen Monat lang flach, nehme ich meine Medizin, esse die fade Diät, und dann – tja, und was dann? Was werde ich tun, wenn das Magengeschwür auskuriert ist? In ihrem Schloß und ihrem Prozeß wieder den K. spielen? Das Ganze kann doch unendlich lange so weitergehen, wie Kafka und seine Leser so gut wissen. Ach, seine rührenden, hoffnungsvollen und emsig bemühten K.s, die wie wahnsinnig all diese Treppenhäuser rauf und runter laufen und nach einer Lösung suchen, die fieberhaft die Stadt durchqueren und über die neueste Entwicklung nachdenken, die sie ausgerechnet zu ihrem Erfolg führen soll. Anfänge, Mittelteile und – am allerphantastischsten – Schlüsse – damit glauben sie, die Ereignisse zwingen zu können, sich zu offenbaren.«

»Lassen wir Kafka und seine Leser mal beiseite – wird sich denn etwas ändern, wenn keine Opposition da ist?«

Dieses Lächeln, das verbirgt, daß nur Gott allein weiß, welchen Ausdruck er der Welt gern zeigen würde! »Mein Herr, ich habe kein Hehl aus meiner Einstellung gemacht. Das ganze Land hat aus seiner Einstellung kein Hehl gemacht. Wie wir jetzt leben – das ist nicht das, was wir uns vorgestellt hatten. Was mich betrifft, so kann ich das, was in meinem

Verdauungstrakt noch verblieben ist, nicht dadurch wegätzen, daß ich das den Behörden sieben Tage in der Woche klarmache.«

»Und was tun Sie jetzt statt dessen?«

»Ich übersetze den *Moby Dick* ins Tschechische. Selbstverständlich gibt es bereits eine Übersetzung, sogar eine sehr schöne. Es besteht nicht der geringste Bedarf an einer weiteren Übersetzung. Freilich ist das ein Vorhaben, mit dem ich in Gedanken immer gespielt habe, warum also nicht, da ich im Augenblick sonst nichts Dringendes zu tun habe?«

»Warum ausgerechnet den *Moby Dick*? Warum ausgerechnet Melville?« frage ich ihn.

»In den fünfziger Jahren habe ich als Austauschstudent ein Jahr in New York gelebt. Wenn ich dort spazierenging, sah es für meine Begriffe immer so aus, als ob die Stadt von Leuten aus Ahabs Mannschaft nur so wimmelte. Am Steuer von allem und jedem sah ich immer noch einen brüllenden Ahab. Diese Gier, alles ins rechte Lot zu bringen, immer erster zu sein, zum Weltmeister ausgerufen zu werden! Und das nicht einfach kraft Energie und Willensstärke, sondern aus einem ungeheuerlichen Zorn heraus. Und *das,* dieser Zorn ist es, was ich gern im Tschechischen zum Ausdruck bringen möchte . . ., falls sich der« – Lächeln – »im Tschechischen überhaupt zum Ausdruck bringen läßt.

Nun, wie Sie sich denken können, wird dieses ehrgeizige Vorhaben, wenn es erst einmal vollendet ist, aus zwei Gründen vollkommen nutzlos sein. Erstens besteht kein Bedarf an noch einer Übersetzung, vor allem nicht an einer, die aller Wahrscheinlichkeit nach der vorzüglichen Übersetzung, die wir bereits haben, unterlegen sein wird; und zweitens kann eine Übersetzung, die von mir stammt, in diesem Lande gar nicht erscheinen. Verstehen Sie, auf diese Weise werde ich instand gesetzt, etwas zu unternehmen, was ich sonst nie gewagt hätte, und brauche mir nicht den Kopf darüber zu zerbrechen, ob es nun sinnvoll ist oder nicht. Ja, an manchen Abenden, wenn ich noch arbeite, scheint gerade die Vergeblichkeit meines Tuns die tiefste Quelle der Befriedigung zu sein. Sie sehen darin vielleicht nichts weiter als eine prätentiöse Form der Kapitulation oder der Selbstverspottung. Selbst mir erscheint es bisweilen als solche. Nichtsdestotrotz bleibt es im Ruhestand die ernsthafteste Aufgabe, die ich mir vorstellen kann. Und Sie«, fragt er sehr leutselig, »was fesselt Sie an Kafka so?«

»Auch das ist eine lange Geschichte.«

»Und dabei geht es um was?«

»Nicht um politische Hoffnungslosigkeit.«

»Das kann ich mir denken.«

»Sondern vielmehr«, sage ich, »weitgehend um sexuelle Verzweiflung, um Keuschheitsgelübde, die ich hinter meinem eigenen Rücken abgelegt haben muß und mit denen ich gegen meinen Willen gelebt habe. Ich habe mich entweder gegen mein Fleisch gewandt, oder das Fleisch sich gegen mich – ich weiß immer noch nicht recht, wie ich es ausdrücken soll.«

»Allem Anschein nach haben Sie sein Drängen aber nicht vollkommen unterdrückt. Die junge Frau, mit der Sie da reisen, ist schon sehr attraktiv.«

»Nun, das Schlimmste ist überstanden. *Vielleicht* überstanden. Zumindest *fürs erste* überstanden. Aber solange die Sache lief, solange ich nicht sein konnte, was ich angenommen hatte, daß ich es wäre, war alles immer ein wenig anders als das, was ich vorher erlebt hatte. Selbstverständlich sind Sie der, der auf vertrautem Fuß mit dem Totalitarismus steht – aber wenn Sie gestatten, ich kann die unerbittliche

Ausschließlichkeit des Körpers, seine ungerührte Gleichgültigkeit und absolute Verachtung dem Wohlergehen des Geistes gegenüber nur mit einem unbeugsam starren autoritären Regime vergleichen. Da können Sie so viele Eingaben machen, wie Sie wollen, können den aufrichtigsten, würdigsten und logischsten Appell loslassen – und erfahren nicht die geringste Reaktion. Falls Sie überhaupt was hören, dann höchstens so etwas wie Gelächter. *Ich* habe meine Eingaben über einen Psychotherapeuten weitergeleitet; bin jeden zweiten Tag für eine Stunde in seine Praxis gegangen und habe meinen Fall dargelegt, damit meine gesunde Libido wiederhergestellt würde. Und zwar, wie Sie mir glauben können, mit Argumenten und wohlgesetzten Worten, die nicht weniger verschachtelt, weitschweifig, listig und abstrus waren als die, die Sie im *Schloß* finden. Sie halten den armen K. schon für einen Ausbund an Gewitztheit – Sie hätten mal hören sollen, wie ich versucht habe, der Impotenz ein Schnippchen zu schlagen.«

»Das kann ich mir vorstellen. Angenehm ist das bestimmt nicht.«

»Selbstverständlich, gemessen an dem, was Sie . . .«

»Bitte, so etwas brauchen Sie nicht zu sagen. Es ist wirklich nicht angenehm, und das Recht zu wählen bietet in der Beziehung nur wenig an Entschädigung.«

»Stimmt. Ich bin während dieser Zeit zur Wahl gegangen und habe festgestellt, daß mich das auch nicht glücklicher macht. Was ich in bezug auf Kafka, in bezug auf die Kafka*lektüre* sagen wollte, ist, daß die Erzählungen über all diese K.s, deren Hoffnungen vereitelt und denen immer wieder Knüppel zwischen die Beine geworfen werden und die immer wieder mit dem Kopf gegen unsichtbare Mauern anrennen – nun, daß die plötzlich eine beunruhigende neue Resonanz für mich hatten. Unversehens war das alles nicht mehr so unendlich weit von mir entfernt wie der Kafka, den ich als Student gelesen hatte. Verstehen Sie, ich habe auf meine Weise dies Gefühl kennengelernt, vorgeladen zu werden – oder das Gefühl, mir einzubilden, ich werde vorgeladen – und zwar zu etwas, wo man nicht mehr mitkommt, wiewohl man angesichts jeder kompromittierenden oder farcenhaften Konsequenz einfach unfähig ist, Lunte zu riechen und das Ziel sausen zu lassen. Verstehen Sie, früher habe ich so zu leben versucht, als ob Sex heiliger Boden wäre.«

»Um dann also ›keusch‹ zu sein . . .«, sagt er mitfühlend. »Höchst unangenehm.«

»Manchmal frage ich mich, ob *Das Schloß* nicht in Wirklichkeit mit Kafkas eigener erotischer Hemmung zusammenhängt – ob es nicht ein Buch ist, in dem es auf jeder Ebene darum geht, daß man keinen Höhepunkt erlebt.«

Er lacht über meine Theorie, doch wie zuvor sanft und mit unerschütterlicher Liebenswürdigkeit. Jawohl, dermaßen tief bloßgestellt ist der in den Ruhestand versetzte Professor, gleichsam in die Mangel genommen von Gewissen und Regime – von Gewissen und zermürbenden Magenschmerzen. »Ach«, sagt er und legt mir auf freundliche, ja, väterliche Weise die Hand auf den Arm, »jedem gehemmten Bürger seinen eigenen Kafka.«

»Und jedem zornigen Mann seinen eigenen Melville«, erwidere ich. »Aber was sollen Leute, die alles Wissen nur aus Büchern haben, schon anderes anfangen mit all den Meisterwerken, die sie lesen . . .«

». . . als sich darin zu verbeißen. Richtig. In die Bücher, statt in die Hand, die ihnen die Luft abdrückt.«

Spät nachmittags besteigen wir die Straßenbahn, deren

Nummer Professor Soska mit Bleistift auf einen kleinen Stapel Postkarten geschrieben hatte, den er Claire an der Tür zu unserem Hotel mit umständlicher Feierlichkeit überreicht hatte. Auf den Postkarten sind Kafka, seine Familie und Prager Sehenswürdigkeiten abgebildet, die in Kafkas Leben und Werk eine besondere Rolle gespielt haben. Die hübsche kleine Serie werde nicht mehr öffentlich verkauft, erklärt Soska uns, jetzt, wo die Russen die Tschechoslowakei besetzt hätten und Kafka ein verbotener Schriftsteller, der verbotene Schriftsteller schlechthin sei. »Sie haben doch aber hoffentlich noch eine andere Serie für sich selbst, oder?« sagt Claire. – »Miss Ovington«, erklärt er und verneigt sich elegant, »ich habe Prag. Bitte, machen Sie mir die Freude. Ich bin sicher, jeder, der Sie kennenlernt, möchte Ihnen etwas schenken.« Und nun schlug er den Besuch von Kafkas Grab vor, wohin uns zu begleiten für ihn freilich nicht ratsam sei . . . lenkte unsere Aufmerksamkeit mit beredter Handbewegung auf einen Mann, der rund fünfundzwanzig Meter vom Hotelportal entfernt mit dem Rücken gegen ein Taxi gelehnt dasteht: das sei der Beamte in Zivil, erklärte er uns, der ihm und seiner Frau in den ersten Wochen nach dem Einmarsch der Russen auf Schritt und Tritt gefolgt sei, dann wieder, als der Professor geholfen habe, die heimliche Opposition gegen das neue Marionettenregime zu organisieren und sein Zwölffingerdarm noch in Ordnung gewesen sei. »Sind Sie sicher, daß er das wirklich ist?« hatte ich ihn gefragt. – »Ziemlich sicher«, sagte Soska und beugte sich rasch vor, um Claire die Hand zu küssen und dann eiligen, etwas ulkigen Schrittes wie ein Schnellgeher in der Menge zu verschwinden, welche die breite Treppe zur U-Bahn hinunterströmte. »Mein Gott«, sagte Claire, »es ist zu schrecklich. Ewig dieses Lächeln, und dann dieser Abgang!«

Wir sind beide ein wenig benommen, nicht zum geringsten Teil übrigens, zumindest was meine Person betrifft, weil ich mir mit dem Paß in meiner Tasche und der jungen Frau an meiner Seite so sicher und unverletzlich vorkomme.

Die Straßenbahn bringt uns von der Prager Innenstadt bis zu der Vorstadt, wo Kafka begraben ist. Von hoher Mauer umschlossen, grenzt der jüdische Friedhof auf der einen Seite an einen wesentlich größeren christlichen – durch den Zaun sehen wir dort Besucher, welche die Gräber pflegen, kniend und gleich geduldigen Gärtnern Unkraut zupfend – und auf der anderen Seite von einer breiten, nichtssagenden Ausfallstraße, auf welcher sich der Lastwagenverkehr von und in die Stadt abspielt. Das Eingangstor zum jüdischen Friedhof ist mit einer Kette verschlossen. Ich rassle mit der Kette und rufe in Richtung auf so etwas wie ein Wächterhäuschen. Nach einiger Zeit tritt eine Frau mit einem kleinen Jungen an der Seite heraus. Auf deutsch erkläre ich ihr, wir seien aus New York herübergeflogen gekommen, um Kafkas Grab zu besuchen. Sie scheint zu verstehen, sagt jedoch, nein, heute nicht. Kommen Sie Dienstag wieder, sagt sie. Aber ich bin Literaturprofessor und Jude, erkläre ich ihr und drücke ihr zwischen den Eisenstangen des Eingangstors eine Handvoll Kronen in die Hand. Ein Schlüssel taucht auf, das Tor wird geöffnet, und nachdem wir eingetreten sind, bekommt der kleine Junge den Auftrag, uns zu begleiten, während wir den Zeichen folgen, die uns den Weg weisen. Die Wegweiser sind fünfsprachig abgefaßt – so viele Nationen sind also fasziniert von den schreckenerregenden Dichtungen dieses gequälten Asketen, so viele angstgepeinigte Millionen: *Khrobu /* К Могиле *Zum Grabe von / To the Grave of / à la tombe de /* FRANZE KAFKY.

Was Kafkas letzte Ruhestätte heraushebt aus der Masse der

anderen – und was man sonst nirgends sieht – ist ausgerechnet ein stämmiger, länglicher, heller Fels, der nach oben zu einer Eichel spitz zuläuft, ein Grabsteinphallus. Das ist die erste Überraschung. Die zweite ist die, daß der unter der allgegenwärtigen Familie leidende Sohn – immer noch und für alle Ewigkeit! – zwischen Mutter und Vater gebettet ist, die ihn beide überlebt haben. Ich nehme ein Steinchen vom Kiesweg auf und lege ihn auf einen der kleinen Steinhäufchen, welche die vor mir gekommenen Pilger hier aufgetürmt haben. Für meine eigenen Großeltern, die zwanzig Autominuten von meiner New Yorker Wohnung entfernt zusammen mit Zehntausenden anderer neben einer Autobahn begraben liegen, habe ich so etwas noch nie getan – und auch das baumbeschattete Grab meiner Mutter in den Catskills nicht wieder aufgesucht, seit ich meinen Vater zur Enthüllung ihres Grabsteins dorthin begleitet habe. Die rechteckigen dunklen Steinblöcke hinter Kafkas Grab tragen vertraute jüdische Namen. Es ist, als ob ich mein eigenes Adressenbüchlein durchblätterte, oder meiner Mutter im *Hungarian Royale* beim Empfang über die Schulter blickte und die Liste der Hotelgäste überflöge: Levy, Goldschmidt, Schneider, Hirsch ... Ein Grab reiht sich an das andere, doch nur um das von Kafka scheint jemand sich zu kümmern. Von den anderen Toten gibt es hier keine Nachkommen, die Unkraut und Gesträuch weghackten und den Efeu zurückschnitten, der die Bäume hinaufklettert und einen schweren Baldachin bildet, unter dem ein toter Jude neben dem anderen ruht. Einzig der kinderlos gebliebene Junggeselle scheint lebende Nachfahren zu haben. Wo erlebt man schon soviel Ironie auf einem Haufen, als *à la tombe de Franze Kafky?*

Eingelassen in eine Mauer gegenüber von Kafkas Grab ist eine Gedenktafel mit dem Namen seines großen Freundes

Brod darauf. Auch dort lege ich einen kleinen Stein nieder. Dann bemerke ich zum erstenmal die kleinen Schilder, welche die ganze Friedhofsmauer entlang angebracht sind zum Gedenken an die jüdischen Prager Bürger, die in Theresienstadt, Auschwitz, Belsen und Dachau umgebracht wurden. Es sind nicht genug Steinchen da, überall eines niederzulegen.

Das schweigende Kind hinter uns, kehren Claire und ich zum Eingangstor zurück. Dort angelangt, macht Claire rasch noch eine Aufnahme von dem schüchternen kleinen Jungen und fordert ihn mittels Zeichensprache auf, seinen Namen und seine Adresse auf ein Stück Papier zu schreiben. Weit ausladende Gesten vollführend und mit wechselndem bühnengerechten Ausdruck im Gesicht steht sie da, so daß ich mich unversehens frage, was für eine kindliche junge Frau sie wohl eigentlich ist – oder was für ein kindlicher und bedürftiger Mann aus mir geworden ist –, aber sie schafft es, dem kleinen Jungen begreiflich zu machen, daß sie ihm einen Abzug schicken werde, wenn das Foto fertig ist. In zwei oder drei Wochen wird auch Professor Soska von Claire ein Foto bekommen, eines, das früher an diesem Tag vor dem Andenkenladen gemacht wurde, dem Haus, in dem Kafka einmal einen Winter gewohnt hat.

Warum aber habe ich den Wunsch, das, was mich an sie bindet, kindlich zu nennen? Warum überhaupt diesem Glück eine Bezeichnung geben? Laß es doch geschehen! Laß es geschehen! Gebiete diesem Impuls Einhalt, ehe er sich Bahn bricht! Du brauchst, was du brauchst! Nun schließ doch endlich deinen Frieden damit!

Die Frau ist aus dem Haus herausgetreten, um uns das Eingangstor aufzuschließen. Wieder wechseln wir ein paar Worte auf deutsch.

»Kommen viele, Kafkas Grab besuchen?« frage ich.

»Nicht sehr viele. Aber immer vornehme Leute, Professor, wie Sie. Oder ernsthafte junge Studenten. Er war ein bedeutender Mann. Wir hatten viele bedeutende jüdische Schriftsteller in Prag. Franz Werfel, Max Brod, Oskar Baum, Franz Kafka. Aber jetzt«, sagt sie und wirft einen ersten Blick – und einen sehr verkürzten Seitenblick dazu – auf meine Begleiterin, »sind sie alle tot.«

»Vielleicht wird aus Ihrem Jungen mal ein großer jüdischer Schriftsteller, wenn er groß ist.«

Sie wiederholt meine Worte auf tschechisch. Dann übersetzt sie die Antwort, die der Junge gegeben hat, während er auf seine Schuhe niederblickt. »Er möchte mal Flieger werden.«

»Sagen Sie ihm, es kämen nicht immer Leute aus der ganzen Welt, um das Grab eines Fliegers zu besuchen.«

Wieder werden Worte mit dem Jungen getauscht, dann lächelt sie mich freundlich an – jawohl, es ist nur der jüdische Professor, an den sie sich mit anmutigem Lächeln wendet – und sagt: »Das macht ihm weiter nichts aus. Wie war doch noch der Name Ihrer Universität, mein Herr?«

Ich sage es ihr.

»Wenn Sie wollen, bringe ich Sie zu dem Grab des Mannes, der Dr. Kafkas Friseur war. Auch der liegt hier begraben.«

»Vielen Dank, sehr freundlich.«

»Er war auch der Friseur von Dr. Kafkas Vater.«

Ich setze Claire auseinander, wozu die Frau sich erboten hat. Claire sagt: »Wenn du gern möchtest, geh nur!«

»Besser nicht«, sage ich. »Wer weiß, wenn wir mit Kafkas Friseur anfangen, enden wir um Mitternacht vielleicht am Grab seines Kerzenmachers.«

Und zu der Friedhofswärterin sage ich: »Tut mir leid, aber das geht im Augenblick nicht.«

»Selbstverständlich kann Ihre Frau auch mitkommen«, erklärt sie eisig.

»Vielen Dank. Aber wir müssen zurück in unser Hotel.«

Jetzt mustert sie mich mit unverhohlenem Argwohn, als ob es durchaus denkbar wäre, daß ich keineswegs von einer berühmten amerikanischen Universität komme. Sie ist über ihren Schatten gesprungen und hat uns das Tor an einem Tag aufgeschlossen, an dem Touristen eigentlich keinen Eingang finden, und jetzt stellt sich heraus, daß ich alles andere als seriös bin, vermutlich nichts weiter als ein Neugieriger, Jude vielleicht, allerdings in Begleitung einer Frau, die ganz offensichtlich Arierin ist.

An der Straßenbahnhaltestelle sage ich zu Claire: »Weißt du, was Kafka zu dem Mann gesagt hat, der bei der Versicherung im selben Zimmer mit ihm gesessen hat? Mittags sah er diesen Mann seine Wurst essen, woraufhin Kafka erschaudert sein und gesagt haben soll: ›Das einzig richtige Essen für einen Mann ist eine halbe Zitrone.‹«

Sie seufzt, sagt traurig: »Armer Irrer!« und entdeckt in des großen Schriftstellers Bemerkung über das Essen eine Geringschätzung harmloser Gelüste, die ein gesundes Mädchen aus Schenectady, New York, schlichtweg albern findet.

Das ist alles – und doch, als wir einsteigen und nebeneinander sitzen, ergreife ich ihre Hand und fühle mich plötzlich von noch einem Gespenst befreit, durch meine Pilgerfahrt zum Friedhof genauso ent-kafkaisiert, wie ein für allemal ent-birgittaisiert durch die Heimsuchung auf dem Terrassenrestaurant in Venedig. Die Tage meiner Hemmungen liegen hinter mir – zusammen mit den *un*-gehemmten: kein ›mehr‹ mehr, aber auch kein Nichts mehr.

»Ach, Clarissa«, sage ich und führe ihre Hand an die Lippen, »es ist, als ob die Vergangenheit mir nichts mehr anhaben könnte. Es ist einfach nichts mehr da von dem, was mir Kummer machte. Alle meine Ängste sind verschwunden. Und das liegt nur daran, daß ich dich gefunden habe. Immer hatte ich mir eingebildet, der Gott der Frauen, der sie einem zuteilt, hätte auf mich herabgeblickt und gesagt: ›Mit nichts zufriedenzustellen – zur Hölle mit ihm!‹ Und dann schickt er mir Claire!«

An diesem Abend gehen wir nach dem Essen im Hotel nach oben in unser Zimmer, um für unsere Abreise alles vorzubereiten. Während ich einen Koffer mit meinen Sachen und mit den Büchern packe, die ich im Flugzeug und im Bett gelesen habe, schläft Claire inmitten ihrer Kleider, die sich auf der Steppdecke ausgebreitet hat, ein. Neben Kafkas Tagebüchern und der Biographie von Brod – meinen zusätzlichen Fremdenführern durch das alte Prag – habe ich Taschenbücher von Mishima, Grombrowicz und Genet mitgenommen, Romane, die ich nächstes Jahr in meinem Seminar zur Vergleichenden Literaturwissenschaft durchnehmen will. Ich habe beschlossen, die Lektüre des Erstsemesters um das Thema erotische Begierde herum anzusiedeln und mit diesen beunruhigenden zeitgenössischen Romanen, die von lüsterner und lasterhafter Sexualität handeln, anzufangen (beunruhigend für Studenten deshalb, weil es sich um jene Art von Büchern handelt, die ein Leser wie Baumgarten besonders hoch schätzt, Romane, in denen der Autor selbst deutlich erkennbar mit dem zu tun hat, was moralisch so erschreckend ist), und die Semesterarbeit dann mit drei Meisterwerken abzuschließen, bei denen es um unerlaubte und unbezähmbare Leidenschaften geht, deren Ansturm freilich von anderer Seite kommt: *Madame Bovary*, *Anna Karenina* und *Tod in Venedig*.

Ohne sie zu wecken, nehme ich Claires Kleider vom Bett und packe sie in ihren Koffer. Als ich ihre Sachen in die Hand nehme, überkommt mich das überwältigende Gefühl zu lieben. Dann lege ich einen Zettel hin, auf dem steht, daß ich einen Spaziergang mache und in einer Stunde wieder da sein werde. Als ich durch die Halle gehe, fällt mir auf, daß jetzt fünfzehn oder zwanzig hübsche junge Prostituierte einzeln oder zu zweit hinter der verglasten Wand des weiträumigen Hotel-Cafés sitzen. Früher am Tage waren es nur drei gewesen, die an einem einzigen Tisch saßen und fröhlich miteinander plauderten. Als ich Professor Soska fragte, wie diese Dinge im Sozialismus organisiert seien, erklärte er mir, die meisten Prager Huren seien Sekretärinnen und Verkäuferinnen, die mit stillschweigender Billigung der Regierung nebenher ein wenig Geld mit diesem Gewerbe verdienten; außerdem ein paar Ganztagsdirnen, die im Dienste des Innenministeriums stünden und soviel wie möglich aus den verschiedenen Delegationen aus Ost und West, die in den großen Hotels abstiegen, herausholen sollten. Dieser Trupp miniberockter Mädchen, die ich im Café aufgereiht sehe, sitzt vermutlich da, um die Mitglieder der bulgarischen Handelsmission zu beglücken, welche die meisten Stockwerke unter uns bewohnen. Ich erwidere das Lächeln (kostet ja nichts) und eile dann zum Altstädter Ring, auf dem Kafka und Brod abends gemeinsam spazierenzugehen pflegten. Als ich dort anlange, ist es nach neun, und der große, schwermütige Platz ist bis auf die Schatten der gealterten Fassaden ringsum leer. Wo am Tage die Touristenbusse gehalten hatten, ist jetzt nichts als ein glattes, abgetretenes Kopfsteinpflastergeviert. Der Platz ist völlig leer – bis auf Rätsel und Geheimnis. Allein sitze ich auf einer Bank unter einer Straßenlaterne und blicke durch leichten Nebel an der hochragenden Gestalt des Jan Hus vorbei zu jener Kirche hinüber, deren geheimste Vorgänge der jüdische Autor beobachten konnte, indem er durch seine geheime Öffnung spähte.

Auf dieser Bank hier nun fallen mir die ersten Sätze zu dem ein, was mir zunächst nichts weiter zu sein scheint als ein launischer Einfall, die ersten Zeilen zu meinem Einführungsvortrag zu meinem Seminar in Vergleichender Literaturwissenschaft, inspiriert von Kafkas *Bericht für eine Akademie,* jene Geschichte, in welcher ein Affe sich an eine Versammlung von Wissenschaftlern wendet. Es ist nur eine kurze Geschichte von ein paar Seiten, doch liebe ich sie, besonders den Anfang, der meiner Meinung nach einer der verzauberndsten und aufrüttelndsten Anfänge in der gesamten Literatur ist: »Hohe Herren von der Akademie! Sie erweisen mir die Ehre, mich aufzufordern, der Akademie einen Bericht über mein äffisches Vorleben einzureichen.«

»Hohe Herren Teilnehmer am Literaturseminar 341«, beginne ich ... doch als ich wieder im Hotel bin und, die Feder in der Hand, an einem leeren Tisch in einer Ecke des Cafés Platz genommen habe, ist der Lack John Donnescher Satire, mit der ich angefangen habe, ab, und ich schreibe (nicht unbeeinflußt von der makellosen professoralen Prosa des Affen) auf dem Hotel-Briefpapier mit der Hand einen förmlichen Einführungsvortrag, wie ich ihn liebend gern halten möchte – nicht erst im September, sondern hier und jetzt!

Zwei Tische weiter sitzt die Prostituierte mit dem kleinen Dackel; zu ihr hat sich eine Freundin gesetzt, deren zu streichelndes Lieblingsschoßtier ihr eigenes Haar zu sein scheint, denn sie fährt mit der Hand darüber hin, als wäre es das eines anderen. Ich blicke von meiner Arbeit auf und bitte den Kellner, jedem dieser zierlichen und hübschen Erwerbstätigen, von denen keine so alt ist wie Claire, einen Cognac zu bringen und bestelle für mich selbst auch einen.

»Prost!« sagt die Prostituierte, die ihren jungen Hund streichelt, und nachdem wir drei uns einen kurzen, verlockenden Augenblick angeblickt haben, wende ich mich wieder meiner Arbeit zu und schreibe hier und auf der Stelle jene Sätze, die mir vorkommen, als bergen sie die umwerfende Quintessenz meines neuen glücklichen Lebens:

Statt die erste Sitzung dieses Seminars damit zuzubringen, über die Leseliste zu diskutieren und darüber zu reden, was es mit diesem Seminar eigentlich auf sich hat, möchte ich Ihnen lieber ein paar Dinge über mich erzählen, die ich noch nie einem meiner Studenten eröffnet habe. Im Grunde bin ich nicht befugt, das zu tun, und bis ich hierherkam und Platz nahm, war ich mir keineswegs sicher, ob ich es auch wirklich tun würde. Vielleicht überlege ich es mir auch jetzt noch anders. Denn womit soll ich es rechtfertigen, daß ich Ihnen die intimsten Tatsachen aus meinem persönlichen Leben darlege? Gewiß, wir werden uns während der nächsten beiden Semester drei Stunden wöchentlich zusammensetzen, um miteinander über Bücher zu reden, und aus Erfahrung weiß ich, genauso wie Sie auch, daß sich unter solchen Bedingungen starke Gefühle der Zuneigung entwickeln können. Wir wissen jedoch auch, daß mir das nicht gestattet, dem nachzugeben, was vielleicht nichts anderes ist als Unverfrorenheit und schlechter Geschmack.

Wie Sie vielleicht meiner Art mich zu kleiden so mühelos entnommen haben wie meinen ersten Bemerkungen sind die Gepflogenheiten, die traditionellerweise die Beziehung zwischen Lehrenden und Lernenden regeln, mehr oder weniger auch diejenigen, nach denen ich mich stets gerichtet habe, selbst während meiner turbulenten letzten Jahre. Man hat mir gesagt, ich sei einer der wenigen Professoren heute, die ihre Studenten im Seminar mit ›Mister‹ und

›Miss‹ statt mit Vornamen anreden. Und wie immer Sie sich auch zu kleiden belieben – als Tankstellenwärter oder Tippelbruder, als Salonzigeunerin oder Kuhtreiber – ich ziehe es immer noch vor, in Jackett und Krawatte vor Ihnen zu erscheinen . . . wenn auch, wie die Aufmerksameren unter Ihnen bemerkt haben werden, für gewöhnlich in derselben Jacke und demselben Schlips. Und wenn Studentinnen zu mir in mein Büro kommen, um etwas mit mir zu besprechen, werden sie, falls sie sich überhaupt die Mühe machen hinzugucken, bemerken, daß ich in meinem Zimmer, in dem wir nebeneinander sitzen, pflichtschuldigst immer noch die Tür zum Korridor offen stehen lasse. Einige von Ihnen belustigt es vielleicht auch, daß ich jedesmal die Armbanduhr abnehme wie gerade eben und sie vor jeder Seminarsitzung neben meine Notizen lege. Ich weiß inzwischen nicht mehr, welcher von meinen eigenen Professoren es war, der stets darauf bedacht war, genau zu wissen, wieviel Zeit vergangen sei – auf jeden Fall scheint es den Eindruck auf mich nicht verfehlt zu haben und mir etwas von der Profihaftigkeit vermittelt zu haben, die ich so gern auch für mich in Anspruch nehme.

Was alles nicht bedeutet, daß ich nicht versuchen werde, auch weiterhin vor Ihnen zu verbergen, aus Fleisch und Blut zu sein – oder mir nicht bewußt wäre, daß Sie es sind. Vielleicht haben Sie nach Ablauf des Jahres die Insistenz satt, mit der ich immer wieder auf die Beziehung hinweisen werde, die zwischen den Romanen, die Sie für dieses Seminar lesen werden – selbst den exzentrischsten und schockierendsten – und dem besteht, was Sie bis jetzt vom Leben wissen. Sie werden dahinterkommen (und nicht alle von Ihnen werden es gutheißen), daß ich anderer Meinung bin als gewisse Kollegen von mir, die uns weismachen wollen, Literatur habe da, wo sie am bedeutendsten und am faszinierendsten sei, »mit dem unmittelbaren Leben grundsätzlich nichts zu tun«. Mag ich auch in Schlips und Kragen vor Ihnen erscheinen und Sie mit Madam und

Sir anreden, ich werde trotzdem von Ihnen verlangen, daß Sie Abstand davon nehmen, in meiner Gegenwart über ›Struktur‹, ›Form‹ und ›Symbole‹ zu reden. Mir scheint, daß viele von Ihnen durch Ihr erstes Jahr auf dem College hinreichend verunsichert worden sind und man Ihnen gestatten sollte, sich wieder zu finden; Sie sollten die Neugier und die Begeisterung, die Sie mit mehr als größter Wahrscheinlichkeit ursprünglich zum Lesen gebracht haben, wieder in ihre alten Rechte einsetzen, sie gelten lassen und sich ihrer fürderhin nicht mehr schämen. Vielleicht reizt es Sie sogar, ein Experiment zu wagen und zu versuchen, im Laufe dieses Jahres einmal ohne die Seminarterminologie auszukommen, auf Ausdrücke wie ›Handlungsfaden‹, und ›Charakter‹ genauso zu verzichten wie auf jene überspannten Wörter, mit denen nicht wenige von Ihnen ihre Beobachtungen in einen feierlichen Ton zu kleiden belieben wie etwa ›Offenbarung‹, ›Rollenverhalten‹ und – nicht zu vergessen – ›existentiell‹, mit dem sich alles unter der Sonne bezeichnen läßt. All dies schlage ich vor in der Hoffnung, daß Sie einmal über ›Madame Bovary‹ mehr oder weniger in derselben Sprache sprechen, in der Sie mit Ihrem Krämer oder mit Ihrer Geliebten reden; das könnte dazu beitragen, eine persönliche, wesentlich interessantere Beziehung zwischen Ihnen und Flaubert und seiner Heldin entstehen zu lassen – eine Beziehung, die dann vielleicht doch etwas mit dem wirklichen Leben zu tun hätte.

Offen gestanden ist einer der Gründe, warum die Romane – die in diesem Jahr zur Pflichtlektüre gehören – durch die Bank mehr oder weniger besessen die erotische Begierde zum Thema haben, darin zu suchen, daß meiner Meinung nach die Lektüre um ein Thema gruppiert werden sollte, mit dem Sie alle bis zu einem gewissen Grade vertraut sind; das könnte Ihnen vielleicht weiterhelfen, diese Bücher in der Welt der Erfahrung anzusiedeln und Sie darüber hinaus vor der Versuchung bewahren, sie in der bequemen Unterwelt erzählerischer Kunstgriffe, metaphorischer Motive und mythischer Archetypen unterzubringen. Vor allem hoffe ich, daß die Lektüre dieser Bücher Sie dazu bringt, etwas vom Leben zu lernen, und zwar von einem seiner verwirrendsten und vertracktesten Aspekte. Ich selbst hoffe dabei gleichfalls etwas zu lernen.

So weit, so gut. Nachdem ich dies gesagt habe und ich es nicht noch weiter hinausschieben kann, ist die Zeit gekommen, das Unenthüllbare zu enthüllen – die Geschichte von der Begierde des Professors. Nur kann ich das nicht, noch nicht ganz, jedenfalls nicht, ehe ich nicht zu meiner eigenen Zufriedenheit, wenn auch vielleicht nicht zu der Ihrer Eltern, erklärt habe, wieso ich überhaupt auf den Gedanken komme, Sie zu Voyeuren meines Lebens zu machen, zu Richtern über mich und zu Vertrauten, warum ich den Wunsch hege, Menschen, die kaum halb so alt sind wie ich und die ich vorher nicht gekannt habe, nicht einmal als Studenten, zu Mitwissern meiner Geheimnisse zu machen. Warum suche ich ein Publikum für mich, wo doch die meisten Männer und Frauen es entweder vorziehen, derlei Dinge ganz und gar für sich zu behalten, oder aber sie nur den allervertrautesten – geistlichen oder weltlichen – Beichtvätern zu enthüllen? Was macht es so zwingend notwendig oder läßt es überhaupt angezeigt sein, daß ich mich Ihnen, die Sie für mich junge Fremde sind, nicht im Gewand Ihres Lehrers vorstelle, sondern in dem des ersten Textes dieses Semesters?

Gestatten Sie darauf zu antworten, indem ich an Ihr Herz appelliere.

Ich unterrichte leidenschaftlich gern Literatur. Es gibt kaum etwas, was mir mehr Befriedigung gewährt, als hier mit meinen Notizen und meinen mit Anmerkungen versehenen und unterstrichenen Texten und Menschen wie Ihnen beisammenzusitzen. Für meine Begriffe gibt es im ganzen Leben nichts schöneres als einen Hörsaal. Manchmal, wenn wir hier miteinander diskutieren – wenn einer von Ihnen, sagen wir mal, mit einem einzigen Satz gleichsam das Herz des Buches getroffen hat, um das es gerade geht – möchte ich am liebsten laut hinausschreien: ›Liebe Freunde, bewahrt dies in eurem Herzen!‹ Warum? Weil, wenn Sie von hier fortgegangen sind, die Menschen nur selten, falls überhaupt, mit einem reden oder einem zuhören, wie Sie mit mir reden und mir sowie einander in diesem hellen und kargen kleinen Raum zuhören. Genausowenig ist es wahrscheinlich, daß man ohne weiteres woanders Gelegenheit findet, frei von der Leber weg über das zu reden, was Männern am Herzen gelegen hat, die ein so feines Ohr hatten für die Kämpfe im Leben wie Tolstoi, Thomas Mann oder Flaubert. Ich bezweifle, daß Sie auch nur ahnen, wie betroffen es macht zu hören, wie Sie nachdenklich und mit tiefem Ernst über Einsamkeit, Krankheit, Sehnsucht, Verlust, Leid, Enttäuschung, Hoffnung, Leidenschaft, Schrecken, Verworfenheit, Not und Tod reden . . . was so zu Herzen geht, weil Sie neunzehn oder zwanzig Jahre alt sind, die meisten von Ihnen aus wohlhabenden Mittelschichtfamilien stammen und bis jetzt in Ihrem Leben noch nicht viele Erfahrungen gemacht haben, die Sie in Ihren Grundfesten erschüttert hätten – genausosehr aber auch, und das ist sonderbar und traurig zugleich, weil dies möglicherweise die letzte Gelegenheit für Sie ist, länger und ernsthaft über die unerbittlichen Kräfte nachzudenken, mit denen Sie sich mit der Zeit nolens volens werden abfinden müssen.

Habe ich es jetzt deutlicher gemacht, warum ich der Meinung bin, daß unser Hörsaal der geeignetste Rahmen für mich ist, Rechenschaft über meine erotische Entwicklung abzulegen? Rechtfertigt das, was ich bisher gesagt habe, den Anspruch, den ich gern an Ihre Zeit, Ihre Geduld und an Ihren Geldbeutel stellen möchte? Um es so unmißverständlich zu sagen, wie ich nur kann – was für den wahren Gläubigen die Kirche, das ist für mich der Hörsaal. Manche knien beim sonntäglichen Gebet, andere legen jeden Abend die Gebetsriemen an . . . ich hingegen komme dreimal jede Woche in Schlips und Kragen her und lege meine Uhr auf den Tisch, um Sie mit den großen Romanen der Weltliteratur bekanntzumachen.

Meine lieben Studenten, die Sie hier versammelt sind, ich bin in diesem Jahr von gewaltigen Emotionen gebeutelt worden. Auch davon später mehr. Bis dahin finden Sie sich, wenn irgend möglich, bitte mit meiner allumfassenden Stimmung ab. Im Grunde möchte ich Ihnen nur beweisen, warum ich mich berechtigt glaube, dieses Literaturseminar 341 durchzuführen. Wenn auch Teile dieser Enthüllungen einigen von Ihnen zweifellos als indiskret, eines Professors unwürdig und geschmacklos vorkommen werden – wenn Sie gestatten, möchte ich jetzt trotzdem fortfahren und Ihnen gegenüber rückhaltlos über das Leben sprechen, das ich früher als Mensch geführt habe. Ich liebe Dichtung über alles, und ich versichere Ihnen, daß ich Ihnen später alles geben werde, was ich davon verstehe; aber in Wahrheit lebt nichts so sehr in mir wie mein Leben.

Die beiden hübschen Prostituierten haben immer noch keinen Freier und sitzen mir gegenüber in weißem Angorapullover, pastellfarbenem Minirock und dunklen Netzstrümpfen sowie größer machenden hochhackigen Schuhen – eigentlich eher wie Kinder, die Mutters Kleiderschrank durchwühlt haben, um sich als Platzanweiserinnen in einem Pornokino zu verkleiden – als ich mich mit meinem Stoß Briefpapier erhebe, um das Café zu verlassen.

»Ein Brief an Ihre Frau?« sagt diejenige, die ihren Hund streichelt und ein wenig englisch spricht.

Ich kann nicht widerstehen und gebe den Ball zurück, den sie mir zugeworfen hat. »An die Kinder«, sage ich.

Sie nickt der Freundin zu, die sich über das Haar streicht: jawohl, diesen Typ kennen sie. Mit achtzehn kennen sie jeden Typ.

Ihre Freundin sagt etwas auf tschechisch, und woraufhin sie beide in ein herzhaftes Lachen ausbrechen.

»*Goodbye, Sir; nighty-night*«, sagt die Wissende und schenkt mir ein einfältiges Lächeln, damit ich von dieser Begegnung etwas mit nach Hause nehme. Beide glauben, es hätte mir einen Kitzel bereitet, zwei Huren mit einem Cognac freizuhalten, und das hätte mich befriedigt. Vielleicht stimmt es sogar. Nichts dagegen zu sagen.

In unserem Zimmer stelle ich fest, daß Claire inzwischen ihr Nachthemd angezogen hat und schlafend unter der Bettdecke liegt. Für mich liegt ein Zettel auf dem Kopfkissen: »Geliebter – ich habe Dich heute so sehr geliebt. Ich werde Dich bestimmt glücklich machen! C.«

Ach, ich habe es wirklich geschafft – der Beweis liegt auf dem Kopfkissen!

Und die Sätze, die ich in der Hand trage? Im Augenblick erscheinen sie mir kaum so bedeutungsträchtig für meine Zukunft wie vorhin, als ich vom Altstädter Ring ins Hotel zurückeilte und nicht schnell genug an Papier herankommen konnte, um *meinen* Bericht an *meine* Akademie zu verfassen. Ich falte die Blätter zusammen und lege sie zu den Taschenbüchern unten auf den Boden meines Koffers – neben Claires Zettel, auf dem sie verspricht, ihren Geliebten glücklich zu machen. Was mich jetzt erfüllt, ist wahrhaft Überschwang – wirklich allumfassend!

Als ich frühmorgens davon aufwache, daß unter unserem Zimmer eine Tür zugeknallt wird – dort, wo die Bulgaren schlafen, einer von ihnen zweifellos mit einer kleinen tschechischen Hure und einem jungen Dackel – schaffe ich es nicht sogleich, den verschlungenen Pfaden meiner Träume auf die Spur zu kommen, die mich die ganze Nacht hindurch so erregt und so gefordert hatten. Eigentlich hatte ich erwartet, wunderbar zu schlafen, doch jetzt wache ich schweißgebadet auf und weiß in den ersten paar Sekunden weder, wo ich im Bett liege, noch mit wem. Dann entdecke ich Gott sei Dank

Claire, ein großes warmes Tier meiner eigenen Gattung, die Gefährtin vom anderen Geschlecht, die ganz zu mir gehört, und während ich die Arme um sie schlinge – und ihre reine Geschöpflichkeit an meinen Körper heranziehe – fange ich an, mir die lange, absonderliche Episode ins Gedächtnis zurückzurufen, die sich mehr oder weniger folgendermaßen abspielte:

Am Zug werde ich von einem tschechischen Fremdenführer abgeholt. Er heiße X, »wie im Alphabet«, erklärt er. Ich jedoch bin sicher, in Wirklichkeit ist es Herbie Bratasky, unser Zeremonienmeister, tue jedoch nichts, um mich zu verraten. »Und was haben Sie bis jetzt gesehen?« fragt X, als ich aussteige.

»Nun, nichts natürlich. Ich komme doch gerade erst an.«

»Dann habe ich genau das Richtige für Sie, um Sie auf Touren zu bringen. Hätten Sie Lust, die Hure kennenzulernen, die Kafka zu besuchen pflegte?«

»Das gibt es? Und sie lebt noch?«

»Würde es Ihnen Spaß machen, wenn ich Sie hinbrächte und Sie mit ihr reden könnten?«

Ich spreche erst, nachdem ich mich überzeugt habe, daß niemand in der Nähe ist und lauscht. »Das ist mehr, als ich jemals zu hoffen gewagt hätte.«

»Und wie war Venedig ohne die Schwedin?« erkundigt X sich, als wir die Straßenbahn besteigen, die zum Friedhof fährt.

»Tot.«

Die Wohnung liegt vier Treppen hoch, in einem verfallenen Haus am Fluß. Die Frau, die wir aufsuchen wollen, ist fast achtzig: arthritische Hände, schlaffes Kinn, weißes Haar, klare und liebe blaue Augen. Lebt im Schaukelstuhl von einer Pension ihres verstorbenen Mannes, eines Anarchisten. Insgeheim frage ich mich: »Die Frau eines Anarchisten, die eine Rente vom Staat bezieht?«

»Ist er denn sein Leben lang Anarchist gewesen?« frage ich.

»Von seinem zwölften Lebensjahr an«, erwidert X. »Damals starb sein Vater. Er hat mir mal erklärt, wie es dazu gekommen ist. Er sah die Leiche seines Vaters und dachte: ›Dieser Mann, der mich anlächelt und mich liebt, ist nicht mehr. Nie wieder wird jemand mich anlächeln und lieben, wie er es getan hat. Wohin ich auch gehe, mein Leben lang werde ich ein Fremdling sein und ein Feind.‹ So wird man offenbar zum Anarchisten. Wenn ich Sie recht verstehe, sind Sie kein Anarchist.«

»Nein. Mein Vater und ich lieben einander bis auf den heutigen Tag. Ich glaube an die Herrschaft des Gesetzes.«

Vom Fenster der Wohnung aus erkenne ich das mächtige Dahinfließen der berühmten Moldau. »Sehen Sie, meine Jungen und Mädchen – es sind meine Studenten, an die ich diese Worte richte –, da am Rande des Flusses ist die Badeanstalt, in die Kafka und Brod zusammen schwimmen gingen. Sehen Sie, es ist so, wie ich es Ihnen gesagt habe: Franz Kafka hat es wirklich gegeben, er ist keine Erfindung von Max Brod. Und mich gibt es auch wirklich; ich bin niemandes Erfindung, nur meine eigene.«

X und die alte Frau unterhalten sich auf tschechisch. X sagt zu mir: »Ich habe ihr erklärt, Sie seien eine erlauchte amerikanische Autorität auf dem Gebiet der Kafkaforschung. Sie können Sie fragen, was Sie wollen.«

»Was hat sie von ihm gehalten?« frage ich. »Wie alt war er, als er sie besuchte? Und wie alt war sie damals? Wann genau hat all das stattgefunden?«

X (dolmetschend): »Sie sagt: ›Er kam zu mir, und ich sah ihn mir genau an und dachte: Was hat dieser jüdische Junge nur, daß er so deprimiert ist?« Sie meint, es muß 1916 gewesen sein. Sie sagt, sie sei damals fünfundzwanzig gewesen, und Kafka in den Dreißigern.«

»Dreiunddreißig«, sage ich. »Geboren, meine Zuhörer, im Jahre 1883. Und wie wir noch aus der Schulzeit wissen, sechs weniger drei macht drei, eins weniger acht geht nicht, da müssen wir uns einen borgen; elf weniger acht ist drei, acht weniger acht null, und eins weniger eins auch null – folglich ist dreiunddreißig die richtige Antwort auf die Frage: Wie alt war Kafka, als er dieser Hure hier seine Besuche abstattete. Nächste Frage: Welche Beziehung besteht zwischen Kafkas Hure und der Erzählung *Ein Hungerkünstler,* die wir heute durchnehmen wollen – falls überhaupt eine Beziehung besteht?«

X sagt: »Und was möchten Sie sonst noch wissen?«

»Hat er regelmäßig eregieren können? Und brachte er es für gewöhnlich zum Orgasmus? Seine Tagebücher finde ich in dieser Hinsicht wenig aufschlußreich.«

Ihre Augen sind sehr ausdrucksstark, als sie antwortet, wenn auch ihre verkrümmten Hände regungslos auf dem Schoß liegen. Im Schwall des für mich völlig unverständlichen Tschechisch erhasche ich ein Wort, das mir einen eiskalten Schauer über den Rücken laufen läßt: Franz!

X nickt ernst. »Sie sagt, das war kein Problem. Sie wußte schon, was man mit jemandem wie ihm anstellen muß.«

Soll ich fragen? Warum nicht? Ich bin schließlich nicht nur aus Amerika gekommen, sondern aus dem Vergessen, in das ich in Bälde wieder zurückkehren werde. »Und was war das, wenn ich fragen darf?«

Immer noch sachlich erklärt sie X, was sie tat, um den Autor von – »zählen Sie Kafkas Hauptwerke in der Reihenfolge ihres Entstehens auf. Zensuren werden am Schwarzen

Brett vorm Dekanat ausgehängt. Alle diejenigen, die Empfehlungen für das fortgeschrittene Studium der Literatur haben möchten, stellen sich bitte vor meinem Büro an, damit ich sie auf Herz und Nieren prüfen kann.«

X sagt: »Sie möchte Geld haben. Amerikanisches Geld, keine Kronen. Geben Sie ihr zehn Dollar.«

Ich reiche das Geld hinüber. Was soll ich damit im Vergessen? »Nein, diese Frage werde ich im Schlußexamen nicht stellen.«

X wartet, bis sie geendet hat, dann übersetzt er: »Sie hat ihm einen geblasen.«

Vermutlich für weniger als es mich gekostet hat, das herauszufinden. Es gibt wirklich so etwas wie Vergessen, es gibt aber auch wirklich so etwas wie Betrug, gegen den ich gleichfalls bin. Aber natürlich! Diese Frau ist eine Schwindlerin, und Bratasky steckt die Hälfte ein.

»Und worüber hat Kafka geredet?« frage ich und gähne, um deutlich zu machen, wie wenig ernst ich das nehme, was sich hier abspielt.

X übersetzt die Antwort der alten Frau Wort für Wort: »Das weiß ich nicht mehr. Vermutlich hab' ich's schon am nächsten Tag nicht mehr gewußt. Schaun Sie, diese jungen Juden haben manchmal überhaupt kein Wort geredet. Wie kleine Vögel, nicht mal piep gemacht. Aber eins muß ich Ihnen sagen – geschlagen haben sie mich nie. Und sauber waren sie. Saubere Unterwäsche, saubere Kragen. Die wären nicht im Traum darauf gekommen, auch nur mit einem schmutzigen Taschentuch hierher zu kommen. Dabei hab' ich selbstverständlich jeden vorher mit einem Waschlappen gesäubert. Auf Hygiene hab' ich immer gesehen! Aber das war bei denen nicht mal nötig. Sie waren sauber, und sie waren Herren. Gott ist mein Zeuge, sie haben mich nie auf den Hintern geschlagen. Die hatten selbst im Bett Manieren.«

»Aber gibt es nichts an Kafka, dessen sie sich besonders erinnert? Ich bin nicht hierher nach Prag und zu ihr gekommen, um über nette jüdische Jungen zu reden.«

Sie widmet dieser Frage einiges Nachdenken; oder vielmehr wahrscheinlich kein Nachdenken. Sondern sitzt einfach da und probiert aus, wie es ist, tot zu sein.

»Ach, wissen Sie, er war gar nichts so Besonderes«, sagt sie schließlich. »Womit ich nicht sagen will, daß er kein Herr gewesen wäre. Herren – das waren sie alle.«

Ich sage zu Herbie (und tue nicht mehr, als wäre er ein Tscheche namens X): »Nun, eigentlich weiß ich gar nicht, was ich weiter fragen soll. Ich habe das Gefühl, sie könnte Kafka mit jemand anderem verwechselt haben.«

»Die Frau hat einen rasiermesserscharfen Verstand«, erwidert Herbie.

»Trotzdem – sie ist schließlich nicht gerade eine Autorität auf diesem Gebiet wie etwa Brod.«

Offenbar hat die gealterte Hure gespürt, was ich gesagt habe, denn sie redet wieder.

Herbie sagt: »Sie will wissen, ob Sie sich gern ihre Muschi ansehen möchten.«

»Wozu soll das gut sein?« erkläre ich.

»Soll ich sie fragen?«

»Ich bitte darum.«

Eva (denn so, behauptet Herbie, heißt die Dame) antwortet recht ausführlich: »Sie meint, es könnte von einigem literarischen Interesse für Sie sein. Andere, die sie wegen ihrer Beziehung zu Kafka aufgesucht haben, waren außerordentlich darauf erpicht, sie zu sehen, und vorausgesetzt selbstverständlich, sie konnten sich als seriös ausweisen, war sie auch bereit, sie ihnen zu zeigen. Sie sagt, da Sie auf meine Empfehlung hier seien, würde sie Ihnen mit Freuden einen kurzen Blick darauf gestatten.«

»Ich dachte, sie hätte ihm nur einen geblasen. Wirklich, Herb, was für ein Interesse sollte ihre Muschi schon für mich besitzen? Du weißt doch, daß ich nicht allein in Prag bin.«

Übersetzung: »Auch hier gibt sie ganz offen zu, daß sie nicht weiß, wieso irgend etwas an ihr für andere von Interesse sein könnte. Sie sagt, sie sei dankbar für das bißchen Geld, das ihre Freundschaft mit dem jungen Franz ihr heute einbringt, und außerdem schmeichelt es ihr, daß ihre Besucher ihrerseits alle distinguierte und gebildete Herren sind. Selbstverständlich, wenn der Herr keinen Wert darauf legt, sie zu untersuchen . . .«

Aber warum eigentlich nicht? Warum ins gebeutelte Herz Europas kommen, wenn nicht um genau dies zu untersuchen? Warum überhaupt auf die Welt kommen? »Studenten der Literatur, Sie müssen Ihre Zimperlichkeit ein für allemal ablegen! Sie müssen dem Unanständigen selbst ins Auge blicken! Sie müssen herunter von Ihrem hohen Roß! *Das hier* ist Ihr Abschlußexamen.«

Die Angelegenheit werde mich fünf weitere Dollar kosten. »Das ist ja ein blühendes Geschäft, dieses Kafka-Geschäft«, sage ich.

»Erstens können Sie das Geld, da es sich um Ihr Fachgebiet handelt, von der Steuer absetzen. Zweitens vollführen Sie mit nur fünf Dollar einen entscheidenden Schlag gegen die Bolschewiken. Sie ist eine der letzten in Prag, die noch für die eigene Tasche arbeitet. Drittens tragen Sie dazu bei, ein nationales literarisches Denkmal zu erhalten – Sie leisten unseren leidenden Schriftstellern einen Dienst. Und *last but not least* – denk an das viele Geld, das du Klinger gegeben hast. Was bedeuten da schon weitere fünf Dollar, die du für die Sache gibst?«

»Verzeihung. Was für eine Sache?«

»Dein Glück. Wir wollen dich doch bloß glücklich machen, damit du endlich wirklich du bist, Davey. So wie die Dinge stehen, hast du dir schon viel zuviel versagt.«

Trotz ihrer arthritischen Hände bringt Eva es auch ohne fremde Hilfe fertig, ihren Rock hochzuraffen, bis er auf ihrem Schoß ein Bündel bildet. Freilich muß Herbie einen Arm um sie legen und sie halten, ihr Gesäß anheben und den Schlüpfer für sie herunterziehen. Widerstrebend helfe ich dabei, indem ich den Schaukelstuhl festhalte.

Akkordeonhaft gefältete Wildlederhaut des Bauches, nackte Greisinnenschenkel und – das ist eine Überraschung – ein dreieckiger schwarzer Fleck, angeklebt wie ein Schnurrbart. Ich stelle fest, daß ich der Echtheit des Schamhaars nicht recht traue.

»Sie möchte gern wissen«, sagt Herbie, »ob es dem Herrn beliebt, sie zu berühren.«

»Und was soll das kosten?«

Herbie wiederholt die Frage auf tschechisch. Dann, zu mir gewandt, mit einer eleganten Verbeugung: »Das geht auf Kosten des Hauses.«

»Vielen Dank, nein.«

Doch nochmals versichert sie dem Herrn, daß es ihn nichts kosten werde. Und wieder lehnt der Herr höflich ab.

Jetzt lächelt Eva – zwischen ihren geöffneten Lippen die Zunge, immer noch rot. Das Fruchtfleisch, immer noch rot.

»Herb, was hat sie eben gerade gesagt?«

»Weiß nicht, ob ich das übersetzen soll, ausgerechnet dir gegenüber.«

»Was war es, Herb? Ich bestehe darauf, es zu erfahren.«

»Etwas Unanständiges«, sagt er glucksend, »über das, was Kafka am liebsten mochte. Seinen großen Kitzel.«

»*Was war das?*«

»Ach, ich weiß nicht, ob dein Alter möchte, daß du das hörst, Dave. Oder der Alte von deinem Alten und so weiter, bis runter zum Vater der Gläubigen und dem Freund Gottes. Außerdem – vielleicht war es bloß nichts weiter als eine boshafte Bemerkung, eine Gratiszugabe, etwas, was nicht den Tatsachen entspricht. Vielleicht hat sie es nur gesagt, weil du sie beleidigt hast. Verstehst du, dadurch, daß du dich geweigert hast, ihre berühmte Jibberspalte zu berühren, hast du – möglicherweise nicht einmal unabsichtlich – Zweifel auf den Sinn ihres Lebens geworfen. Außerdem hat sie Angst, du könntest jetzt nach Amerika zurückkehren und deinen Kollegen sagen, sie sei eine Betrügerin. Denn dann werden keine seriösen Gelehrten mehr kommen und ihr die Aufwartung machen – was ihr Ende bedeuten würde, versteht sich, und, wenn du erlaubst, daß ich das sage, zugleich auch das Ende freien Unternehmertums in diesem Lande. Es würde nichts Geringeres bedeuten als den endgültigen Sieg der Bolschewiken über freie Menschen.«

»Na, bis auf dein tschechisch – womit du, wie ich zugeben muß, jeden getäuscht hättest außer mir – hast du dich nicht verändert, Bratasky – kein bißchen.«

»Ein Jammer, daß ich das gleiche nicht auch von dir behaupten kann.«

In diesem Augenblick nähert Herbie sich der alten Frau, über deren Gesicht jetzt traurig Tränen rinnen, legt die Hände schalenförmig zusammen, als gälte es, ein Rinnsal von einem Strom aufzufangen, und hält die Hände zwischen ihre nackten Beine.

»Gurr«, schnurrt sie gurgelnd, »gurr, gurr.« Dann schließt

sie die blauen Augen und reibt ihre Wange an Herbies Schulter. Ich sehe, wie die Zungenspitze zwischen ihren Lippen hervorschaut. Das Fruchtfleisch, immer noch rot.

Als wir von unseren Reisen durch die wunderschönen Städte zurückkehren – nachdem ich in Prag geträumt hatte, Kafkas Hure besucht zu haben, flogen wir am nächsten Morgen nach Paris und drei Tage später nach Brüssel, wo ich auf einer Tagung über moderne europäische Literatur einen Vortrag hielt, der den Titel *Hunger Kunst* hatte –, beschließen wir, uns für Juli und August die Miete für ein kleines Haus auf dem Land zu teilen. Welch bessere Möglichkeit gäbe es, den Sommer zu verbringen? Doch kaum ist die Entscheidung getroffen, kann ich an nichts anderes mehr denken als daran, wie es letztes Mal war, als ich täglich in Tuchfühlung mit einer Frau lebte, unmittelbar vor dem Hongkong-Fiasko, wo ich das Gefühl des Begrabenseins hatte und wir beide nicht mal den Anblick der Schuhe des anderen im Schrank ertragen konnten. Folglich mache ich, ehe ich den Mietvertrag für das herrliche kleine Haus, das wir gefunden haben, unterschreibe, den Vorschlag, es sei wohl das beste, wenn keiner von uns für diese beiden Monate seine Wohnung in der Stadt weitervermietete – ein kleines finanzielles Opfer, gewiß, doch auf diese Weise bleibe uns immer eine Zufluchtsstätte, falls etwas Unvorhergesehenes passiere. Ich benutze tatsächlich den Ausdruck ›etwas Unvorhergesehenes‹. Claire – die besonnene, kluge und zartfühlende Claire – versteht sehr wohl, was ich, den Federhalter bereits gezückt, nur so dahingesagt haben wollte, während der Makler, der den Mietvertrag aufgesetzt hat, uns vom anderen Ende des Büros keineswegs amüsierte Blicke zuwirft. Vom Tag ihrer Geburt an von ihren Freistilringer-Eltern erzogen, bis sie das

Haus verlassen konnte, um aufs College zu gehen und ihr Leben selbst in die Hand zu nehmen, also seit ihrem achtzehnten Lebensjahr eine unabhängige Frau, hat sie nichts dagegen, ein Nest zu haben, zu dem sie notfalls fliegen kann, genausowenig wie gegen das Nest, das sie mit einem anderen teilen soll, solange das Teilen gutgeht. Nein, wir wollen unsere Wohnungen nicht weitervermieten, stimmt sie zu. Woraufhin ich feierlich wie der japanische Oberkommandierende, der auf MacArthurs Schlachtschiff ein ganzes Kaiserreich ausliefern sollte, Platz nehme und meine Unterschrift unter den Mietvertrag setze.

Also ein kleines, schindelgedecktes zweistöckiges Farmhaus, das inmitten von Löwenzahn und Gänseblümchen auf halber Höhe eines Hügels steht, oberhalb einer ruhigen, wenig befahrenen ländlichen Straße und zwanzig Meilen nördlich jenes Ortes in den Catskills, in dem ich aufgewachsen bin. Ich habe Sullivan County Cape Cod vorgezogen, womit auch Claire einverstanden ist – die Nähe von Marthas Vineyard und Olivia erscheint ihr heute wesentlich weniger wichtig als noch vor einem Jahr. Und mir bringen die sanften grünen Hügel und die grünen Berge in der Ferne vor den Giebelfenstern den Blick aus meinem Zimmer daheim zurück – genauer gesagt, den Blick von dem Zimmer ganz oben im ›Anbau‹ – und verstärken noch das in ihrer Nähe mir nicht unbekannte Gefühl, endlich in Einklang mit meiner Seele und meinem eigentlichen Wesen zu leben, kurz, das Gefühl, wirklich zu Hause zu sein.

Und welch ein Sommer für die Seele! Durch unser täglich eingehaltenes Programm – Schwimmen am Morgen und Spaziergang am Nachmittag – fühlen wir uns körperlich mehr und mehr fit, wohingegen wir innerlich Tag für Tag mehr Fett ansetzen, wie die Eber unseres nächsten Nachbarn, eines Farmers. Welch ein Labsal für die Seele, morgens aufzustehen! In einem weißgekalkten, sonnendurchfluteten Zimmer zu sich zu kommen, die Arme um ihren großen, fülligen Leib geschlungen! Ach, wie ich ihre Körperfülle im Bett liebe! Sie einfach *anrühren* zu können! Und die Last dieser Brüste in meiner Hand! Ach, wie so ganz anders als all die Monate, da ich mit nichts anderem in den Händen aufwachte als meinem Kopfkissen!

Später – ist es noch nicht elf? Wirklich? Wir haben unseren Zimttoast gegessen, haben geschwommen, sind im Ort gewesen, um fürs Abendessen einzukaufen, sind über die erste Seite der Zeitung in Schwermut gefallen, und es ist immer noch erst Viertel nach elf? – Später schaue ich ihr vom Schaukelstuhl auf der Veranda aus, wo ich mein vormittägliches Schreibpensum absolviere, bei der Gartenarbeit zu. Ich habe zwei Spiralmerkhefte neben mir liegen. In dem einen stehen die ersten Vorarbeiten für ein Buch über Kafka, das mir vorschwebt und das nach dem Brüsseler Vortrag *Hunger Kunst* heißen soll, während ich mich in dem anderen, dessen Seiten ich mich mit sehr viel mehr Lust nähere – und wo mir auch alles viel leichter von der Hand geht – weiterbewege auf den Kerngedanken jenes Vortrags zu, mit dessen Prolog ich im Hotel-Café in Prag angefangen habe, der Geschichte *meines* Lebens in seinen verwirrendsten und aufreizendsten Aspekten, *meine* Chronik des Lasterhaften, des Unbezähmbaren und dessen, was einen nicht losläßt . . . oder (so der Arbeitstitel): »Wie David Kepesh dazu kommt, in den Catskills in einer von Fliegendraht umschlossenen Veranda auf einem Schaukelstuhl aus Weidenrohr zu sitzen und hochbefriedigt zuzusehen, wie eine dem Alkohol abholde, fünfundzwanzig Jahre alte Lehrerin aus Schenectady, New York, in offenbar direkt von Tom Sawyer höchstpersönlich auf sie überkommenen Overalls auf den Knien in ihrem Blumengarten herumkriecht; wobei sie das Haar mit einem Stück grünen Blumendraht zusammengenommen hat, mit dem sie die im Winde wogenden Begonien festbindet; was ihr zartes, argloses Mennonitengesicht, das kleinzügig und intelligent ist wie das eines Waschbären, aber auch mit Erde verschmiert, als ob sie sich auf einen Indianertanz bei einem Girl-Scout-Treffen vorbereitet, besonders vorteilhaft zur Geltung bringt – und sein in ihren Händen liegendes Glück.«

»Warum kommst du nicht und hilfst mir beim Unkrautzupfen?« ruft sie. »Tolstoi hätte das getan.« – »Der war aber auch einer der wirklich großen Schriftsteller«, sage ich. »Die mußten so was tun, um Erfahrungen zu sammeln. Bei mir ist das anders. Für mich reicht es, wenn ich dich auf den Knien herumkrauchen sehe.« – »Nun, wie's dir gefällt«, sagt sie.

Ach, Clarissa, laß dir sagen, alles, was *ist*, gefällt. Der See, in dem wir schwimmen. Unser Obstgarten. Der Sturm. Die Grillerei. Die Musik, die spielt. Sich im Bett unterhalten. Der Eis-Tee nach dem Rezept deiner Großmutter. Überlegen, welchen Spazierweg wir am Vormittag nehmen und welchen abends in der Dämmerung. Zuschauen, wie du beim Erbsenpalen und beim Maiskolbenschälen den Kopf neigst . . .

Selbstverständlich ist die Leidenschaft zwischen uns nicht mehr ganz, was sie an jenen Sonntagen war, als wir in meinem Bett bis drei Uhr nachmittags nicht voneinander lassen konnten – »der Schlüsselblumenpfad zum Wahnsinn«, wie Claire diese gierigen Kraftakte einmal nannte, die für gewöhnlich damit endeten, daß wir beide uns auf müden Beinen erheben wie erschöpfte Wanderer, um die Bettlaken zu wechseln, uns unter der Dusche zu umarmen und dann hinauszugehen, um rasch noch etwas zum Essen einzukaufen, ehe die Wintersonne unterging. Daß wir, nachdem es einmal angefangen hatte, uns mit unverminderter Leidenschaft fast ein ganzes Jahr lang so weiter lieben sollten – daß zwei arbeitsame, verantwortungsbewußte, idealistisch gesonnene Lehrer wie Meerestiere ohne tieferes Bewußtsein aneinander kleben und im Augenblick des Überfließens nahe daran sind, mit kannibalischen Kiefern Fleisch zu zerreißen – nun, das ist irgendwie mehr, als ich je für mich vorauszusagen gewagt hätte; denn immerhin hatte ich bereits weit über das hinaus, was die Pflicht von mir erheischte – und dabei so viel eingesetzt und so viel verloren – unter dem zerfetzten scharlachroten Banner Ihrer Königlichen Hoheit, meiner Lust, gedient.

Höhe- und Tiefpunkte einander annähern. Überhitzte Raserei, die zu ruhiger, körperlicher Zuneigung abebbt. So möchte ich das beschreiben, was während dieses gesegneten Sommers mit unserer Leidenschaft geschieht. Könnte ich anders denken – wäre es denkbar, mir vorzustellen, daß ich, statt in einem warmen Zustand süßen Behagens und wohliger Vertrautheit zur Ruhe zu kommen, nur gebremst einen halsbrecherischen Abhang hinunterrutsche und bis jetzt noch längst nicht in der kalten und einsamen Höhle angelangt bin, in der ich zuletzt landen werde? Kein Zweifel, das leicht brutale Element verzieht sich mehr und mehr; verschwunden ist das, was dem Zarten an Grausamem beigemischt ist, dieser Hauch von bedenkenloser Unterjochung, die sich in bläulichen Blutergüssen kundtut, die Zügellosigkeit, der man mit dem derben Wort nachgibt, das man auf dem Höhepunkt der Lust hinhaucht. Wir sind der Begierde nicht mehr *ausgeliefert,* noch berühren wir einander immer wieder überall, befingern, walken und kneten nicht mehr mit der unersättlichen

Raserei, die dem, was wir oder wer wir sonst sind, so völlig fremd ist. Stimmt, ich habe nicht mehr etwas von einem Raubtier, und sie nicht mehr etwas von einem Flittchen, keiner von uns beiden ist mehr das verderbte Kind, der unerbittliche Vergewaltiger, der hilflos Gepfählte. Zähne, einst Schneiden und Zangen, die schmerzzufügenden Fänge kleiner Hunde und Katzen, sind einfach wieder Zähne, wie Zungen Zungen und Glieder Glieder. Wie es – das wissen wir sehr wohl – ja auch sein soll.

Ich jedenfalls werde nicht mehr streiten oder schmollen oder mich verzehren und verzweifeln. Ich werde dasjenige, was da schwindet, nicht zur Religion erheben – nicht meine Begierde nach dieser Schale, in die ich den Kopf hineinstecke, als gälte es, das letzte bißchen süßen Seim herauszuschlecken, den ich nicht schnell genug hinunterschlucken kann ... und nicht die grobsinnliche Erregung dieses Zupackens und Zustoßens, das so übermächtig ist, so auflodernd und unerbittlich, daß, wenn ich nicht stöhne, nichts von mir bleibt und ich wie benommen bin und wie betäubt, während sie in diesem an Herzlosigkeit grenzenden Zustand hitzigen Erregtseins fortfährt, bis sie mir das Leben selbst aus dem Körper herausgemolken hat. Ich werde auch den hinreißenden Anblick ihres halbnackten Körpers nicht zur Religion erheben. Nein, ich will mich keinen Illusionen mehr hingeben, was die Chancen der Wiederbelebung jenes Schauspiels betrifft, das wir mehr oder weniger endgültig durchgespielt zu haben scheinen, dieses geheimen, unzensurierten Untergrundstückes von vier verstohlen agierenden Wesen – den beiden, die atemlos dabei sind, es aufzuführen, und die beiden, die atemlos zusehen – und in dem Rücksichten auf Hygiene, Mäßigung und Uhrzeit nichts weiter sind als lächerliche Störungen. Ich sage euch, ich bin ein neuer Mensch

- das heißt, ich bin kein *neuer* Mensch mehr – und ich weiß, wann meine Nummer drankommt: jetzt genügt es schon, ihr über das lange weiche Haar zu streichen, einfach jeden Morgen Seite an Seite mit ihr in unserem Bett zu liegen, ineinander verschlungen und in Liebe aneinandergeschmiegt aufzuwachen. Jawohl, ich bin bereit, mich mit diesen Bedingungen zufriedenzugeben und einzurichten. Das wird genügen. Kein *mehr* mehr.

Und vor wem liege ich auf den Knien in dem Versuch, mich zu einigen? Wer soll darüber bestimmen, wie weit ich Claire entgleite? Ehrenwerte Mitglieder des Literaturseminars 341, gleich mir sollten Sie der Meinung sein, daß das niemand anders sein könnte, sollte und sein darf als ich.

Am Spätnachmittag eines der bezauberndsten Augusttage, da bereits fast fünfzig solcher Tage im Speicher der Erinnerung verstaut sind und mich die tiefe Gewißheit erfüllt, daß noch ein paar Dutzend mehr kommen werden – an einem Nachmittag, da das Gefühl des Behagens grenzenlos ist und ich mir niemand vorstellen kann, der glücklicher oder vom Glück begünstigter wäre als ich, bekomme ich Besuch von meiner geschiedenen Frau. Noch tagelang hinterher werde ich darüber nachdenken und jedesmal, wenn ich das Telefon klingeln oder ein Auto in die Auffahrt zum Haus einbiegen höre, meinen, es sei Helen, die noch einmal zurückkommt. Jeden Tag werde ich erwarten, daß ich einen Brief von ihr bekomme oder vielmehr einen *über* sie, in dem man mir mitteilt, sie sei wieder nach Hongkong durchgebrannt oder tot. Wenn ich mitten in der Nacht aufwache und mir einfällt, wie ich früher gelebt habe und wie ich jetzt lebe – und das passiert immer noch mit allzugroßer Regelmäßigkeit –, dann klammere ich mich an meine Bettgefährtin, als ob sie es wäre, die zehn – oder auch zwanzig, dreißig Jahre – älter ist als ich – und nicht umgekehrt.

Ich liege draußen im Obstgarten auf einem mit Segeltuch bespannten Liegestuhl, die Beine in der Sonne und den Kopf im Schatten, da höre ich drinnen im Haus, wo Claire sich zum Schwimmen fertig macht, das Telefon klingeln. Ich habe mich noch nicht entschieden – und aus derlei Entscheidungen setzen sich meine Tage zusammen –, ob ich mit ihr zum See hinunterfahren oder hierbleiben soll, um still meine Arbeit zu tun, bis es Zeit ist, die Ringelblumen zu gießen und die Weinflasche aufzumachen. Seit dem Mittagessen bin ich hier draußen gewesen – nur ich, die Hummeln und die Schmetterlinge und ab und zu Claires alter Labrador, Dazzle –, lese die Colette und mache mir Notizen fürs Seminar, das wir unter uns mittlerweile nur noch ›Begierde 341‹ nennen. Als ich mir einen Stapel ihrer Bücher durchsah, überlegte ich, ob es in Amerika jemals einen Schriftsteller gegeben hat, dem es vornehmlich um das Schenken und Empfangen von Lust gegangen wäre und der auch nur entfernt Ähnlichkeit mit der Colette aufgewiesen hätte, ein amerikanischer Schriftsteller oder eine Schriftstellerin, der oder die so tief angerührt wäre von Duft und Wärme und Farben, jemand, der ähnlich viel Verständnis für die ganze Fülle drängender körperlicher Bedürfnisse hätte und ein so feines Gespür besäße für jegliches sinnliches Anerbieten, ein Kenner auch noch der feinsten Nuancen des Liebesgefühls, und der oder die dennoch gefeit wäre gegen jede Art von Verbissenheit, ausgenommen – wie bei der Colette – die verbissene Hingabe an das ehrenhafte Überleben des eigenen Ich. Sie scheint ein Mensch gewesen zu sein, der geradezu wunderbar empfänglich war für alles, was Verlangen erhofft und verspricht – für »diese Freuden, die so leichthin körperliche genannt werden« –, gleichwohl jedoch nicht angekränkelt von puritanischem Gewissen, mörderischer Impulsivität, Überheblichkeit, unheilvollem Ehrgeiz, dem Irrsinn, immer den anderen nachzueifern oder sie gar zu übertrumpfen, und von gesellschaftlichen Mißständen. Man hält sie im schärfsten und entschiedendsten Sinn des Wortes für egoistisch, für den nüchternsten Sinnenmenschen, denkt an ihre Begabung zur Selbsterforschung, die gleichzeitig Selbstschutz ist und aufgewogen wird durch ihre Fähigkeit, sich hinreißen zu lassen . . .

Das oberste Blatt meines gelben Notizblocks ist übersät mit rasch hingekritzelten und wieder durchgestrichenen, bruchstückhaften Anfängen für eine Vorlesung – am einen Rand steht eine lange Liste moderner europäischer und amerikanischer Schriftsteller, unter denen das redliche, robuste bourgeoise Heidentum der Colette mir immer noch einzigartig dazustehen scheint – da kommt Claire im Badeanzug und den weißen Bademantel überm Arm durch die Verandatür.

Das Buch, das sie in der Hand trägt, ist Musils *Die Leiden des jungen Törless;* es ist jenes Exemplar, das ich erst gestern abend aufgehört habe, mit Anstreichungen und Anmerkungen zu versehen. Wie ich mich freue über die Neugier, die sie all den Büchern entgegenbringt, die ich in meinem Seminar behandeln möchte! Ach, und der Anblick der Schwellungen ihrer Brüste oberhalb des Bikini-Büstenhalters – nun, das ist wieder eines von den Dingen, die mir diesen wunderschönen Tag unvergeßlich machen.

»Kannst du mir«, sage ich und packe sie an der Wade, »sagen, warum es keine amerikanische Colette gibt? Oder könnte man sagen, daß Updike ihr am nächsten kommt?

Henry Miller bestimmt nicht. Und Hawthorne erst recht nicht.«

»Ein Anruf für dich«, sagt sie. »Helen Kepesh.«

»Mein Gott!« Ich werfe einen Blick auf die Uhr, wiewohl das selbstverständlich nichts nützt. »Wie spät mag es jetzt in Kalifornien sein? Was kann sie wollen? Wie hat sie mich aufgestöbert?«

»Es ist kein Ferngespräch.«

»Was du nicht sagst!«

»Nein, ich glaube nicht.«

Bis jetzt habe ich mich noch nicht aus dem Liegestuhl gerührt. »Und sie hat sich so gemeldet? Mit Helen *Kepesh*?«

»Ja.«

»Ich dachte, sie hätte wieder ihren Mädchennamen angenommen.«

Claire zuckt mit den Achseln.

»Du hast ihr gesagt, daß ich hier bin?«

»Soll ich ihr sagen, du bist es nicht?«

»Was kann sie nur *wollen*?«

»Das mußt du sie schon selber fragen«, sagt Claire. »Oder vielleicht auch nicht.«

»Wäre es denn wirklich unrecht von mir, einfach reinzugehen und den Hörer aufzulegen?«

»Nicht unrecht«, sagt Claire, »sondern nur übertrieben ängstlich.«

»Aber meine Angst ist der Situation nun mal nicht angemessen. Ich bin eher unangemessen *glücklich*. Es ist alles so vollkommen!« Ich spreize die Finger meiner Hand und bedecke damit die sanfte Fleischschwellung über ihrem Büstenhalter. »Ach, meine liebe, liebe Claire!«

»Ich werde hier auf dich warten«, sagt sie.

»Und ich gehe mit schwimmen.«

»Okay. Gut.«

»Also warte!«

Es wäre weder grausam noch feige, sage ich mir, als ich auf das Telefon herniederschaue, das auf dem Küchentisch steht – es wäre ganz einfach das Vernünftigste, was ich tun könnte. Nur, Helen ist zufällig immer noch einer von den wenigen Menschen, die mir nahestehen. »Hallo«, sage ich.

»Hallo. Ach, hallo. Hör mal, mir ist das ein bißchen peinlich, daß ich dich anrufe, David. Fast hätte ich's nicht getan. Aber ich bin nun grade mal hier. Wir sind bei der Texaco-Tankstelle, gegenüber von der Immobilienfirma.«

»Ich verstehe.«

»Ich fand es schlichtweg zu blöde, einfach weiterzufahren, ohne dich nicht wenigstens anzurufen. Wie geht es dir?«

»Woher weißt du, daß ich hier bin?«

»Ich hab' vor ein paar Tagen in New York versucht, dich zu erreichen. Ich hab' im College angerufen, aber die Sekretärin sagte mir, sie sei nicht befugt, mir deine Sommeradresse zu geben. Ich habe gesagt, ich wäre eine frühere Studentin von dir und überzeugt, daß du nichts dagegen hättest. Aber sie ließ sich nicht erweichen, was Professor Kepeshs Privatleben betrifft. Ein regelrechter Festungswall, diese Dame.«

»Und wie hast du es dann rausgekriegt?«

»Indem ich die Schonbrunns angerufen habe.«

»Oh, oh!«

»Aber daß wir hier tanken mußten, ist reiner Zufall. Merkwürdig, ich weiß, aber wahr. Das heißt, so merkwürdig nun auch wieder nicht, verglichen mit den merkwürdigen Dingen, die sonst so passieren.«

Sie lügt, und ich lasse mich nicht einwickeln. Durchs Fenster kann ich Claire sehen, wie sie mit dem unaufgeschlagenen Buch in der Hand dasteht. Wir könnten bereits im Wagen und auf dem Weg zum See hinunter sein.

»Was willst du, Helen?«

»Von dir, meinst du? Nichts. Gar nichts. Ich bin wieder verheiratet.«

»Das wußte ich ja gar nicht.«

»Deshalb war ich ja in New York. Wir haben die Familie meines Mannes besucht. Und jetzt sind wir auf dem Weg rauf nach Vermont. Sie haben dort ein Sommerhaus.« Sie lacht; ein sehr ansprechendes Lachen. Unwillkürlich erinnert es mich an sie im Bett. »Kannst du dir vorstellen, daß ich noch nie in New England war?«

»Nun«, sage ich, »es ist nicht gerade Rangoon.«

»Selbst Rangoon ist das heute nicht mehr.«

»Wie geht es dir gesundheitlich? Ich hab' gehört, du bist ziemlich runter gewesen.«

»Jetzt geht es mir aber wieder besser. Ich hab' eine ziemlich schwere Zeit hinter mir. Aber das ist jetzt vorbei. Und wie geht es *dir*?«

»Ich hab' das Schwerste auch hinter mir.«

»Ich würde dich gern sehen, wenn das möglich ist. Ist es weit bis zu deinem Haus? Ich würde gern mit dir reden, nur kurz . . .«

»Worüber?«

»Ich bin dir ein paar Erklärungen schuldig.«

»Das bist du nicht. Genausowenig wie ich dir. Ich meine, zu diesem Zeitpunkt ist es für uns beide wohl besser, keine Erklärungen mehr abzugeben.«

»Ich war durchgedreht, David, war auf dem Weg, verrückt zu werden – ach David, das ist schwer zu erklären in dieser Umgebung von lauter Motoröldosen.«

»Dann laß es!«

»Ich muß es aber.«

Draußen auf meinem Liegestuhl blättert Claire jetzt in der *Times*.

»Du gehst besser ohne mich schwimmen«, sage ich. »Helen kommt her – mit ihrem Mann.«

»Ist sie denn verheiratet?«

»Sagt sie jedenfalls.«

»Warum dann sich mit Helen ›Kepesh‹ melden?«

»Wahrscheinlich, um sich dir gegenüber zu erkennen zu geben. Mir gegenüber.«

»Oder sich selbst gegenüber«, sagt Claire. »Wäre es dir lieber, ich bin nicht dabei?«

»Selbstverständlich nicht. Ich dachte, du würdest es *vorziehen,* schwimmen zu gehen.«

»Nur, wenn *du* es lieber hast . . .«

»Nein, durchaus nicht.«

»Wo sind sie denn jetzt?«

»Unten im Ort.«

»Sie ist ganz bis hierhergefahren . . .? Das verstehe ich nicht. Was, wenn wir nicht zu Hause gewesen wären?«

»Sie sagt, sie sind auf dem Weg nach Vermont, wo seine Familie ein Haus hat.«

»Sie haben nicht die Autobahn genommen?«

»Liebling, was hast du denn? Nein, sie sind nicht über die Autobahn gekommen. Vielleicht sind sie über Nebenstraßen gefahren, um die Landschaft zu genießen. Ist doch egal! Sie werden kommen und auch wieder abfahren. Du bist es, die mir gesagt hat, ich soll nicht übertrieben ängstlich sein.«

»Aber ich möchte auf keinen Fall, daß man dir weh tut.«

»Keine Sorge. Wenn das der Grund ist, warum du bleibst . . .«

Woraufhin sie plötzlich aufsteht und unter Tränen (das

habe ich noch nie bei ihr erlebt!) sagt: »Schau, es ist so *offensichtlich,* daß du mich aus dem Weg haben möchtest.« Rasch eilt sie auf den Platz hinterm Haus zu, wo in der Sandkuhle neben der alten verfallenen Scheune unser Wagen abgestellt ist. Und ich laufe hinter ihr her, gleich hinter dem Hund, für den das alles ein Spiel ist.

Folglich stehen wir neben der Scheune und warten gemeinsam, bis die Lowerys kommen. Als ihr Wagen die lange ungepflasterte Auffahrt herauffährt, zieht Claire rasch den weißen Bademantel über ihren Bikini. Ich trage eine alte kurze Cordhose, ein ausgebleichtes T-Shirt und ausgelatschte alte Tennisschuhe – Sachen, die ich bestimmt schon seit Syracuse habe. Helen wird keine Schwierigkeiten haben, mich zu erkennen. Aber werde ich sie wiedererkennen? Kann ich Claire erklären – hätte ich es tun sollen –, daß ich nichts weiter will als *sehen* . . .

Wie ich gehört hatte, sollte sie bei all ihren Leiden auch noch rund zwanzig Pfund zugenommen haben. Wenn das stimmt, hat sie die inzwischen alle wieder verloren – und noch ein paar Pfunde mehr. Sie ist, als sie aus dem Wagen steigt, kein bißchen verändert. Höchstens, daß sie eine noch blassere Hautfarbe hat, als ich sie in Erinnerung habe – oder vielmehr: Sie ist nicht so saubergeschrubbt blaß, auf diese Quakerart bleich, die ich inzwischen gewohnt bin. Helens Blässe hat etwas Schimmerndes, Durchsichtiges. Einzig ihre dünnen Arme und ihr schmaler Hals deuten darauf hin, daß es ihr gesundheitlich nicht gut gegangen ist; doch weit wichtiger: sie ist jetzt eine Frau Mitte dreißig. Sonst ist sie wie eh und je Das Hinreißende Geschöpf.

Ihr Mann schüttelt mir die Hand. Ich hatte jemand Älteren und Größeren erwartet – offenbar tut man das für gewöhnlich. Lowery trägt einen kurz gestutzten schwarzen Bart, eine runde Hornbrille, scheint ungewöhnlich kräftig und hat einen gedrungenen Körperbau. Beide tragen sie Jeans, Sandalen und farbige Polohemden und haben eine Prinz-Eisenherz-Frisur. Der einzige Schmuck an beiden sind die Eheringe. Das alles verrät mir praktisch nichts. Vielleicht sind die Smaragde daheim im Banksafe.

Wir machen einen Rundgang, als ob sie interessierte Käufer wären, die der Hausmakler geschickt hat, damit sie sich das Haus ansehen; als wären sie das Ehepaar, das weiter unten an derselben Straße eingezogen ist und nur hereinschaut, um sich vorzustellen; als wären sie das, was sie sind – die Ex-Frau mit dem neuen Ehemann, jemand, der jetzt nichts bedeutet, Artefakt von vergleichsweise geringem historischen Interesse, das bei einer ganz gewöhnlichen Ausgrabung ans Licht gekommen ist. Jawohl, sie einzuweisen in unsere so vollkommene kleine Höhle erweist sich weder als törichter, noch – weiß Gott – *gefährlicher* Fehler. Wie hätte ich sonst jemals wissen sollen, daß ich nunmehr auch ganz und gar ent-*helen*isiert bin, daß diese Frau mir weder weh tun noch mich einwickeln kann, daß ich von niemand mehr bestrickt werden kann außer von dem liebevollsten und liebenswertesten aller weiblichen Geschöpfe. Claire hat geglaubt, mich warnen zu müssen, übertrieben ängstlich zu sein; und das selbstverständlich, ehe sie – zweifellos der Verwirrung wegen, die mich erfaßt hat, nachdem ich den Hörer aufgelegt habe – ihrerseits eine übertriebene Angst an den Tag legte.

Claire ist jetzt mit Les Lowery vorausgegangen. Sie gehen zu der geschwärzten und zersplletten Eiche am Waldrand. Anfang des Sommers war diese während eines tagelang wütenden heftigen Sturms vom Blitz getroffen worden und in zwei Teile auseinandergeborsten. Als wir alle durchs Haus und durch den Garten gingen, hat Claire ein ganz kleines bißchen zu redselig über die wütenden Julistürme geplaudert; ein wenig fieberhaft und ein wenig einfältig. Ich war vorher einfach nicht auf den Gedanken gekommen, wie bedrohlich Helen ihr vorkommen mußte nach den vielen Berichten über das Unmaß an Scherereien, das sie mir bereitet hatte; vermutlich war mir nicht klargeworden, wie oft ich ihr in den ersten Monaten, da wir zusammen waren, davon erzählt hatte. Kein Wunder, daß sie sich an den stillen Ehemann hält, der ihr im Alter und dem Wesen nach wesentlich näher zu stehen scheint und der, wie sich herausstellt, gleichfalls die *Natural History* und das *Audubon Magazine* abonniert hat. Vor wenigen Augenblicken hat sie auf der Veranda all die verschiedenen seltenen Muscheln vom Cape Cod erklärt, die zwischen den antiken Zinnleuchtern, die ihre Großmutter ihr zum bestandenen Examen geschenkt hat, auf einem Tablett aus Weidengeflecht mitten auf dem Eßtisch stehen.

Während meine Gefährtin und ihr Begleiter den ausgebrannten Stamm der Eiche untersuchen, gehen Helen und ich langsam zur Veranda zurück. Sie ist immer noch dabei, mir von ihm zu erzählen. Er ist Rechtsanwalt, Bergsteiger, Schiläufer und geschieden und hat zwei halbwüchsige Töchter; sein Kompagnon ist ein Architekt, und gemeinsam haben sie als Bauunternehmer bereits ein kleines Vermögen gemacht; vor kurzem ist er in den Nachrichten erwähnt worden, wegen der guten Dienste, die er der Regierung von Kalifornien als Berater eines Untersuchungsausschusses geleistet hat, welcher die Verflechtung von Mafia und Polizei in Marin County durchleuchten sollte ... Draußen sehe ich, daß Lowery noch über die Eiche hinaus weitergegangen ist und jetzt dem Weg folgt, der durch den Wald zu den steilen Felsformationen führt, die Claire den ganzen

Sommer über immer wieder fotografiert hat. Claire und Dazzle hingegen scheinen auf dem Weg zurück zum Haus.

Ich sage zu Helen: »Er sieht ein bißchen zu jung für einen solchen Karenin aus.«

»Ich wäre bestimmt auch sarkastisch«, entgegnet sie, »wenn ich an deiner Stelle wäre und mir vorstellte, ich wäre immer noch ich. Ich war überrascht, daß du überhaupt an den Apparat gegangen bist. Aber das ist, weil du nun mal ein netter Mann bist. Das bist du ja immer gewesen.«

»Ach, Helen, was soll denn das? Spar dir doch das ›nett‹ für meinen Grabstein auf. Möglich, daß du ein neues Leben angefangen hast, aber diese Phrasen . . .«

»Ich hatte viel Zeit, über alles nachzudenken, als ich krank war . . .«

Aber das will ich nicht wissen. »Sag mir«, falle ich ihr ins Wort, »wie war denn deine Unterhaltung mit den Schonbrunns?«

»Ich hab' nur mit Arthur geredet. Sie war nicht da.«

»Und wie hat er es aufgenommen, nach all dieser Zeit wieder von dir zu hören?«

»Ach, eigentlich ganz gut.«

»Offen gestanden bin ich überrascht, daß er dir weitergeholfen hat. Und es überrascht mich, daß du ihn darum gebeten hast. Soweit ich mich erinnere, warst du nicht gerade begeistert von ihm – und sie beide auch nicht von dir.«

»Arthur und ich haben unsere Meinung über einander geändert.«

»Seit wann? Früher hast du dich doch immer schrecklich über ihn lustig gemacht.«

»Das tue ich nicht mehr. Ich zieh' einfach nicht Leute durch den Kakao, die kein Hehl daraus machen, was sie wollen. Oder zumindest zugeben, was ihnen abgeht.«

»Und was ist es, das Arthur abgeht? Willst du etwa andeuten, daß Arthur die ganze Zeit auf *dich* scharf gewesen wäre?«

»Was ›die ganze Zeit‹ betrifft, das weiß ich nicht.«

»Aber Helen, das ist schon starker Tobak.«

»Ich habe nie etwas gehört, was leichter zu glauben gewesen wäre.«

»Und was soll ich jetzt wieder glauben?«

»Als wir beide von Hongkong zurückkamen, als du auszogst und ich allein war, rief er mich eines Abends an und fragte, ob er rüberkommen dürfe, um zu reden. Er mache sich allergrößte Sorgen um dich. Er kam also direkt aus seinem Büro – es war so um die Neun – und redete fast eine geschlagene Stunde über dein Elend. Zuletzt sagte ich zu ihm, ich wüßte nicht, was das alles noch mit mir zu tun habe, und da fragte er, ob er und ich uns nicht mal zum Mittagessen in San Francisco treffen könnten. Ich sagte, ich wüßte nicht, denn ich war ja selbst ziemlich runter, und da hat er mich geküßt. Und dann mußte ich mich hinsetzen, er setzte sich auch und erklärte mir in allen Einzelheiten, er hätte das nicht vorgehabt und es bedeute nicht das, was ich meinte. Er sei noch glücklich verheiratet, habe nach all diesen Jahren immer noch eine starke körperliche Beziehung zu Debbie, und außerdem habe er ihr sein Leben zu verdanken. Und dann erzählte er mir eine herzzerreißende Geschichte von irgendeiner Verrückten, einer Bibliothekarin, die er in Minnesota ums Haar geheiratet hätte, und wieso es gekommen sei, daß sie einmal beim Frühstück mit der Gabel auf ihn losgegangen und ihn in die Hand gestochen habe. Er war nie über den Gedanken hinweggekommen, was wohl aus ihm geworden wäre, wenn er nachgegeben und sie geheiratet hätte – er meint, es hätte bestimmt Mord und Totschlag gegeben. Er hat mir sogar die

Narbe gezeigt, die er von der Gabel zurückbehalten hat. Seine Rettung, sagte er, sei es gewesen, Debbie kennenzulernen, und daß er alles, was er geschafft hätte, ihr und ihrer Liebe verdanke. Dann versuchte er wieder, mich zu küssen, und als ich sagte, das fände ich nicht so gut, sagte er, ich hätte vollkommen recht, er hätte mich völlig falsch eingeschätzt und wünschte jetzt erst recht, daß wir zusammen essen gehen sollten. Er bestellte einen Tisch in einem Restaurant irgendwo in Chinatown, und kein Mensch, das kannst du mir glauben, der ihn oder mich kannte, oder irgend jemand kannte, hat uns dort zusammen sehen können. Das war alles. Aber dann, den Sommer, als sie in den Osten gingen, fing er an, mir Briefe zu schreiben. Ich bekomme immer noch welche, alle paar Monate einen.«

»Weiter. Was steht denn drin?«

»Oh, es sind schrecklich gut geschriebene Briefe«, sagt sie lächelnd. »Manche von diesen Sätzen muß er bis zu zehnmal umgeschrieben haben, ehe er mit ihnen zufrieden war. Für meine Begriffe sind das die Art Briefe, wie der für Literatur zuständige Redakteur einer College-Zeitung sie spät nachts seiner Freundin vom Smith College schreibt. ›Das Wetter ist klar und so frisch wie knackiger Salat‹ und so weiter. Manchmal streut er auch Zeilen aus großen Gedichten über Venus, Cleopatra und Helena ein.«

»›Seht, sie ist's, so die ganze Welt begehret.‹«

»Genau – das war eine davon. Fand ich eigentlich sogar ein bißchen beleidigend. Nur kann's das ja wohl nicht sein, weil es ein ›bedeutendes‹ Gedicht ist. Aber wie dem auch sei, irgendwie gibt er mir immer zu verstehen, daß ich nicht zu antworten brauche, und deshalb tu' ich's auch nicht. Warum lachst du? Es ist doch eigentlich sehr lieb. Nun, immerhin ist es *etwas*. Was glaubst denn du?«

»Ich lache«, sage ich, »weil auch ich meine Schonbrunn-Briefe bekommen habe – von ihr.«

»Das wieder find ich, ist starker Tobak.«

»Kannst du aber glauben – ich kann sie dir zeigen. Für mich allerdings keine Zitate aus bedeutenden Gedichten.«

Claire ist immer noch etwa fünfzig Schritt entfernt – trotzdem verfallen wir in Schweigen, als sie aufs Haus zukommt. Warum? Weiß der Himmel, warum!

Hätten wir es doch bloß nicht getan! Warum habe ich nicht einfach irgend etwas gesagt, ihr einen Witz erzählt, ein Gedicht *aufgesagt,* irgendwas, bloß damit Claire, als sie durch die Verandatür kommt, nicht dieses verschwörerische Schweigen bemerkt. Bloß, damit sie mich bei ihrem Eintritt nicht wider meinen Willen verzaubert Helen gegenübersitzen sieht!

Sie wird sofort zu Stein – und trifft eine Entscheidung. »Ich geh' jetzt schwimmen.«

»Was ist denn mit Les?« fragt Helen.

»Geht spazieren.«

»Möchtest du wirklich kein Glas Eistee?« frage ich Claire. »Warum trinken wir nicht ein Glas Eistee?«

»Nein. Wiedersehn!« Mit diesem verkürzten Abschiedswort für den Gast geht sie fort.

Von meinem Platz aus kann ich sehen, wie unser Auto den Hügel hinunter zur Straße rollt. Was für ein Komplott, meint Claire wohl, schmieden wir hier? Tun wir es denn?

Und Helen sagt, als das Auto nicht mehr zu sehen ist: »Sie ist furchtbar lieb.«

»Und ich bin ein ›netter‹ Mann«, sage ich.

»Tut mir leid, daß ich deine Freundin durch unser Erscheinen aufgeregt habe! Das habe ich nicht gewollt.«

»Das gibt sich wieder. Sie ist stark.«

»Und ich will dir auch nichts Böses. Deshalb bin ich nicht hergekommen.«

Ich sage nichts.

»Früher hab' ich dir sehr wohl was Böses antun wollen, das stimmt«, sagt sie.

»Du bist nicht allein schuld an unserem Elend.«

»Was du mir angetan hast, hast du getan, ohne es zu wollen; das hast du nur getan, weil ich dich dazu provoziert habe. Heute glaube ich aber, daß ich es darauf angelegt hatte, dich zu quälen.«

»Es hat keinen Zweck, alles wieder aufzuwärmen, Helen. Wir haben uns gegenseitig gequält, schön, aber doch nicht aus Bosheit. Das geschah aus der Verwirrung, und aus Unwissenheit, und auch noch aus anderen Gründen: wäre es aus Böswilligkeit geschehen, würden wir wohl nicht so lange zusammengeblieben sein.«

»Ich hab' den verdammten Toast absichtlich anbrennen lassen.«

»Wenn ich mich recht erinnere, waren es die verdammten Eier, die anbrannten. Der verdammte Toast wurde ja nie reingesteckt.«

»Ich hab' auch deine Briefe absichtlich nicht eingesteckt.«

»Warum sagst du diese Dinge? Um dich zu strafen, oder dich irgendwie von Schuldgefühlen zu befreien, oder nur, weil du mich hochbringen willst? Selbst wenn es stimmen sollte, ich will es nicht wissen. Das ist alles passé.«

»Ich hab' es einfach immer gehaßt, wie die Menschen ihre Zeit totschlagen. Verstehst du, ich hatte doch mein fabelhaftes Leben bis in alle Einzelheiten vorausgeplant!«

»Ich weiß.«

»Nun, auch das ist alles passé. Jetzt nehme ich, was ich kriegen kann, und bin dankbar dafür, daß ich es habe.«

»Oh, jetzt übertreib das mit der Bestrafung bloß nicht, wenn's das ist. Mr. Lowery macht auf mich nicht den Eindruck eines männlichen Mauerblümchens. Er sieht aus, als ob er stark wäre und wüßte, was er will. Und hört sich an wie jemand, dem gegenüber man sich verdammt vorsehen muß, wo er es doch mit der Mafia *und* der Polizei aufnimmt. Er macht den Eindruck, als wäre er sehr mutig und stünde mit beiden Beinen auf der Erde. Genau der richtige für dich. Und außerdem sieht es ohne Zweifel so aus, als wäre er sehr mit dir einverstanden.«

»Wirklich?«

»Du siehst toll aus«, sage ich und bedaure augenblicklich, das gesagt zu haben. Folglich füge ich noch hinzu: »Du siehst wunderbar aus!«

Zum erstenmal, seit Claire auf die Veranda gekommen ist, verfallen wir wieder in Schweigen. Ohne dem Blick des anderen auszuweichen, sehen wir uns an, als wären wir Fremde, die es endlich wagen, einander gerade und offen ins Gesicht zu sehen – das Vorspiel gleichsam, ehe man sich aufeinanderstürzt und es schamlos und im höchsten Maße erregend miteinander treibt. Ich glaube, es ist uns unmöglich, nicht ein bißchen zu flirten – falls nicht gar etwas mehr als nur ein bißchen. Vielleicht sollte ich das sagen. Andererseits, vielleicht aber besser doch nicht. Vielleicht sollte ich einfach dasitzen und wegsehen.

»Was hast du denn gehabt?« erkundige ich mich.

»Was mir gefehlt hat? Mir kam es vor, als gäbe es nichts, was ich nicht gehabt hätte. Ich muß bei fünfzig Ärzten gewesen sein. Ich habe immer nur in Wartezimmern rumgesessen; ich wurde geröntgt, es wurde mir Blut abgenommen, ich bekam Cortisonspritzen, und dann hab' ich in Apotheken rumgehockt und gewartet, daß ich die Sachen auf den Rezepten bekam. Dann hab' ich die Pillen runtergeschluckt, immer in der Hoffnung, daß sie mir auf der Stelle helfen würden. Du hättest mal mein Medizinschränkchen sehen sollen! Statt Countess Olga's wundersamen Cremes und Schönheitswässerchen, Röhrchen um Röhrchen mit abscheulichen kleinen Pillen – von denen keine einzige half, höchstens, mir meinen Magen zu ruinieren. Die Nase hörte ein ganzes Jahr nicht auf zu laufen. Stundenlang hab' ich geniest, konnte keine Luft mehr kriegen, mein Gesicht schwoll an, die Augen juckten mich die ganze Zeit über, und dann fing ich an, überall entsetzlich zu blühen. Ausschlag. Beim Zubettgehen betete ich darum, daß er einfach wieder verschwände, wie er gekommen war, daß er am nächsten Morgen, wenn ich aufwachte, weg sein würde. Ein Spezialist für Allergien riet mir, nach Arizona zu ziehen, und ein anderer sagte mir, das würde überhaupt nichts helfen, weil alles nur in meinem Kopf sitze, und noch einer erklärte mir in allen Einzelheiten, wieso ich mir selbst gegenüber allergisch sei oder was weiß ich, und da ging ich einfach nach Haus und ins Bett, zog die Bettdecke über die Ohren und hing Tagträumen darüber nach, daß mir alles Blut abgezapft und gegen das von jemand anders ausgetauscht werden würde, Blut, mit dem ich dann den Rest meines Lebens zurechtkäme. Ich bin schier wahnsinnig geworden. An manchen Tagen wollte ich mich aus dem Fenster stürzen.«

»Aber es ist wieder besser geworden.«

»Ich lernte Les kennen«, sagt Helen. »Dadurch scheint es gekommen zu sein. Die Leiden verschwanden, eines nach dem anderen. Ich konnte nicht begreifen, wie er mich ertragen konnte. Ich sah abscheulich aus.« – »Vermutlich aber doch nicht so abscheulich, wie du dachtest. Schließlich scheint er sich doch in dich verliebt zu haben.«

»Nachdem es mir wieder besser ging, bekam ich es mit der Angst zu tun. Ich bildete mir ein, ohne ihn würde ich wieder krank werden. Und wieder anfangen zu trinken – denn irgendwie schaffte er es, daß ich sogar mit der Trinkerei aufhörte. Als er mich den ersten Abend abholen kam und so stark und draufgängerisch und forsch ansah, sagte ich zu ihm: ›Hören Sie, Mr. Lowery. Ich bin fünfunddreißig und ich bin krank wie sonst was, und ich hab' keine Lust, in den Arsch gevögelt zu werden.‹ Woraufhin er sagte: ›Wie alt Sie sind, weiß ich, krank wird jeder mal, und Arschfick interessiert mich nicht.‹ Folglich gingen wir aus, er war hinreißend selbstsicher und verliebte sich in mich – und selbstverständlich auch in die Aufgabe, mich zu retten. Aber ich liebte ihn nicht. Immer und immer wieder wollte ich Schluß mit ihm machen. Nur, wenn ich Schluß mit ihm machen würde, wenn ich mir vorstellte, es wäre aus, bekam ich furchtbare Angst . . . Und so haben wir geheiratet.«

Ich sage nichts dazu. Ich blicke weg.

»Ich bekomme ein Kind«, sagt sie.

»Herzlichen Glückwunsch. Wann?«

»Sobald ich kann. Verstehst du, mir liegt nichts mehr am Glücklichsein. Das ist längst vorbei. Das einzige, worum es mir geht, ist, nicht mehr gequält zu werden. Ich tue alles. Wenn er will, kriege ich zehn, zwanzig Babies. Was ihm durchaus zuzutrauen ist. Da hast du einen Mann, David, der nicht im geringsten von Selbstzweifeln angekränkelt ist. Er hatte eine Frau und zwei Kinder, schon als er noch studierte – er war damals schon im Baugeschäft – und jetzt will er nochmals Kinder, von mir. Und ich werde es tun. Was bleibt mir anderes übrig – mir, so einst die ganze Welt begehrt hat? Einen kleinen Antiquitätenladen mit Pfiff aufmachen? Irgendein Examen bestehen und irgendwas aufmachen? Eine von diesen welkenden Schönheiten sein?«

»Wenn du nicht mehr zwanzig sein und bei Sonnenuntergang an den Dschunken vorübersegeln kannst ... Aber das haben wir ja schon alles durchgekaut. Es geht mich nichts mehr an.«

»Wie steht es denn mit dir? Hast du vor, Miss Ovington zu heiraten?«

»Vielleicht.«

»Was hindert dich daran?«

Darauf bleibe ich die Antwort schuldig.

»Sie ist jung, sie ist schön, sie ist intelligent, sie ist gebildet, und unterm Bademantel schien sie bezaubernd. Zu allem Überfluß hat sie noch dies kindhafte und unschuldige Etwas, das ich bestimmt nie gehabt habe. Etwas, was es versteht, sich zu bescheiden, würde ich meinen. Wie werden diese Frauen bloß so, kannst du mir das verraten? Wie werden sie bloß so *gut*? Ich war sicher, daß sie das sein würde. Klug und hübsch und gut. Leslie ist klug und hübsch und gut. Ach, David, wie wirst du nur damit fertig?«

»Weil ich selbst klug und hübsch und gut bin.«

»Nein, alter Kumpel – jedenfalls nicht so, wie sie es sind. Die sind von Natur aus so, ganz naiv. Du kannst dir noch soviel Mühe geben – es wird nie ganz das gleiche sein, nicht mal bei einem Meister der Repression wie du es bist. Du bist nicht einer von ihnen, und du bist auch nicht so wie der arme Arthur Schonbrunn.«

Ich entgegne kein Wort.

»Treibt es dich denn nicht ein bißchen zum Wahnsinn, daß sie so klug und hübsch und gut ist?« fragt Helen. »Mit ihren Muscheln und Blumenbeeten und ihrem Hund? Und den Rezepten, die sie überm Spülbecken festgepinnt hat?«

»Bist du gekommen, um mir das zu sagen, Helen?«

»Nein. Darum nicht. Selbstverständlich nicht. Ich hatte nicht vor, auch nur ein einziges Wort in dieser Richtung zu sagen. Du bist doch nicht auf den Kopf gefallen – du weißt genau, warum ich gekommen bin. Um dir meinen Mann vorzuführen. Um dir zu zeigen, wie ich mich verändert habe – zum Besseren, versteht sich; und . . . und was da ähnlicher Lügen mehr sind. Ich dachte, ich könnte vielleicht sogar mir selbst was vormachen. David, ich bin hergekommen, weil ich mit einem Freund reden wollte, so komisch das im Augenblick auch klingen mag. Manchmal glaube ich, du bist der einzige Freund, den ich noch habe. Das habe ich geglaubt, als ich krank war. Ist das nicht irre? Beinahe hätte ich dich eines Abends angerufen – aber ich wußte, daß ich dich nichts mehr anging. Verstehst du, ich bin schwanger! Bitte, sag mir eines. Sag mir, was ich tun soll. Irgend jemand muß es mir sagen. Ich bin im zweiten Monat, und wenn ich noch länger warte, nun, dann geht es nicht mehr, und ich muß das Kind bekommen. Und ich kann ihn nicht mehr ausstehen. Allerdings kann ich keinen Menschen mehr ausstehen. Wer immer auch was sagt, irgendwie ist es immer das Falsche und macht mich verrückt. Womit ich nicht sagen will, daß ich mich mit anderen herumstreite. Das würde ich nicht wagen. Ich höre zu und nicke und lächle. Du solltest mal sehen, wie ich mich neuerdings bemühe, anderen zu gefallen. Ich höre Les zu, nicke und lächle – und hab' das Gefühl, ich müßte vor Langeweile eingehen. Was er auch tut, es gibt nichts, was mich nicht nahezu zu Tode irritierte. Aber ich kann es einfach nicht ertragen, noch einmal krank zu werden und allein zu sein. Das könnte ich nicht durchhalten. Ich ertrage die Einsamkeit, und wenn es mir körperlich dreckig geht, werde ich auch damit fertig – aber nicht beides zusammen, wie damals. Nie wieder! Das war zu furchtbar und zu hart. Ich hab' einfach keinen Mut mehr. Es ist, als ob ich mich in der Beziehung völlig verausgabt hätte; ich habe das Gefühl, in mir ist kein bißchen Mut mehr. Dabei muß ich dieses Kind kriegen. Ich muß ihm sagen, daß ich schwanger bin – und es zur Welt bringen. Denn wenn ich es nicht tue – ich weiß nicht, was dann passiert. Ich kann ihn nicht verlassen. Ich habe eine entsetzliche Angst, daß ich wieder krank werde wie zuvor, daß ich mich zu Tode kratz', daß ich keine Luft mehr kriegen kann – und es hilft nun mal nicht, wenn man gesagt bekommt, das sitzt alles im eigenen Kopf, denn dadurch wird es auch nicht besser. Nur er schafft das. Jawohl, *er* hat es geschafft, daß alles weggegangen ist! Ach, all das ist so verrückt! Nichts davon hätte sein müssen. Denn wenn Jimmys Frau damals überfahren worden wäre, wozu er alles in die Wege geleitet hatte, dann wär' alles in Ordnung gewesen. Ich hätte gehabt, was ich wollte. Mich hätte das nicht soviel gekostet! Ob's dir gefällt oder nicht, das ist die Wahrheit über mich. Ich hätte mich keinen Augenblick mit Schuldgefühlen rumgeschlagen. Ich wäre glücklich gewesen. Und sie hätte bekommen, was sie verdiente. Statt dessen war ich anständig – und sie hat sie *beide* unglücklich gemacht. Ich wollte nicht schlimm sein, und die Folge davon ist, daß ich entsetzlich unglücklich bin. Jede Nacht wälze ich mich im Bett herum und leide unter dem Alptraum, daß ich keinen Menschen liebe!«

Endlich, endlich sehe ich Lowery aus dem Wald herauskommen und den Hügel zum Haus herabschreiten. Er hat das Hemd ausgezogen und trägt es in der Hand. Er ist ein kräftiger, ansehnlicher junger Mann, beruflich sehr erfolgreich, und daß es ihn in ihrem Leben gibt, hat ihr die Gesundheit zurückgegeben . . . Nur hat Helen das Pech, daß sie ihn nicht ausstehen kann. Immer noch Jimmy – immer noch diese Träume von dem, was sein könnte und hätte sein sollen, wären ihr nur nicht ihre moralischen Skrupel in die Quere gekommen.

»Vielleicht lerne ich das Baby ja lieben«, sagt sie.

»Vielleicht tust du das«, sage ich. »So was soll vorkommen.«

»Kann aber auch sein, daß ich das Baby verachte«, sagt Helen und steht mit umdüsterter Miene auf, ihren Mann zu begrüßen. »Ich könnte mir vorstellen, daß auch so was vorkommt.«

Nachdem sie fort sind – wie das neuzugezogene Ehepaar weiter unten an der Straße, lächelnd und mit guten Wünschen für alle – ziehe ich meine Badehose an und gehe zu Fuß die anderthalb Kilometer zum See hinunter. Mich bewegen weder Gedanken noch Gefühle – ich bin wie betäubt, wie jemand, der Zeuge eines schrecklichen Unfalls oder einer Explosion ist, einen kurzen, erschrockenen Blick auf eine Blutlache wirft und dann weitergeht, ohne etwas abbekommen zu haben, und weiter seinen Tagesgeschäften nachgeht.

Ein paar Kinder spielen mit Eimern und Schaufeln am Wasser, bewacht von Claires Hund und beaufsichtigt von einem jungen Mädchen, das aufblickt und ›Hallo‹ sagt. Das Buch, in dem das Mädchen liest, ist ausgerechnet *Jane Eyre*. Claires Bademantel liegt auf einem der Felsen, auf dem wir immer unsere Sachen ablegen, und dann entdecke ich sie, wie sie auf dem Floß liegt und sich sonnt.

Als ich mich neben ihr hochstemme, sehe ich, daß sie geweint hat.

»Tut mir leid, daß ich mich so benommen hab'«, sagt sie.

»Das braucht dir nicht leid zu tun, wirklich nicht. Es hat uns ja beide ganz schön mitgenommen. Ich glaube, so was tut nie gut.«

Sie fängt wieder an zu weinen, so lautlos, wie man nur weinen kann. Es sind die ersten Tränen, die ich überhaupt bei ihr sehe.

»Was ist denn, Liebling, was?«

»Ich bin doch so glücklich! Komme mir so sehr vom Glück begünstigt vor. Ich liebe dich. Du bist mein ganzes Leben geworden.«

»Bin ich das?«

Das bringt sie zum Lachen. »Es macht dir ein wenig Angst, das zu hören. Das hatte ich mir schon gedacht. Ich habe selbst nicht geglaubt, daß es wirklich so ist – bis heute. Aber ich bin eben noch nie so glücklich gewesen.«

»Clarissa, warum bist du denn immer noch so durcheinander. Es ist doch überhaupt kein Grund dazu vorhanden, oder?«

Das Gesicht auf die Bohlen des Floßes drückend, murmelt sie etwas von ihrem Vater und ihrer Mutter.

»Ich kann dich nicht verstehen, Claire.«

»Ich wollte, daß sie uns besuchen.«

Ich bin zwar überrascht, doch sage ich: »Dann lade sie doch ein.«

»Hab' ich ja.«

»Ja, und?«

»Ist doch egal. Es ist nur, daß ich gedacht hatte – nun, ich hab' eben nicht richtig gedacht.«

»Hast du ihnen geschrieben? Erkläre dich doch, bitte. Ich möchte gern wissen, was los ist.«

»Ich möchte jetzt aber nicht davon reden. Es war töricht und unrealistisch. Ich hatte einfach ein bißchen den Kopf verloren.«

»Du hast sie angerufen?«

»Ja.«

»Wann?«

»Vorhin.«

»Du meinst, nachdem du das Haus verlassen hast? Ehe du hierherkamst?«

»Ja, unten im Ort.«

»Und?«

»Ich sollte sie nie anrufen, ohne das vorher anzumelden. Ich tue das ja sonst nie. Es klappt nie und wird nie klappen. Aber abends, wenn wir essen, wenn wir glücklich und zufrieden sind und alles so friedlich und schön ist, muß ich jedesmal an sie denken. Ich lege eine Platte auf, fange an, das Abendessen vorzubereiten – und da sind sie.«

Das hatte ich nicht gewußt. Sie spricht nie über das, was sie nicht hat, verschwendet nie auch nur einen Gedanken an Verlorenes, an Unglück oder Enttäuschung. Man müßte sie schon foltern, damit sie klagt. Sie ist die außergewöhnlichste Frau, die ich je erlebt habe.

»Ach«, sagt sie, und stemmt sich hoch, so daß sie jetzt sitzt, »ach, dieser Tag wird schön sein, wenn er vorüber ist. Hast du eine Ahnung, wann das sein wird?«

»Claire, möchtest du hier mit mir bleiben, oder möchtest du allein sein, oder schwimmen, oder nach Hause gehen, Eistee trinken und dich ein bißchen ausruhen?«

»Sind sie weg?«

»O ja, sie sind weg.«

»Und mit dir ist alles in Ordnung?«

»Meine Knochen sind heil. Ich bin zwar eine Stunde oder so älter, aber heil und ganz.«

»Wie war's?«

»Alles andere als angenehm. Sie hat dir nicht gefallen, ich weiß, aber der Frau geht's nun mal dreckig . . . Hör zu, wir brauchen jetzt nicht darüber zu reden. Wir brauchen überhaupt nie darüber zu reden. Möchtest du jetzt nach Hause?«

»Noch nicht gleich«, sagt Claire. Vom Rand des Floßes aus macht sie einen Kopfsprung, bleibt für den Zeitraum unsichtbar, den ich brauche, um bis zehn zu zählen, und taucht dann bei der Leiter auf. Nachdem sie sich wieder neben mich hingesetzt hat, sagt sie: »Da ist eine Sache, über die wir vielleicht jetzt sprechen sollten. Noch etwas, was ich dir wohl besser erklären sollte. Ich war schwanger. Ich wollte es dir zwar nicht erzählen, aber jetzt tu' ich's doch.«

»Schwanger von wem? Wann?«

Ein zaghaftes Lächeln. »In Europa, Liebling. Von dir. Sicher war ich erst, als wir wieder zurück waren. Ich hatte eine Abtreibung. Diese Treffen, zu denen ich ging – nun, ich bin für den einen Tag ins Krankenhaus gegangen.«

»Und die Infektion?«

»Ich hatte keine Infektion.«

Helen ist im zweiten Monat, und ich bin der einzige Mensch, der das weiß. Claire bekam ein Kind von mir, und ich hatte nichts davon gewußt. Die Ahnung von etwas sehr Traurigem, dem dieses Tages Eröffnungen und Geheimnisse zugrunde liegen, beschleicht mich, doch was es ist – das zu ergründen, bin ich im Moment zu schwach. Ja, da mich alles im Zusammenhang mit Helens Besuch doch wesentlich mehr mitgenommen hat, als ich gedacht hatte, bin ich sogar bereit zu glauben, das mit der Traurigkeit liege an mir; es habe damit zu tun, daß ich es eben nie schaffe, den Erwartungen anderer zu entsprechen und das zu sein, was sie sich von mir erhoffen oder erwarten; daß ich für die Menschen – mich selbst eingeschlossen – nie ganz eine reine Freude bin; daß ich es trotz aller Bemühungen niemals fertigbringe, eindeutig dieses oder jenes zu sein, und daß sich daran vermutlich auch weiterhin nichts ändern wird . . . »Warum hast du das denn ganz für dich allein abgemacht?« frage ich sie. »Warum hast du es mir nicht gesagt?«

»Nun, es war nun mal grade der Augenblick, in dem du dich gehen ließest, und ich dachte, es müßte sich von allein ergeben. Du strecktest gerade vor irgendwas die Waffen, und es sollte eben immer uns beiden klar sein, was genau das war. Ist *das* klar?«

»Aber du wolltest es.«

»Die Abtreibung?«

»Nein, das Kind.«

»Selbstverständlich möchte ich ein Kind haben. Und zwar von dir – eines von einem anderen zu bekommen, kann ich mir gar nicht vorstellen. Aber erst dann, wenn du für mich bereit bist.«

»Und wann hast du all das gemacht, Claire? Wie ist es möglich, daß ich *nichts* davon gemerkt habe?«

«Ach, irgendwie habe ich's geschafft«, sagt sie. »David, worum es geht, ist doch, daß ich nicht einmal *möchte,* daß du möchtest, ehe du dir nicht ganz, ganz sicher bist, daß ich es bin, und meine Art und dieses Leben, mit dem du zufrieden und glücklich bist. Ich will doch keinen Menschen unglücklich machen. Das ist das schlimmste, was ich mir vorstellen kann. Bitte, laß mich einfach sagen, was ich zu sagen habe – du brauchst nicht zu sagen, was du gesagt oder nicht gesagt haben würdest, hätte ich dir erzählt, was ich vorhatte. Ich wollte nicht, daß du auch die geringste Verantwortung tragen solltest; das tust du nicht; und es soll auch nicht sein. Falls es ein Fehler war, dann habe ich ihn gemacht. Im Augenblick möchte ich dir nur gewisse Dinge sagen, und ich möchte, daß du sie dir anhörst, und dann gehen wir nach Haus und ich mache das Abendessen.«

»Ich höre dir zu.«

»Liebling, ich war nicht eifersüchtig auf sie; weit gefehlt. Ich bin schön genug, und außerdem bin ich jung, und Gott sei Dank bin ich nicht ›abgebrüht‹ und ›vergnügungssüchtig‹, wenn man das so nennt. Ehrlich, ich hatte keine Angst, daß sie mir irgend etwas anhaben könnte. Wenn ich in der Beziehung nicht ganz sicher wäre, würde ich nicht hier leben. Es hat mich ein bißchen durcheinander gebracht, als du mich partout aus dem Weg haben wolltest, aber ich bin nur ins Haus zurückgegangen, um meinen Fotoapparat zu holen. Ich wollte ein paar Aufnahmen von den beiden machen. Alles in allem, dachte ich, wäre das eine Chance, diesen Besuch zu überstehen, genausogut wie jede andere. Aber als ich dich allein mit ihr dasitzen sah, dachte ich plötzlich: ›Ich kann ihn nicht glücklich machen, das schaffe ich einfach nicht.‹ Und dann fragte ich mich plötzlich, ob das überhaupt jemand fertigbringen könnte. Und das hat mich so erschüttert, daß ich einfach weg mußte. Ich weiß nicht, ob das, was ich da dachte, stimmt oder nicht. Vielleicht weißt du das selbst nicht. Vielleicht aber doch. Es wäre im Moment zwar entsetzlich qualvoll, dich zu verlassen, aber ich wäre bereit, es zu tun, wenn es sinnvoll wäre. Besser jetzt als in drei oder vier Jahren, wenn du praktisch in jedem Atemzug bist, den ich mache. Nicht, daß ich das wünschte und wollte, David; das ist nicht etwas, was ich dir auch nur im entferntesten vorschlagen wollte. Wenn man Dinge wie diese sagt, läuft man die größte Gefahr, mißverstanden zu werden – bitte, bitte, verstehe mich nicht falsch. Ich schlage überhaupt nichts vor. Wenn du jedoch meinst, du kenntest die Antwort auf meine Frage, dann würde ich sie gern bald von dir hören, denn wenn du nicht wirklich einverstanden mit mir sein kannst, dann laß mich einfach nach Marthas Vineyard fahren. Ich weiß, daß ich dort oben bei Olivia bis zum Beginn des Schuljahres drüber wegkommen könnte. Und danach komme ich schon allein zurecht. Nur möchte ich mich nicht noch weiter auf etwas einlassen, woraus nicht irgendwann einmal eine Familie wird. Ich habe nie eine gehabt, die diesen Namen verdient hätte, und von dieser möchte ich, daß sie eine wirkliche Familie ist. Das brauche ich einfach. Ich sage nicht, morgen oder auch nur übermorgen. Aber irgendwann möchte ich, daß das daraus entsteht. Sonst würde ich lieber die Wurzeln jetzt ausreißen, ehe ich eine Axt dazu brauche. Ich möchte, daß wir möglichst beide heil herauskommen, ohne daß gewaltsam etwas amputiert werden müßte.«

In diesem Augenblick geht ein Schauder durch sie hindurch, vom Kopf bis zum Fuß; dabei hat die Sonne ihren Körper getrocknet und erwärmt. »Ich glaube, mehr zu sagen, habe ich jetzt einfach nicht die Kraft. Und du brauchst kein Wort zu sagen. Mir wäre es sogar lieb, du würdest es nicht tun – jedenfalls im Moment nicht. Sonst habe ich das Gefühl, all dies hätte sich angehört wie ein Ultimatum, und das ist es nicht. Es ist nur eine Klarstellung, weiter nichts. Nicht mal das hatte ich eigentlich vorgehabt, denn ich hatte gedacht, es würde sich mit der Zeit von selbst ergeben. Andererseits ist es vielleicht gerade die Zeit, die mich völlig vereinnahmt. Bitte, es bedarf keiner beruhigenden Laute, darauf zu erwidern. Es ist einfach so, daß es mir plötzlich vorkam, als wäre alles eine furchtbare Selbsttäuschung. Und das war so erschreckend. Bitte – sag jetzt nichts – es sei denn, da wäre etwas, was ich unbedingt wissen müßte.«

»Nein, da ist nichts.«

»Dann laß uns heimgehen.«

Und zum Schluß, den Besuch meines Vaters.

In dem Brief, mit dem mein Vater sich für die telefonisch übermittelte Einladung zum *Labor Day* im September überschwenglich bedankt, fragt er an, ob er einen Freund mitbringen dürfe, gleichfalls Witwer, dem er in den vergangenen Monaten recht nahe gekommen sei und von dem er, wie er schreibt, möchte, daß insbesondere ich ihn kennenlerne. Er muß inzwischen sämtliches Briefpapier und die Umschläge mit dem Hotelaufdruck aufgebraucht haben, denn die Bitte hat er auf die Rückseite eines Bogens geschrieben, der in Druckbuchstaben den Briefkopf *Jüdische Vereinigung von Nassau County* trägt. Darunter steht – gleichfalls in Druckschrift – eine kurze, pointierte Epistel an die Hebräer, in der ich sogleich den Stil Hemingways oder Faulkners wiedererkenne.

Sehr geehrter
In der Anlage übersende ich Ihnen Ihren Beitrittsantrag für die ›Jüdische Vereinigung von Nassau County‹. Als Jude gestatte ich mir, mit einer persönlichen Bitte an Sie heranzutreten. Es erübrigt sich, noch einmal ausführlich auf unsere Verpflichtung einzugehen, einen jüdischen Staat zu unterstützen. Wir sind auf die Hilfe jedes einzelnen Juden angewiesen.

Nie wieder dürfen wir zulassen, daß es zu einer Massenvernichtung kommt! Kein Jude darf dieser Forderung gegenüber gleichgültig bleiben!

Ich bitte Sie zu helfen. Geben Sie, ehe es weh tut.

Verbindlichst,
Abe Kepesh
Garfield Garden Apartments
Stellvertr. Vorsitzender

Auf der Rückseite steht ein an Claire und mich gerichteter, mit Kugelschreiber in seiner übertrieben großen Handschrift geschriebener Brief, der freilich nicht weniger aufschlußreich ist als die in Druckbuchstaben verfaßte Bitte um jüdische Solidarität (in jenem kindlichen Gekrakel, das nur um so aufschlußreicher ist), was die verbissen-verschwenderischen Treuebekundungen betrifft, die ihn auf seine alten Tage dazu bringen, von morgens bis abends jene dumpfen Schmerzen und Stiche heftiger, damit verbundener Gefühlsaufwallungen zu erdulden.

Am Vormittag des Tages, da wir den Brief bekommen, rufe ich ihn im Büro meines Onkels Larry an, um ihm zu sagen, falls er nichts dagegen habe, unser kleines Gästezimmer mit seinem Freund Mr. Barbatnik zu teilen, solle er diesen ruhig mitbringen.

»Es wäre mir ganz furchtbar, ihn an einem Feiertag allein zu lassen, Davey, um was anderes geht es nicht. Sonst würde ich euch das nicht zumuten. Verstehst du, ich habe einfach nicht gründlich genug darüber nachgedacht«, erklärt er, »als ich so übereilt ja sagte. Nur darf es Claire keine Ungelegenheiten bereiten, wenn er mitkommt. Ich möchte sie nicht belasten, wo doch die Schule bald wieder anfängt und sie bestimmt noch eine Menge zu tun hat, sich darauf vorzubereiten.«

»Ach, damit ist sie längst fertig, keine Sorge« – woraufhin ich Claire den Hörer reiche, die ihm versichert, ihre Vorbereitungen für die Schule seien längst erledigt, und es sei ihr ein Vergnügen, die beiden übers Wochenende hier zu haben.

»Er ist ein prachtvoller, wirklich prachtvoller Mensch«, versichert mein Vater ihr rasch, als ob wir Grund zur Annahme hätten, sein Freund könnte sich als Wermutsbruder oder Penner erweisen, »jemand, der Dinge durchgemacht hat, die ihr nicht für möglich halten würdet. Er arbeitet mit mir zusammen beim Sammeln für den *United Jewish Appeal*. Und ich sage euch, ich brauche ihn. Ich brauche einfach ein schweres Geschütz, damit die Leute auch wirklich mit dem Geld rausrücken. Versucht mal, die Leute dazu zu bringen, ihr Portemonnaie aufzumachen. Versucht mal, *Gefühl* aus den Leuten rauszukitzeln, und ihr werdet sehen, was dabei rauskommt. Da versucht man ihnen klarzumachen, das, was den Juden zugestoßen ist, darf nie wieder passieren, und sie sehen einen an, als ob sie noch nie was davon gehört hätten. Als ob Hitler und die Pogrome etwas wären, was ich mir aus den Fingern saugte, um ihnen das Fell über die Ohren zu ziehen und sie dazu zu bringen, sich von ihren Ersparnissen zu trennen. Da hatten wir einen, der wohnte im Haus gegenüber, frisch verwitwet und drei Jahre älter als ich, der schon während der Prohibition mit Schnapsschmuggel und was weiß ich sonst noch seinen Rebbach gemacht hat, und da seine Frau gerade gestorben war, sollte man meinen, daß man wer weiß was von ihm kriegen würde – aber nein: jeden Monat eine neue Flamme. Kleidet sie in teuren Geschäften neu ein, führt sie an den Broadway aus, muß sie unbedingt in einem Fleetwood Cadillac zum Friseur fahren – aber versucht bloß mal, hundert Dollar für den UJA bei ihm locker zu machen, da steht er in Tränen aufgelöst da und will einem weismachen, wie schlecht seine Geschäfte im Moment gehen. Ich kann von Glück sagen, daß ich nicht so leicht aus der Haut fahre. Unter uns gesagt, fällt mir das manchmal verdammt schwer, und dann ist es Mr. Barbatnik, der mich zurückpfeifen muß, damit ich diesem Schweinehund nicht mitten ins Gesicht hinein sage, was ich von ihm halte. Ach, besonders dieser Kerl bringt mich auf die Palme! Jedesmal, wenn ich von ihm komme, muß ich mir von meiner Schwägerin ein Valium geben lassen. Dabei halte ich sonst nicht mal was von Aspirin!«

»Mr. Kepesh«, sagt Claire, »bringen Sie Mr. Barbatnik nur unbesorgt mit.«

Er jedoch will nicht ja sagen, ehe er ihr nicht das Versprechen entlockt hat, daß sie, wenn sie beide kommen, nicht denkt, sie müsse ihnen dreimal am Tag eine warme Mahlzeit vorsetzen. »Ich möchte eine Garantie dafür, daß Sie so tun, als ob wir überhaupt nicht da wären.«

»Aber das würde doch gar keinen Spaß machen. Wie wär's, wenn ich's mir einfach leicht machte und so täte, als wären Sie da?«

»Hey, Miss Ovington«, sagt er zu ihr, »das hört sich ja ganz so an, als ob Sie ein glücklicher Mensch wären.«

»Das bin ich. Die Schale ist am Überlaufen.«

Obgleich Claire den Hörer auf der anderen Seite des Küchentisches ans Ohr hält, kann ich verstehen, was als nächstes kommt. Das kommt daher, weil mein Vater an Ferngespräche genauso herangeht wie an so viele andere Dinge, die über seinen Horizont gehen – in dem Glauben nämlich, daß die elektrischen Wellen, die seine Stimme hierhertragen, es ohne seine rückhaltlose und uneingeschränkte Unterstützung nicht schaffen würden. Nicht ohne *harte Arbeit*.

»Gott segne Sie für das«, ruft er ihr zu, »was Sie für meinen Sohn tun!«

»Nun« – sie ist unter der Sonnenbräune errötet – »nun, er tut auch für mich manches Schöne.«

»Daran zweifle ich nicht«, sagt mein Vater. »Ich bin entzückt, es zu hören. Nichtsdestotrotz hat er sich in seinem Leben förmlich überschlagen, um sich Scherereien an den Hals zu holen. Sagen Sie mir: ist er sich eigentlich klar darüber, was er an Ihnen hat? Er ist vierunddreißig, ist ein erwachsener Mann und kann es sich nicht erlauben, zu tun, als wäre er noch nicht trocken hinter den Ohren. Claire, hat er endlich genug Erfahrungen gemacht, daß er jetzt zu schätzen weiß, was er hat?«

Sie versucht, die Frage mit einem Auflachen abzutun, und so kommt es, daß er die Antwort zuletzt selbst geben muß. »Kein Mensch kann es sich leisten, die Orientierung zu verlieren – das Leben ist auch so schon schwer genug. Man stößt sich nicht selbst einen Dolch in den Bauch. Aber genau das hat er getan, als er diese überkandidelte Person heiratete, die aufgetakelt rumlief wie Suzie Wong. Ach, je weniger Worte man über sie und ihre Fähnchen verliert, mit denen sie sich behängte, desto besser. Und diese französischen Parfums! Verzeihen Sie, wenn ich mich in den Worten vergreife, aber sie hat gestunken wie ein ganzer Friseurladen. Und was hat er sich nur gedacht, als er in dieser Wohnung Untermieter wurde, wo die Wände mit rotem Stoff tapeziert waren und in der sonstwas vorging, was ich nie ergründen werde. Ich mag nicht mal daran denken. Claire, meine Liebe, lassen Sie sich von mir sagen, um Ihretwillen lohnt es sich wenigstens! Wenn Sie ihn nur soweit kriegen, daß er sich mit dem Leben abfindet, wie es wirklich ist.«

»O du meine Güte«, sagt sie, nicht wenig in Verlegenheit gebracht von der Welle von Gefühlen, die auf sie zurollt, »wenn wir uns hier ein wenig mehr eingerichtet haben . . .«

Ehe sie recht weiß, wie sie mit ihren fünfundzwanzig Jahren den Satz zu Ende bringen kann, röhrt mein Vater: »Wunderbar, wunderbar – das ist die schönste Nachricht über ihn, die ich höre, seit er dem Herumzigeunern in Europa entwachsen ist und heil und ganz per Schiff wieder herübergekommen ist.«

Auf dem Parkplatz hinter dem Warenhaus unten im Ort steigt er vorsichtig die hohen Stufen an der Vordertür des Busses aus New York herunter, um dann trotz der sengenden Hitze – und trotz seiner fortgeschrittenen Jahre – vorzustürzen, und zwar nicht auf *mich*, sondern, gleichsam beflügelt von einer Eingebung des Augenblicks, auf den Menschen, der bis jetzt noch nicht ganz seine Schwiegertochter ist. Da waren sie, die wenigen Abende, an denen sie ihm in meiner neuen Wohnung ein Essen vorsetzte, und da war Claire, die ihn, meinen Onkel und meine Tante in die Universitätsbibliothek begleitet, als ich dort im Rahmen einer Vertragsreihe meinen Vortrag über *Der Mensch im Futteral* halte; sie neben ihm sitzt und ihm auf seine Bitte hin erklärt, welcher der Herren der Dekan und welcher der Abteilungsleiter sei. Trotzdem ist es jetzt, als er die Arme ausstreckt, sie zu umfangen, als wäre sie bereits schwanger mit seinem ersten Enkelkind, ja, als wäre sie die *mater genitrix* all dessen, was vor allem anderen schätzenswert ist an diesem Geschlecht von Elitewesen, dem er von Bluts wegen zugehören wird und dem gegenüber er vor Bewunderung überfließt... das heißt, solange diese Zugehörigkeit sich nicht entblödet, schamlos Krallen und Zähne zu zeigen, so daß meinem Vater nichts anderes übrig bleibt, als sich Fesseln anlegen zu lassen.

Als Dazzle sieht, wie Claire von diesem Fremden förmlich aufgefressen wird, springt er verrückt im Staub zu den Sandalen seiner Herrin herum und wiewohl mein Vater Angehörigen des Tierreichs niemals weder Vertrauen noch viel Bewunderung entgegengebracht hat – den Wesen, die außerhalb der Ehe zeugen und ihre Notdurft auf der Erde verrichten –, bin ich überrascht zu sehen, daß Dazzles hemmungslose Bekundung seines hündischen Wesens ihn nicht im geringsten daran zu hindern scheint, seine Aufmerksamkeit der Frau zuzuwenden, die er in den Armen hält.

Anfangs muß ich mich unwillkürlich fragen, ob das, was wir hier erleben, nicht zumindest teilweise darauf abzielt, Mr. Barbatnik darüber zu beruhigen, daß er ein Menschenpaar besucht, welches zusammenlebt, ohne vor dem Gesetz ein Paar zu sein – ob nicht mein Vater allein schon durch die Heftigkeit, mit der er ihren Körper an den seinen drückt, beabsichtigt, seine eigenen nicht völlig unerwarteten Bedenken in dieser Beziehung über Bord zu werfen. Ich kann mich nicht entsinnen, ihn seit der Krankheit meiner Mutter so vital und so aufgekratzt gesehen zu haben. Doch das ist allemal besser, als das, was ich erwartet hatte. Für gewöhnlich spüre ich, wenn ich ihn einmal in der Woche anrufe, fast in allem, was er pathetisch vorträgt, einen so durchscheinenden Zug von Schwermut, daß ich mich jedesmal frage, woher er die Kraft nimmt, ständig, wie es seine Art ist, davon zu reden, alles sei gut und wunderbar und könne gar nicht besser sein. Das düstere »*Yeah, hello*« mit dem er sich am Telefon meldet, reicht durchaus, um mir zu verraten, was es mit seinen ›Arbeitstagen‹ im Grunde auf sich hat – mit diesen Vormittagen, an denen er meinem Onkel in seinem Büro hilft, obwohl mein Onkel gar keine Hilfe braucht; mit den Nachmittagen im *Jewish Center,* wo er in der Sauna über Politik redet und sich mit den ›Faschisten‹ herumstreitet, Männern, die er VON Lipschitz, VON Habermann und VON Epstein nennt – offenbar den dortigen Görings, Goebbels' und Streichers, die ihm Herzflattern verursachen; und dann mit diesen endlosen Abenden, an denen er an die Tür seiner Nachbarn klopft, für seine vielen wohltätigen Zwecke sammelt und für die ›Sache‹ wirbt, nochmals Spalte um Spalte *Newsday, Post* und *Times* durchliest, innerhalb von vier Stunden zum zweitenmal die Tagesschau in der CBS ansieht, und schließlich im Bett, weil er nicht schlafen kann, die Briefe aus seinem Aktenordner auf der Bettdecke ausbreitet und sich zum x-ten Mal die Korrespondenz mit seinen verschwundenen geschätzten Gästen durchsieht. Die ihm manchmal, wie es mir scheinen will, jetzt, wo sie verschwunden sind, mehr bedeuten als damals, als sie da waren und sich beschwerten, es sei zu wenig Grütze in der Suppe, zuviel Chlor im Swimmingpool und im Speisesaal nie genug Kellner.

Seine Korrespondenz! Mit jedem Monat, der vergeht, fällt es ihm schwerer, darüber auf dem laufenden zu bleiben, wer von den Hunderten und Aberhunderten von Stammgästen in Florida im Ruhestand lebt und daher noch imstande ist, ihm zu antworten, und wer gestorben ist. Nicht, daß das daran läge, daß er nicht mehr ganz auf der Höhe wäre – nein, es liegt vielmehr daran, daß er diese Freunde alle ›non-stop‹ verliert, wie er mir einmal sehr bildhaft beschreibt, wie stark sich die Reihen seiner früheren Kunden im Laufe des letzten Jahres gelichtet haben. »Volle fünf Seiten mit Neuigkeiten habe ich diesem Bild von einem Mann, dem guten Julius Lowenthal, geschrieben. Ich hab' sogar eine Meldung aus der *Times* beigelegt, die ich für ihn ausgeschnitten hatte, einen Artikel darüber, wie sie den Fluß verhunzt haben, drüben in Paterson, wo er seine Rechtsanwaltspraxis hatte. Ich dachte mir, das müßte ihn dort unten in Florida interessieren – diese Wasserverschmutzung war genau das richtige für einen Mann, wie er es war. Ich sage dir« – er stubst mir den Finger vor die Brust –, »Julius Lowenthal war einer der Männer, die wirklich etwas für das Gemeinwohl übrig haben und wie man ihn sich nur wünschen konnte. Synagoge, Waisenkinder, Sport, Behinderte, Farbige – für alles hat er Zeit gehabt. Das war ein Mann von echtem Schrot und Korn – einen besseren gab's nicht. Nun, du weißt ja schon, was kommt. Ich kleb' die Briefmarke auf den Umschlag, leg' ihn neben meinen Hut, um ihn am Morgen zum Briefkasten zu tragen, und erst, nachdem ich mir die Zähne geputzt, ins Bett gegangen bin und das Licht ausgemacht habe, geht mir auf, daß dieser gute Freund schon letzten Herbst gestorben ist. Und ich hatte ihn mir vorgestellt, wie er neben einem Swimming-pool in Miami Karten spielt – *Pinokel*, wie nur er mit seinem Juristenverstand es spielen konnte –, dabei hatten sie ihn schon längst unter die Erde gebracht! Was mag inzwischen noch von ihm übrig sein?« Das endlich ist zuviel selbst für ihn, ja, besonders für ihn, und so fährt er mit der Hand zornig vor seinem Gesicht hin und her, als gälte es, eine Mücke zu verscheuchen, die ihn verrückt macht – die furchtbare, die erschreckende Vorstellung des verwesenden Julius Lowenthal. »Und so unglaublich es sich für einen jungen Menschen auch anhören mag«, sagt er und gewinnt die Fassung einigermaßen wieder, »so was passiert mir nachgerade jede Woche einmal, bis zum Zumachen des Umschlags und dem Draufkleben der Briefmarke.«

Es dauert Stunden, ehe Claire und ich allein zusammen sind und sie sich endlich Luft machen und mir von dem rätselhaften Beschluß erzählen kann, den er ihr ins Ohr geflüstert hat, als wir vier gleichsam im qualmigen Kielwasser des davonfahrenden Busses beieinanderstehen. Die Sonne macht uns weich, als wären wir Asphalt; der arme Dazzle, der völlig durcheinander ist (und sich bis jetzt kaum an seinen Rivalen gewöhnt hat), wirbelt zu meines Vaters Füßen weiterhin durch die Luft; und Mr. Barbatnik – ein kleiner, koboldhafter Herr mit großem asiatischen Gesicht und den langen Ohren daran sowie erstaunlichen, schaufelförmigen Händen, die von mächtigen Vorderarmen mit dem dick hervortretenden Aderngewirr eines Body-building-Anhängers herabhängen – Mr. Barbatnik steht unschlüssig etwas abseits, schüchtern wie ein Schulmädchen, die Jacke säuberlich zusammengelegt über dem Arm, und wartet offensichtlich darauf, daß dieser lebensvolle, übersprühende Freund seines Herzens ihn vorstellt. Mein Vater jedoch muß zuvor etwas äußerst Dringendes loswerden – dem Boten in der klassischen Tragödie bei seinem Auftritt auf der Bühne, gleich sprudelt er heraus, was zu sagen er sich die lange Fahrt ausgedacht hat. »Junge Frau«, flüstert er Claire zu, denn als solche allein scheint sie vor seinem geistigen Auge gestanden zu haben, als Allegorie gleichsam und nur als solche, »junge Frau«, bedeutet mein Vater kraft der Macht, die ihm seine Tagträume gebracht haben – »lassen Sie nicht zu . . . lassen Sie nicht zu . . . bitte!«

Das, so berichtet sie mir zur Schlafenszeit, seien die einzigen Worte gewesen, die sie habe hören können, als er sie gegen seinen mächtigen Brustkorb gedrückt hielt; aller Wahrscheinlichkeit nach, sage ich, weil das die einzigen Worte waren, die er herausgebracht hat. Für ihn drücken sie in diesem Stadium alles aus, was sein Herz bewegt.

Und nachdem er auf diese Weise, und sei es auch nur für den Augenblick, über die Zukunft verfügt hat, ist er bereit, zum nächsten Punkt der Ankunftszeremonien überzugehen, die er nunmehr seit Wochen vorausgeplant haben muß. Er greift in die Tasche seines pikfeinen Leinenjacketts, das *er* überm Arm trägt – findet aber offensichtlich das Gesuchte nicht. Unversehens klopft er das Jackenfutter ab, als gälte es, einen Wiederbelebungsversuch zu unternehmen. »Himmelherrgott!« murmelt er, »ich hab's verloren. Mein Gott, es muß im Bus liegengeblieben sein!« Woraufhin Mr. Barbatnik vorschnellt und diskret wie ein Brautführer an einen Bräutigam, der nicht weiß, wie ihm geschieht, an meinen Vater herantritt und leise zu ihm sagt: »In deiner Hose,

Abe.« – »Oh, natürlich«, kommt es allsogleich von meinem Vater zurück, und er langt (immer noch ein wenig Verzweiflung in den Augen) in die Tasche seiner feingenoppten Hose – er ist, wie man sagt, tipptopp und nach der letzten Mode gekleidet – und zieht ein kleines Päckchen heraus, das er Claire auf die Handfläche legt. Und jetzt strahlt er.

»Das hab' ich Ihnen am Telefon nicht gesagt«, wendet er sich an sie. »Sonst wär's ja keine Überraschung mehr. Jedes Jahr, das Sie es behalten, steigt es garantiert mindestens um zehn Prozent im Wert, wahrscheinlich um fünfzehn und mehr. Es ist besser als Geld. Und Sie sollten mal sehen, was für eine wunderbare Handarbeit es ist. Es ist phantastisch. Nur zu! Wickeln Sie es aus.«

Während wir also alle weiterhin auf dem Parkplatz langsam vor uns hinschmoren, knotet meine anmutige Gefährtin, die sich darauf versteht, Freude zu machen und das gern tut, das Band auf und entfernt das glänzende gelbe Einwickelpapier, nicht ohne eine Bemerkung darüber zu machen, wie hübsch es sei. »Auch das habe ich selbst ausgesucht«, erklärt mein Vater ihr. »Ich dachte, die Farbe wär' bestimmt nach Ihrem Geschmack, stimmt's nicht, Sol«, sagt er und wendet sich seinem Gefährten zu, »hab' ich nicht gesagt, ich wette, Gelb hat sie gern?«

Claire entnimmt dem samtgefütterten Etui einen kleinen Briefbeschwerer aus Sterlingsilber, verziert mit einem eingravierten Rosenstrauß.

»David hat mir erzählt, wie hart Sie in dem Garten arbeiten, den Sie angelegt haben, und wie sehr Sie Blumen lieben. Nehmen Sie ihn, bitte! Sie können ihn auf Ihr Pult in der Schule stellen. Warten Sie nur, bis Ihre Schüler ihn sehen!«

»Ach, wie wunderhübsch!« sagt sie, beschwichtigt mit kaum mehr als einem Seitenblick Dazzle und gibt meinem

Vater einen Kuß auf die Wange.

»Sehen Sie sich an, wie künstlerisch er gearbeitet ist«, sagt er. »Sogar die kleinen Dornen sind zu erkennen. Das hat ein Künstler mit der Hand geschaffen!«

»Er ist wunderschön, ein bezauberndes Geschenk«, sagt sie.

Und jetzt erst dreht mein Vater sich um und schließt mich in die Arme. »Für dich hab' ich auch was«, sagt er, »in meiner Tasche.«

»Hoffentlich«, sage ich.

»Schlaumeier«, sagt er, und dann küssen *wir* uns.

Endlich ist er bereit, seinen Gefährten vorzustellen, der, wie ich jetzt erkenne, in einer ebenso funkelnagelneuen, farblich aufeinander abgestimmten Kombination steckt wie mein Vater, nur daß er, wo mein Vater Braun und Hellbraun trägt, sich für Silber und Blau entschieden hat.

»Dem Gerechten sei Dank für diesen Mann«, sagt mein Vater, als wir langsam aus dem Ort hinausfahren, hinter dem Lieferwagen eines Farmers her, an dessen Stoßstange ein Aufkleber andere Autofahrer aufklärt: Nur die Liebe ist besser als Milch. Der Aufkleber, den Claire aus Sympathie mit den örtlichen Umweltschützern auf unsere Stoßstange geklebt hat, sagt: Feldwege sind ein Stück Natur.

Aufgekratzt und redselig wie ein kleiner Junge – genauso, wie ich es war, damals, als *er* auf diesen Straßen herumfuhr – kann mein Vater es nicht lassen, immer weiter von Mr. Barbatnik zu erzählen: er sei einer unter Millionen, der beste Mensch, den er je kennengelernt habe . . . Mr. Barbatnik sitzt währenddessen stumm neben ihm und hat die Augen gesenkt und auf seinen Schoß gerichtet, von Claires sommerlich-strotzender Fülle genauso eingeschüchtert, denke ich, wie durch die Tatsache, daß mein Vater ihn uns ähnlich anpreist, wie er in der guten alten Zeit die lebensverlängernden Wohltaten eines Sommeraufenthalts in unserem Hotel anzupreisen pflegte.

»Mr. Barbatnik ist der Mann vom *Center,* von dem ich dir erzählt hab'. Hätte ich ihn nicht gehabt, ich wäre dort genauso ein Rufer in der Wüste wie dieser Lump George Wallace. Verzeihen Sie, Claire, aber ich hasse diese Laus leidenschaftlich. Wenn Sie sich jemals anhören müßten, was sogenannte anständige Leute so denken! Eine Schande ist das! Nur, daß Mr. Barbatnik und ich ein tolles Gespann sind und den Leuten Dampf machen.«

»Was allerdings auch nicht sonderlich viel hilft«, sagt Mr. Barbatnik mit philosophischer Gelassenheit und ausgeprägtem Akzent.

»Aber was könnte diesen Frömmlern und Ignoranten sonst schon Eindruck machen? Sollen sie doch wenigstens mal hören, was andere von ihnen halten! Juden, die so voller Haß stecken, daß sie hingehen und George Wallace wählen – das ist mir unbegreiflich. *Warum?* Da haben diese Menschen ein Leben lang erlebt und gesehen, was es heißt, zu einer Minderheit zu gehören, und schlagen allen Ernstes vor, man sollte die Farbigen alle an die Wand stellen und mit Maschinengewehren niedermähen! Lebendige Menschen nehmen, und sie einfach umlegen!«

»Das sagen natürlich nicht alle«, schaltet Mr. Barbatnik sich ein. »Das stammt selbstverständlich nur von einer ganz bestimmten Person.«

»Ich sage Ihnen, sehen Sie sich Mr. Barbatnik an – fragen Sie ihn, ob das nicht das gleiche ist, was Hitler mit den Juden gemacht hat. Und wißt ihr, was sie daraufhin antworten – erwachsene Menschen, verheiratete Familienväter, erfolgreiche Geschäftsleute, die jetzt mit einer dicken Pension ihren

Lebensabend in schönen Eigentumswohnungen verbringen, wie es sich gehört? Die sagen: ›Wie können Sie Nigger nur mit Juden vergleichen.‹«

»Was diese ganz bestimmte Person und die Gruppe, deren Anführer er ist, fuchst ...«

»Und wer, wenn du mir das mal sagen kannst, hat ihn zum Anführer ernannt? Er sich doch selbst! Aber fahre du fort, Sol, entschuldige. Ich wollte ihnen nur klar machen, mit was für einer Art von kleinem Diktator wir es zu tun haben.«

»Was ihn fuchst«, sagt Mr. Barbatnik, »ist, daß sie Häuser besessen haben, einige von ihnen, und Geschäfte, und dann kamen die Farbigen, und als sie versuchten, wieder rauszubekommen, was sie reingesteckt hatten, bezogen sie Prügel.«

»Selbstverständlich geht es nur ums Geld, wenn man der Sache auf den Grund geht. Aber war das mit den Deutschen etwa nicht genauso? Und in Polen?« An diesem Punkt bricht er seine historische Analyse abrupt ab, um, zu Claire und mir gewandt, zu sagen: »Mr. Barbatnik ist erst nach dem Krieg herübergekommen.« Um dann voller Emphase und – jawohl! – voller Stolz hinzuzufügen: »Mr. Barbatnik ist ein Naziopfer.«

Als wir in die Einfahrt einbiegen und ich zum Haus hinauffahre, das auf halber Höhe am Hang liegt, sagt Mr. Barbatnik: »Kein Wunder, daß Sie so glücklich aussehen, Sie beide.«

»Sie haben es nur gemietet«, sagt mein Vater. »Ich habe ihm gesagt, wenn es ihm so gut gefällt, warum es dann nicht kaufen? Mach dem Mann ein Angebot. Sag ihm, du bezahlst bar. Jedenfalls mal versuchen, ob er nicht anbeißt.«

»Nun«, sage ich, »im Augenblick sind wir glücklich und zufrieden, es gemietet zu haben.«

»Miete zahlen heißt, Geld zum Fenster rauszuschmeißen. Fühl ihm doch mal auf den Zahn, ja? Was kann das schaden? Bar auf die Hand – mal sehen, ob er nicht danach schnappt. Ich kann dir unter die Arme greifen, Onkel Larry könnte was beisteuern, wenn unbedingt gleich voll bezahlt werden muß. Aber in deinem Alter solltest du wirklich ein kleines Haus und einen Garten besitzen. Und hier oben kannst du dich gar nicht verspekulieren, das ist mal sicher. Zu meiner Zeit, Claire, konnte man ein kleines Haus wie dies mit Grundstück für unter fünftausend bekommen. Heute dürfte das Häuschen plus Grundstück – das wie weit geht? Bis zu den Bäumen dahinten? Na schön, sagen wir fünf Morgen . . .«

Die ungepflasterte Auffahrt hinauf und durch die Küchentür hinein – und vorüber an dem blühenden Garten, von dem er soviel gehört hat – treibt er dieses Gedankenspiel des Hauskaufs – so begeistert ist der Mann, wieder daheim zu sein im Sullivan County, und noch dazu mit dem einzigen Menschen, den er liebt und der allem äußeren Anschein nach nicht mehr in irgendeinem Wolkenkuckucksheim lebt, sondern mit beiden Beinen fest auf der Erde steht.

Drinnen im Haus und noch ehe wir überhaupt dazu kommen, ihnen etwas Kühles zu trinken anzubieten, fängt mein Vater an, auf dem Küchentisch seine Tasche auszupacken. »Das Geschenk für *dich*!« verkündet er.

Wir warten. Seine Schuhe kommen zum Vorschein. Seine frischgebügelten Hemden. Ein neuer Rasierapparat in glänzendem Etui.

Bei dem Geschenk für mich handelt es sich um ein in schwarzes Leder gebundenes Album, das zweiunddreißig Medaillen von der Größe von Silberdollars enthält, eine jede in ausgestanzte Kreise gebettet und von beiden Seiten durch Zellophanfenster geschützt. Er nennt sie die ›Shakespeare-

Medaillen‹ – auf der einen Seite ist jeweils eine Szene aus einem Shakespeare-Drama wiedergegeben, und auf der anderen ein Zitat daraus eingeprägt. Den Medaillen beigegeben ist eine ausführliche Anweisung, wie sie in die Taschen hineinpraktiziert werden. Die erste Anweisung beginnt mit der Ermahnung: »Streifen Sie zunächst fusselfreie, saubere Fingerhandschuhe über . . .« Als allerletztes reicht mein Vater mir die Handschuhe. »Zieh immer Handschuhe an, wenn du die Medaillen anfaßt«, legt er mir ans Herz. »Die gehören zum Set dazu. Sonst soll es zu schädlichen chemischen Veränderungen der Medaillen kommen, wenn sie mit der Haut direkt in Berührung kommen.«

»Ach, ist das lieb von dir«, sage ich. »Aber wie komme ich denn überhaupt zu einem so üppigen Geschenk . . .«

»Wieso? Weil es an der Zeit ist«, antwortet er unter Lachen und vollführt eine weit ausholende Geste, als gälte es, sämtliche Küchengeräte einzubeziehen. »Schau, Davey, was sie für dich eingeprägt haben. Claire, sehen Sie sich den Einband an!«

Inmitten einer in Silber gepunzten Borte, welche die Umrandung für den Trauerumschlag des Albums bildet, stehen drei Zeilen, auf die mein Vater uns mit dem Zeigefinger Wort für Wort hinweist. Alle lesen wir stumm – bis auf ihn.

ERSTAUSGABE. PROBEPRÄGUNG IN STERLINGSILBER
GEPRÄGT FÜR DIE PRIVATSAMMLUNG VON
PROFESSOR DAVID KEPESH

Mir fehlen die Worte. »Das muß dich ja ein Vermögen gekostet haben. Ein fabelhaftes Geschenk!«

»Ja, nicht wahr? Aber nein, das Geld hat mir nicht weh getan, jedenfalls nicht bei der Art, wie sie die Medaillen ausgeliefert haben. Zunächst einmal bekommt man nur eine im Monat. Man fängt mit *Romeo und Julia* an – wartet, ich werde Claire die *Romeo und Julia-Medaille* zeigen – und macht weiter, bis man die ganze Sammlung voll hat. Ich habe die ganze Zeit über was für dich auf die Seite gelegt. Der einzige, der davon wußte, war Mr. Barbatnik. Kommen Sie, Claire, kommen Sie, man muß sie von nahem betrachten . . .«

Es dauert eine Weile, ehe sie die Medaille finden, auf der Romeo und Julia abgebildet sind, denn in der dafür vorgesehenen Tasche links unten auf der Seite mit der Überschrift ›Tragödien‹ scheint er *Die beiden Veroneser* untergebracht zu haben. »Wo zum Teufel ist *Romeo und Julia*?« sagt er. Schließlich gelingt es uns mit vereinten Kräften, sie unter ›Historische Dramen‹ in der Tasche für *Leben und Tod König Johanns* zu finden. »Aber wo hab' ich dann *Leben und Tod König Johanns* hingetan?« fragt er. »Ich dachte, ich hätte sie alle richtig reingelegt, Sol«, wendet er sich stirnrunzelnd an Mr. Barbatnik. »Ich dachte, wir hätten alles nochmal überprüft.« Mr. Barbatnik nickt – sie haben es also getan. »Aber egal wie«, sagt mein Vater, »es geht schließlich – worum geht es eigentlich? Ach ja, die *Rück*seite. Hier, ich möchte, daß Claire vorliest, was hier auf der Rückseite steht, damit jeder es hören kann. Lesen Sie das hier vor, meine Teure.«

Laut liest Claire die Inschrift vor: »›. . . und was uns Rose heißt / Wie es auch hieße, würde lieblich duften.‹ *Romeo und Julia,* Zweiter Auftritt, Zweite Szene.«

»Ist das nicht wunderschön?« fragt er sie.

»Ja.«

»Und er kann sie auch zum Unterricht mitnehmen, verstehen Sie? Deswegen ist es ja auch noch so nützlich. Nicht nur was, um es zu Haus aufzuheben, sondern etwas, was er auch noch in zehn, zwanzig Jahren seinen Studenten zeigen kann. Und genauso wie Ihr Briefbeschwerer sind sie aus Sterlingsilber; ich garantiere, daß sie trotz aller Inflation nicht an Wert verlieren! Sie behalten noch ihren Wert, wenn alles Papiergeld so gut wie wertlos geworden ist. Wo wollt ihr das Album hinstellen?« Letztere Frage richtet er an Claire, nicht an mich.

»Jetzt erstmal auf den kleinen Tisch im Wohnzimmer, damit alle es betrachten können. Kommt rüber ins Wohnzimmer, ihr alle; wir werden es dort hinlegen.«

»Wunderbar«, sagt mein Vater. »Denkt nur immer daran, daß euer Besuch die Medaillen nicht rausholt, es sei denn, sie ziehen Handschuhe an.«

Das Mittagessen nehmen wir auf der von Fliegendraht umschlossenen Veranda ein. Das Rezept für die Rote Rüben-Suppe hat Claire in dem Band *Die russische Küche* entdeckt, einem der rund ein Dutzend Bände aus der Time-Life-Serie ›Kochkunst der Welt‹, die ordentlich zwischen dem Radio – das ausschließlich Bach zu spielen scheint – und der Wand stehen, an der zwei stille Aquarelle mit Meer und Dünen von der Hand ihrer Schwester hängen. Das Rezept für den Gurkensalat mit Joghurt-Sauce, sehr würzig angemacht mit Knoblauch und frischer Minze aus dem Kräutergärtchen draußen vor der Verandatür, stammt aus derselben Serie, nur aus dem Band über die Küche des Vorderen Orients. Das mit Rosmarin gewürzte kalte Hähnchen hingegen hat sie nach einem alten eigenen Rezept zubereitet.

»Mein Gott«, sagt mein Vater, »was für eine üppige Mahlzeit!« – »Ganz vortrefflich«, sagt Mr. Barbatnik. – »Meine Herren, ich danke Ihnen«, sagt Claire, »dabei wette ich, Sie haben schon besser gegessen.« – »Nicht mal daheim in Lemberg, als meine Mutter kochte«, sagt Mr. Barbatnik, »habe ich einen so ausgezeichneten Borschtsch vorgesetzt bekommen.« Woraufhin Claire lächelnd sagt: »Ich glaube zwar, das ist ein bißchen übertrieben, aber ich danke Ihnen trotzdem.« – »Hören Sie, meine Teuerste«, sagt mein Vater, »wenn ich Sie zur Köchin hätte, würde ich heute noch in meinem alten Beruf sein. Und Sie würden mehr verdienen als heute als Lehrerin, glauben Sie mir. Ein guter *Chef de Cuisine* hat selbst früher, ja, selbst während der Weltwirtschaftskrise...«

Doch am Ende waren es nicht Claires exotische Gerichte aus dem Osten, die sie – typisch Clarissa – heute zum erstenmal in der Hoffnung ausprobiert hat, daß sich alle – sie selbst eingeschlossen – sofort wie zu Hause fühlen sollten, sondern der würzige Eistee, den sie mit Pfefferminzblättern und Orangenschale nach einem Rezept ihrer Großmutter braut. Mein Vater scheint nicht genug davon bekommen zu können, kann nicht aufhören, ihn über den grünen Klee zu loben, jedenfalls nicht, nachdem er bei den Blaubeeren erfahren hat, daß Claire jeden Monat den Bus nach Schenectady nimmt, um ihre neunzig Jahre alte Großmutter zu besuchen, von der sie alles gelernt hat, was sie vom Kochen, vom Gärtnern und wahrscheinlich auch von der Kindererziehung versteht. Jawohl, dieser Frau nach zu urteilen, sieht es ganz so aus, als ob sein abtrünniger Sohn entschlossen wäre, alle Flausen sausen zu lassen, Vernunft anzunehmen und allen Ernstes einen eigenen Hausstand zu gründen.

Nach dem Mittagessen schlage ich den beiden Männern vor, sich ein wenig hinzulegen, bis die Hitze etwas nachgelassen habe; danach könnten wir dann einen kleinen Spaziergang die Straße hinunter machen. Das komme gar nicht in Frage. Wovon ich überhaupt rede? Sobald wir verdaut hätten, erklärt mein Vater, müßten wir zum Hotel hinüberfahren. Das überrascht mich, genauso, wie es mich überrascht hat, daß er beim Essen so leichthin von seinem ›alten

Beruf‹ gesprochen hatte. Denn seit er vor anderthalb Jahren nach Long Island übergesiedelt ist, hat er nicht das geringste Interesse gezeigt, zu erfahren, was die beiden neuen Besitzer, die einander abgelöst hatten, aus seinem Hotel gemacht haben, das unter dem Namen *Royal Ski and Summer Lodge* allem Anschein nach gerade so über die Runden kommt. Ich hatte gedacht, er würde lieber nicht hinfahren, doch jetzt fließt er geradezu über vor Begeisterung, und geht, nachdem er die Toilette aufgesucht hat, auf der Veranda auf und ab und wartet darauf, daß Mr. Barbatnik aus seinem Mittagsschläfchen erwacht, das er in meinem Korbstuhl macht.

Was, wenn er jetzt von dieser ganzen leidenschaftlichen Erregung seines Herzens tot umfiele? Und das, ehe ich die liebevolle Frau geheiratet, das gemütliche Haus gekauft und die hübschen Kinder großgezogen habe . . .

Worauf warte ich eigentlich noch? Wenn später doch, warum dann nicht gleich, damit er glücklich ist und sein Leben als einen Erfolg betrachtet?

Worauf warte ich?

Mein Vater treibt uns die ganze Hauptstraße entlang und schleift uns durch jedes kleine Geschäft, das noch existiert und offen hat; ihm allein scheint die sengende Hitze überhaupt nichts auszumachen. »Ich erinnere mich noch an die Zeit, da hatten wir hier vier Metzger, drei Friseure, eine Kegelbahn, drei Kaufmannsläden, zwei Bäckereien, einen A & P-Laden, drei Ärzte und drei Zahnärzte. Und jetzt seht es euch mal an«, sagt er – alles andere als bekümmert; vielmehr mit der stolzen Überlegenheit dessen, der es verstanden hat auszusteigen, solange das noch ohne Verlust möglich war – »kein Metzger, kein Friseur, keine Kegelbahn, nur noch eine Bäckerei, kein A & P-Laden und, falls sich daran nichts geändert hat, seit ich fortgegangen bin, auch keine Zahnärzte mehr – nur noch ein Arzt. Jawohl«, verkündet er, onkelhaft jetzt, nimmt alles in seinem Blick auf und hört sich ein wenig an wie sein Freund Walter Cronkite, »die schöne Zeit, in der das Hotelgewerbe Hochblüte hatte, ist vorbei – aber das war schon etwas! Ihr hättet das hier mal im Sommer erleben sollen! Wißt ihr, wer hier alles Urlaub gemacht hat? Ihr könnt nehmen, wen ihr wollt! Der Herings-König! Der Apfel-König! . . .« Und für Mr. Barbatnik und Claire (die nicht verrät, daß sie dieselbe sentimentale Reise vor wenigen Wochen an der Seite seines Sohnes bereits einmal gemacht hat, der ihr bei der Gelegenheit auseinandersetzte, was das eigentlich sei, ein Herings-König) haspelt er mit Schnellfeuergeschwindigkeit eine Geschichte der Pracht-Straße seines Lebens in Anekdoten herunter, Meter um Meter, Jahr um Jahr, von der Amtseinführung Roosevelts bis rauf zu Lyndon B. Johnson. Ich lege meinen Arm um sein völlig verschwitztes kurzärmeliges Hemd und sage: »Ich wette, wenn du es dir in den Kopf setztest, könntest du bis vor die Sintflut zurückgehen.« Das mag er – neuerdings gefällt ihm überhaupt alles. »Ach, und ob ich das könnte! Ist das ein Erlebnis! Das hier ist wirklich die Straße der Erinnerung!« – »Es ist furchtbar heiß, Dad«, sage ich fürsorglich. »Wir haben über dreißig Grad. Vielleicht sollten wir es jetzt etwas langsamer angehen lassen . . .« – »Langsamer angehen lassen?« ruft er, packt Claire und zieht angeberisch im Eilschritt mit ihr los die kleine Straße hinunter. Mr. Barbatnik lächelt, tupft sich die Stirn mit dem Taschentuch ab und sagt zu mir: »Er hat lange auf diese Gelegenheit gewartet.«

»*Labor Day Weekend!*« verkündet mein Vater strahlend, als ich auf den Parkplatz neben dem Lieferanteneingang des ›Hauptgebäudes‹ fahre. Abgesehen von diesem Parkplatz, der neu gepflastert worden ist, und dem bonbonigen Rosa, in dem sämtliche Gebäude gestrichen worden sind, scheint sich bis jetzt kaum etwas verändert zu haben – mit Ausnahme selbstverständlich des Hotel-Namens. Leiten tut es jetzt ein kleiner, sorgenvoll dreinblickender Bursche, der nur wenig älter ist als ich, und seine eher jüngere, aber völlig reizlose Frau. Ich hatte die beiden an jenem Nachmittag im Juni, als ich auf meiner eigenen wehmütigen Fahrt in die Vergangenheit zusammen mit Claire hierhergekommen war, kurz kennengelernt. Die beiden alten Männer jedoch denken keineswegs mit Wehmut zurück an die guten alten Tage – genauso wenig wie jemand, der sich in einem Fluß an irgendwelches Treibgut klammert, Sehnsucht nach dem Goldenen Zeitalter des Kanus aus Birkenrinde empfindet. Als mein Vater, nachdem er sich vergewissert hat, wie die Dinge hier liegen, sich erkundigt, wieso es komme, daß das Haus an einem solchen langen Wochenende nicht voll besetzt sei – ein ihm völlig unbekanntes Phänomen, wie er rasch unmißverständlich deutlich macht – verwandelt sich die Frau noch mehr in die verbissene Bulldogge, die sie schon zuvor gewesen ist, und der Mann, ein kräftiger, jungenhafter Typ mit blassen Augen, vernarbter Haut und einem freundlichen, etwas verunsicherten Ausdruck – ein netter Bursche, der es gewiß nur gut meint, dessen Gläubiger vermutlich jedoch nicht sonderlich beeindruckt sind von seinen Plänen, das Unternehmen bis ins einundzwanzigste Jahrhundert hinein auszubauen – erklärt, sie hätten es bis jetzt noch nicht geschafft, in der Öffentlichkeit ein ›Image‹ aufzubauen. »Verstehen Sie«, sagt er unsicher, »im Moment sind wir zum Beispiel noch dabei, die Küche zu modernisieren . . .«

Seine Frau unterbricht ihn, um die Dinge klarzustellen: junge Leute fühlten sich nicht gerade angezogen, weil sie glaubten, es sei ein Hotel für die ältere Generation (woran, wie ihrem Ton zu entnehmen, mein Vater die Schuld trägt), und Familien mit Kindern werden schon deshalb abgeschreckt, weil der Mann, an den mein Vater ursprünglich verkauft hatte – und der schon im August seines ersten und einzigen Sommers als Hotelbesitzer seine Rechnungen nicht mehr bezahlen konnte – nichts weiter als ein »kleinkarierter Hugh Hefner« gewesen sei, der versucht habe, sich aus »Gesindel und Schlimmerem« einen Gästestamm aufzubauen.

»Zuerst einmal«, sagt mein Vater, ehe ich ihn beim Arm packen und wegsteuern kann, »war es der allergrößte Fehler, den Namen zu ändern, also dreißig Jahre guten Willens einfach wegzufegen. Sie können die Fassade in jeder Farbe anpinseln, wie Sie wollen, wenn ich auch nicht begreif', was schlecht sein soll an einem schlichten, sauberen Weiß – aber wenn das Ihr Geschmack ist, dann ist das Ihr Geschmack. Aber werden denn die Niagara-Fälle plötzlich umbenannt? Jedenfalls nicht, wenn es ihnen drauf ankommt, Touristen anzulocken.« Da muß die Frau ihm aber ins Gesicht lachen – jedenfalls sagt sie das: »Da muß ich aber lachen.« – »Sie müssen *was? Warum?*« entfährt es meinem aufgebrachten Vater. – »Weil man ein Hotel in unserer Zeit nicht mehr *Hungarian Royale* nennen und dann erwarten kann, daß die Leute Schlange stehen.« – »Nein, nein«, sagt der Mann und versucht, den Worten seiner Frau die Schärfe zu nehmen und gleichzeitig zwei Maalox-Tabletten aus ihrer silbernen Umhüllung herauszudrücken, »das Problem ist doch, daß wir zwischen zwei Lebensstilen sitzen; das ist es doch, was wir ausbügeln müssen. Ich bin überzeugt, sobald wir mit der Küche fertig sind . . .« – »Vergessen Sie die Küche, mein Freund«, sagt mein Vater und wendet sich merklich von der Frau ab und dem Mann zu, jemand, mit dem man sich jedenfalls vernünftig unterhalten kann. »Tun Sie sich selbst mal einen Gefallen und nehmen Sie den alten Namen wieder an. Der ist die Hälfte dessen, wofür Sie bezahlt haben. Wieso kommen Sie überhaupt auf die Schnapsidee, ein solches Wort wie ›Ski‹ zu benutzen? Bleiben Sie den ganzen Winter über geöffnet, wenn Sie meinen, daß da was drin steckt – aber warum ein Wort benutzen, daß Ihnen nur die Art Leute vergraulen kann, die ein Hotel wie dies hier attraktiv machen?« Die Frau: »Schon mal was davon gehört, daß heutzutage kein Mensch Urlaub machen möchte in einem Hotel, das einen Namen hat wie ein Mausoleum?« Punkt! »Ach«, sagt mein Vater und nimmt ihren sarkastischen Ton auf, »ach, vergangen ist vergangen, und tot tot, was?« Um dann einen hochtrabenden, unzusammenhängenden philosophischen Monolog über die innere Beziehung von Vergangenheit, Gegenwart und Zukunft vom Stapel zu lassen, als ob ein Mann, der es geschafft hat, sechsundsechzig Jahre alt zu werden, wissen müßte, wovon er spricht, als ob er gar nicht anders könnte, als mit denen, die nach ihm kommen, weise umzugehen – zumal dann, wenn sie in ihm gleichsam den Ursprung all ihrer Sorgen sehen.

Ich warte nur darauf, einzuschreiten oder einen Krankenwagen rufen zu müssen. Wird mein übererregter Vater, der mitansehen muß, wie dieser lendenlahme Mann und seine störrische Frau sein Lebenswerk herunterwirtschaften, in Tränen ausbrechen, zusammenbrechen oder seinen letzten Atemzug tun? Das eine scheint mir – wieder einmal – nicht weniger unmöglich als das andere.

Warum bin ich überzeugt, daß er im Laufe dieses Wochenendes sterben wird, daß ich, ehe es Montag wird, auch noch ohne Vater dastehen werde?

Als wir wieder ins Auto steigen, um heimzufahren, schreitet er immer noch kräftig aus, ist er immer noch ein wenig am Überschnappen. »Wie konnte ich ahnen, daß er sich als Hippie entpuppt?« – »Wer denn?« frage ich. – »Dieser Kerl, der das Unternehmen nach Mutters Tod gekauft hat. Glaubst du etwa, ich hätte an einen Hippie verkauft? Aus freien Stücken? Der Mann war fünfzig! Warum sollte er keine langen Haare tragen? Bin ich denn ein Kleingeist, daß ich wegen so was gegen ihn eingenommen sein sollte? Und was hat sie überhaupt mit ›Gesindel‹ gemeint? Doch nicht etwa das, was ich meinte, daß sie damit meinte, oder?« Ich sage: »Sie hat nichts anderes damit gemeint, als daß ihnen das Wasser am Hals steht, und daß das weh tut. Hör zu, sie ist zwar offensichtlich eine ziemliche Niete, aber eine Pleite ist nun mal eine Pleite.« – »*Yeah,* aber warum *mir* die Schuld in die Schuhe schieben? Ich hab' diesen Leuten die letzte Gans gegeben, die es hier in der Gegend gab und die goldene Eier legte, sie haben von mir eine solide Tradition und einen treuen Gästestamm bekommen, so daß sie nichts weiter hätten tun brauchen, als sich an das zu halten, was *da* war. Das war *alles,* Dave! ›Ski!‹ Wenn meine Gäste so was schon hören, nehmen sie doch gleich reißaus! Ach, es gibt Leute, die machen ein Hotel in der Sahara auf, und es floriert, während andere unter den günstigsten Umständen aufmachen und trotzdem pleite machen.« – »Das stimmt«, sage ich. – »Und jetzt, wenn ich so zurückblicke, frage ich mich, wie es mir eigentlich gelungen ist, soviel zu schaffen. Ein Niemand wie ich, der aus dem Nichts kam! Als ich anfing, Claire, war ich Aushilfskoch. Damals war mein Haar schwarz, wie seins, und voll, wenn Sie das glauben können . . .«

Des neben ihm schlafenden Mr. Barbatniks Kopf ist nach einer Seite gedreht als sei er erdrosselt. Claire jedoch – die liebenswerte, tolerante großzügige und gutwillige Claire –

fährt fort zu lächeln, und zustimmend zu nicken, während sie der Geschichte unseres Hotels folgt, wie es aufblühte unter der liebevollen Fürsorge dieses fleißigen, freundlichen, gerissenen, sklaventreiberischen und dynamischen Niemand. Gibt es unter der Sonne noch einen Menschen, frage ich mich, der ein beispielhafteres Leben geführt hat? Gibt es auch nur das kleinste bißchen an ihm, das er in Ausübung seiner Pflicht nicht eingesetzt hätte? Wessen fühlt er sich denn nur so schuldig? Ach, würde er doch nur aufhören, sich zu rechtfertigen! Seine Richter würden ihn freisprechen und verkünden: ›Unschuldig wie ein neugeborenes Baby‹, ohne sich erst zur Beratung zurückziehen zu müssen.

Nur kann er das nicht. Bis in die frühen Abendstunden rechtfertigt er sich ohne Unterlaß. Zuerst folgt er Claire in die Küche, um ihr zuzusehen, wie sie den Salat und den Nachtisch bereitet. Als sie ins Bad geht, um zu duschen und sich zum Abendessen umzuziehen – und neue Kräfte zu sammeln – kommt er heraus zu mir, der ich hinterm Haus dabei bin, die Steaks zum Grillen vorzubereiten. »Übrigens, hab' ich dir erzählt, zu wessen Tochters Heirat ich eine Einladung bekommen habe? Darauf kommst du nie! Ich mußte nach Hempstead rüber, um das Mixgerät deiner Tante reparieren zu lassen – du weißt schon, das mit dem Glasaufsatz obendrauf – und wem, meinst du, gehört der Elektroladen, der jetzt den *Waring*-Kundendienst übernommen hat? Das errätst du nie, falls du dich überhaupt an diesen Mann erinnerst.« Doch das tue ich. Es ist mein Zaubermeister. »Herbie Bratasky«, sage ich. – »Richtig! Hab' ich es dir doch schon erzählt?« – »Nein.« – »Aber er war's – und kannst du es glauben? Aus diesem schlaksigen *Paskudniak* ist ein richtiger Mann geworden, und er hat toll Erfolg. Er vertritt *Waring* und *General Electric* und steht kurz vor dem Abschluß der

Verhandlungen, auch noch die Regionalvertretung von einer japanischen Firma zu übernehmen, die noch größer ist als *Sony*. Und seine Tochter ist ein Bild von einem Mädchen. Er hat mir ein Foto von ihr gezeigt – und dann liegt aus heiterem Himmel plötzlich eine wunderschöne Einladungskarte im Briefkasten. Eigentlich wollte ich sie mitbringen, aber dann muß ich's wohl doch vergessen haben, weil ich schon gepackt hatte.« Schon vor zwei Tagen fertig gepackt! »Aber ich werde sie dir schicken«, sagt er, »du wirst deine helle Freude dran haben. Hör mal, ich hatte gedacht – nur so eine Überlegung – aber, wie wär's, wenn ihr, du und Claire, mich begleiteten – zur Hochzeit? Das wär' doch eine schöne Überraschung für Herbie.« – »Tja, das muß man mal überlegen. Wie sieht Herbie denn jetzt aus? Wie alt ist er überhaupt, in den Vierzigern?« – »Ach, er muß mindestens fünfundvierzig oder sogar sechsundvierzig sein. Aber immer noch eine Dampfwalze – und so helle und so gut aussehend wie damals schon, als er praktisch noch ein Junge war. Kein Pfund zugenommen und noch sein ganzes Haar! – Ja, das war so voll, daß ich schon dachte, er müßte 'ne Perücke tragen. Vielleicht tut er's ja auch, wenn ich so darüber nachdenke. Und immer noch diese Sonnenbräune! Was meinst du? Er muß Höhensonne benutzen. Und außerdem hat er auch noch einen Jungen – gespuckt der Vater – und der *trommelt*! Natürlich hab' ich ihm von dir erzählt, doch er sagte, das wüßte er schon. Er hat von dir in der Zeitung gelesen, damals von deinem Vortrag an der Universität; im Veranstaltungskalender aus der Gegend. Er sagt, das hätte er allen seinen Kunden erzählt. Also, was sagst du jetzt? Herbie Bratasky! Woher weißt du das denn?« – »Ich habe einfach geraten.« – »Tja, da hast du ins Schwarze getroffen. Du hast den sechsten Sinn, Junge. Hmm, ist das ein schönes Stück Fleisch! Wieviel zahlt ihr hier oben fürs Pfund? Vor Jahren hat ein Sirloin-Steak wie dies hier . . .« Und ich möchte ihn in die Arme schließen, seinen nie stillstehenden Mund an meine Brust drücken und sagen: »Ist ja schon gut, du bleibst jetzt hier, für immer, du brauchst nie wieder fortzugehen.« In Wirklichkeit müssen wir alle in weniger als hundert Stunden Abschied voneinander nehmen. Und diese überwältigend enge Beziehung und die überwältigende Entfernung zwischen meinem Vater und mir wird in denselben verwirrenden Proportionen weiterbestehen, wie sie es unser ganzes Leben hindurch getan haben – bis daß der Tod uns scheidet.

Als Claire wieder in die Küche zurückkommt, läßt er mich allein weiter darüber wachen, daß sich die richtige Glut entwickelt, und kehrt zurück ins Haus, um »zuzusehen, wie wunderschön sie kocht«. – »Nun mal immer mit der Ruhe . . .«, rufe ich hinter ihm her, aber ich könnte genausogut einen halbwüchsigen Jungen ermahnen, die Ruhe zu bewahren, wenn er zum erstenmal ins Yankee-Stadion geht.

Meine Yankee-Freundin spannt ihn ein, den Mais zu schälen. Freilich, man kann Mais schälen und trotzdem weiterreden. An der Pinwand aus Kork, die Claire über dem Ausguß befestigt hat, hängen neben den Rezepten, die sie aus der *Times* ausgeschnitten hat, auch noch ein paar Schnappschüsse, die Olivia ihr von Marthas Vineyard geschickt hat. Durch die Fliegendrahttür der Küche hindurch höre ich, wie sie sich über Olivias Kinder unterhalten.

Jetzt, da ich wieder allein bin und noch reichlich Zeit ist, bis ich die Steaks auflegen kann, komme ich endlich dazu, den Brief aufzumachen, den sie mir von der Universität aus nachgesandt haben und den ich in der Tasche mit mir herumtrage, seit wir vor Stunden in die Stadt gefahren sind, um unsere Post und unsere Gäste abzuholen. Ich hatte mir nicht die Mühe gemacht, ihn zu öffnen, da es sich nicht um das Schreiben handelt, das ich jetzt täglich erwartete – von der University Press, der ich nach unserer Rückkehr aus Europa mein Manuskript von *Der Mensch im Futteral* in der überarbeiteten Fassung angeboten habe. Nein, es handelt sich um einen Brief von der Englisch-Abteilung der Texas Christian University, der mir den ersten wirklich unbeschwerten Augenblick des Tages schenkt. Ach, Baumgarten, du bist schon ein verrücktes Huhn und ein Schwerenöter dazu!

Sehr geehrter Professor Kepesh:
Mr. Ralph Baumgarten, ein Bewerber für unseren Poetiklehrstuhl an der Texas Christian University, hat Sie als jemand genannt, der mit seinem Werk vertraut sei. Ich zögere, mich an Sie zu wenden, weil ich weiß, daß Sie ein vielbeschäftigter Mann sind, wäre Ihnen aber trotzdem außerordentlich dankbar, wenn Sie mir sobald als möglich einen Brief schickten, in dem Sie uns Ihre Ansicht über sein literarisches Werk, seine Lehrbefähigung und seinen Leumund schrieben. Sie dürfen versichert sein, daß Ihr Schreiben streng vertraulich behandelt wird. Mit verbindlichem Dank für Ihre Hilfe,
hochachtungsvoll,
John Fairbairn
Vorsitzender

Sehr geehrter Professor Fairbairn: Vielleicht interessiert Sie auch meine Ansicht über den Wind, mit dessen Werk ich gleichfalls vertraut bin . . . Ich stecke den Brief wieder in die Tasche und lege die Steaks auf das Rost. *Sehr geehrter Professor Fairbairn: Ich kann es mir nicht anders vorstellen, als daß der Horizont Ihrer Studenten sowie ihr Verständnis für die Möglichkeiten, die das Leben bietet, eine enorme Erweiterung erfahren werden . . .* Und wer kommt jetzt noch? frage ich mich. Wenn ich zum Essen

Platz nehme – wird da ein Extragedeck für Birgitta aufgelegt sein, oder wird sie es vorziehen, lieber an meiner Seite auf den Knien hocken und zu essen . . .

Durch die Drahttür der Küche höre ich, daß Claire und mein Vater endlich soweit sind, sich über ihre Eltern zu unterhalten. »Aber *warum*?« höre ich ihn fragen. Seinem Ton entnehme ich, daß, um welche Frage auch immer es geht, ihm die Antwort nicht unbekannt, aber völlig unvereinbar ist mit seinem eigenen leidenschaftlichen Streben nach Verbesserung der menschlichen Gesellschaft. Claire erwidert: »Vermutlich deshalb, weil sie von vornherein nicht zueinander gepaßt haben.« – »Aber zwei schöne Töchter; und sie selbst gebildete Leute, die das College besucht haben; und beide in guten leitenden Stellungen! Das kapier' ich nicht. Und die Trinkerei: *warum*? Was hilft sie einem schon? Bei allem Respekt – mir erscheint das einfach töricht. Ich selbst habe natürlich nie die Vorteile einer guten Schulbildung genossen. Hätte ich das – aber ich hab's nun mal nicht, und damit mußte ich mich abfinden. Aber meine Mutter – lassen Sie mich Ihnen sagen, ich brauche bloß an sie zu denken, und die ganze Welt kommt mir nicht mehr ganz so schlecht vor. War das eine Frau! Ma, sagte ich immer zu ihr, was machst du denn schon wieder auf dem Fußboden? Larry und ich, wir geben dir das Geld, und du holst dir jemand anders, der die Böden schrubbt. Aber nein . . .«

Während des Abendessens geschieht es dann endlich, daß, wie Tschechow es ausdrückte, der Engel des Schweigens über ihn hinweggeht. Freilich nur, damit gleich darauf ein Schatten von Schwermut über ihn fällt. Ist er unsicher und am Rand der Tränen, jetzt, nachdem er geredet und geredet und geredet und immer noch nicht ganz eindeutig ausgedrückt hat, was er sagen wollte? Ist er drauf und dran, zusammenzubrechen und zu heulen – oder schreibe ich ihm eine Stimmung zu, in der ich mich befinde? Wieso kommt es, daß ich das Gefühl habe, eine Schlacht verloren zu haben, wo ich doch ganz eindeutig eine gewonnen habe?

Wir essen wieder auf der durch Fliegendraht vor Insekten geschützten Veranda, wo ich mich während der vorhergehenden Tage damit herumgeschlagen habe, zu Papier zu bringen, was *ich* auf dem Herzen habe. Wachskerzen brennen wie unsichtbar in den antiken Zinnleuchtern; die Wachsmyrthenkerzen, die per Post von Marthas Vineyard gekommen sind, lassen Wachsfäden auf die Tischplatte rinnen. Wohin man auch blickt – überall brennen Kerzen – Claire liebt sie auf der Veranda abends leidenschaftlich; vermutlich ist das die einzige Extravaganz, die sie kennt. Vorhin, als sie mit einem Briefchen Zündhölzer in der Hand von einem Leuchter zum anderen ging, hatte mein Vater – der bereits die Serviette durch den Gürtel gezogen und Platz genommen hatte – angefangen, ihr die Namen sämtlicher Hotels in den Catskills aufzuzählen, die in den vergangenen zwanzig Jahren unseligerweise abgebrannt sind. Woraufhin sie ihm versprochen hatte, vorsichtig zu sein. Dennoch, wenn ein Lufthauch sich leise regt und alle Kerzen flackern, schaut er in die Runde, um nachzusehen, daß nichts Feuer gefangen hat.

Jetzt hören wir im Obstgarten gleich hinterm Haus die ersten reifen Äpfel ins Gras plumpsen. Wir vernehmen den Schrei ›unserer‹ Eule – als solche bezeichnet Claire den Gästen gegenüber den Nachtvogel, den wir noch nie zu Gesicht bekommen haben, der jedoch sein Nest in ›unserem‹ Wald haben muß. Wenn wir alle lange genug still seien, erklärt sie – als ob sie Kinder wären – den beiden alten Männern, kämen vielleicht die Rehe aus dem Wald, um im Obstgarten zu äsen. Dazzle ist ermahnt worden, nicht zu bellen und sie etwa zu verscheuchen. Er ist elf Jahre alt und gehört ihr, seit sie ein vierzehnjähriges Schulmädchen war; er ist Claires liebster Gefährte, seit Olivia, die ihr, bis ich kam, am nächsten stand, ins College ging. Binnen weniger Sekunden ist Dazzle fest eingeschlafen, und wieder vernehmen wir nichts als das angeregte Septemberkonzert der Baumlaubfrösche und Grillen, die bekannteste aller je gehörten Sommerserenaden.

Heute abend kann ich die Augen nicht von ihrem Gesicht wenden. Zwischen den von Kerzenlicht beleuchteten alten Männern mit den zerfurchten Gesichtern – wie Radierungen alter Meister – erscheint Claires Gesicht mehr denn je apfelglatt und apfel-klein, schimmernd wie ein Apfel, schlicht wie ein Apfel und frisch wie ein Apfel... nie war es weniger gekünstelt, nie unverdorbener... nie zuvor so... Jawohl, und warum verschließe ich absichtlich die Augen davor, daß uns irgendwann doch einmal etwas trennen muß? Warum mich weiterhin diesem Zauber ausliefern, durch den nichts an mich herankommt außer dem, was mir gefällt? Hat diese ganze sanfte, zärtliche Zuneigung nicht doch etwas Zweifelhaftes und Träumerisches? Was wird geschehen, wenn das durchbricht, was Claire *auch* sein muß? Was geschieht, wenn es »keine Ruhe von ihr« gibt? Und was ist mit dem, was auch *ich* noch bin? Wie lange wird das noch als etwas Gutes genommen werden? Wieviel länger wird es noch dauern, bis mir diese ganze Unschuld zum Hals heraus hängt – wie lange, bis diese Milde des Lebens mit Claire anfängt, mich abzustoßen und mich kalt zu lassen und ich wieder außen vor stehe, über das Verlorene trauere und nicht weiß, wie es weitergehen soll?

Und zusammen mit den so lange unterdrückten Zweifeln, die jetzt in mir laut werden – und, ohrenbetäubend vereint mit ihnen, drängen jetzt jene Gefühle, unter deren düsteren

Vorahnungen ich schon den ganzen Tag gestanden habe, zum Durchbruch zu etwas, was greifbar und furchtbar wie ein Stachel ist. *Nur ein Zwischenspiel,* denke ich, und – gleichsam, als hätte mich ein Dolchstoß getroffen und als flösse alle Kraft aus mir heraus – ist mir, als fiele ich gleich vom Stuhl. Nur ein Zwischenspiel! Nie etwas Dauerhaftes kennenlernen! Nichts als meine unausrottbaren Erinnerungen an Abgebrochenes und Vorläufiges; nichts als die immer länger werdende Kette all der Dinge, die nicht geklappt haben . . .

Gewiß, gewiß, Claire ist immer noch bei mir, sitzt mir am Tisch gegenüber, erzählt meinem Vater und Mr. Barbatnik etwas über die Planeten, die sie ihnen später zeigen will und die heute besonders hell unter den anderen Sternen erstrahlen. Das Haar hochgesteckt, so daß die verletzlichen Wirbel freiliegen, welche die schlanke Säule ihres Halses stützen, und angetan mit ihrer ausgeblichenen Tunika mit den Silberbordüren, die sie früher in diesem Sommer auf der Nähmaschine zusammengenäht hat und die ihrer überwältigenden Schlichtheit etwas Königliches verleiht, erscheint sie mir kostbarer denn je, auch mehr denn je als die Frau, die mir bestimmt ist, die Mutter meiner ungeborenen Kinder . . . dennoch habe ich meine Kraft bereits verloren, meine Hoffnung und meine stille Zufriedenheit. Wiewohl wir genau das tun werden, was wir geplant haben, das Haus mieten, um die Wochenenden und Ferien hier zu verbringen, bin ich gewiß, daß es nur eine Frage der Zeit ist – mehr bedarf es dazu offenbar nicht, nur der Zeit – und das, was wir haben, wird entschwinden, und der Mann, der jetzt einen Löffel mit ihrer Orangencreme in der Hand hält, wird wieder zu Herbies Schüler, Birgittas Komplizen, Helens Freier, Baumgartens Kumpan und Verteidiger, wird wieder der Aus Der Art Geschlagene Sohn, der er im Grunde gern sein möchte, und all das, wonach er sich verzehrt. Und wenn all dies auch wieder vorüber ist, was dann?

Um unser aller willen kann ich unmöglich beim Abendessen vom Stuhl fallen. Dennoch überfällt mich eine entsetzliche körperliche Schwäche. Ich habe Angst, nach meinem Weinglas zu greifen, weil ich fürchte, nicht die Kraft zu haben, es an die Lippen zu führen.

»Wie wär's mit einer Platte?« wende ich mich an Claire.

»Die neue Bach-Platte?«

Eine Aufnahme von Sonaten für drei Instrumente. Wir haben sie die ganze Woche über immer wieder angehört. Vorige Woche war es ein Mozart-Quartett gewesen, und die Woche davor ein Cello-Konzert von Elgar. Wir spielen einfach eine Platte immer wieder, bis wir genug von ihr haben. Das ist das einzige, was man im Haus kommen und gehen hört, Musik, die mittlerweile ein Nebenprodukt *unseres* Kommens und Gehens geworden zu sein scheint, Kompositionen, die unserem Gefühl des Wohlbefindens entströmen. Wir hören nie etwas anderes als außerordentlich erlesene Musik.

Dem Anschein nach mit gutem Grund, gelingt es mir, den Tisch zu verlassen, ehe etwas Entsetzliches passiert.

Der Plattenspieler und die Lautsprecher im Wohnzimmer gehören Claire; sie hat sie auf dem Rücksitz des Autos aus der Stadt mitgebracht. Desgleichen gehören die meisten Platten ihr. Ebenso die für die Fenster zusammengenähten Vorhänge, die Cordsamtdecke, die sie genäht hat, um sie tagsüber über das recht mitgenommene Bett zu breiten, und auch die beiden Porzellanhunde links und rechts neben dem Kamin, die einst ihrer Großmutter gehörten und an ihrem einundzwanzigsten Geburtstag in ihren Besitz übergingen. Als Schulmädchen pflegte sie auf dem Heimweg bei ihrer Großmutter vorbeizuschauen, Tee mit ihr zu trinken, ein

Stück Toast zu essen und auf ihrem Klavier zu üben; sodann konnte sie, innerlich jedenfalls etwas gewappnet, weiterziehen auf das Schlachtfeld, das ihr Zuhause war. Sie hat ganz allein den Entschluß gefaßt, die Abtreibung vornehmen zu lassen. Damit ich nicht mit irgendwelchen Verpflichtungen belastet würde? Damit ich sie allein um ihrer selbst willen wählen könne? Ja, ist denn die Vorstellung von Pflichten wirklich etwas so Furchtbares? Warum hat sie mir nicht gesagt, daß sie schwanger war? Kommt nicht ein Moment auf dem Lebensweg eines Menschen, da er Pflichten übernimmt, ja, Pflichten *mit Freuden begrüßt*, wie er einst das Vergnügen, die Leidenschaft und das Abenteuer begrüßt hat – eine Zeit, da Pflicht ein Vergnügen ist und nicht Vergnügen eine Pflicht . . .

Die erlesene Musik setzt ein. Ich kehre auf die Veranda zurück und bin nicht mehr ganz so blaß wie eben noch. Ich nehme wieder am Tisch Platz und nippe an meinem Weinglas. Jawohl, ich kann das Glas zum Mund führen und es auch wieder hinstellen. Ich bin imstande, meine Gedanken etwas anderem zuzuwenden. Das wird auch besser sein.

»Mr. Barbatnik«, sage ich, »mein Vater hat uns erzählt, Sie hätten das KZ überlebt. Wie haben Sie das geschafft? Ich hoffe, es macht Ihnen nichts aus, wenn ich danach frage.«

»Herr Professor, lassen Sie mich Ihnen erst einmal sagen, wie sehr ich die Gastfreundschaft zu schätzen weiß, die Sie einem Wildfremden entgegenbringen. Dies ist für mich der glücklichste Tag, den ich seit sehr langer Zeit erlebe. Ich hatte schon gedacht, ich hätte verlernt, was es heißt, im Kreis von anderen Menschen glücklich zu sein. Deshalb möchte ich Ihnen allen danken. Ich danke meinem neuen und guten Freund, Ihrem großartigen Vater. Es war ein wundervoller Tag, Miss Ovington . . .«

»Bitte, sagen Sie doch Claire zu mir«, sagt sie.

»Claire, Sie sind nicht nur reif über Ihre Jahre hinaus, Sie sind auch noch bezaubernd und jung – ich habe Ihnen schon den ganzen Tag sagen wollen, wie unendlich dankbar ich Ihnen bin. Für all die Aufmerksamkeiten, die Sie anderen erweisen.«

Die beiden älteren Männer sitzen links und rechts von ihr, ihr Geliebter ihr gegenüber; mit aller Liebe, deren er fähig ist, läßt er seinen Blick auf ihrer fülligen Gestalt und ihrem kleingeschnittenen Gesicht ruhen, das über der Vase mit den Astern sichtbar ist, die er heute morgen auf dem Spaziergang für sie gepflückt hat; mit aller Liebe, die ihm zu Gebote steht, beobachtet er dieses wohlgewachsene weibliche Wesen, wie es in diesem Augenblick, da es voll erblüht ist, ihrem schüchternen Gast die Hand reicht, die dieser ergreift und herzlich drückt, um dann, ohne sie loszulassen, zum erstenmal ohne Hemmungen und selbstsicher zu reden, endlich daheim (genauso, wie sie es geplant, wie sie es einzurichten verstanden hat). Und während all dies geschieht, fühlt ihr Geliebter sich tiefer verstrickt in sein eigenes Leben als je zuvor in einem Augenblick, an den er sich erinnern kann – sein ureigenstes Ich, wo es wirklich am ureigensten ist, mit jeder Faser seines Empfindens gebunden an das, wo er wirklich zu Hause ist! Und trotzdem fährt er fort, sich vorzustellen, er werde fortgezogen von einer Kraft, der man sich genauso wenig entziehen kann wie der Schwerkraft, und auch das ist keine Lüge. Als wäre er im Fallen begriffen, hilflos wie ein kleiner Apfel im Obstgarten, der sich von seinem Ast löst und der lockenden Erde in den Schoß fällt.

Doch statt aufzuschreien, entweder in seiner Sprache oder mit einem atavistischen animalischen Aufheulen, »Verlaß mich nicht! Geh nicht fort! Du wirst mir schrecklich fehlen!

Dieser Augenblick, und wir vier hier beisammen – genau so sollte es sein!«, löffelt er den letzten Rest seines Puddings und lauscht der Überlebensgeschichte, nach der er gefragt.

»Da es einen Anfang gab«, erzählt Mr. Barbatnik, »muß es auch ein Ende geben. Ich werde leben und erleben, wie diese Ungeheuerlichkeit endet. Das habe ich mir morgens und abends immer wieder gesagt.«

»Aber wie kam es, daß sie Sie nicht in die Gaskammer geschickt haben?«

Wie kommt es, daß Sie hier in unserer Mitte sitzen? Warum ist Claire hier? Warum nicht Helen und unser Kind? Warum nicht meine Mutter? Und in zehn Jahren . . . wer dann? Um mir im Alter von fünfundvierzig Jahren nochmals ein ganz persönliches eigenes Leben aufzubauen? Um mit fünfzig nochmals ganz von vorn anzufangen? Um für alle Ewigkeit jemand zu sein, der über seinen Zustand des Ausgestoßenseins Tränen vergießt? Das kann ich nicht! Das will ich nicht!

»Sie konnten ja nicht alle umbringen«, sagt Mr. Barbatnik. »Das wußte ich. Irgend jemand mußte übrigbleiben, und wenn vielleicht auch nur ein einziger! Und folglich redete ich mir immer wieder ein, daß dieser jemand ich sein werde. Ich habe in den Kohlebergwerken gearbeitet, in die sie mich geschickt hatten. Zusammen mit den Polen. Ich war damals ein junger Mann und kräftig. Ich arbeitete, als wäre es mein eigenes Bergwerk, das ich von meinem Vater geerbt hätte. Ich redete mir selbst ein, daß dies genau das sei, was ich tun wollte. Ich redete mir ein, daß ich diese Arbeit, die ich da verrichtete, für mein Kind täte. Jeden neuen Tag redete ich mir etwas anderes ein, bloß, um bis zum Abend durchzuhalten. Und auf diese Weise habe ich es überstanden. Als aber die Russen plötzlich so schnell vorrückten, holten uns die

Deutschen morgens um drei heraus und trieben uns fort. Viele, viele Tage lang, bis ich aufhörte, sie zu zählen. Ich marschierte weiter und weiter; Menschen brachen zusammen, wohin man auch blickte; und wieder sagte ich mir, wenn einer überlebt, dann werde ich das sein. Doch zu dem Zeitpunkt wußte ich irgendwie, daß, selbst wenn ich es bis dorthin schaffte, wohin sie uns trieben, sie jeden, der von uns noch übrig war, erschießen würden. Und so kam es, daß ich fortlief, nachdem ich Wochen um Wochen ohne Unterlaß auf etwas zumarschiert war, was nur Gott allein wußte. Ich versteckte mich in den Wäldern und wagte mich nur nachts raus; da gaben mir die deutschen Bauern zu essen. Jawohl, das stimmt«, sagt er und starrt auf seine große Hand nieder, die im Kerzenlicht fast so breit aussieht wie eine Schaufel und so schwer wie ein Brecheisen, diese Hand, welche Claires schmale, schöne Finger mit den zarten Knochen und Knöcheln umschließt. »Der einzelne Deutsche ist gar nicht so schlecht, wissen Sie. Aber man sperre drei Deutsche zusammen in einen Raum, und man kann der Welt Lebewohl sagen.«

»Und was ist dann geschehen?« frage ich, doch er fährt fort, vor sich niederzublicken, gleichsam als sinne er über das Rätsel dieser Hand in der Hand nach. »Wie wurden Sie gerettet, Mr. Barbatnik?«

»Eines Nachts erfuhr ich von einer deutschen Bäuerin, die Amerikaner seien da. Ich dachte, das sei gelogen. Ich sagte mir, daß ich nicht wieder herkommen dürfe, daß sie nichts Gutes im Schilde führte. Aber dann sah ich am nächsten Tag durch die Bäume einen Panzer mit einem weißen Stern über die Straße rollen, und da lief ich raus und schrie aus Leibeskräften.«

Claire sagte: »Sie müssen mittlerweile merkwürdig ausgesehen haben. Wieso wußten sie, wer Sie waren?«

»Das wußten sie. Ich war nicht der erste. Wir kamen ja alle aus unseren Löchern heraus. Diejenigen von uns, die übriggeblieben waren. Ich habe meine Frau, meine Eltern, meinen Bruder, zwei Schwestern und eine drei Jahre alte Tochter verloren.«

Claire entfährt stöhnend ein »*Ach!*«, als hätte man sie mit einer Nadel gestochen. »Mr. Barbatnik, wir stellen Ihnen zu viele Fragen, das sollten wir nicht . . .«

Er schüttelt den Kopf. »Meine Liebe, Sie leben, also stellen Sie Fragen. Vielleicht ist es das, wozu wir da sind. So scheint es wenigstens.«

»Ich habe ihm gesagt«, läßt mein Vater sich vernehmen, »er soll ein Buch über all das schreiben, was er durchgemacht hat. Ich wüßte schon ein paar Leute, denen ich das liebend gern zu lesen geben würde. Wenn sie das lesen könnten, würden sie vielleicht doch den Kopf darüber schütteln, wie sie nur sein können, wie sie sind, während dieser Mensch hier so gut und so freundlich sein kann.«

»Und ehe der Krieg anfing?« frage ich ihn. »Sie waren damals noch ein junger Mann. Was hatten Sie werden wollen?«

Vermutlich, weil er so kräftige Arme und so große Hände hat, erwarte ich, daß er sagt, Zimmermann oder Maurer. In Amerika ist er über zwanzig Jahre lang Taxifahrer gewesen.

»Ein Mensch«, antwortete er, »jemand, der sehen und begreifen konnte, wie wir lebten, und was wirklich war, jemand, der sich nichts vormachte. Diesen Ehrgeiz hatte ich von klein auf gehabt. Zuerst war ich wie jedermann, ein braver *Cheder*-Junge. Doch davon habe ich mich mit sechzehn aus eigener Kraft befreit. Mein Vater hätte mich umbringen können, aber ich wollte um alles in der Welt kein Fanatiker sein. An etwas zu glauben, was es nicht gibt – nein, das war nichts für mich. Diese Fanatiker, das sind Menschen, die die Juden hassen. Und es gibt auch Juden, die Fanatiker sind«, wendet er sich an Claire, »und rumlaufen wie in einem Traum befangen. Aber das wollte ich nicht. Keinen einzigen Augenblick, seit ich sechzehn war und meinem Vater sagte, was zu heucheln ich nicht mehr bereit war.«

»Wenn er ein Buch schriebe«, sagt mein Vater, »müßte es den Titel haben: ›Der Mann, der nie aufgab!‹«

»Und hier haben Sie wieder geheiratet?«

»Ja. Sie war gleichfalls in einem KZ gewesen. Nächsten Monat sind es drei Jahre, daß sie von mir gegangen ist – es war Krebs, wie bei Ihrer Mutter. Dabei ist sie nicht einmal richtig krank gewesen. Eines Abends nach dem Essen ist sie beim Geschirrspülen. Ich gehe rüber, um den Fernseher anzustellen, da höre ich plötzlich, wie es in der Küche klirrt. ›Hilf mir, mir ist so schlecht.‹ Als ich in die Küche laufe, liegt sie auf dem Boden. ›Ich konnte mich nicht am Ofen festhalten‹, sagt sie. Sie sagt ›Ofen‹ statt ›Herd‹. Dabei mußte ich immer an ›Verbrennungsofen‹ denken, und es überlief mich jedesmal eiskalt. Und ihre Augen. Es war furchtbar. Ich wußte auf der Stelle, daß es ihr Ende war. Zwei Tage später erfuhren wir, daß der Krebs bereits das Gehirn angegriffen hatte. Es war wie ein Schlag aus heiterem Himmel.« Und ohne auch nur eine Spur von Groll – einfach nur, um nichts unerwähnt zu lassen – fügt er hinzu: »Wie auch sonst?«

»Zu furchtbar«, sagt Claire.

Nachdem mein Vater von einer Kerze zur anderen gegangen ist und sie ausgeblasen hat – und sogar noch die anpustet, die bereits aus sind, nur um sicher zu gehen – treten wir in den Garten hinaus, damit Claire ihnen die anderen Planeten zeigen kann, die heute nacht von der Erde aus zu sehen sind. Sich an ihre himmelswärts gerichteten Brillen wendend, erklärt sie ihnen, was es mit der Milchstraße auf sich habe, beantwortet Fragen über Sternschnuppen und zeigt ihnen, als wären sie ihre Sechstkläßler – genauso wie mir, als wir die erste Nacht hier verbrachten – jenen winzigen Punkt von einem Stern, unmittelbar neben der Deichsel des kleinen Wagens, den die griechischen Soldaten auffinden können mußten, ehe sie für wert befunden wurden, vollwertige Krieger zu sein. Dann begleitet sie sie zurück ins Haus; sie wolle, sollten sie am Morgen vor uns aufwachen, ihnen zeigen, wo der Kaffee ist und der Saft steht. Ich bleibe mit Dazzle im Garten zurück. Ich weiß nicht, was ich von alledem halten soll. Ich will es auch gar nicht wissen, sondern möchte nur ganz allein bis zur Kuppe des Hügels hinaufsteigen. Unsere Gondelfahrten in Venedig fallen mir ein. »Bist du sicher, daß wir nicht gestorben und auf dem Weg in den Himmel sind?« – »Da mußt du schon den Gondoliere fragen.«

Durchs Wohnzimmerfenster sehe ich sie um den niedrigen Tisch herum stehen. Claire nimmt die Platte, dreht sie um, und legt sie wieder auf. Mein Vater hält das Album mit den Shakespeare-Medaillen in der Hand. Offenbar liest er laut aus den Zitaten vor, die auf der Rückseite eingeprägt sind.

Ein paar Minuten später setzt sie sich auf die verwitterte Holzbank oben auf der Kuppe des Hügels zu mir. Seite an Seite und ohne ein Wort zu sprechen, sehen wir wieder hinauf zu den vertrauten Sternen. Das tun wir fast jeden Abend. Alles, was wir diesen Sommer getan haben, haben wir fast jeden Abend, Nachmittag und Morgen getan. Jeden Tag rufe ich von der Küche auf die Veranda hinaus, oder aus dem Schlafzimmer ins Bad hinüber: »Clarissa, komm raus, die Sonne geht unter« – »Claire, hier ist ein Kolibri« – »Wie heißt der Stern dort, Liebling?«

Zum erstenmal an diesem langen Tag gibt sie der Erschöpfung nach. »Ach«, sagt sie und bettet den Kopf an meine Schulter. Ich spüre, wie die Luft, die sie einatmet, langsam ihren Körper füllt und ihm dann langsam wieder entweicht.

Nachdem ich mir ein eigenes Sternbild am Himmel ausgedacht habe, das aus den leuchtendsten Sternen besteht, sage ich zu ihr: »Es ist eine schlichte Tschechow-Geschichte, nicht wahr?«

»Nicht wahr, was?«

»Das hier. Heute. Der Sommer. Nur neun oder zehn Seiten. Sie heißt: *Das Leben, das ich früher führte*. Zwei alte Männer fahren aufs Land und besuchen ein schönes, gesundes, junges Paar, das von Zufriedenheit überströmt. Der junge Mann ist Mitte dreißig und hat sich endlich von den Fehlern erholt, die er in den Zwanzigern gemacht hat. Die junge Frau ist in den Zwanzigern und hat eine schmerzliche Kindheit und Jugend überstanden. Sie haben allen Grund anzunehmen, daß sie es geschafft haben. Beide haben sie das Gefühl, daß es ganz so aussieht, als wären sie gerettet, und zwar weitgehend einer durch den anderen. Sie lieben sich. Doch nach dem Abendessen erzählt einer der alten Männer aus seinem Leben, berichtet von der vollständigen Verwüstung einer Welt und von den Schlägen, die nach wie vor fallen. Das ist alles. Genauso endet die Erzählung: sie birgt den hübschen Kopf an seiner Schulter; er streicht ihr mit der Hand übers Haar; ihre Eule schreit; ihre Sternbilder sind alle in Ordnung – ihre Medaillen, alle in Ordnung; ihre Gäste liegen in den frisch bezogenen Betten; und ihr behagliches und einladendes Häuschen liegt ein wenig unter ihnen am Hang, zu Füßen der Bank, auf der sie beisammensitzen und überlegen, was sie eigentlich zu fürchten haben. Im Haus ertönt Musik. Die schönste Musik der Welt. ›Und doch war ihnen beiden unendlich klar, daß es bis zum Ende noch weit sei und daß das Allerverwickeltste und Schwierigste jetzt eben erst begonnen hätte.‹ Das ist der letzte Satz von *Die Dame mit dem Hündchen.*«

»Hast du wirklich Angst vor etwas?«

»Es scheint so, als ob ich das immer wieder sagte.«

»Aber wovor?«

Jetzt ruhen ihre sanften, klugen und vertrauensvollen grünen Augen auf mir. Die ganze gewissenhafte Klassenzimmer-Aufmerksamkeit, deren sie fähig ist, ist auf mich gerichtet – und auf das, was ich antworten werde. Nach einem Augenblick sage ich: »Ich weiß es eigentlich nicht. Gestern in der Apotheke sah ich, daß sie tragbare Sauerstoffflaschen auf dem Regal stehen hatten. Der junge Mann, der dort bedient, hat mir gezeigt, wie sie funktionieren, und ich habe eine gekauft. Ich habe sie in den Badezimmerschrank gestellt. Sie liegt hinter den Badetüchern. Falls heute nacht irgendwem was zustoßen sollte.«

»Ach, aber – es wird nichts passieren. Warum sollte es?«

»Kein Grund. Nur, als er nicht aufhören wollte, den beiden, die jetzt das Hotel betreiben, von der Vergangenheit zu reden, wünschte ich, ich hätte sie ins Auto gelegt und mitgebracht.«

»David, er stirbt doch nicht, bloß weil er sich aufregt, wenn er an die Vergangenheit denkt. Ach, Liebling«, sagt sie, drückt mir einen Kuß auf die Hand und legt sie an ihre Wange, »du bist nur abgespannt, das ist alles. Wenn er so richtig in Fahrt kommt, kann er einem schon auf die Nerven gehen – aber er meint es doch so gut. Und außerdem erfreut er sich doch offensichtlich noch bester Gesundheit. Es geht ihm gut. Du bist einfach erschöpft. Es ist Zeit, ins Bett zu gehen, das ist alles.«

Es ist Zeit, ins Bett zu gehen, das ist alles. Ach, du Unschuldsengel, geliebter, du verstehst einfach nicht, und ich kann es dir nicht sagen. Ich kann es nicht sagen, jedenfalls heute abend nicht, aber binnen Jahresfrist wird meine Leidenschaft tot sein. Sie stirbt schon jetzt, und ich fürchte, es gibt nichts, was ich dagegen unternehmen kann, um sie zu retten. Und auch nichts, was du tun könntest. Innig gebunden – an dich gebunden, wie an keinen Menschen sonst – und ich bin nicht imstande, die Hand zu heben, um dich anzurühren . . . es sei denn, ich nehme es mir bewußt vor, das zu tun. Das Fleisch, auf das ich aufgepfropft worden bin und aus dem ich die Kraft gezogen habe, mein Leben einigermaßen wieder zu meistern, wird keine Begierde mehr in mir wecken. Ach, es ist so dumm! Idiotisch! Ungerecht! Deiner auf diese Weise beraubt zu werden! Und dieses Leben, das ich liebe und kaum kennengelernt habe! Und von wem beraubt! Immer läuft es darauf hinaus, daß ich es selbst bin, an dem das liegt!

Und so sehe ich mich wieder in Klingers Wartezimmer sitzen; trotz all der *Newskeeks* und *New Yorkers,* die dort herumliegen, bin ich kein mitfühlender, unauffällig Leidender aus einer gedämpften Tschechow-Erzählung von ganz gewöhnlichem menschlichem Unglück. Nein, weit furchtbarer, mehr wie Gogols Berserker und tief gekränkter Nasenloser, der in die Geschäftsstelle der Zeitung eilt und unter ›Verloren und Gefunden‹ eine Wahnsinnsannonce aufgibt, um auf diese Weise seine Nase zurückzurufen, die beschlossen hat, sein Gesicht zu verlassen. Jawohl, Opfer eines lächerlichen, gemeinen, unerklärlichen Streichs! Hier, du Quacksalber von einem Therapeuten, da bin ich wieder, und es geht mir dreckiger denn je zuvor! Hab' alles getan, was du mir geraten hast, habe jede Anweisung befolgt, mich strikt an die allergesundeste Lebensweise gehalten – hab' es sogar auf mich genommen, die Leidenschaften in meinem Seminar zu untersuchen, sie jenen zur Beurteilung vorzulegen, die das Thema am unbarmherzigsten durchleuchtet haben . . . Und das hier ist das Ergebnis! Ich weiß und weiß und weiß, stelle mir vor, stelle mir vor und stelle mir vor, doch wenn es zum Schlimmsten kommt, könnte es sich erweisen, daß ich nichts, aber auch gar nichts weiß! Vielleicht weißt aber auch du gar nichts! Und fütterst mich nicht mit den Tröstungen des Realitätsprinzips! Ach, finde sie doch für mich, ehe es zu spät ist! Die vollkommenste aller jungen Frauen wartet! Dieser Traum von einer Frau und das lebenswerteste aller Leben! Und damit reiche ich dem lebhaften stattlichen klugen Arzt die Anzeige mit der Überschrift: VERLOREN, in der beschrieben wird, wie sie aussah, als man sie das letztemal sah, ihr realer Wert und ihr Gefühlswert, und die Belohnung, die ich jedem biete, der Angaben machen kann, die zu ihrer Wiederauffindung führen: »Meine Begierde für Miss Claire Ovington – Lehrerin an einer Privatschule in Manhattan, Größe 1,75 m; Gewicht: 138 Pfund; blondes Haar, silbergrüne Augen, von ausnehmend liebevollem und treuem Wesen – ist auf geheimnisvolle Weise abhanden gekommen . . .«

Und die Antwort des Arztes? Daß ich sie womöglich überhaupt nie wirklich besessen habe? Oder – weit wahrscheinlicher – daß ich lernen muß, ohne das zu leben, was mir da abhanden gekommen ist . . .

Während der ganzen Nacht gehen Träume durch mich hindurch wie Wasser durch die Kiemen eines Fisches. Gegen Morgen wache ich auf und stelle fest, daß weder das Haus in Schutt und Asche liegt, noch daß man mich als unheilbar allein im Bett zurückgelassen hat. Meine gutwillige Clarissa ist immer noch bei mir! Ich hebe ihr Nachthemd an, schiebe es die ganze Länge ihres schlafenden Körpers hoch und fange an, ihre Brustwarzen mit meinen Lippen zu drücken und an ihnen zu ziehen, bis im blassen, samtenen, kindlichen Hof winzige Körnchen aufblühen und ihr Stöhnen einsetzt. Doch selbst noch während ich in verzweifelte Raserei am köstlichsten Leckerbissen ihres Leibes sauge, selbst während ich alle Kraft aufbiete, und mich mit allem Glück und allen Hoffnungen gegen die Verwandlung wappne, die meiner noch harrt, warte ich darauf, daß aus dem Zimmer, in dem Mr. Barbatnik und mein Vater fühllos und allein jeder in seinem frisch gemachten Bett liegt, der grauenhafteste Laut hervorkommt, den man sich vorstellen kann.

Philip Roth

Philip Roth, wurde am 19. März 1933 in Newark / New Jersey geboren. Er studierte an der Bucknell Universitiy in Lewisburg / Pennsylvania und graduierte 1965 an der Universität Chicago zum Master of Arts für englische Literatur.
«Ein Erzähler, handfest und lebensnah ...»
Martin Lüdke, Der Spiegel

Die Anatomiestunde Roman
(rororo 12310)

Mein Leben als Mann Roman
(rororo 13046)

Portnoys Beschwerden Roman
(rororo 11731)
Auf der Psychiater-Couch beginnt Portnoys großes, ungehemmtes Beschwerde-Solo, er redet sich seine eigene Biographie vom Leibe, sorglos, komisch, obszön, befreiend.
«Ein unwahrscheinlich lesbares Buch.» *Frankfurter Allgemeine Zeitung*

Die Prager Orgie Ein Epilog
(rororo 12312)

Der Ghost Writer Roman
(rororo 12290)

Goodbye, Columbus! Ein Kurzroman und fünf Stories
(rororo 12210)

Professor der Begierde Roman
(rororo 22285)
«Philip Roth besticht durch Aufrichtigkeit und Authentizität.»
Marcel Reich-Ranicki, FAZ

Sabbaths Theater Roman
(rororo 22310)
«Philip Roth triumphiert noch einmal mit einem grandiosen Roman: fürchterlich, unverfroren und unwiderstehlich. Sabbath ist zu einem unsterblichen Helden der Literatur geworden.»
Der Spiegel

Zuckermans Befreiung Roman
(rororo 12305)
Eine glanzvolle Satire auf die «Vorzüge» des Lebens im Rampenlicht.
«Der Roman ist spannend, sehr witzig und unterhaltend geschrieben.» *Frankfurter Rundschau*

rororo Literatur

Ein Gesamtverzeichnis aller lieferbaren Titel der *Rowohlt Verlage*, *Wunderlich* und *Wunderlich Taschenbuch* finden Sie in der *Rowohlt Revue*. Vierteljährlich neu. Kostenlos in Ihrer Buchhandlung.
Rowohlt im Internet:
www.rowohlt.de

HANSER
HANSER
HANS
HA
H

>>Für Werke diesen Kalibers ist der Nobelpreis gedacht.<<

Tilman Krause, DIE WELT

Iron Rinn, Radiostar und Idealist mit kommunistischer Überzeugung, heiratet die einstige Hollywoodgröße Eve Frame. Ein Traumpaar und ein gefundenes Fressen für die Klatschspaltenleser. Doch die Ehe der beiden liegt bald in Trümmern und entwickelt sich in der bedrohlichen Atmosphäre von McCarthys Amerika zu einer privaten und beruflichen Tragödie. Als Eve einen Enthüllungsbestseller mit dem Titel *Mein Mann, der Kommunist schreibt*, schwört Iron Rache …

Aus dem Amerikanischen von Werner Schmitz
376 Seiten. Leinen, Fadenheftung